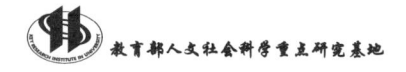

『九叶』诗人的诗学策略与历史关联（1937—1949）

教育部人文社会科学重点研究基地
南京大学中国新文学研究中心

教育部人文社会科学
重点研究基地
南京大学中国新文学
研究中心学术文库

主　编　丁　帆
执行主编　王彬彬
　　　　　张光芒

李章斌　著

南京大学出版社

编委会（按姓氏笔画排列）

丁　帆　　马俊山　　王爱松

王彬彬　　吕效平　　刘　俊

李兴阳　　李章斌　　吴　俊

沈卫威　　张光芒　　周安华

胡星亮　　倪婷婷　　董　晓

傅元峰　　［美］奚密　　［日］藤井省三

目 录

导论 ·· 001
 第一节　对研究现状的反思 ··· 002
 第二节　本书的研究方法 ·· 017

第一章　"九叶"群体的形成与性质 ··· 033
 引言 ·· 033
 第一节　"九叶"群体的聚合 ··· 034
 第二节　"九叶"群体的总体特征和性质 ································ 047

第二章　抒情诗体的转型 ··· 061
 引言 ·· 061
 第一节　辛笛："现实"的压力与抒情诗的"变形记" ·············· 066
 第二节　穆旦的"新的抒情"："感时忧国"与宗教关怀的角力 ········ 086
 第三节　杜运燮："轻体诗"与反感伤和反抒情 ······················ 106

第三章　"自我"与"世界"的紧张关系 ·· 121
 引言 ·· 121
 第一节　穆旦：残缺自我与完整性之寻求 ···························· 123

第二节　陈敬容:"陌生的我"与"陌生的世界" ………………… 143
　　第三节　杭约赫的二元"世界"观与乌托邦想象 ………………… 155

第四章　"时间"表现与历史意识 …………………………………… 173
　　引言 ……………………………………………………………………… 173
　　第一节　唐祈的"时间"与历史决定论 …………………………… 177
　　第二节　穆旦:"时间"的围困与历史的灭绝 ……………………… 190

第五章　创造性的隐喻 …………………………………………………… 207
　　引言 ……………………………………………………………………… 207
　　第一节　辛笛:历史文化危机与隐喻的创造 ……………………… 210
　　第二节　穆旦:隐喻的张力与历史的压力 ………………………… 218
　　第三节　袁可嘉的比喻理念的重审和再出发 …………………… 228
　　第四节　创造性隐喻与新诗语言的发展 ………………………… 237

结论 ……………………………………………………………………………… 243

参考文献 ……………………………………………………………………… 255

后记 ……………………………………………………………………………… 275

> 这个历史意识是对于永恒的意识,也是对于暂时的意识,而且是对于永恒和暂时合起来的意识,正是这种意识使一个作家进入传统。
>
> ——T. S. 艾略特

> 对于我们而言,与语言切断联系等于是与历史切断联系。
>
> ——曼德尔施塔姆

> "困难的形式"……不是困难的形式,而是困难的实质。
>
> ——茨维塔耶娃

导 论

我们在面对"九叶"这个群体的创作时,有一系列的疑惑萦绕于脑际:"九叶"诗群是个什么性质的群体?它被很多学者认为是1949年前最成熟的现代主义诗派,那么它的"现代"体现在何处?什么是"现代主义"?"九叶"和西方现代主义诗歌有什么异同?总体来看,西方现代主义产生于人们对传统文化、资本主义文明和理性传统的反抗,但是到了四十年代的中国,"传统"业已被"五四"先驱打倒,而所谓"资本主义文明"在中国则远远谈不上发达,至于理性或者启蒙主义,亦仅仅是一个"未完成的工程"。那么中国的"现代主义"诗歌,所针对的又是什么?其旨归在哪里?使"九叶"凝结为一个整体的力量,如果有的话,到底是什么?

无论是"九叶"诗人的创作和理论,还是关于他们的研究论述,都深刻地受到了西方现代主义诗歌和理论的影响。借鉴和挪用西方现代主义理论以研究中国四十年代现代诗依然是迄今为止的主要研究模式。[①] 虽然我们这里主要是对"九叶"相关的研究著述做方法论的反思和展望,但是为了结合更广阔的理论背景,也为了从源头上检视学界的这种理论借鉴和挪用的有效性和有限性,有必要再考察一下西方的现代主义理论本身的一些主要特征、基本假设和内在逻辑,在此基础上反思中国的现代主义论述对待西方理论和中国文本的

---

① 本书(含引文)中的着重点均为笔者所加,下同,不另注。

基本态度和思路，以便为在我们的研究中探索新的研究方法做好准备。

第一节　对研究现状的反思

一、"现代主义"的方法与"西方—中国"天平的两端

八十年代以来，以"九叶"诗人为代表的四十年代现代诗歌研究已经成为一个经久不衰的热门领域[①]，相关著述非常丰富。实际上，对"九叶"诗人的评论早在四十年代就已经开始，最早对他们展开评论和研究的其实是"九叶"诗人本身（包括唐湜、袁可嘉）以及他们的同时代诗友（如王佐良）。[②] 由于这些评论家对批评对象非常了解（甚至自己就是其评论对象），而且他们都有较好的学术修养和较丰富的写作经验，所以他们的批评往往能"知人论世"，确切而深入地掌握"九叶"诗人的特质以及一些创作中的微妙之处，这是后来的研究者很难企及的。但是，由于他们与论述对象往往是友人，他们的批评往往能确切地指出其优点，而对其缺点或者不足则偶有袒护之处。早在1981年《九叶集》出版之前，海外诗人、学者叶维廉就注意到这群诗人，他屡次撰文予以讨论[③]，叶维廉还把包括"九叶"诗人在内的三、四十年代诗人的诗歌翻译为英文，其中

[①]　本书中的"四十年代"除了特别说明者以外，均指1937—1949年这段时间，也就是中国现代文学史上所谓"第三个十年"这个阶段。

[②]　唐湜在四十年代写了一系列评论"九叶"诗人的文章，发表于《诗创造》《中国新诗》等刊物，它们后来大部分收入其1950年出版的《意度集》（平原社，1950年）。唐湜在八十年代之后又重新进行关于"九叶"的评论和研究，文章可见于《新意度集》（北京：生活·读书·新知三联书店，1990年），《"九叶"诗人："中国新诗"的中兴》（上海：上海教育出版社，2003年）等。袁可嘉在四十年代讨论新诗"现代化"的一系列文章中大量以"九叶"诗人的创作作为论据，这些文章后来收入到《论新诗现代化》（北京：生活·读书·新知三联书店，1988年）。在1981年出版的《九叶集》（南京：江苏人民出版社，1981年）中，有袁可嘉执笔的《序》，它是第一篇正面地介绍"九叶"这个群体的文章。王佐良的《一个中国诗人》（《文学杂志》第2卷第2期，1947年8月）是最早也是最重要的穆旦评论之一。

[③]　叶维廉：《我与三、四十年代的血缘关系》，收入叶维廉：《花开的声音》，台北：四季出版社，1977年，第1—30页；《语言的策略与历史的关联》，台北《中外文学》1982年第2期。

"九叶"诗人的作品篇幅占一半以上,这是"九叶"群体首次在英语世界集体亮相。[1] 叶维廉对"庞德系"现代主义与中国古诗的关联有深入的研究,他对"九叶"的研究也明显带着现代主义理论烙印,他的方法启发了我们下文讨论的梁秉钧的论文(他是后者在加州大学就读博士研究生时的导师)。在《九叶集》出版后,"九叶"诗人开始受到越来越多的关注,他们作为四十年代"现代主义"诗歌的代表被"重新发现"。在八十年代较早地展开对"九叶"的研究的有蓝棣之、严迪昌、王圣思等[2],他们基本上把"九叶"看作具有"现实"精神的"现代诗"派或者"现代派"。

九十年代以来,不仅出版了多本"九叶"诗人的作品集及研究资料集[3],也有游友基、余峥、蒋登科、马永波等学者的多部论"九叶"的专著问世[4]。这些著作大都从西方现代主义诗歌对"九叶"诗人的影响出发,探索其诗学特色和成就,并将其定义为"中国(式)的现代主义"诗派。这些八九十年代的论著较为全面地分析了"九叶"诗人的基本特色和群体特征,也为后来的学者进一步的研究做好了准备。但是,它们也暴露出一些共同的问题:它们大都没有深入解释所谓的"现代主义"究竟是何种定义,往往想当然地把"九叶"诗人的一些"异质性"诗学特征概括为"现代主义"的性质,"现代主义""现代派"往往被当作一个价值标签,缺乏方法论上的说明和界定。而且,它们着重强调的是艾略特、

---

[1] Wai-lim Yip, *Lyrics from Shelters: Modern Chinese Poetry 1930-1950*, New York: Garland Publishing, 1992.

[2] 蓝棣之:《论四十年代的"现代诗"派》,《中国现代文学研究丛刊》1983 年第 1 期;严迪昌:《他们歌吟在黑暗与光明交替时》,《文学评论》1981 年第 6 期;王圣思:《"九叶诗派"对西方诗歌的审美选择》,香港《诗双月刊》1989 年第 2 期。

[3] 蓝棣之编《九叶派诗选》,北京:人民文学出版社,1992 年;王圣思编《九叶之树长青:"九叶诗人"作品选》,上海:华东师范大学出版社,1994 年;王圣思编《"九叶诗人"评论资料选》,上海:华东师范大学出版社,1996 年。

[4] 游友基:《九叶诗派研究》,福州:福建教育出版社,1997 年;余峥:《九叶诗派综论》,福州:海峡文艺出版社,2000 年;蒋登科:《九叶诗派的合璧艺术》,重庆:西南师范大学出版社,2002 年;蒋登科:《九叶诗人论稿》,重庆:西南师范大学出版社,2006 年;马永波:《九叶诗派与西方现代主义》,上海:东方出版中心,2010 年。

奥登、里尔克等西方诗人的"影响",而对于"现代主义"之外的文学资源重视不足,对于西方诗学的影响如何与中国文学和历史"协商"或"对抗"的认识更是有待深入。另外,这些著作大都属于所谓"流派研究"的论述模式,往往使用较为整一化、概括性的论述框架和模式,急于把"九叶"诗人当作严格的"流派",在同质化的论述过程中有意无意地抹除了各个诗人的独特性,对于他们各自艺术价值的高低、诗学探索的深入程度也缺乏有力的比较和深入的分析。

相比较而言,在论述的系统性和严谨性、观点的新颖、史料的全面与扎实等方面,有两本体系性的专著较为突出,即香港著名诗人、学者梁秉钧1984年在美国加州大学的博士毕业论文《反抗的美学:1936—1949年中国现代主义诗人研究》[①]和最近张松建出版的《现代诗的再出发:中国四十年代现代主义诗潮新探》[②]。前者由于没有中文译本,长期以来没有受到国内研究者应有的重视;而后者刚出版不久,目前受到了学界较大的关注。这两本专著不仅思路和观点相似,而且方法论上的相通之处也很多,这主要是因为后者直接受到了前者的影响。[③] 可以说,这两本专著把"现代主义"的研究方法发挥到了极致,认真剖析它们所取得的成绩和所遇到的问题可以提供一个反思"现代主义"方法的绝佳契机,也便于我们进一步探寻新的研究途径和角度。我们思考的问题包括:1. 梁、张论著中所建立的中国四十年代现代主义诗歌论述体系明显地受到了西方现代主义理论的影响,这种影响带来了什么收获和局限? 从比较文学的角度看,他们对待这些理论本身的"态势"有怎样的内在矛盾? 2. 梁、张论著和很多西方现代主义理论著作一样,也有明显的整一性、本质化的论述体系。如果要瓦解这些体系,又不让研究变成单个作家的零散研究的话,那应该如何

---

① Ping-kwan Leung, *Aesthetics of Opposition: A Study of the Modernist Generation of Chinese Poets, 1936 - 1949*, unpublished Ph. D dissertation, University of California at San Diego, 1984.

② 张松建:《现代诗的再出发:中国四十年代现代主义诗潮新探》,北京:北京大学出版社,2009年。

③ 例如张著第五章关于城市诗歌,第五章第二节关于唐祈诗歌的时间观,第六章关于穆旦的自我认同等章节。另外张松建还撰有长文对梁著予以评述,参见张松建:《梁秉钧〈对抗的美学〉评介》,原刊台湾《当代》2003年5月号,重刊香港《香江文坛》2003年8月号。

建立论述体系和脉络？

　　梁秉钧的《穆旦与现代的"我"》和《从辛笛诗看新诗的形式与语言》在国内学界都曾引起重要反响，它们也是穆旦和辛笛研究的两篇经典范文，实际上都是其博士论文《反抗的美学》的章节。[①] 从现在来看，这本论文依然代表了迄今为止的四十年代现代诗歌研究领域的最高水准。此文提出了很多在现在依然值得思考和"再出发"的问题，比如：西方现代主义理论和中国现代诗歌文本和语境的关系应如何检视，四十年代的"城市诗"的特色和性质，穆旦的自我抒写，辛笛诗歌的形式演变与新诗的发展，唐祈的时间观，唐湜、唐祈、杭约赫的乌托邦想象，等等。这一系列发现的取得与西方现代主义理论的烛照显然是不可分离的，例如史皮尔斯对"城市诗"的系统论述[②]，卡林内斯库、卢卡奇对文学现代主义的时间问题的思考[③]，史本德对现代诗人的自我形象的观察[④]，等等。

　　更重要的是，由于其比较文学的学科训练，梁秉钧在其论述中自觉地运用比较文学的理论与方法，在多个问题的讨论中创见迭出。例如在讨论唐祈著名的长诗《时间与旗》时，他并没有仅仅停留于艾略特对唐祈的"影响"上，而是通过细致的文本分析，以"平行研究"的方法深入地探讨了唐祈与艾略特时间观念的差异与思想背景的分歧。他指出，艾略特诗中的时间旨在批判人精神上的虚妄，他对时间的否定实际上是在否定人对当下的、无意义的现实的执

[①] 梁秉钧先生在2007年12月给笔者的信中提及《反抗的美学》"当时也有部分章节在《八方》等杂志发表；辛笛部分也曾在上海流传，后来收入九叶论集中；国内郑敏诸位也曾看过英文论文"。笔者按：在《八方》杂志发表的部分即著名的《穆旦与现代的"我"》，收入《一个民族已经起来》，南京：江苏人民出版社，1987年；辛笛部分即《从辛笛诗看新诗的形式与语言》，已收入《"九叶诗人"评论资料选》。

[②] Monroe K. Spears, *Dionysus and the City: Modernism in Twentieth-Century Poetry*, New York: Oxford University Press, 1970.

[③] Matei Calinescu, *Five Faces of Modernity*, Bloomington and London: Indiana University Press, 1977; Georg Lukacs, *The Meaning of Contemporary Realism*, trans. John and Necke Mander, London: Merlin Press, 1963.

[④] Stephen Spender, *The Struggle of the Modern*, Berkeley and Los Angeles: University of California Press, 1963.

迷,这种时间观念显然来源于基督教。而唐祈的时间批判则有特定的时代、社会背景,在《时间与旗》中,"时间朝向的目标不是宗教的永恒乌托邦,而是政治乌托邦,它承诺社会变革,这里对于时间的焦虑是特定的社会语境下的焦虑"①。张松建进一步指出:"《时间与旗》具有《荒原》的批判精神,但没有升华为普遍主义的人类文明的深长忧思,而是更具中国化、本土性的艺术向度……既凸现国族想象的时代印记,也预示中国新诗与西方典范的分道扬镳。"②

而且,梁著对待西方理论有着较高的自觉性和选择性,这与部分国内学者随意挪用西方理论以阐释中国文本的"贴牌加工"路数有本质的区别。例如,梁秉钧在考虑卡林内斯库提出的现代主义的"五种面孔"理论时,就认识到其中的三种类型——"先锋、颓废和媚俗"——并不适用于中国现代主义诗歌。因为"先锋是美学上的极端主义和'探索'精神,因此被视为美学现代性的领头羊,它反对秩序、清晰性甚至成功的观念,与之相联系的是游戏、滑稽、神秘化以及下流的实用玩笑",由于中国有更加僵化的传统,这使得诗人很难接受"先锋"体现的新奇与激进主义。③ 这种比较视野有助于发现西方和中国现代主义诗歌的差别,并界定后者的独特之处。

张松建《现代诗的再出发》一书在梁秉钧的研究的基础上,无论是在研究对象、材料方面,还是在视野、方法方面,都有了较大的扩展,反映了四十年代现代诗歌研究领域的最新进展。首先,张著突破了梁著主要以"九叶"为主的研究范围,将其扩大到西南联大的王佐良、杨周翰、俞铭传、罗寄一,中法大学的叶汝琏和王道乾,沦陷区文坛的吴兴华、路易士、沈宝基等,以引起人们对这

---

① Ping-kwan Leung, *Aesthetics of Opposition: A Study of the Modernist Generation of Chinese Poets, 1936–1949*, unpublished Ph. D dissertation, University of California at San Diego, 1984, p.118,笔者按:本书中的英文引述除了特别说明者以外,均为笔者所翻译。

② 张松建:《现代诗的再出发:中国四十年代现代主义诗潮新探》,北京:北京大学出版社,2009年,第209—210页。

③ Ping-kwan Leung, *Aesthetics of Opposition: A Study of the Modernist Generation of Chinese Poets, 1936–1949*, unpublished Ph. D dissertation, University of California at San Diego, 1984, p.26.

些"文学史上的失踪者"的关注,全面认识四十年代现代诗歌版图。这种研究视野受到了解志熙的观点的启发,后者在1999年一封致叶汝琏的信中说:"可惜的是,目前研究者只把眼睛盯在'九叶'诗人身上,而不知杨周翰、王佐良、罗大冈、吴兴华、王道乾以及您本人也在这方面多所贡献。诚如您所说,以艾略特和奥登为代表的英美现代派诗的确在30—40年代的中国诗人中影响甚大,'可以说是主导的',但另一方面,法德等大陆现代派诗其实也对中国现代派诗的成功起过虽然并不那么显眼的但相当深刻的作用……"[1]张著通过对这些"被遗忘的诗人"的深入研究,丰富了中国"现代主义"诗歌的定义。张著更引人注目的地方是史料的丰富和全面,他广泛涉猎了三四十年代出版的两百余种文学期刊和二十余种报纸副刊,他对原始材料的掌握之丰富不仅在四十年代诗歌研究领域,就是在整个现代汉诗研究界也是不多见的。

在研究方法上,张著不仅考虑到运用西方理论的选择性的问题,还进一步考虑到中国现代诗歌的主体性问题:"现有西方学者的现代性论述能否完全适用于对中国现代主义诗作的分析? 与作为典范的西方现代诗相比,中国现代诗歌的主体性何在?"他提出:"本书注意文本、观念与历史间的互动,必要时融入社会史的内容,兼采'文学性'与'文化性'的双重焦点,争取把文本、历史与理论融为一体。"[2]他注意到了抗日战争和国共内战、左翼知识分子阵营扩大化的趋势、文学大众化和民族形式问题的论争等历史背景,并试图与文本的分析、论述有机地结合起来,从而使其论述更具本土性的向度。

但是,在"西方理论—中国文本、语境"这样一个天平中,梁、张二著明显地偏向了前者(虽然他们都对这种做法的危险有所认识),西方的现代主义理论

---

[1] 感谢解志熙先生提供此信。按:解先生在2011年7月15日致笔者的信中提到张松建也曾读过此信,他说"张松建在准备论文的选题以及写作过程中,与我讨论比较多,我力图帮他跳出所谓'九叶派'的框框,在更大的视野和高度上看待四十年代的现代主义问题"。

[2] 张松建:《现代诗的再出发:中国四十年代现代主义诗潮新探》,北京:北京大学出版社,2009年,第4页。

还是被他们有意无意地当作了一种规范性的测量标准和目的论式的价值,而且其论述体系有着较为明显的整一性和同质化趋向。这集中地体现在梁著的核心论题"反抗的美学"上。梁在《反抗的美学》导论中认为：

> 为了从前文的理论讨论中抽取出某些观念,以定义中国的现代主义者的特定性质,我想把"反抗"一词作为关键概念,来解释中国这一代的现代主义者在面临着各种社会、文化和语言束缚时所做出的反应。反抗的美学包括多种关键态度：它反对它自身的文化(特里林),批判传统(豪),以"现在"面对"过去"(史本德)。从语言方面来说,它反抗传统语言或者商业语言(罗兰·巴特);就它与读者的关系而言,它偏离了作者和读者的熟悉关系,偏离了熟悉的语符(洛特曼、福克玛)……总的来看,它就像卡列尼斯库所观察的那样：反抗传统,反抗资本主义文明,甚至反抗它自身。①

梁清晰地标示出他用来定义中国四十年代现代主义诗人的理论观点和来源,这些理论也很大程度上影响了张松建专著的论述(不过后者的理论资源并不仅限于此)。值得注意的是,上述理论几乎全出自西方1960—1980年间,而这正好是西方左翼批判理论最为流行的时期。此时的现代主义理论大都通过"反抗""否定""偏离"这一类批判姿态来定义自身,而梁对四十年代现代主义诗歌的定性也是"反抗"美学。这种视野在处理这些诗人看待城市、商业文明的方式,对待传统文化和主流文坛的态度,处理日常语言的方式等问题上都有说服力和解释力。

但是,单纯的反对、否定美学依然无法充分说明现代主义诗人在面临历

---

① Ping-kwan Leung, *Aesthetics of Opposition: A Study of the Modernist Generation of Chinese Poets, 1936-1949*, unpublished Ph.D dissertation, University of California at San Diego, 1984, p.46.

史、文化语境时的复杂态度，也无法充分体现其艺术创造的丰富含义，无论是对于西方诗人还是中国诗人而言都是如此。虽然一般认为西方的现代主义时期大约是1890—1950年，但是对现代主义作品的系统性论述在六七十年代才大量出现。应当注意到的是，六七十年代的西方文学理论家大多有明显的左翼批判倾向，这种批判视界未必能和西方诗人本身的视界融合在一起。虽然有部分诗人（如庞德、早期奥登）的创作中确实有明显的反资本主义倾向，但显然也有大量的诗人并非如此（如瓦莱里、里尔克等）。对于中国诗歌而言，仅从"反对"（社会、文化、语言等束缚）角度来定义四十年代现代主义诗歌可能远远谈不上全面，更谈不上准确。就他们与传统的关系而言，确实有部分诗人有反传统倾向（如穆旦）；但是有的诗人也在寻求与传统协商、对话，积极地从传统文化中汲取资源（如辛笛、吴兴华），他们与传统和主流文坛的关系不仅限于"反对"和"偏离"，而是更为复杂和立体。这一点张松建在其专著第九章中也有详尽的讨论。[①]

而就中国四十年代现代诗人与社会现实的关系而言，他们反对和批判的对象远不止城市文明和资产阶级文化，甚至主要不是这两者（对于某些诗人而言），因为这两者在四十年代的中国都不是很发达。例如，穆旦虽然在三十年代末期写过少数批判中产阶级庸俗生活的作品（如《蛇的诱惑》），但是这些作品只是艾略特那些著名范本的模仿而已，并未和穆旦个人的体验深刻地结合起来（其实穆旦早年也未有过"中产阶级"的生活），因此到了四十年代，这类取自西方现代主义大师的题材反而在他的创作中消失了。唐祈、杭约赫四十年代对城市文明（尤其是上海）有不少批判性的描写，也有反资本主义的内容，他们与左翼诗人的关系也极其密切。但是他们反对的并非如卡林内斯库所说的资产阶级文明的"理性、功利、进步理想"，而是非理性、非人性的前现代现实，他们在反对资产阶级文明的同时恰好又在期待一个理性、进步的乌托邦，这种

---

① 张松建：《现代诗的再出发：中国四十年代现代主义诗潮新探》，北京：北京大学出版社，2009年，第289—333页。

左翼视角与六十年代以降的西方左翼知识分子批判视野并不一样。

而且,这些诗人对社会、政治现实远非"反对"那么简单,其中也有认可、协商等方面,各个诗人的具体表现也很不一样。例如唐祈、杭约赫对当时主流左翼文学和意识形态有相当大的认同成分(见第三、四章),他们还和左翼诗人臧克家、林宏等一起创办了《诗创造》和星群出版社,其作品中的左翼色彩也很明显。而袁可嘉、杜运燮、穆旦等则与左翼保持了较远的距离(甚至直接对抗),但是袁可嘉也有过与这种意识形态对话的尝试。"九叶"诗人在对待社会、政治现实方面也有着各自有别的态度,构成丰富的"五线光谱",仅化约出"反对"姿态则显得过于简单。

把立足点放在天平的一端(西方理论)不仅容易将中国诗人的创作简单化,而且容易忽略他们的创作语境和内在动力。与梁秉钧的论著相比,张松建对这种危险有着更为自觉的认识,他在其论述中着重突出了"中国化"与"本土性"的维度,力图在新诗历史的整体格局中观察现代主义。过去谈论四十年代现代主义诗歌往往就现代主义谈现代主义,很少关注当时的时代风潮和文艺主流,以致陷于"见树不见林"之境地;而张松建则充分注意到了现代主义诗人与当时的大众化文艺思潮与左翼诗歌之间的交流和互动,他指出现代主义诗歌与其他派别"并非决然对峙与对抗的关系,有时候还存在着互相渗透与支援的情形,写实主义吸收了现代主义的艺术技巧(譬如'七月'派的绿原),现代主义也融合了写实主义的社会指涉(比如杜运燮和穆旦)。这种身份的暧昧性、交叉性与复杂性牢牢地植根于特殊的中国经验,也历史性地构成了中国现代主义诗歌之问题性(problematic)的组成部分"。[①] 这无疑是非常中肯、深入的观察,它对今后的中国现代主义研究也是一个方法论上的重要提示。

但是,张松建在处理中国文本与西方理论的关系时也经常流露出一种"求同"的倾向。例如他在第六章中承续梁秉钧关于穆旦的自我认同的讨论,认为

[①] 张松建:《现代诗的再出发:中国四十年代现代主义诗潮新探》,北京:北京大学出版社,2009年,第129页。

穆旦"嘲笑进化观念,扬弃直线性时间的意识形态,否定五四启蒙遗泽,与卡林内斯库的美学现代性不谋而合"。他认为穆旦的创作在思想主题上完成了卡林内斯库的三个"对抗"(反抗传统,反抗资本主义文明,甚至反抗它自身),"不期然完成了'美学现代性'的确认","建构了一种严格意义上的文学现代主义的质素"。[①] 然而,从穆旦的个人经历和创作实践出发,我们有理由怀疑穆旦是否在四十年代就"不期然"完成了七十年代卡林内斯库(又译"卡林内斯库")提出的"美学现代性",是否"否定五四启蒙"。穆旦作品从未明确反对"五四"时期的"民主、科学"理念,笔者发现,穆旦对新闻、言论自由理念有着强烈的兴趣,对国民党政府和左翼文人的专制作风有自觉的警惕,对国共战争也持强烈的批判态度,并对所谓的某些左翼作家构想"光明远景"表示怀疑。[②] 虽然西方现代主义的非直线时间观念有着自身的反理性、反启蒙主义脉络,但是穆旦诗歌中的非直线时间理念并非直接承续这一脉络,而有着明显的社会政治针对性:它首先是对非理性、非人道的社会现实的批判,也是对"政治乌托邦"远景的怀疑,与其说他是在"否定五四启蒙遗泽",不如说是承续和发展了"五四"启蒙运动的民主和人道主义理念(见第四章)。

二、"现代主义"论述的矛盾及其神话的终结

过度地倚重西方现代主义的理论论述并以其为模本建立整体论述的另一矛盾在于,西方的"现代主义"论述本身就有着本质化的矛盾和难以"化约"出某种总体特征的困难。"现代主义"并不是单纯的流派概念,也不是简单的时期概念,它的含义极其复杂,这个概念的外延也不是很确定,而被囊括在它的名义下的各种现象和特征还经常出现相互冲突和对立的情况,这使得对"现代

[①] 张松建:《现代诗的再出发:中国四十年代现代主义诗潮新探》,北京:北京大学出版社,2009年,第232—233页。
[②] 李章斌:《一九四零年代后期的穆旦:内战、政治与诗歌》,台湾《中国文化大学中文学报》第21期,2010年。

主义"进行本质化、整一性的论述即使不是不可能,也是极为困难的。

史皮尔斯在其《狄奥尼索斯与城市:二十世纪诗歌中的现代主义》一书开篇直言:"现代主义显然是个不可能的论述的论题。"①欧文·豪在其所编的文学现代主义的研究文集《文学艺术中的现代观念》一书导言中也坦言:"现代主义这个术语非常变化多端,难以捉摸,其定义也复杂得令人绝望。我必须先说明的是,我给现代主义描述的内容经常相互冲突。而且,很难判断某个作家,或者某个作品中的某种倾向是否应该打上现代主义的标记。"他强调:"我不会给现代主义做一个界限清晰的综合归纳,因为我心里没有这种想法,即便有我也不相信它会是有用的。"②

"现代主义"不仅含义和性质不好确定,而且其概念的外延也不明确。从欧美流行的各种现代主义作品集和文论集来看,从1890年到"二战"时期的很多文学、艺术流派都可以包罗在"现代主义"名义下,比如象征主义、未来主义、立体主义、表现主义、达达主义、超现实主义、后期象征主义等。这些流派有的有直接承袭或者影响关系,有的相互之间并无直接关联,那么它们被归结在一个概念下就颇值得怀疑了。布拉德伯里和麦克法兰指出,在大多数国家,现代主义是未来主义和虚无主义、革命和保守、自然主义和象征主义、浪漫主义和古典主义的古怪的混合体。③

尽管如此,有不少欧美学者还是力图对"现代主义"做出系统性、整体性乃至于本质性的表述。例如卡林内斯库在其著名的《现代性的五副面孔》中就把其"美学现代性"定义为一个"危机概念",它包含着三重辩证的反抗:反抗传统,反抗资产阶级文明(及其理性、功利、进步理想),反抗它自身,因为它把自

---

① Monroe K. Spears, *Dionysus and the City: Modernism in Twentieth-Century Poetry*, New York: Oxford University Press, 1970, p.3.
② Irving Howe, *The Idea of the Modern in Literature and the Arts*, New York: Horizon Press, 1977, p.12.
③ Malcolm Bradbury, James McFarlane eds., *Modernism: A Guide to European Literature 1890-1930*, Harmondsworth: Penguin Books, 1991, p.46.

身理解为一种新的传统或者权威。①特里林也指出,现代派文学的突出特色便是对传统文明的一种深恶痛绝的态度。② 这样的整体论述且不论是否适用于中国文学,它是否能全面地描述英美文学都是一个问题。以反传统这个主张而言,它对于部分英语诗人就很难有解释力。比如艾略特早在二十年代就写了著名的《传统与个人才能》一文,号召诗人追求"非个性化"并融入传统,他还着力从过去的文学传统中挖掘可以重新利用的写作路线和资源(例如他对英国16世纪的玄言诗派的发掘),以用于现代主义诗歌的写作之中;而到了晚年,他无论在思想还是创作上都更趋于保守和传统。③ 当然,我们并不否认他也有反对传统的一面,但是仅强调这一面则往往意味着把作家丰富的多种面相排除在所谓的"现代主义"的整体论述之外。把这样的理论不加审思地运用于中国现代诗歌的研究中往往会带来问题。

需要进一步辨正的是,在我们的诗歌史中,往往有一种"古典主义—浪漫主义—现代主义"这样的类似于进化论的文学价值观,"浪漫主义"常常被有意无意地当作一个贬义词,它往往意味着感伤、缺乏节制、天真、幼稚、脱离现实。而"现代主义"则是先锋、创新、有时代感的标记,它代表着一种更为"先进""摩登"的艺术理念,实际上成了一个艺术价值的判词。这是八十年代以来很有市场的一种流行观点,也正因为如此,在学界过去对于"九叶"等三四十年代现代诗人的研究中,最受关注的往往是所谓西方现代主义作家对某个诗人的"影响"。"在八十年代走向'世界文学'的热情中,当西方现代主义被当作文学现

---

① Matei Calinescu, *Five Faces of Modernity*, Bloomington and London: Indiana University Press, 1977, p.10.
② Lionel Trilling, "On the Modern Element in Modern Literature," in Irving Howe ed., *The Idea of the Modern in Literature and the Arts*, New York: Horizon Press, 1977, p.60.
③ 另外,艾略特提倡诗人应融入传统的思想显然也对中国三十年代的现代主义诗人(如卞之琳)产生了影响,并刺激了他们去中国文学中重新寻找传统资源。

代化的最高代表，这种'影响'研究的动力，无疑十分强劲。"①

"现代主义"诗学理论从三四十年代开始在中国传播，在译介方面较为突出的有卞之琳、曹葆华、袁可嘉等。到了1949年后，西方理论在中国的传播受到严重的限制，直到八十年代这种限制才开始放松，于是"现代主义"又重新开始在中国流行起来，其中袁可嘉所做出的贡献尤其显著。② 但是，五十年代以来英美批评界的一个重要动向很大程度上被我国学界忽略了（这与当时学界相对闭塞的环境有关），那就是由庞德、艾略特以及新批评派构筑的"现代主义"神话受到了全面的冲击，"浪漫主义"理论和创作又开始了一轮复兴，而且"现代主义"的性质以及它与"浪漫主义"诗学的关系也得到了重新认识。首先是克默德（Frank Kermode）关于现代主义与浪漫主义之间的连续性的研究，他指出，现代主义诗学并非如他们自身所声称的那样开天辟地，迥异于浪漫主义，他意识到现代主义的一些概念和主张实际上承袭自浪漫主义，这一承袭脉络被他概括为"'浪漫—象征主义'的意象理论"（Romantic-Symbolist theory of the Image）。③ 而布鲁姆（Harold Bloom）和里德（Herbert Read）更是进一步认为，在二十世纪，浪漫主义并没有被现代主义取代，它的很多基本的诗学见解和假设一直贯穿于整个现代运动（包括诗歌和批评上的），而现代主义所体现的反浪漫主义主张不过是一种伪装和暂时的策略而已。④ 更为影响深远的是文学理论家弗莱（Northrop Frye）对现代主义与浪漫主义之间的对立之本质的观察，他注意到浪漫主义诗学对自我、想象以及自我与神性之关联的强调与基督教新教传统中的个人主义之兴起关系密切，而艾略特等现代主义者对

---

① 姜涛：《"中国式"的现代主义诗歌：该如何讲述自己的"身世"》，《新诗评论》2006年第1辑，第58页。

② 袁可嘉与董衡巽、郑克鲁等选编的《外国现代派作品选》（上海：上海文艺出版社，1980—1985年）在八十年代曾经产生了相当大的影响，而且印数巨大；而他编选的《现代主义文学研究》（北京：中国社会科学出版社，1989年）也曾是中国作家和学者了解西方现代主义理论的重要资源。

③ Frank Kermode, *Romantic Image*, London: Routledge and Paul, 1957, pp.150.

④ Harold Bloom, *The Visionary Company: A Reading of English Romantic Poetry*, London: Faber & Faber, 1962. Herbert Read, *Form in Modern Poetry*, London: Vision Press, 1964.

"非个人化"和"传统"的强调则体现了天主教的保守主张。① 这一点也开始被汉语学界关注,有学者指出:"艾略特关于诗歌的'非个人化'的说法,并不是让诗人变得没有个性,而是要反对浪漫派异端的做法,杜绝个人直接从内部见证神性的可能,转而从教会和保守的社会秩序中寻求解决社会文化危机的办法。"②

自二十世纪五十年代以来,"浪漫主义"诗学与"现代主义"诗学颇呈拉锯之势,浪漫主义的一方有弗莱、布鲁姆、文德勒(Helen Vendler)、克默德等著名批评家,他们推崇的是史蒂文斯、哈特·克兰等二十世纪浪漫主义诗人;而现代主义一方则有史本德、史皮尔斯(Monroe K. Spears)、玛乔瑞·佩洛弗(Marjorie Perloff)、休·肯纳(Hugh Kenner)等学者,他们则推崇庞德、艾略特等现代主义诗人。在汉语学界,王敖在一篇影响颇大的长文中提出重审中国现代诗歌中的"浪漫主义"与"现代主义"话语问题,他意识到"现代主义"在中国被神话化了,而"浪漫主义"被认为是过时的古董,而且不恰当地承担了诗歌发展的不足与弊病。王敖指出:"浪漫主义的宏大的现代构想并没有被现代主义者就此否定掉。通过想象力建立秩序,用意识代替主题,通过语言更新自我,这些都是很多现代诗人继续在做的事情,而很多表面上的反动只是一些浪漫主义的新变种。"③他认为,一些写法非常现代派的诗人(如穆旦),他们也并没有跟浪漫派断绝关系。④ 受到王敖观点的启发,近几年有不少学者开始重审

---

① Northrop Frye, *Fables of Identity: Studies in Poetic Mythology*, New York: Harcourt Brace Jovanovich, 1963, p.149. 也可见他的 *Romanticism Reconsidered: Selected Papers from the English Institute*, New York: Columbia University Press, 1963.
② 王敖:《怎样给奔跑中的诗人们对表:关于诗歌史的问题与主义》,《新诗评论》2008年第2辑,第9页。
③ 王敖:《怎样给奔跑中的诗人们对表:关于诗歌史的问题与主义》,《新诗评论》2008年第2辑,第10—11页。
④ 王敖:《怎样给奔跑中的诗人们对表:关于诗歌史的问题与主义》,《新诗评论》2008年第2辑,第35页。

中国新诗中的浪漫主义成分的问题。① 虽然笔者并不完全赞同"浪漫主义"诗学对二十世纪诗学史的反拨和重写,但是,在我们对中国现代诗人的研究之中,哪怕依然承认"现代主义"是一个有操作性的诗学术语,我们也应该抛弃掉那种"古典—浪漫—现代"的进化论式文学理念,更不能把"现代主义"当作价值高低的标签,不加审思地把中国新诗的优秀素质都归结为"现代主义"。因此,有必要打破已经趋于僵化的"现代主义"诗学框架,以便于充分地认识四十年代现代诗歌的多重面相。

三、从"求同"到"求通"

需要说明的是,笔者并不排斥西方现代主义理论,而仅仅是在警惕运用这些理论可能会造成的后果,比如掩盖研究对象的语境和内在特质。而且,笔者也不反对任何系统性的研究论述,而仅仅是在探索避免对现代诗歌(西方和中国的)进行本质化和整一化论断的方法。考虑到任何系统研究都必须有某些主线和脉络贯穿全文,而我们前面已经讨论过"求同"和"化约"的危险,那么我们是否可以退而求其次,找一种变通的方法呢?与"求同"的方式有别,我这里提出的设想是"求通"。钱锺书云:"东海西海,心理攸同;南学北学,道术未裂。"东西方诗人和论者虽然有着不同的写作语境和动力,但是他们在遇到某些类似问题时的反应未尝没有相通之处,考虑到中国现代诗歌受到了西方诗人的明显影响这个事实,则尤其是如此。所谓"求通"并不是化约出相同的趋向和特点,而是去考虑不同的诗人(中西诗人或不同的中国诗人)面临着那些相似的语境和议题,去看他们怎样做出类似的或相反的回应,在不同回应中寻找出相同的脉络。

---

① 前述王教一文发表后引起了学界的讨论,最近西渡、李怡、段从学、姚丹等学者均撰文讨论新诗中的"浪漫主义"问题,文章收于《新诗与浪漫主义学术研讨会论文集》,北京,2011年10月22日。另外,王璞深入分析了穆旦诗歌中的"浪漫派的反讽"(王璞:《抒情的和反讽的:从穆旦说到"浪漫派的反讽"》,《新诗评论》2010年第2辑),颇有见地。

"求通"也意味着不要把西方现代主义理论当作标尺和目标,而只是将其作为一个比较的对象。在把中国现代诗人和其西方同仁进行对比论述时,能"通"则"通",不能"通"则不必强"通"之。例如,与大部分西方现代诗人有别,大部分四十年代现代诗人都有着强烈的民族危机感和政治关怀,用夏志清的话来说就是"感时忧国"精神。这种精神要么催生出一种关于自我定位的道德焦虑感(如辛笛的作品),要么萌发一种期待理想社会秩序的乌托邦想象(如杭约赫、唐祈),而西方现代主义诗人很少有这类家国关怀。如果把西方现代主义诗歌作为"坐标轴"来衡量诗歌的话,可能会有一种不够"现代"之感。可是,在1960—1980年代欧美"现代主义"已成为过去时的时候,表现道德关怀和政治反思的东欧和苏联地下、流亡诗歌反而在西方世界倍受推崇(如米沃什、赫鲁伯、布罗茨基等)。一旦注意到这些事实,就不难明白,题材本身没有"现代"和"落后"之分,关键要看作家对它的处理和表现是否深刻,是否有创造性。因此,应当避免把"现代"和现代主义理论当作价值标准,在考察这些作品的时候不仅要关注它们如何"现代",也要评价它们作为艺术作品的自足性、完整性、开创性和想象力等诸多方面,概言之,要评价它们的"文学性"。

第二节 本书的研究方法

一、诗学策略与历史之间的关联性

在把中国新文学与其他民族的文学相比较时,袁可嘉在《我们底难题》(1948)一文中指出:"当我对新文学运动的过去与未来作了一个鸟瞰的观察以后,我觉得它有如此一个与别的文学绝不相同的特质,那即是它的'文化性'确切地超过了它的'文学性'。这就是说,新文学的出现、存在与发展,作为文化运动主环的意义与影响,远胜于它作为纯粹文学的价值。……五四以来的新文学所给予一般社会的影响与启导,多产生在思想文化领域,而不落在文学艺术领域。"①袁可嘉对新文学的"文化性"的强调,实质上是对中国新文学与中国现代历史、文化之间的紧密关联的强调——这一关联之所以比他国文学更为显著,首先是因为中国新文学从一开始就承担了很多的历史重任。"九叶"诗人的创作同样也是在中国新文学传统中展开的,它与其时中国的历史、文化状况同样也是密不可分的。实际上,"九叶"诗人在诗学策略上的一系列开创,比如创造性隐喻的运用,强烈而突出的悖论手法,破碎的时空感受,对自我与"世界"的紧张关系的表现等,无不与当时的写作者所面临的历史、文化态势密切相关。对于这些诗学策略,如果忽视其历史语境,是很难深入和透彻地理解的。

这里我们所说的"诗学策略"(poetic strategy),受到了叶维廉所提出的"语言策略"(language strategy)概念的启发,他在一篇分析"九叶"诗人创作的文章中指出:

> 语言的策略,取决于两个方面,首先是作者观感世界所得的经验(心象)要用文字将之呈现、表达出来,这里牵涉到语言(形式、文类、韵律……)与经验配合协商、变通的过程,其间还包括时空与主题结构布局,物象传义(意象、象征等艺术的选择和考虑);另一方面,在创作的历史空间里,语言的策略还要受制于读者,即读者对象的确立和欲达成的效用,无意中左右着语言层次的选择和调整,包括传达方式与角度……②

在《语言的策略与历史的关联》文中,叶维廉指出:"我所说的'语言的策略',表面看来是形式主义的课题,事实上,我要做的是要找出,作家们在选择某些美

---

① 袁可嘉:《我们底难题》,《文学杂志》第3卷第4期,第17页。
② 叶维廉:《四十年代诗理论的一些据点——由〈诗创造〉、〈中国新诗〉谈起》,收入《"九叶诗人"评论资料选》,王圣思编,上海:华东师范大学出版社,1996年,第11页。

学形式时的历史意识和历史条件。"①虽然笔者对四十年代诗人的"语言策略"的认识与叶维廉有很大区别,他的思路却是笔者所赞同的,这也是本书的核心方法之一。不过,叶维廉这里所说的"语言策略"包括了从经验到语言再到诗歌的转变中所涉及的一些主要的方面,包括主题结构布局、诗歌形式(诗体)、空间感、时间观、修辞等方面,它们所涉及的不仅仅是(狭义的)语言,因此笔者以为称之为"诗学策略"更合适一些。本文所谓的"诗学策略与历史关联"准确的表达应该是:"诗学策略与(它)和历史(的)关联(性)",为了简洁起见,书的题目简称为"历史关联(historical relevance)"。② 我们在本文中要讨论的并非"九叶"诗人创作的所有方方面面,而是其创作中的突出的、成体系的特征(即诗学策略)与历史之间的关联性。"突出"有二含义,一是这一策略是某一作家自身最为显著的特征之一,因此他的那些不太显著的特征不在重点讨论的范围之内;二是,这一特征在中国新诗史上具备开创性的或者典型的意义。"成体系"的含义是指某一特征在作家的创作中具备较高的重复性和自觉性,是他/她的整个创作体系中重要的构成部分,而不是他偶尔为之或者一时兴起的产物。在这些作家重要的诗学策略中,我们也有所取舍:我们最为关注的是那些如何有效地与历史产生关联,而且在这种关联中有机地形成的诗学策略。

强调诗学策略与历史关联的意义和目的何在呢?首先,这种研究思路来自对过去关于"九叶"群体的研究的反思。正如上一节所分析的那样,目前对"九叶"等四十年代现代诗人的研究大都以所谓"现代主义"诗学理论为组织体

---

① 叶维廉:《语言的策略与历史的关联》,收入叶维廉:《中国诗学》,北京:生活·读书·新知三联书店,1992年,第209页。

② 笔者也曾考虑采用诸如"历史渊源""历史语境"等其他相关的术语,但是经再三思考后,还是觉得这些词语不能概括本书的方法和观点。因为本书不是把"历史"当作一个起源,认为文学文本只是它的反映或者衍生物,所以"历史渊源"一语不安。本书不仅要把"历史"(包括社会历史和文学史)当作讨论问题的语境,而且要考察它与文学的多种关联性,包括反映历史、超越历史以及与历史相矛盾,这些都是文学与历史发生关联的方式。本书的另一个方法就是从个别与整体(文学史)的联系来把握具体的诗人的特色和贡献,这一角度也可以概括在"历史关联性"的概念之内,但是"渊源""语境""视野"等词语无法体现出这一点。

系,着重强调的是他们的所谓"现代性"。但是,这种研究视野也往往有着过度阐释、随意发挥之弊,急于向西方"现代主义""现代性"理论"求同",而脱离了历史语境和作家自身的创作脉络。本书强调对诗学策略与历史之间的关联的考察,其目的之一正在于让诗学策略的考察有一个适当的"语境",避免跳空阐发、随意引申,也是为了更好地挖掘诗歌本身的"文外之意"和"言外之旨"。这里所说的与诗学策略相关联的"历史",不仅包括社会的历史,同时也包括文学本身的历史(尤其是中国新诗的传统),以及作家个人的历史(尤其是与其诗学策略密切相关的个人经验和思想情感)。比如,在本书第一章对"九叶"群体的总体讨论中,我们提出要把他们放入整个"文化系统"中来考察,分析他们与各种文学、文化倾向之间的关联,而不是简单地将他们抽象化为一种"反传统"或者"反主流"的倾向。

对诗学策略与历史之间的关联的强调,同时也是对创作主体自身脉络的强调。在过去对"九叶"诗人以至于所有所谓"现代主义"诗人的研究中,最为重视的往往是西方现代主义诗人的"影响",这造成了一种错觉,即"九叶"诗人仿佛是西方现代文学技术最积极的"进口商"。这实际上有意无意地抹杀了中国诗人自身创作的发展脉络和动力。著名的新诗研究者奚密(Michelle Yeh)指出:"影响与被影响两者之间并不是单纯的主动与被动、影响与接受的单向关系,而往往存在着一种相互契合、彼此投射的辩证关系。"在文学交流的过程中,往往牵涉到"接受过程中无可避免的主观性之选择和修正(即使是不自觉的)"[1]。这提醒我们,不要简单地把影响源与被影响者直接等同起来,而要注意到被影响者自身的主体性与创作语境。我们发现,即便是深受西方现代诗影响的"九叶"诗人,其文本表征也与他们所处的历史语境、个人经验、思想和情感密切相关,也与他们所设想的读者对象和"欲达成的效用"有内在的联系。换言之,他们的风格特征并不仅仅是直接挪用西方文学资源的产物,而更主要

---

[1] 奚密:《从边缘出发:现代汉诗的另类传统》,广州:广东人民出版社,2000年,第157、180页。

是自身内在动力驱动的结果。①

二、"现代主义/现代性执迷"与"历史意识"的辨正

最重要的一点是,对诗学策略与历史之间的关联性的强调,反过来也可以为我们进一步探索和反思中国新诗所谓"现代性""现代主义"问题提供一种新的思路。首先,在过去对"九叶"等现代诗人的研究当中,"现代主义"几乎成了其理所当然的诗学特征。在学界对"现代主义"这个概念的大量和无节制、无界定的使用中,它的含义变得越来越不确定,几乎无所不包:凡是有创造性的、正面的诗学特征都被视为"现代主义"的,很多其实是浪漫主义/现代主义共有的——甚至更主要是属于浪漫主义的——特性,也不太恰当地被归为"现代主义"的,于是"现代主义"的概念实质变成了"'好'主义":凡是"好的"就是"现代主义"的。② 这样一种现象,可以称之为"现代主义执迷"(obsession with Modernism)。

与"现代主义执迷"紧密相连的是另一种影响更为深远的"执迷":"现代性执迷"。"这也是个唯西方'现代'精神马首是瞻的年代;非西方的学者难免要以西方文学现代性的特质,作为放诸四海而皆准的标的。"③然则,西方现代作家视野中的文学"现代性"与中国作家孜孜以求的"现代化"目标并非若合符契。夏志清是较早地注意到这一区别的文学批评家之一,他直取特里林(Lionel Trilling,夏志清译为"屈林")关于西方现代文学的特质的著名观点——即对文明本身抱有的沉痛的仇恨态度④,将其与中国现代作家的追求相比,发现"中国爱国志士所梦寐以求的理想,当然也是现代西方文明致力的目

---

① 这一点在第二章有更详尽的讨论。
② 梁秉钧、张松建、马永波等学者的专著也浮现出这个趋势。
③ 王德威:《重读夏志清教授〈中国现代小说史〉》,收入夏志清:《中国现代小说史》,刘绍铭等译,香港:香港中文大学出版社,2001年,第 xii 页。
④ Lionel Trilling, "On the Modern Element in Modern Literature," in Irving Howe ed., *The Idea of the Modern in Literature and the Arts*, New York: Horizon Press, 1977, p.60.

标。但是，西洋现代文学的代表作品却对西方文明所代表的富强，表示反抗；它们着重描写个人精神上的空虚，且攻击现代社会"①。夏准确地察觉到了中国现代文学背后所隐藏的历史进步的假设和对社会现代化的期待这样的知识背景，并且注意到这种背景与西方现代作家的追求有很大差异，甚至截然相反。现代西方作家对资本主义文明所代表的民主、理性与富强有意无意地流露出反抗的态度（如特里林所云）。换言之，社会现代性与文学现代性之间存在着矛盾。与此相反的是，中国现代作家一直将社会现代性目标看作文学本身的目标之一，甚至深受西方现代主义诗人影响的"九叶"诗人也同样如此。非常有趣的一个例子是，袁可嘉在分析诗歌与民主的关系时，曾经把"民主"的特质概括为"辩证的""包含的""戏剧的""复杂的""有机的"，等等。袁可嘉察觉到："读者们总还记得我屡次用来描写诗底现代性的一些形容词正是不折不扣我在这儿用来刻划民主特质的那些词汇！"②这典型地反映了中国现代作家的文学现代性与社会现代性追求之间的同构性质。因此，对于西方学者的现代性理论，我们切不可不加思考地挪用来形容中国现代文学，而要从中国诗人自身的社会、文化语境出发来看待其诗学"现代性"的实质。③

需要进一步提出的是，对"现代性"的考察并不能全部涵盖现代诗歌的本质，我们还需要注意到它可能的对立面，包括"经典性""文学性""传统"以及"永恒性"等。实际上，对于艾略特这位典型的"现代主义"诗人而言，"现代性"也并非他的全部。王佐良在其对艾略特后期诗歌的研究中不无卓见地指出：

> 也正因他年事已长，初期技巧上的革命性渐已消退，若干典型的方法也失去了新鲜……他已失去他的惊人的现代性，而变成一个纯粹的诗人。

---

① 夏志清：《中国现代小说史》，刘绍铭等译，香港：香港中文大学出版社，2001年，第460—461页。
② 袁可嘉：《诗与民主——五论新诗现代化》，天津《大公报·星期文艺》，1948年10月30日。
③ 实际上，袁可嘉对"民主"问题的多次强调就与四十年代后期的社会情况有很大关系，当时有不少作家对"民主"问题有热烈的讨论和期待，见第一章第二节。

仅仅是惊人的在文学史上的命运是很快就变得过时,而一个纯粹的诗人,触到了诗和人生的本质而不仅仅着重风格的奇幻的,却超越时间而存在,并且增益传统,变成传统的一部分。艾里奥脱[艾略特]①现在已享有这种优越。因此,在现在来论他,我们已可有一个距离的好处,不至于徒眩于他的新奇而忘了他的比较永久的一面。以为《荒原》之后艾里奥脱不会再发展的人,现在已给证明为错误。原因就在仅仅追求时尚。现代文学的许多好处是专门读五尺书架上百种名著的人所看不见的,然而以为它的好处只在其为现代作品这一点却是缺乏理解的说法。批评家的努力应该是同时也指出现代文学里比较不会随着时间流逝的一些品质,而能做到这一点,他必也懂得前人的作品,他必对全盘的文学天候有一气象台式的概观。他能将一个孤零的作家同整个文学的灵魂联在一处,而得到一种深度,一点透视,一个背景。这就是艾里奥脱所称为"历史的感觉"的东西。②

王佐良确实是富有远见的批评家。他在四十年代就已经突破了对"现代性"的盲目崇拜,开始思考作品的"经典性"或者"文学性"的问题,也就是那些"超越时间而存在,并且增益传统,变成传统的一部分"的质素。王佐良的评论虽然针对的是晚年艾略特,但对"九叶"以及其他所谓"现代主义"诗人的研究也同样深有启发:在几十年后的今天,"九叶"诗人曾经试验过的一些技巧有的早已司空见惯,我们的研究不能只关注其"现代性",而更要关注其经典性与文学性,也就是那些真正能在新诗传统中留下来并滋养着文学史上的后来者的东西。

---

① 本书引文内所加的说明和解释(以方括号"[……]"标注)均为笔者所作,下同,不另注。
② 王佐良:《〈艾里奥脱:诗人及批评家〉序》,北平《平明日报》"读书界"副刊,第41期,1947年10月13日。转引自张松建:《现代诗的再出发:中国四十年代现代主义诗潮新探》,北京:北京大学出版社,2009年,第42—43页。

而要把握单个作家或者群体的"经典性"或者"文学性",正如王佐良所言,就要对"整个文学的灵魂"有深入的把握,也就是艾略特所谓的"历史感"(historical sense,又译为"历史的意识")。这里的"历史感"不仅包括对整个文学史的把握,也包括对作家所处的时代与历史的把握,在这种把握中去透视单个个体的创作的本质,这正是本书所说的"历史关联"的第一要义。本书第一章关于"九叶"群体与整个文坛的关系的考察,第二章对辛笛诗体的转型与四十年代新诗发展的关联的分析,第四章关于穆旦诗歌的时间意识对现代中国作家的时间原型的颠覆的讨论,第五章关于隐喻语言与中国新诗语言探索的发展的思考,都强调这样一种个体与整体的内在联系的视角,从整个体系中见出他们的"经典性"或者"文学性",而不仅仅强调其"现代性"。

对"历史感"/"历史关联"的强调,反过来也要求我们对现代性有更进一步的、更确切的把握,而不是泛泛地将其作为一个褒义词以作"贴标签"之用。艾略特这样解释他所谓的"历史感"("历史意识"):

> 历史的意识(historical sense)又含有一种领悟,不但要理解过去的过去性(pastness),而且也理解过去的现存性(presence),历史的意识不但迫使人写作时有他自己那一代的背景,而且还要感到从荷马以来整个欧洲文学和本国的文学有一个共时性的(simultaneous)存在,组成一个共时性的秩序。这个历史意识是对于永恒的意识,也是对于暂时的意识,而且是对于永恒和暂时合起来的意识,正是这种意识使一个作家进入传统。[①]

并非巧合的是,艾略特这里所提出的对"永恒"和"暂时"的把握,恰好对应于波德莱尔对"现代性"与"永恒性"之间的区分,在后者那里,"现代性就是过渡、短

---

① T. S. Eliot, *Selected Essays*, London: Faber & Faber, 1949, p.14.

暂和偶然,就是艺术的一半,另一半是永恒和不变"[1]。这里艾略特甚至有纠正波德莱尔的意味,因为波德莱尔更为重视的是"现代性"。如果我们按照波德莱尔的"现代性"与"永恒性"的定义来思考,可以说艾略特所强调的"历史意识"实际上包括了对"现代性"与"永恒性"的辩证关系的认识,也包括对"现代性"的盲目推崇的辩驳——对于一个被视为"现代主义"典型的诗人而言,这种辩驳显得颇似悖论,也引人深思。在当下"现代性"这个概念被越来越泛滥地使用、含义越来越模糊的情况下,我们认为很有必要引入"现代性"可能的对立面(包括"经典性""永恒性"等),这不仅有利于我们更确切地讨论"现代性",也有利于我们更全面地把握现代诗人的实质。实际上,在本书第三章对穆旦的"我"的问题的讨论中,我们发现,一向被视为穆旦的"现代性"的突出反映的破碎、双重性的"我"的表现,反而切实而且深刻地与古希腊哲学、基督教思想密切关联,体现出超越时间的"永恒性"。

由以上理论与研究实践的基点出发,我们有理由展望,现代诗歌的研究即将面临一场"范式变革",新诗研究界根深蒂固的"现代性""现代主义"执迷将面临辨正与反思,我们对现代诗人的"经典性""文学性"的认识也将得到调整与深入。

三、避免反映论式地看待文学与历史之关联性

需要补充的是,在强调诗学讨论的历史关联时,也要避免那种企图将一切诗学特征都与社会历史、个人传记联系在一起的做法,因为这样也就预设了一个超文本的历史"渊源"(源头),将文学看作历史的"衍生物",或者说,看作历史的"摹仿"或者"反映"。在我们看来,诗歌文本的研究不能脱离历史语境;但是,企图将一切文本现象与历史挂钩也将落入一种走火入魔式的执迷。夏志

---

[1] 波德莱尔:《1846年的沙龙:波德莱尔美学论文选》,郭宏安译,桂林:广西师范大学出版社,2002年,第424页。

清曾经告诫道:"文学史家的首要任务是挖掘、品评杰作。如果他仅视文学为一个时代文化、政治的反映,他其实已经放弃了对文学及其他领域的学者的义务。"①因此,应该尽量避免那种反映论式的处理文学与历史的关系的做法,从社会历史背景、作家传记材料中得到的结论不能不加审视地加诸文本之上,因为文本与作家个人经验、社会历史之间并不总是配合无间,而往往会出现相互矛盾,甚至对立的情况。② 这也是本书将论题称为"历史关联"而不是"历史渊源"的原因,"历史关联"是为了给讨论对象确定一个语境,但不是把文本和历史直接等同起来,也不是简单地认为后者即是前者的原因或者起源。③

不妨借用文学理论经常使用的一个区别来进一步认识这个问题。我们一般所谓的"作者"其实是一个非常含混的概念,它至少可以分为三个层次:(1) 作为"实有之人"的作者;(2)"艺术活动的主体";(3)"艺术文本中的作者形象"。④ 一般历史背景、个人传记研究只能反映出作为"实有之人"的作者这一层次的经验和思想,但它们未必就是在文本中实现和展开的创作主体的特色。这不仅是因为文学(包括诗歌)无法避免地带有虚构的特色,而且从更深的层次而言,诗歌写作在很大程度上是一种"自由"行为,并不完全受外在的"自然规律"的左右。⑤ 这意味着个人创作必定有创造性的、无法用自然规律和外在因素解释的因素——这就是创作的"自由"。在本书的研究中,我们也要限制那种企图把一切文本现象都与历史相挂钩的理性思维的过度膨胀,尊重

---

① 夏志清:《中国现代小说史》,刘绍铭等译,香港:香港中文大学出版社,2001年,第 xiv 页。
② 比如穆旦写于抗战期间的《赞美》就不能想当然地看作对抗战的讴歌,而他在自愿赴缅甸参加抗日远征军前夕写的《出发》则反而是在反思和怀疑战争的意义,详见第二、五章关于穆旦的讨论。
③ 何况,我们这里所谓的"历史"并不仅仅指社会、文化的历史,更指文学本身的历史(文学传统),就后一个意义而言,就更不能使用"历史渊源"这类术语了,因为文学史与个体创作之间只能是整体与个别的关系,而不能是"原因"与"结果"的关系。
④ 瓦·叶·哈利泽夫:《文学学导论》,周启超等译,北京:北京大学出版社,2006年,第68页。
⑤ 这里的"自由"和"自然规律"概念都借自康德的《纯粹理性批判》一书。康德认为,有四组在纯粹理性范围内无法解决的二律背反,其中第三组是"自由"与"自然律"之间的二律背反:由于自然规律的理性假设并不能让万物的发展得到自足的解释,就必须假定有一种"由自由而来的因果律",两者之间都无法取消对方(康德:《纯粹理性批判》,邓晓芒译,北京:人民出版社,2004年,第374页)。

文本自身的面貌和创作主体的"自由"。所以,我们在思考诗学策略与历史之间的关联性的时候,有关联则考察其关联,无关联则考察其分裂、矛盾或对抗之处。在我们看来,后者的考察比前者更为微妙和棘手,但和前者一样有价值。

四、研究对象和研究重点的选择

正是基于对目前有关四十年代"现代主义"诗歌的研究和关于"现代性/现代主义执迷"的反思,笔者并没有选取诸如"四十年代现代主义诗歌研究"这样的论题,而选取了"九叶"群体作为论述对象。这主要有两方面的考虑。首先,上节分析到,"现代主义"是一个外延很不确定、内涵极其模糊甚至互相对立的概念,这也会导致研究对象的选取较为随意,例如张松建的《现代诗的再出发》就有这个问题。其次,若把论题定为"四十年代现代主义诗歌",则必然要求以"现代主义"诗学理论为组织脉络(否则论题就失去合理性了)。但是,问题在于,四十年代的现代诗人虽然或多或少受到了西方现代主义诗人的影响,他们的创作并不是对后者的简单模仿,他们的艺术特质也不能想当然地设定为"现代主义"的。实际上,陈敬容和唐湜由于长期浸淫于三十年代的抒情诗,诗风其实主要是以浪漫主义和感伤主义为特色的。而杭约赫和唐祈则受到了"革命现实主义"文学的影响,其作品与"人民诗歌"其实有很多同构性,甚至在他们明显地模仿艾略特的作品中也是如此(见第三、四章)。哪怕一直被视为四十年代"现代主义"的典型和极端的穆旦,其文学资源也越过了现代主义文学,而涵盖了浪漫主义(尤其是惠特曼、霍普金斯)以及古希腊经典和基督教精神。有鉴于此,本书在承认四十年代现代诗人确实有一定的"现代主义"特色的同时,并不急于将其全部性质和特色都概括和定性为"现代主义",也不以"现代主义"为唯一的或主导性的理论构架;而是以他们自身的脉络和性质讨论基点,充分重视他们的各种艺术特质(包括浪漫主义、感伤主义、革命现实主义等)。本书更多地集中于"问题"的探讨,而并不急于对其进行"主义"的命名。

由上文的分析可以见出,所谓"四十年代现代主义诗群""四十年代现代主义诗潮"等概念实质上是一些逻辑上的抽象——而且这个抽象化的过程现在看来还颇为可疑——而非历史性的群体或者潮流。因此,本书又回到了"九叶"群体这个历史性的概念。当然,很多学者都注意到"九叶"一词是八十年代才出现的,用它来形容四十年代的一个群体似乎不够妥当。① 而有的学者则认为就他们聚合的过程来看,应该以"中国新诗"作为群体名称才对。这两种说法都值得认真考虑。首先,需要注意的是,文学史上很多群体或者流派的命名都是后来"追加"的,并非当时就已经被提出来②,所以以"九叶"来命名这个四十年代就已经初步形成的群体也是正常的现象,何况它也是这些诗人自己在八九十年代多次强调和认可的概念。其次,以"中国新诗"来作这个群体的名称,本身也没有特别大的缺陷,因为这九个诗人确实是因为《中国新诗》这本杂志的创办才聚合在一起的,而且他们都在此刊上发表过作品。但是,这个名词也同样有问题。因为在《中国新诗》上发表作品的并不止于"九叶"这九个人,还有方敬、汪曾祺、刘西渭(李健吾)、冯至、卞之琳、袁水拍、罗大冈等,甚至还有冯雪峰、蒋天佐(两者分别为中共上海地下文委负责人和成员)等左翼作家,而且他们都与当时的陈敬容、唐祈、杭约赫等有密切关系。③ 那么,如果我们使用"中国新诗"这个名称的话,这一大批作家是否要计入这一群体又是一个棘手的问题。如果我们使用"中国新诗"这个名称而实际上仅指"九叶"这九人的话,那么为何不径用"九叶"这个更常用的名称呢? 实际上,由于《中国新诗》这个刊物维持的时间较短(仅半年),穆旦、袁可嘉等作家在上面发表作品的数量远远少于他们在《大公报·星期文艺》《文学杂志》等报纸、杂志上发表作品的数量,如果仅以发表刊物来命名一个团体的话,就会出现"大公报派""文学杂

---

① 易彬:《"九叶派"研究新探》,《湖南社会科学》2003 年第 6 期,第 159—160 页。
② 比如英国的所谓"湖畔诗派"(包括华兹华斯、柯勒律治、骚塞等早期浪漫主义诗人),中国文学史上的所谓"现代"派、"白洋淀诗派"等概念,都不是在当时就已经明确地提出来的群体、流派概念。
③ 详见第一章。

志派"等层出不穷的概念了。可见,不能仅从作品出版角度来看待一个群体。由此看来,与"中国新诗"一词相比,"九叶"这个名词还有指称对象明确的优点,而且也能体现出这一群体成员之间的相互认同。考虑到任何命名都只能是"权宜性"的,我们就采用"九叶"这个更常用的名字来进行论述。

应该注意到,四十年代"九叶"的聚合时间并不是很长,他们相互之间影响和整合的程度也比较有限,因此他们之间的风格、思想都有较大的差异,尤其是《诗创造》周围的杭约赫(曹辛之)、唐祈、唐湜、陈敬容、辛笛五人与西南联大毕业的穆旦、杜运燮、郑敏、袁可嘉四人之间,更是有着多方面的区别(详见第一章)。严格说来,"九叶"群体并不是一个非常统一和同质化的文学流派,它只是一个有一定的相互认同和相似的追求的群体,其成员在四十年代并没有公开宣布共同的创作纲领,也没有一个公认的群体领袖(虽然穆旦在他们之中相对较有声望),因此本书一般不使用"九叶派""九叶诗派"这样的术语。更重要的是,在对"九叶"群体进行论述时,应当避免同一化、整一性的论述(这是过去的很多"九叶派"研究普遍出现的弊病),尽量少用"'九叶'诗人如何如何"这样的大而化之的笼统概括,转而采用联系对比的方法,不求其"同",只求其"通",在"通"中见出联系和共性。

当然,仅以"九叶"群体为研究对象,也会使研究无法兼顾四十年代的另外一些较有创造性的年轻诗人,比如王佐良、俞铭传、罗寄一、王道乾、吴兴华、路易士等。因此,对"九叶"的考察并不能完全覆盖四十年代的青年诗人的各种倾向和特色。但是,我们并不打算写成一个"四十年代现代诗概观"。甚至就"九叶"诗人的讨论而言,我们也不追求全面分析他们的所有特色和性质,而仅仅集中讨论他们那些"突出的、成体系的"诗学特征。因此,本书也不是一个详尽、全面的"九叶派概论"。关于四十年代诗歌的较完整的版图,关于"九叶"的一些基本的诗学特征,已经有前述多本专著做出较全面的描述了,笔者不打算重复这些已经取得的成绩。笔者更为看重的是问题开掘的深度,而不是覆盖的广度,因此,它也不同于一般的"流派研究"。我们之所以选择"九叶"而不是其他四十年代诗人群体作为研究对象,是由于"九叶"诗人本身就有较大的多样性,他们的创作实际涉及四十年代新诗发展的一系列根本性的问题,比如诗体的转型、时间意识的改写与历史之间的和谐或者对抗,"我"与"世界"之关系的重设,语言与存在的多种关系的探索,异质性诗学元素的引入与历史之间的关联,诗歌之现代性与永恒性的辩证联系,等等。而且,他们之中不仅有四十年代最优秀的青年诗人(穆旦、杜运燮、辛笛),也有当时最优秀的诗歌理论家和批评家(袁可嘉和唐湜)。所以,"九叶"群体的讨论可以为本书一系列问题的开展提供足够的支撑,而这一系列问题的开掘也可以较充分地折射出四十年代新诗探索所达到的高度与深度,以及它给后来的写作者所留下的教训。

五、总结

概言之,过去对"九叶"以及其他四十年代现代诗人的研究过度地依赖并"求同"于西方现代主义诗学,这往往意味着剥离、扭曲历史语境(或者"非历史化"),而我们的方法则要把"九叶"重新放回到历史中。"放回到历史中"有两层含义:一是把他们"放回"到所处的社会、个人历史中,来看他们是如何以艺术的方式应对他们所处的世界,并观察他们的艺术是如何在这种应对中有机形成的;如果不是这样,我们就会继续把他们的艺术创造简单地看作对西方诗人的模仿和挪用。二是要把他们的创作"放回"到文学的历史(文学传统)中,来看他们是如何与其他的文学倾向和潮流产生关系,并将他们放置于新文学的整体中来看他们的特色与贡献。这两种"放回历史"也有助于破除对"现代主义""现代性"的盲目执迷,重新理解四十年代诗歌的"现代性"以及"文学性"。本书的五章分别是思考诗学策略与历史关联的五个角度:

第一章 "九叶"群体的形成与性质:是从这一群体的形成的角度,来看它与当时文坛的各种倾向(尤其是"人民文学"这一主流)的关系,而且我们要证明:整个"九叶"群体的性质必须从这种关联中来获得一个"历史的"定义。

第二章 抒情诗体的转型:我们在"九叶"中选取了几种典型的诗体

(style)，来看它们是如何在四十年代的历史语境（尤其是现实的压力）中形成的，也看他们的艺术探索是如何受制于这个语境的。

第三章　"自我"与"世界"的紧张关系：这里我们探索的"九叶"诗人对空间的感受方式以及对自我的定义方式。文学中的"自我"与"世界"其实是相互关联、互相定义对方的一对概念，四十年代"九叶"诗歌中的"我"与"世界"呈现出紧张和对立的关系，这不仅是他们与三十年代诗人有很大区别的一点，也是他们的抒情方式、感性特征以及修辞特征之形成的重要条件和动力。

第四章　时间与历史意识：这里我们探索的是"九叶"诗人对时间的表现方式和它背后隐含的历史意识。"九叶"诗人开始在诗歌中自觉地表现"时间"这一抽象概念，我们讨论了两种截然不同的"时间"表现，它们的背后是两种历史观：一种是与左翼诗歌同构的历史决定论（唐祈），一种是有宗教色彩的反历史态度（穆旦）。

第五章　创造性的隐喻：这里我们讨论"九叶"诗人在语言上的突出贡献（即创造性的隐喻）与他们的历史意识和世界观之间的联系。隐喻是"九叶"诗歌语言的核心因素，也是我们观察诗人面对世界、历史的方式的一个窗口。他们对创造性隐喻的使用本身就是他们应对外部世界之压力（尤其是历史暴力）的方式。隐喻是他们同时实现改造语言和重新认识现实这两个目标的核心手段。

虽然这五个角度并不足以概括"九叶"诗人的全部艺术特色，但是我们希望通过这些讨论可以完成几个目标，也是我们想要解决的几个问题：一、探索"九叶"诗人在提出和实践某些重要的诗学策略时的历史条件和历史意识是什么，其诗学策略如何形成于并受制于它们与历史的关联性？二、"九叶"诗人的创作与中国新诗的传统是什么关系，如何在整个新诗史的系统中把握他们的特色和贡献？三、"九叶"诗人与现代主义诗学和现代性的关系是怎样的？它的"文学性"又应该如何把握？四、不同的"九叶"诗人在艺术探索的上成就之高下如何比较、评判？尤其是，如何见出穆旦这个他们之中的"代表"的真正卓越之处？同时，我们也希望在讨论中纠正过去研究的几个弊病：一、对文学"影响"的崇拜和滥用；二、求同于西方"现代主义""现代性"论述的方法；三、对文本的忽略与对"文学性"的忽视。

第一章 "九叶"群体的形成与性质

引 言

本章将对"九叶"/"中国新诗"群体的形成作详细的分析并对其总体性质做一个鸟瞰式的观察。但并不仅限于此,我们希望从历史的角度(或者"发生学"的角度)来看这一群体是如何产生的,并希望从中找到一种定义它自身的方式,而不是简单地将其当作一个"现代主义"诗歌群体。我们发现,"九叶"诗人之所以聚合在一起并不仅是因为他们有共同的追求——这些共同的追求也未必是现代主义的理念,更是受到了四十年代后期的文坛主流("人民文学")所施加的压力的推动——以"反作用力"的方式。由于四十年代后期左翼作家阵营的不断扩大,"革命现实主义"和"文艺大众化"的主张占据主导地位。从"主流"的角度说,它开始把一切处于它之外的倾向都视为"异端",力图对它们实行"打击"或者"收编"。处于"主流"之外的作家(包括"九叶"诗人)也面临着越来越大的压力,因而开始聚集在一起以求保存自身。实际上,穆旦、袁可嘉、郑敏、杜运燮四人当时被视作"沈从文集团"的"小喽罗"正是这个语境下的产物;而穆旦等四个西南联大毕业的诗人与上海的《诗创造》周围的五个诗人在1948年的"聚合"更是如此。这一聚合首先应从文学生产和文化政治的角度来理解:它发端于《诗创造》编辑部的分裂(即臧克家、李白凤等左翼作家与杭约赫、唐祈、陈敬容、唐湜等的分歧),形成于《中国新诗》杂志的创办(即西南联大群体与原《诗创造》群体的汇合),这一系列事件都与这九个诗人与左翼作家的互动和冲突有关。

正因为"九叶"群体是这样"历史地"形成的,而不是一个逻辑上的抽象概念,我们对它的性质也应该"历史地"看待。过去学界常常将其视作一个"反主流"或者"反传统"的现代主义诗歌流派,其实这种"主流—边缘"的二元视角仍然有失准确。我们借用威廉斯关于文化系统的三种成分(主流、残余、新变)的理论,力图厘清"九叶"群体的两个分支(西南联大一支与《诗创造》一支)与当时诗坛的不同倾向之间的关联。相比而言,我们发现《诗创造》一支与新诗传统有更多的延续性和同构性,他们身上也有很多"主流"以及"残余"的因素;他们在四十年代后期才开始体现出一些较大胆的艺术特色,即"新变"因素;而西南联大一支则更多地体现出过去新诗传统中没有的"异质性",不过他们依然承续了"五四"以来的"人的文学"的理念。但是,尽管这两个分支体现出不同程度的"新变"因素,对于四十年代后期正在向"正统"转变的主流("人民文学")而言,它们都是"异端",都应该予以"收编",这一点体现在左翼诗人与所谓"沈从文集团"(包括穆旦等四个诗人)和"九叶"诗人的多次争论或冲突之中。从这一角度出发,我们才可以理解"九叶"这一群体是如何被视为/自视为一个"流派"的。

第一节 "九叶"群体的聚合

"九叶"/"中国新诗"诗人群体的聚合实际上到了1947—1948年间才开始,他们由两部分人组成:一部分是毕业于西南联大的穆旦、杜运燮、郑敏、袁可嘉四人,他们在抗战结束后复员到北方(除了杜运燮以外);另一部分是聚集在《诗创造》杂志的青年诗人,包括杭约赫(曹辛之)、唐祈、唐湜、陈敬容、辛笛五人,他们在抗战后活跃于上海一带,与北京相比,则是"南方",因此,1948年上面两部分诗人在《中国新诗》上的集体出现被左翼论者称之为"南北才子才女大会串"①。下面对这两个分支的诗人之聚合分而述之，然后再讨论这两个分支之间总的聚合。在下面的分析和讨论中，有两点需要特别注意：一是这两个分支与沈从文、朱光潜等所谓"自由主义"作家的关系，还有他们与不同的左翼群体之间的关系和分歧。二是两者的聚合既受到内部因素（相互的认同和相似的追求）的推动，也有外部因素（包括文坛"主流"给他们施加的压力）的作用。

一、两个分支的聚合"前史"

虽然穆旦、杜运燮、郑敏、袁可嘉都曾就读于西南联大，但是不能想当然地以为他们在就读期间或毕业前后就已经形成了所谓"西南联大派"。穆旦、杜运燮较早入学，前者随长沙临时大学（即后来的西南联大）1938年迁至云南，而后者于1939年转学至西南联大外语系，两人在就读时就已经认识。② 但是，袁可嘉却迟至1941年才入学，而穆旦已经于1940年毕业了。目前还没有看到有证明袁可嘉与穆旦、杜运燮在四十年代初期（1940—1943）就已经认识的材料。另一方面，郑敏在西南联大就读的是哲学系，与前三者所就读的外文系不同，她回忆道："在西南联大的时候，我和杜运燮、穆旦不同系，也不同级，大家都不认识。直到毕业之后，1947年，有一次穆旦到南京玩，才见面。"③ 而袁可嘉也是在抗战结束之后才与穆旦较为熟络的。④ 杜运燮四十年代后期一直在

---

① 张羽：《南北才子才女大会串——评〈中国新诗〉》，《新诗潮》第3辑，1948年7月，第16页。

② 杜运燮：《穆旦著译的背后》，收入《一个民族已经起来》，杜运燮等编，南京：江苏人民出版社，1987年，第119页。

③ 易彬（访谈）：《"他非常渴望安定的生活"——同学四人谈穆旦》，《新诗评论》2006年第2辑，第232页。

④ 在穆旦档案之《我的历史问题的交代》（1956年4月22日）关于1946年活动的记录中，穆旦说："共去平津三四次，除一次买纸，一次考留学外，都是为了个人回家、访友及游玩"；见到的人还有"王佐良，周珏良，沈从文，袁可嘉，冯至（以上都在大学任教）……"（易彬：《穆旦年谱》，北京：中国社会科学出版社，2010年，第95页）

新加坡、香港等地，直至1951年才回到北京，他与其他"九叶"诗人在四十年代后期并未谋面。

应该注意到，这四个诗人凝聚在一起与沈从文、杨振声等西南联大教授以及他们主编的天津《大公报》《益世报》、北平《民国日报》《经世日报》等报刊的文艺副刊有很大关系，或者说，他们的"聚集"首先而且主要应该理解为他们的作品在上述媒介上的"聚集"。沈从文等与杜运燮等四人是师生关系，早在四十年代初，沈从文就曾经帮他们推荐发表稿件。[①] 到了抗战胜利之后，上述报刊以及朱光潜（时任北京大学教授）主编的《文学杂志》大量发表这几个西南联大毕业学生的作品（包括评论）。袁可嘉由于在抗战后担任北京大学教师，与沈从文、杨振声、朱光潜等相对较为接近，在四十年代后期还协助杨振声编辑北平《经世日报》的文学副刊，协助编辑最后半年的天津《大公报·星期文艺》（先后由沈从文、朱光潜、冯至主编）。[②] 实际上，沈从文对穆旦、袁可嘉等年轻诗人颇为器重，沈从文在《新废邮存底·二十六》（1947年）中特别提到他接触的穆旦、郑敏、袁可嘉等年轻人，认为刊物的希望正在于这些"活泼青春的心和手"，在《新废邮存底·二十七》（1947年）中他提出"需要一群胆大、心细、热忱、勇敢的少壮，从更广泛一些工作态度上来实验来探索"[③]。

沈从文与穆旦、郑敏、袁可嘉等人并未形成一个紧密的文学团体，仅仅是志趣上比较接近而已。沈从文四十年代所追求的"抽象的抒情"与穆旦、郑敏

---

① 例如杜运燮在四十年代初期就开始在香港《大公报·文艺》上发表作品，他回忆道，"我记得好像是沈先生介绍我寄诗给杨刚的"。（杜运燮：《〈海城路上的求索——杜运燮诗文选〉自序》，北京：中国文学出版社，1998年，第5页）杨刚为香港《大公报·文艺》主编。

② 袁可嘉：《自传：七十年来的脚印》，《新文学史料》1993年第3期，第149页。笔者按：袁可嘉在《诗人穆旦的位置》文中说《星期文艺》最后半年"由我收场"，《经世日报》的文学副刊"先由杨振声先生、后由我主持编务"（《一个民族已经起来》，第16、17页），此处说法与《自传：七十年来的脚印》有所区别，但是袁可嘉参与到这两个副刊的编辑中是确定的。

③ 沈从文：《新废邮存底》，《沈从文文集》（广州：花城出版社；香港：生活·读书·新知三联书店香港分店，1984年），第12卷，第77、80页。笔者按：前面穆旦等人与沈从文的关系的两条材料，钱理群已先一步发现，见《一九四八：诗人的分化》，《文艺理论研究》1996年第4期。除钱理群所提到的这两处以外，在《新废邮存底·三二四》中，沈从文又提到了穆旦、郑敏、袁可嘉这三个年轻作家，对他们颇为赞赏。

等人作品中的玄学色彩是颇有相似之处的。不过,嗅觉敏锐的左翼文人马上盯上了这些"年轻人":1947年7月,七月派刊物《泥土》第三期上发表了"初犊"的《文艺骗子沈从文和他的集团》一文,在用粗暴的语言攻击沈从文为"制造大批的谎话和毒药去麻痹和毒害他人精神的文艺骗子"的同时,也把矛头指向了被称为沈从文"喽罗"的袁可嘉、穆旦、郑敏等年轻诗人,说他们在"现实面前低头、无力、慵惰,因而寻找'冷静地忍受着死亡'的奴才式的顺从态度",称其为"乐意在大粪坑里做哼哼唧唧的蚊子和苍蝇",最后以文坛主管的姿态号召"扫除这些壅路的粪便,剪断这些死亡主义和颓废主义的毒花"。① 不独此文把穆旦、袁可嘉等人看作"沈从文集团"成员,下文要谈到的《新诗潮》的几篇攻击文章,也屡次提及穆旦等人与沈从文和《大公报》文艺副刊的关系,把穆旦、袁可嘉、郑敏定性为"沈从文集团"分子基本上是不少左翼文人的共识了。

再来看围绕在《诗创造》周围的五个诗人(杭约赫、唐祈、唐湜、陈敬容、辛笛)。其中唐祈与陈敬容早在1940年左右就在兰州认识了,两人还一度是恋人关系,唐湜说:"诗人(唐祈)早在四十年代初或者三十年代末,就在兰州认识了敬容(陈敬容)与她那位骑士沙蕾,她离开兰州到重庆,主要是由于那个骑士的暴戾,可也许与唐祈有关,反正后来到上海,我亲手给他们传递过一些类似情诗的作品。"② 到了重庆之后,唐祈、陈敬容还与当时已经是左翼诗人的何其芳③、力扬等人过从甚密。④ 而杭约赫在抗战时也在重庆认识了臧克家、林宏

---

① 初犊:《文艺骗子沈从文和他的集团》,《泥土》第3辑,1947年7月。
② 唐湜:《唐祈在40年代》,见唐湜:《九叶诗人:"中国新诗"的中兴》,上海:上海教育出版社,2003年,第165—166页。另参第160页。
③ 何其芳在三十年代前期是"现代"派诗人中的一员,他1938年和卞之琳等一起上延安,由此转变为左翼作家中的一员。
④ 唐湜:《唐祈在40年代》,见唐湜:《九叶诗人:"中国新诗"的中兴》,上海:上海教育出版社,2003年,第169页。

等左翼作家,还写过一篇《臧克家论》。①

1945年抗战胜利之后,杭约赫、唐祈、唐湜、陈敬容、辛笛相继复员到上海一带。杭约赫与臧克家、林宏、沈明、郝天航等(均为左翼诗人)在上海创办星群出版社(1946年成立),并以后者为基础创办《诗创造》月刊(1947年7月创刊)。② 就在《诗创造》创办前后,这五个诗人开始聚集在一起③,其中杭约赫、唐祈、唐湜、陈敬容是具体负责《诗创造》编辑的"四人核心",而辛笛(当时为上海金城银行信托部负责人)则负责给杂志的运行提供资金支持。④

应该注意到,《诗创造》是由臧克家领衔发起的,虽然他并没有参加这个刊物的具体编辑工作,但是刊物每期发稿之前,都要到臧克家处"商量定稿"⑤。臧克家实际上也充当了这五个诗人的"凝结剂"的作用,辛笛、陈敬容、唐湜、袁水拍等都是臧克家介绍与星群出版社联系的。⑥ 在《诗创造》第一辑《带路的人》封面上,臧克家列于要目上的所有作家之首,这也是其领导地位的一个标志。臧克家虽然也是左翼作家,但是他并不像何其芳、冯雪峰等人一样在党内担任要务,也不如胡风、阿垅、绿原等"七月派"作家有那么明确的政治意识和激烈的政治诉求,因此他在四十年代后期不断受到"七月派"作家以及其他一些左翼诗人的攻击。⑦ 唐湜说:"这个刊物(《诗创造》)原要在'大方向一致的前提下兼收并蓄'的,写稿的人不少,只没有一个七月派的诗人,因为阿垅刻薄无理地辱骂过臧先生,臧先生带头办这个诗刊也可能是想团结一些青年诗人与

---

① 唐湜:《九叶在闪光》,《新文学史料》1989年第4期,第148页。杭约赫的文章为:孔休(杭约赫):《臧克家论》,《时与潮文艺》,第3卷第1期,1944年3月。
② 曹辛之:《面对严肃的时辰——忆〈诗歌创造〉和〈中国新诗〉》,《读书》1983年第11期,第67—68页。
③ 唐湜回忆:"1946年春,我到上海时,在臧克家先生家遇到辛之与陈敬容,不久也就成了他们的好友。"(唐湜:《九叶在闪光》,《新文学史料》1989年第4期,第147页)
④ 唐湜:《九叶在闪光》,《新文学史料》1989年第4期,第148页。
⑤ 林宏、郝天航:《关于星群出版社与〈诗创造〉的始末》,《新文学史料》1991年第3期,第137页。
⑥ 林宏、郝天航:《关于星群出版社与〈诗创造〉的始末》,《新文学史料》1991年第3期,第137页。
⑦ 例如,阿虎:《评臧克家"生命的○度"》,《新诗潮》1948年第3期。《新诗潮》主要是由地下党成员在上海创办的一个诗歌刊物,详后。

阿垅们对垒。"①可见,《诗创造》的成立与左翼作家内部斗争也是有关系的。②

在《诗创造》创刊号上的《编余小记》中,编者提出:"在诗的创作上,只要大的目标一致,不论它所表现的是知识分子的感情或劳苦大众的感情,我们都一样重视。"③《诗创造》上面发表的作品较为多样化,既有很多左翼诗人的作品,也有一些现代派性质的作品和译作。④ 但是,综合起来看,《诗创造》上的作品(除译作以外)基本上是左翼性质的。钱理群指出,《诗创造》杂志上的核心作者主要是两部分人,一部分是与臧克家交往较多、或受其影响的青年诗人,如杭约赫、劳辛、黎先耀、青勃,这部分主张革命现实主义和诗歌的大众化;另一部分是与杭约赫有较密切的个人关系的青年诗人,即唐祈、唐湜、陈敬容等,他们受到西方现代派诗人的影响,在观念和追求上不同于前一部分诗人。⑤ 这个判断基本上是确切的(虽然分类有重叠),不过有两点需要补充和修正。首先,在前一部分诗人中,发表作品(含译作与评论)最频繁的并非劳辛、青勃等人⑥,而是臧克家本人、袁水拍以及林宏、沈明、康定等左翼诗人⑦,后三者同时也是1948年7月《诗创造》改组后的编辑部成员(改组后刊次称为"第2年第×辑")。其次,唐祈、唐湜、陈敬容和杭约赫确实是在《诗创造》上发表最多作品

---

① 唐湜:《九叶在闪光》,《新文学史料》1989年第4期,第148页。
② 1991年林宏、郝天航的《关于星群出版社与〈诗创造〉的始末》则称:"《诗创造》创刊以来,臧克家先生与我们见面谈话时,虽然也为某些人对他进行的不公正指责感到愤慨,但从未要求或暗示我们对'七月派'组织对垒。"(林宏、郝天航:《关于星群出版社与〈诗创造〉的始末》,《新文学史料》1991年第3期,第138页),这里显然是在驳斥前引唐湜关于"对垒"的说法。所以,总体来看,臧克家等与"七月派"有矛盾则是确切的,但《诗创造》的创办是否目的在于对垒"七月派"则各执一词。
③ 编者:《编余小记》,《诗创造》第1辑,1947年7月,第28页。
④ 《诗创造》上有大量的翻译国外现代诗和评论的译作,包括戴望舒翻译的洛尔加(第3辑)、魏尔哈伦(第2辑)和艾吕雅(第6辑),唐湜译艾略特(第10辑),徐迟译里尔克(第1辑),陈敬容译里尔克(第10辑)、史本德(第10辑),李旦译史本德(第12辑),屠岸译勃朗宁(第7辑),等等。
⑤ 钱理群:《一九四八:诗人的分化》,《文艺理论研究》1996年第4期,第37页,第44页注释1、2。
⑥ 劳辛仅在该刊第4辑、第2年第1辑两次发表作品;青勃在第1、2辑,第2年2辑上3次发表作品。
⑦ 臧克家在该刊第1、2、4、5、6、7、8辑,第2年第1辑上八次发表作品;袁水拍在第2、5、6、10辑上四次发表作品(均为译作);林宏在第1、2、4、8辑,第2年第2辑上五次发表作品;沈明在第1、2、4、5、7辑,第2年第1、3辑上7次发表作品;康定在第1、2、5、6、7辑,第2年第1、2、3辑上八次发表作品。

的诗人①，他们的部分作品也不同程度地受到了西方现代派诗人的影响，但是他们的很多作品（尤其是写于1947年之前的）大都与左翼诗人的作品相当接近，这是因为他们原本就受到了诸如臧克家、何其芳、艾青等左翼诗人的影响，所以对于他们而言，并不存在泾渭分明的"现代主义"与"现实主义"/"大众化"之间的分野。他们向西方现代派的靠拢主要在1947—1948年才体现出来，他们所谓的"现代主义"倾向更确切地说是一些没有充分发展出来的征兆，不宜过分夸大。②

所以，总的来看，《诗创造》主要是一个左翼性质的刊物，而且穆旦、杜运燮、郑敏都没有在上面发表过作品，只有袁可嘉发表过一篇评论。③过去的论者大都强调其"兼收并蓄"，却忽略了"大方向一致"这个前提。林宏、郝天航回忆到："我们这些朋友当时在政治上都是反蒋、反美、拥共的，大目标是共同一致的，但在艺术思想上却有分歧，存在着不同的见解。"④杭约赫、唐祈、唐湜、陈敬容与臧克家、林宏等人的区别主要也体现在艺术形式上，后者主张"战斗气息浓厚与人民生活密切联系的作品"，"不能让脱离现实、晦涩玄虚的西方现代派诗作充斥版面"；而前者"强调诗的艺术性，反对标语口号式的空泛之作"。⑤但是"大方向一致"也意味着两方面的诗人在历史、政治观念上不会有太大区别，即"反蒋、反美、拥共"；相比之下，穆旦、袁可嘉等西南联大诗人则在思想观念和艺术上都与臧克家等人有深刻的分歧，此中微妙区别不可不辨（详后）。

---

① 唐祈在该刊第4、5、7、9辑四次发表作品；唐湜在第1、3、5、7、8、9、10、12辑上八次发表作品；陈敬容在第1、3、4、6、7、8、10、12辑八次发表作品（含以笔名"默弓"发表的作品）；杭约赫在第1、2、3、4、5、6辑上六次发表作品。
② 辛笛不属于所谓"四人核心"，他仅在《诗创造》第2、7期发表过2次作品，他的创作历程与他们四人也有很大区别，见第二章第一节。
③ 即袁可嘉：《新诗戏剧化》，《诗创造》第12辑，1948年6月。
④ 林宏、郝天航：《关于星群出版社与〈诗创造〉的始末》，《新文学史料》1991年第3期，第138页。
⑤ 林宏、郝天航：《关于星群出版社与〈诗创造〉的始末》，《新文学史料》1991年第3期，第138页。

二、《中国新诗》的创办与"九叶"群体的聚合

虽然《诗创造》上面的作品以左翼性质的为主,但是其"兼收并蓄"的编辑方针和其中部分带有现代派色彩的作品还是引起了七月派作家的不满。例如前引"初犊"的《文艺骗子沈从文和他的集团》一文在猛烈地攻击"沈从文集团"之余,也把炮火对准了刚创办的《诗创造》杂志,称其"公然打着'只要大的目标一致'的旗帜,行进其市侩主义的'真实感情'……这正是我们的敌人该打击之"①。但是,除了沈从文和《诗创造》以外,该文攻击的对象还包括姚雪垠、陈白尘、李健吾、郭沫若、马凡陀(袁水拍)等,遍及除了七月派以外的各路作家(包括很多左翼作家),带有明显的党同伐异的小集团作风。所以,尽管有七月派的攻击,此时(1947年)的《诗创造》还没有招致左翼作家的普遍性的责难。

但是,到了1948年,情况却渐渐发生了变化。在《诗创造》1948年2月第8辑和6月的第12辑上,分别发表了唐湜的《诗的新生代》和默弓(陈敬容)的《真诚的声音》二文,前者高度称赞穆旦、杜运燮为"自觉的现代主义者",并把他们与绿原等"不自觉地走向了诗的现代化道路"的七月派作家合在一起,并称为"诗的新生代"的"两个高高的浪峰"②;后者则热情地礼赞穆旦、杜运燮、郑敏这三个诗人的"真诚的声音":"他们不断在努力探求,孜孜地探索道路,从不标榜宗派,也不迎合时尚。"③而在第12辑上,还发表了袁可嘉的《新诗戏剧化》一文,旗帜鲜明地提出新诗的现代化路线。可见,《诗创造》编辑部的"四人核心"开始有意向"北方的"西南联大诗人靠拢。虽然他们的目的并非"标榜宗派",但在左翼诗人看来,这显然是与沈从文、朱光潜"集团""同流合污"的一个征象(详后)。

到了1948年,《诗创造》编辑部内部也开始发生了矛盾和分裂。唐湜说:

---

① 初犊:《文艺骗子沈从文和他的集团》,《泥土》第3辑,1947年7月。
② 唐湜:《诗的新生代》,《诗创造》第8辑,1948年2月,第20页。
③ 默弓(陈敬容):《真诚的声音》,《诗创造》第12辑,1948年6月,第31页。

"就为我们的诗的流派风格与这些有现代观点的评论,臧克家先生要'收回'这个由他领衔发起的诗刊。"①林宏、郝天航回忆道,杭约赫、唐湜等人与臧克家、林宏、康定等人在对诗的看法上存在分歧,"有时争得面红耳赤"②。于是,从1948年7月开始,第2年的《诗创造》改由臧克家委托的林宏、沈明、康定负责编辑,杭约赫、唐湜、陈敬容、唐祈等不再参与《诗创造》的编辑事务。改组后的《诗创造》明确宣示:"从本辑起,我们要以最大的篇幅来刊登强烈地反映现实的作品,我们要和人民的痛苦和欢乐呼吸在一起……我们对于艺术的要求是:明快、朴素、健康、有力,我们需要从生活实感出发的真实的现实的诗,不需要仅属于个人的伤感的颓废的作品,或者故弄玄妙深奥莫测的东西……"③这样,新的《诗创造》把"个人的"或者"玄妙的"东西都剔除了出去,也不再发表有现代派色彩的作品或译作,由此蜕变为一本纯正的左翼刊物。

而杭约赫、唐湜、陈敬容、唐祈等人则在辛笛所在的金城银行的贷款支持下,另办《中国新诗》杂志,1948年6月创刊,仍由星群出版社出版(对外则称为"森林出版社")。与此同时,他们开始约集"北方的"西南联大诗人的作品(其实穆旦、郑敏此时已经南下),于是"九叶"开始聚合在一起——这里的"聚合"依然主要是指其作品在同一刊物上的"聚合"。郑敏回忆道,"当初曹辛之办了一个刊物叫《中国新诗》,他觉得联大的穆旦、袁可嘉、我、杜运燮这四个人的诗风和他们所追求的类似,所以就说我们南北合起来算一个现代诗派吧。他就和袁可嘉联系,要求我们每人至少在《中国新诗》上发表一首,表示合起来吧"④。在此前唐湜也与袁可嘉联系,约了《新诗戏剧化》一文发表于《诗创造》第12辑,而他本人则写了《论意象的凝定》发表于袁可嘉代沈从文编辑的天津《大公报·星期文艺》上,他说:"我们两人一南一北。我在上海写作新诗的评

---

① 唐湜:《九叶在闪光》,《新文学史料》1989年第4期,第148页。
② 林宏、郝天航:《关于星群出版社与〈诗创造〉的始末》,《新文学史料》1991年第3期,第138页。
③ 本社:《新的起点——〈诗创造〉一年总结》,《诗创造》第2年第1辑,第3页。
④ 徐丽松整理《读郑敏的组诗〈诗人之死〉》,《诗探索》1996年第3期,第72页。

论,他则在北京构想新诗的现代化道路,相互配合、联系,对于九叶派的形成可以说起了一定作用。"① 另一方面,穆旦在1947年年底已经南下到上海,与上海的巴金、萧珊夫妇、汪曾祺等人过往甚密。② 杜运燮回忆道,1948年创办《中国新诗》时,他当时正在新加坡,与杭约赫、唐湜等都未见过面,"只是由于与穆旦和萧珊的通信联系,略知他们与我对诗的追求有共同或相似的看法,应邀把一些新作寄给萧珊转给辛笛,在《中国新诗》上发表"③。可见,穆旦、萧珊不仅给这一群体的聚合起过"牵线搭桥"的作用,也认识到他们在诗歌上有"共同或相似的看法"。

实际上,早在1947年秋,汪曾祺(唐湜的中学同学)就曾借给唐湜一本穆旦在沈阳自印的《穆旦诗集(1939—1945)》,并热情称赞了穆旦:"你先读读这本诗集,先给穆旦写一篇吧,诗人是寂寞的;千古如斯!"唐湜在"振奋之中"于1948年1月写成《穆旦论》这篇万余字的长文④,它是四十年代评论穆旦的文章中最长的一篇,同时也是水准最高的穆旦评论之一。⑤ 另外,陈敬容1948年6月发表的《真诚的声音》一文也称"最近在友人处看到他(穆旦)东北自印的《穆旦诗集》"⑥,此处"友人"很可能就是唐湜。可见,在《中国新诗》成立之前,原来《诗创造》的"四人核心"就已经比较了解且颇为欣赏穆旦等西南联大诗人的作品了,这也是他们"聚合"的前提和动力之一。

《中国新诗》于1948年6月创刊,实际上仍由星群出版社出版。1948年11月国民党特务查封星群出版社,《诗创造》《中国新诗》两个刊物停刊,《中国新诗》前后一共只出版了五期,但是其水准是相当高的。上面不仅集中刊发了

---

① 唐湜:《来函十六封及说明》,《新文学史料》2000年第3期,第164页。
② 易彬:《穆旦年谱》,北京:中国社会科学出版社,2010年,第108、116页。
③ 杜运燮:《〈海城路上的求索——杜运燮诗文选〉自序》,北京:中国文学出版社,1998年,第5—6页。
④ 唐湜:《忆诗人穆旦——纪念穆旦逝世十周年》,《一个民族已经起来》,杜运燮等编,南京:江苏人民出版社,1987年,第154页。
⑤ 唐湜:《穆旦论》,《中国新诗》第3、4集连载,1948年8、9月。
⑥ 默弓(陈敬容):《真诚的声音》,《诗创造》第12辑,1948年6月,第27页。

穆旦等西南联大诗人较有代表性的作品①,也发表了刘西渭(李健吾)、冯至等的评论,左翼作家冯雪峰、蒋天佐的评论,汪曾祺的散文诗,以及卞之琳、袁水拍、罗大冈、若梵、陈敬容的翻译,翻译的对象包括奥登、里尔克、阿拉贡(法国超现实主义诗人)、迪兰·托马斯(英国现代诗人)等。当然,发表作品最多的依然是原《诗创造》周围的杭约赫、陈敬容等五人。②

这一引人注目的"集体亮相"立即引来了左翼作家更猛烈的攻击。主要由地下党组织成员运作的刊物《新诗潮》③,紧接着《中国新诗》创刊便对其大肆鞭笞。1948年7月的《新诗潮》便发表了张羽《南北才子才女大会串——评〈中国新诗〉》一文,称《中国新诗》"不但包罗了上海的货色,而且也吸收了北平的'沈从文集团'的精髓,真是集中国新诗中一种歪曲倾向的大成";张羽把陈敬容认定为"上海的这一集团"的"代表",称"这一本《中国新诗》,也就是沈从文和陈敬容的私生子"④,不伦不类地单独把女诗人陈敬容挑出来,以便和沈从文"配对",其批评方式集无知与下流之大成。⑤ 在1948年12月《新诗潮》第四期上,更是发表了两篇批判文章——舒波的《评〈中国新诗〉》和晋军的《踢去这些绊脚石》,前者列出"中国新诗"诗人的五大"罪状":"才子佳人的搔首弄姿""超凡入圣者的才情至上主义""十足洋相之流的莫测高深""隐士们的阴阳怪气""买

---

① 其中穆旦在第1、3、4集上发表了7首诗,郑敏在第1集上发表了4首,杜运燮在第1、5集上发表了4首,袁可嘉在第2集上发表了2首。
② 其中杭约赫在第1、3、5集上发表7首诗,唐湜在第1—5集上发表了6首诗、2篇评论,陈敬容在第1、2、3、5集上发表了10首诗、7首译作,唐祈在第1、2、3、5集上发表了9首诗,辛笛在第2—4集上发表10首诗。
③ 《新诗潮》的大部分作者现在已经籍籍无名(或者不再使用原来的笔名)。不过,《新诗潮》的核心作者舒波、柯金、申奥、丁力、麦紫等在当时的活动情况,可参见舒波:《忆〈诗行列〉怀诗友——烟云录之一》,《新文学史料》1997年第3期。笔者按:《诗行列》也是地下党组织运作的刊物,其主要作者与《新诗潮》的有相当多的重合(前面列出的5人皆是),两刊物之间有密切联系,在《新诗潮》第4辑目录页上还刊发了一则《诗行列》创刊号的宣传告示。
④ 张羽:《南北才子才女大会串——评〈中国新诗〉》,《新诗潮》第3辑,1948年7月,第16页。
⑤ 其实陈敬容很难说是"代表";另外,沈从文从未参与《中国新诗》的运作,也没有在上面发表过作品。

办洋奴代言人的狂吠",他"认为实在不能容忍这班'白相诗人'如此猖獗"①;"晋军"则把这些诗人定性为"自由主义,第三条路线"的性质,文章集中地攻击了穆旦的作品,称其"抹杀了人民背后隐藏着的革命价值,人民中的一员拆穿了全都是这样的货色,这样的人民,在广大的人民已经觉醒了的时代里,恐怕再不允许你们存在了吧!"②

1947年后半年以来,国民党军队在战场上越发被动,尤其是在孟良崮战役和解放军突进大别山、豫皖苏之后,局势朝着有利于共产党的方向发展。这些左翼作家已经不去对攻击对象认真分析研究了③,而代之以命令式的威胁,以在文化方面配合政局上的变化。④ 在"晋军"这篇文章所附的"后记"里,明确说明"这篇文章是在十几个爱好文艺的朋友们开了一次座谈会后才写出的,其中的意见,大多数是讨论的结果"⑤,这种以开会座谈作"集体表态"的文章,其审判意图已浮出水面。在1949年后,"九叶"无法进行公开的集体活动,也无法复刊《中国新诗》或新办一个类似的刊物,便是势所必然的了。⑥

综合起来看,《诗创造》编辑部的分裂和改组、《中国新诗》的创办与"九叶"的聚合这一系列现象的形成既受到了内因的推动(也就是两支诗人队伍之间的相互认同和相近的追求),也与外部环境的变动密切相关,尤其是与四十年代阵营越来越庞大的左翼作家有关。应当注意到,进入1948年后,国内战争局势已经逆转,与此同时,原来在抗战时期以及抗战之后一两年内实行的统一

---

① 舒波:《评〈中国新诗〉》,《新诗潮》第4辑,1948年12月,第6—7页。
② 晋军:《踢去这些绊脚石》,《新诗潮》第4辑,1948年12月,第15、17页。
③ 在晋军这篇文章中,竟然有"在同一本诗集《控诉》里"一语,实际上穆旦从未出版过名为"控诉"的诗集,"控诉"只是他的一首诗的名字而已。
④ 舒波回忆道,在1948年他们聚会时的议题是"配合中国人民解放军挥师南下的胜利进军,如何在南京运用诗歌作宣传武器,在敌人心脏的眼皮底下,展开有利的斗争,揭露黑暗,歌颂光明,迎接人民新世纪的到来"(舒波:《忆〈诗行列〉怀诗友——烟云录之一》,《新文学史料》1997年第3期,第196页)。
⑤ 晋军:《踢去这些绊脚石》,《新诗潮》第4辑,1948年12月,第18页。
⑥ 但是,"九叶"群体在五十年代依然有少量群体活动,详见唐湜:《来函十六封及说明》,《新文学史料》2000年第3期。

战线方针也逐渐发生变化，以沈从文、朱光潜为代表的所谓"第三条路线"/"自由主义"作家也开始受到越来越猛烈的冲击。而在这个时候，《诗创造》的"四人核心"反而向被认为是"沈从文集团"的"小喽罗"们示好和靠拢，所以臧克家在1948年6月收回《诗创造》并与杭约赫等"划清界限"实则是不得已而为之，否则他本人亦有身陷"沈从文集团"之虞。① 但是这一"收回"反而推动了杭约赫等进一步向袁可嘉等西南联大诗人靠拢，以求形成团体壮大力量。可见，四十年代越发严峻的文坛局势实际上推动了这两部分诗人的聚合。

　　但是，这一聚合仅仅维持了最多一年的时间（1948年），这两部分诗人的差别依然是明显的，尤其是在历史与现实上的态度方面。如果没有历史语境的推动力的话，他们各自是否会把他们当作一个整体，以及以后的文学史是否会将他们作为一个整体都是一个大可怀疑的问题了。所以，综合起来看，四十年代的"九叶"/"中国新诗"群体应该理解为一个"正在形成"中的文学团体。"正在形成"有两个含义：首先是他们有一定的相互认同和进一步融合的倾向，否则他们不会在三十余年后又重新聚合，开展集体活动（包括出版合集、群体专辑等）。其次是，他们在四十年代并没有来得及进一步融合，因而相互之间的区别也是显著的，他们所谓的"共同点"很多时候需要以左翼文学为参照系才能形成。所以，对待这一群体，既不能忽视他们作为一个整体存在的事实，也不能过分强调他们的同一性和整体性，即不能不加考虑地把他们当作一个严格意义上的文学流派来研究（这是过去的"九叶"研究中问题较严重的一点）。

---

　　① 杭约赫在1948年5月的《诗创造》第11辑的《编余小记》中，曾提到七月派的《泥土》杂志认为臧克家是《诗创造》"主编"，因而对其"乱施'打击'"，他解释道："关于编辑方面，并没有确定的主编人"，"臧克家先生……对我们《诗创造》的扶持也不遗余力，除经常给我们撰稿、阅稿和介绍稿件，还不时给我们以鼓励和指示，倘若因此便须治罪，则株连得未免太远了"。（杭约赫：《编余小记》，《诗创造》第11辑，1948年5月，第31页）这里显然是在给臧克家减轻罪名。实际上，《中国新诗》与改组后的《诗创造》仍由星群出版社出版，而且杭约赫也依然留在此社，甚至仍然负责《诗创造》的经营管理、编辑技术等事务。林宏、郝天航说："由于政治观点相同，艺术观点虽有分歧，我们彼此之间照旧往来，继续保持着友谊。"（林宏、郝天航：《关于星群出版社与〈诗创造〉的始末》，《新文学史料》1991年第3期，第138页）所以杭约赫另办《中国新诗》更应理解为"划清界限"而不是"决裂"。

实际上,不仅对于"九叶"诗人应该如此,对于整个四十年代的所谓"现代主义"诗人更应该如此。

第二节 "九叶"群体的总体特征和性质

一、从文化系统的角度看"九叶"的两个分支

正如上节所述,在四十年代,"九叶"群体是由两个分支的诗人聚合起来的,这一聚合的时间并不长,他们之间的相互影响和风格的整合也比较有限。[①]因此,对于这一群体创作的总体情况,我们应该分别讨论这两个分支,然后再总体分析。实际上,唐湜已经认识到这两个分支较为松散的状况和之间的重要区别:

> 不过我们九人之间也有一些差别,前四人(即西南联大四诗人)受西方现代派的熏染较深,抽象的哲理思维与理性的机智火花较多,常有多层次的构思与深层的心理探索;而后五人(即《诗创造》群体[②])则是在五四以来新诗的艺术传统中成长的,较多地接受了现实主义精神,较多感性的形象思维,也较多中国风格;可我们也从西方现代派的艺术构思与创作手法上汲取了不少营养,大大加深并丰富了自己的现实主义。的确,我们九人中南北双方大部分人在50年前并不认识,我们双方是由于诗艺与诗论的接近才渐渐合流,形成大体一致的流派风格的。[③]

[①] 不过,他们之间依然有一定的相互影响。比如唐湜的《手——散悼朱自清先生》就受到了穆旦的《手》和《赞美》的影响,他的《诗》则受到了穆旦的《我》对双重自我的表现的启发。

[②] 上文说过,实际上《诗创造》的核心作者很多都是左翼诗人,这里为了行文简洁起见,将杭约赫、唐祈、唐湜、陈敬容、辛笛简称为"《诗创造》群体",不包括其他诗人。同样,西南联大毕业的诗人也不止穆旦、杜运燮、郑敏、袁可嘉四人,还有王佐良、罗寄一等,但此处的"西南联大群体"仅指此四人。

[③] 唐湜:《九叶在闪光》,《新文学史料》1989年第4期,第155页。

这里唐湜不仅强调了两部分人写作资源的差异，而且也反映出他们本身与中西文学传统的不同关联性：西南联大诗人群直接受到西方现代诗人深入的影响，而与此前的新诗传统的关系不如《诗创造》群体密切；从新诗史本身的流变来看，他们的创作有更多的异质性（heterogeneity）。《诗创造》群体的创作则与新诗传统本身有更紧密的联系，尤其是与三十年代的"现代"派诗歌和三、四十年代的左翼诗歌关系密切，他们受西方现代诗的影响相对较浅，而与中国新诗的流变有更多的延续性（continuity）。

英国文学理论家雷蒙德·威廉斯关于文化系统的一些见解有助于我们进一步认识"九叶"群体与整个新诗史的复杂关系。他指出："在真正可信的历史分析中，必须在每个阶段上都认识到那些在特定的、有效的主导体系之内或之外的各种运动、各种倾向之间的复杂关系。有必要考察一下它们是如何和整个文化进程发生联系的，而不是仅仅分析它们与某个选定的抽象的主导体系之间的关系。"① 有鉴于此，我们不再沿用过去很多的现代主义、现代性研究中经常使用的"主流—边缘"或者"传统—反传统"这样的二元视角②，因为这样必须先拟定一个所谓"主流"，然后把"现代主义"定义为与主流对抗的"先锋派"或"异端"。这种理解视角并非毫无道理，但是失之简单。而威廉斯提出一个文化系统的三元结构理论，即："主流"（dominant）、"残余"（residual）、"新变"（emergent）这三种成分。③ 这个系统其实更有利于我们认识"九叶"与整个文学史的关系。我们不妨把四十年代的新诗版图看作一个局部的（但不是封闭

---

① Raymond Williams, *Marxism and Literature*, Oxford & New York: Oxford University Press, 1977, p.121.

② 卡林内斯库关于文学现代性和梁秉钧关于四十年代现代主义诗人的研究都主要采用这种视角，见：Matei Calinescu, *Five Faces of Modernity*, Bloomington and London: Indiana University Press, 1977; Ping-kwan Leung, *Aesthetics of Opposition: A Study of the Modernist Generation of Chinese Poets, 1936-1949*, unpublished Ph. D dissertation, University of California at San Diego, 1984.

③ Raymond Williams, *Marxism and Literature*, Oxford & New York: Oxford University Press, 1977, p.121. "主流"与"新变"较易于理解，这里需要说明的是"残余"，它既不同于"古旧"的东西，也不等于"传统"，它是指"有效地形成于过去，但是在现在的文化进程中依然起作用的因素"（Ibid., p.122）。

的)"文化系统":考虑到四十年代左翼作家阵营的不断扩大、"革命现实主义"和"文艺大众化"在文坛越发占据主导地位等事实,那么至少和"九叶"群体相对而言,左翼作家所提倡的"人民诗歌"可以称为"主流";三十年代的"现代"派抒情诗风曾经盛极一时,但它在抗战后遭到大规模的批判和否定(见下章引言),考虑到它依然在部分"九叶"诗人的创作中发生作用,则可以称之为"残余"——或者说是各种"残余"中较重要的一个。① 但是,我们并不打算将"九叶"群体简单地定义为"新变",因为其中的《诗创造》一支的作品中有很多"主流"和过去的"残余"因素——这是他们与新诗传统有较多的连续性的真正含义,确切地说他们是"主流""残余"与"新变"之间的杂糅。相比之下,西南联大群体的创作则有更多的"新变"因素。还需要说明的是,这里的"流"与"变"的关系并不仅限于唐湜所说的艺术技巧层面,同时也涉及历史观念与政治思想等方面(详后)。

关于威廉斯的文化系统理论,还需要补充的是,在他所论述的英国现代社会中,工人阶级文化是"新变",而资产阶级文化是"主流"。实际上,西方大部分关于现代性的讨论中,也把资产阶级文化/文学当作"主流"("新变"或"异端"的定义和范围则各有区别)。但是,对于四十年代中国文学这一"文化系统"而言:提倡"革命现实主义"/"大众化"的左翼文学才是"主流"——至少它在文坛范围内不是"新变"或"异端",这与西方社会的情况恰好相反。实际上,这正是中国所谓"现代主义文学"与西方历史语境下的"现代主义文学"/"先锋派"之间的重大区别,我们切切不可随意挪用一些现成的结论,草率地把中国的"现代主义"(假设它存在的话)定义为一种"反资本主义文明"(包括理性、民

---

① 袁可嘉在 1947 年发表的《"人的文学"与"人民的文学"》一文中指出,在当时的文坛中,"人民的文学""显然是控制着文学市场的主流",而"人的文学"则是"默默中思索探掘的潜流"(袁可嘉:《"人的文学"与"人民的文学"》,天津《大公报·星期文艺》,1947 年 7 月 6 日)。若把讨论的范围扩大到整个文学领域(而不仅限于诗歌),则"五四"以来的"人的文学"传统也可以认为是整个四十年代文学中的"残余"因素,即"潜流"。

主传统)的文学倾向或运动,以致风马牛不相及甚至南辕北辙。①

二、《诗创造》群体

应该注意到,《诗创造》群体五人之中的辛笛和陈敬容二人早在抗战之前就已经进入诗坛并较有规模地发表作品,他们当时都在北平生活,发表刊物也有重合之处(见下文注释),两者的作品深受当时的戴望舒、何其芳、卞之琳等人的抒情诗风的影响,这种影响到了抗战爆发后新的文学语境下仍然作为"残余"因素在他们的创作中起着作用。辛笛在"九叶"之中年龄最长(1912年生),1931年入清华大学外文系,在三十年代前期对当时著名的《现代》杂志(戴望舒主编)颇为倾心,并与卞之琳等人交往甚密,还曾在《水星》杂志(卞之琳、靳以主编)、《新诗》(戴望舒、冯至、卞之琳等编)等刊物上发表作品②,他早期的作品也明显地带有"现代"派的色彩。在三十年代后期越发严峻的历史语境下,辛笛早期诗歌中那种抒情倾向和对"美幻"的渴求与外部的"现实"压力相互碰撞和协商,因而一度产生了辛笛最为杰出的作品,它们既保留了个人敏锐的感性与丰富的内在世界,也体现出深厚的历史意识和道德自觉。但是,当辛笛在四十年代后期进一步拥抱"主流",也就是投入到"行动"和"大众"之中时,他写作中处于核心地位的"个人—现实"之间的紧张关系消失了,这一定程度上造成了他的诗歌艺术水准的下降。③

陈敬容(1917年生)虽然在年龄上与穆旦、杜运燮等接近,但是她在中学时

---

① 目前几种关于四十年代现代主义诗歌的论述均有此病,详见导论。

② 辛笛在抗战前发表的作品有:《夜别》《无题》,《清华周刊》1934年第41卷第3—4期;《怀旧的心》《印象》,《清华周刊》1934年第41卷第10期;《小品三题》,《清华周刊》1935年第43卷第3期;《夜乐》,《清华周刊》1935年第43卷第4期;《Farewell》,《清华周刊》1935年第43卷第9期;《三弦的梦》,《人生与文学》1935年第3期;《冬夜在西山》,《水星》1935年第1卷第5期;《无题》,《绿洲》1936年第1卷第1期;《春日草叶》,《绿洲》1936年第1卷第2期;《有客》,《绿洲》1936年第1卷第3期;《寄意》,《新诗》1937年第2卷第1期;《对照》,《新诗》1937年第2卷第2期;等等。

③ 详见第二章第一节关于辛笛的论述,本节中的概述如已在下文的各节中详细讨论的,均请读者自行参阅,不再注明。

已经开始写诗,并受到了诗人、翻译家曹葆华的赏识①,陈敬容1934年辍学离家出走,随后与曹葆华同居,开始在多家刊物上发表诗作,尤其是在曹葆华编辑的《北平晨报·诗与批评》副刊以及曹就读的清华大学的学生刊物《清华周刊》上。② 陈敬容诗作受到了何其芳、曹葆华等北平"现代"派诗人的影响,专注于个人的感情(尤其是忧愁、伤感等情绪),语言优美,意象较浅易,带有明显的"伤他梦透"的情调。与辛笛有所差别的是,陈敬容在抗战之后的诗作并没有应和外部历史的变化,依然在原有的轨道上行进,那种自伤自怜的情调依然顽固地在其诗歌中保存着(这与其个人身世也有关)。到了四十年代后期,她诗作中才开始有较多的"现实"成分,也开始体现出波德莱尔、里尔克等现代诗人的影响,但是变化的幅度依然有限。

唐湜与辛笛、陈敬容一样,其诗歌也有"幻美的追求"。"凡写战斗的,都缺乏一种冲劲,在相反的方面却那么空灵而多彩。"③唐湜的诗风带有明显的浪漫主义色彩,尤其是他的长诗《英雄的草原》;他的诗歌也有很多"革命现实主义"的主题和意象。到了四十年代后期,他开始受到艾略特、里尔克等西方现代诗人的影响,但由于历史的限制,这一影响没有充分发展成鲜明的个人风格,所以唐湜在创作上的开创性比较有限,他的成就主要体现在诗歌评论方面。④

---

① 曹葆华在三十年代前期与何其芳、废名、林庚等一样,也是北平"现代"派诗人中的一员,他主编的《北平晨报·诗与批评》上大量发表卞之琳、何其芳、李健吾、陈敬容等诗人的作品。
② 陈敬容在抗战前发表的作品有:《幻灭》,《清华周刊》1932年第38卷第4期;《对镜》,《清华周刊》1935年第43卷第1期;《夜蝇》,《清华周刊》1935年第43卷第9期;《初葬夜》,《文学季刊》1935年第2卷第4期;《几回》《长夏不眠夜》《暮烟》《叩门》《××的画像》分别刊于《北平晨报·诗与批评》1935年5月9日、6月27日、8月8日、9月12日、9月24日。《寻觅》《失落》《九月的夜街》,《文季月刊》1936年第1卷第4期;《等待》,《绿洲》1936年第1卷第1期;《从窗间筛过来》,《绿洲》1936年第1卷第3期;等等。
③ 臧克家:《〈骚动的城〉序》,收入《"九叶诗人"评论资料选》,王圣思编,上海:华东师范大学出版社,1996年,第300页。
④ 唐湜在四十年代的评论文章大都收入《意度集》(平原社,1950年),《新意度集》(北京:生活·读书·新知三联书店,1990年),《"九叶"诗人:"中国新诗"的中兴》(上海:上海教育出版社,2003年),唐湜的评论多属印象式批评,并没有非常严整的体系,所以我们将在下文对各个诗人的讨论中分别论述,不另立章节。

杭约赫、唐祈在四十年代前期就分别与左翼作家臧克家、何其芳等结识，他们的创作一开始就打上了左翼诗歌的很多标记，曾经在延安上大学的杭约赫还一度写过政治鼓动诗。他们的诗歌也大量使用左翼诗歌中常见的"人民""土地""旗帜""新世界""血"等惯用隐喻和象征，而且多以"我们"为叙述视角，往往有对"黑暗现实"/罪恶政权的批判和对"光明未来"/新社会的期待。但是，尽管身上背负如此多的"主流"因素，他们也是勇于追求"新变"的诗人，他们在四十年代后期复员到上海之后，创作中明显地增加了从西方现代诗人中引入的"异质"因素，而且这些新引入的"异质"因素与他们创作中原有的"主流"成分相互抗衡，两者之间有时能较好地结合，有时则并不协调，他们用"现代派"技巧抒写的内容和情感经常不自觉地越出其"革命现实主义"的主题和思想框架，构成一道"主流"与"新变"杂糅的文本景观。

总体来看，虽然《诗创造》五诗人在引入新的诗学策略方面不如西南联大四诗人大胆和激进，他们在对待"主流"文学上的态度也较为暧昧，甚至基本上是认同和合作的态度，虽然在实践上有不自觉的抵抗（详后）。但是他们真诚地学习西方现代诗歌，也珍重自己过去依赖的文学资源（即"残余"），所以他们在能够妥善处理这三者的关系时也经常有佳作出现，而且较少西南联大诗人作品中经常出现的过度晦涩之弊。他们作品中经常出现的"主流""残余""新变"杂糅的现象也为我们反思文学影响和文化交流提供了一个绝佳的视点。

三、西南联大诗人群体

在抗战之后才在创作上成长起来的西南联大诗人群体相对较少地受到三十年代的抒情诗风的影响，与左翼文学的关系也比较疏远，虽然他们依然潜在地承续着"五四"以来的"人的文学"的脉络，但是他们的创作更多地展现出过去新诗传统中没有的"异质性"。这种"异质性"在艺术技巧上体现为理性与感性的结合、思想的"知觉化"、创造性隐喻、突出的反讽、戏剧化情境、悖论修辞（矛盾语法），等等。

穆旦无疑是四十年代最有"新变"色彩或者"异质性"的诗人之一。学界过去往往将这一点认为是对现代派诗人的深入模仿的结果，却忽略了穆旦创作内部发展的脉络。实际上，穆旦在三十年代末和四十年代初一度服膺于艾青那种明快、宏大、昂扬的"新的抒情"，但是此后由于受到了基督教思想的影响（这也是一种"新变"因素），实际上在创作中已然颠覆了艾青抒情诗风中所隐含的一系列关于历史、现实、民族进步等方面的假设，而且对于自我与世界的关系也有着与新诗主流截然不同的认识。在这些创作动力的推动之下，诸如创造性隐喻、悖论修辞、反讽等才有了"用武之地"，与"实质"结合，而不是像唐祈那样将现代派的手法与"革命现实主义"的精神杂糅在一起。也正因为穆旦在思想上的一系列转变，他的诗风自四十年代初开始也转向沉郁和凝重，在这一点上与奥登诗歌那种轻快、冷静、机智的诗风也有所不同。

实际上，与奥登的诗风惟妙惟肖的不是穆旦，而是他的同学杜运燮。他在四十年代自觉地开展奥登式的"轻体诗"试验，往往以轻快的笔调、讽刺的口吻处理严肃的题材，经常有"化重为轻"的才能。但是，战乱不断的四十年代本身就是一个"沉重"的时代，轻体诗的写作与历史语境以及诗人在现代社会的处境产生了难以调和的矛盾，这也限制了杜运燮的轻体诗艺术探索进一步的深入，很难将这一"新变"因素在新诗传统中植根下来。袁可嘉的诗风与杜运燮颇为接近，而且也受到了奥登显著的影响，以机智、幽默见长。袁可嘉是"九叶"诗人中的诗歌理论家，他的诗歌创作也体现出理论探索的影子，他在诗作中自觉地实验"大跨度比喻"，其机制在于以不相似之物作比，从中"创造"出相似点。但是，袁可嘉的理论认识只停留于比喻的"比拟"这一维度，忽略了隐喻除了"比拟"的维度之外还有"命名"的维度（包括范畴的转移、词语间的赋义等），这限制了他的诗学理论探索的进一步发展。

郑敏的诗学脉络与上面三人也有很大区别，她在西南联大就读的是哲学系（而非外文系）；相比之下，她在诗学上的"异质性"也不如前三者突出。郑敏早年对奥登等英国诗人并不倾心，真正钟爱的是德语诗人里尔克和里尔克在中国的译者、介绍者冯至的诗歌。郑敏有一系列受到里尔克的静物诗影响的写景状物诗作值得注意,它们能在对人、物的描绘中融入哲思,也避免了女诗人中常有的伤感情绪,展现出哲人的雍容与睿智。

关于西南联大四诗人的"新变"因素或者"异质性",还有三点需要认真思考。首先,他们创作中的新颖之处并不仅限于艺术技巧的新颖,他们诗作的相对晦涩、难解也不仅仅是因为修辞的难度,更在于他们对"现实""历史"的看法并不同于一般的理解,尤其是不同于"革命现实主义"所理解的历史与现实。其次,他们的"异质性"不仅仅来源于西方现代主义诗歌,也来源于现代主义之前的各种文学运动(尤其是浪漫主义诗歌),甚至直抵西方文明的两大源泉:古希腊文化和基督教思想,比如穆旦即是如此。因此,把他们的"新变"因素直接等同于"现代性"/"现代主义"也是一种偏狭的误解。再次,所谓"异质性"或者"新变",都是就特定的文化系统和特定的时空范围而言的,并不是非历史的本质。很多在四十年代可以视作"新变"的因素(比如创造性隐喻、悖论手法等),到了当代诗歌中已经司空见惯,因而也就不复为"新变"或者"异质性",甚至成为"主流",融入了现代汉诗的传统之中。因此,也就不能将这些"新变"作为"非中国性"排斥于新诗传统之外了。

四、"九叶"诗人与左翼作家的分歧

在理清了"九叶"群体总体上的诗学特征之后,不妨再来分析这一群体与左翼作家的关联和分歧。有两点尤其需要注意:(1)"九叶"群体与左翼作家的分歧并不仅停留于诗学层面,还涉及与诗学相关的历史观念、政治意识、现实态度等文化理念,这些分歧都必须放在特定的历史语境中来理解。(2)《诗创造》群体与西南联大群体虽然在对待左翼的"人民文学"(包括"人民诗歌")上有较大区别,但两者与左翼的关系又有深刻的共同点——在"主流"一方的眼里他们都是"异端"。正是这一点构成了这两个支流聚合的重要条件和推动力,甚至也是"九叶"这一群体定义自身的方式之一。

《诗创造》群体对"人民文学""革命现实主义"的历史观念和政治意识基本上是认可的,只是在艺术表达上的看法与后者有所区别。由唐湜执笔的《我们呼唤》(代序)一文的最后,他呼唤:"历史使我们活在生活的激流里,历史使我们活在人民的搏斗里,我们都是人民中间的一员,让我们团结一切诚挚的心作共同的努力。一切荣耀归于人民!"[①]而杭约赫、唐祈也说:"我们还想进一步提出对自己的要求:在内容上更强烈拥抱住今天中国最有斗争意义的现实,纵使我们还有着各式各样的缺陷,但广大的人民道路已指出了一切最复杂的斗争的路,我们既属于人民,就有强烈的人民政治意识,怎样通过我们的艺术形式而诉诸表现,在这一点上,我们既非夸张的宣传主义,或市侩式投机的'农民派',也更非畏首畏尾中国式的'唯美派'的空喊斗争。"[②]从杭约赫、唐祈的诗歌来看,他们也确实体现出"强烈的人民政治意识"(见第三、四章),可以说,他们与左翼作家在政治意识和历史观念上是有一定程度的同构性的。

但是,《诗创造》群体与左翼作家也有两点显著的区别。第一点就是上面的引文中所提出的,重视诗歌的艺术性,反对"宣传主义""农民派""空喊斗争"等。第二点是要不要写知识分子个人情感的问题。在《诗创造》第一辑《编余小记》上,编者提出:"在诗的创作上,只要大的目标一致,不论它所表现的是知识分子的感情或劳苦大众的感情,我们都一样重视。不论他是抒写社会生活,大众疾苦,战争惨象,暴露黑暗,歌颂光明;或是仅仅抒写一己的爱恋、忧郁、梦幻、憧憬……只要写出作者的真实情感,都不失为好作品。"[③]在第一年的《诗创造》上,确实有诸如陈敬容这样抒写"一己的爱恋、忧郁、梦幻、憧憬"的诗人的作品,也有表现知识分子内心矛盾的诗作。不过,这引来了七月派作家的攻击:"这样的时代,尤其是她所要求于民主歌手的,是进军的鼓声,不是低唱;是冲锋的号角,不是呻吟。"《诗创造》编者在引述这句话时针锋相对地指出"这种

---

① 唐湜:《我们呼唤》(代序),《中国新诗》第1集,1948年6月。
② 约·祈(杭约赫、唐祈):《编辑室》,《中国新诗》第2集,1948年7月,第29页。
③ 编者:《编余小记》,《诗创造》第1辑,1947年7月,第28页。

太漂亮的理论……'只是自己麻醉的毒品,只是骗骗青年的不兑现的支票'(引用十多年前茅盾先生的几句话)。"①关于诗歌要不要追求艺术性、要不要写知识分子个人情感的分歧,与其说是"现实主义"与"现代主义"两者的分歧,还不如说是延安传统与"五四"以来的"人的文学"传统之间的分歧,后两者的分歧是四十年代后期文学的核心问题之一,也就是作为"主流"的"人民文学"如何"收编"过去文学传统中的"残余"的问题。②

　　与《诗创造》群体与左翼作家的分歧相比,西南联大群体与左翼作家的分歧更为尖锐和深入。袁可嘉把"人民的文学"的基本精神概括为"两个本位的认识":"就文学与人生的关系说,它坚持人民本位或阶级本位;就文学作为一种艺术活动而与其他活动(特别是政治活动)相对照说,它坚持工具本位或宣传本位(或斗争本位)。"③《诗创造》群体对"人民本位或阶级本位"是认可的,而仅仅是在"工具本位或宣传本位"这一方面有分歧。而西南联大群体在这两方面与左翼都有分歧,他们坚持"人本位"/"生命本位",在艺术上则坚持"文学本位或艺术本位",实际上直接承续了"五四"以来"人的文学"的传统。④ 西南联大群体与左翼作家的分歧其实更关涉到历史观念、政治意识以及人性诸层面,这一点在袁可嘉的文论中已经有所触及,他委婉地批评"人民的文学"论者:"象征、玄学都要不得,只有现实又现实。而且是某一种模型里的现实!这里所内涵的对于人生,文学的简化,限制都很显而易见。"⑤袁可嘉认识到对"现实"的模式化认识对文学和人本身带来的危险,他分析道:"人民"论者"无异以'人民'否定了人,以'政治'否定了生命;到最后人被简化为一部大的政治机器中的小齿轮,只许这样地配合转动,文学也被简化为一个观念的几千万次的翻

---

① 编者:《编余小记》,《诗创造》第5辑,1947年11月,第29—30页。
② "收编"(incorporation)这个概念也是雷蒙德·威廉斯关于文化系统的讨论中使用的一个概念,见:Raymond Williams, *Marxism and Literature*, Oxford & New York: Oxford University Press, 1977, p.123。
③ 袁可嘉:《"人的文学"与"人民的文学"》,天津《大公报·星期文艺》,1947年7月6日。
④ 袁可嘉:《"人的文学"与"人民的文学"》,天津《大公报·星期文艺》,1947年7月6日。
⑤ 袁可嘉:《"人的文学"与"人民的文学"》,天津《大公报·星期文艺》,1947年7月6日。

版说明,改头换面的公式运用"。① 袁可嘉触及了中国现代文学和历史中的一种危险的趋向,他的判断显然不是空穴来风。

实际上,在具体的创作实践上,袁可嘉等人与"人民文学"的分歧更为显著,因为有的不便在论文中明言的思想和情感在诗作中形象地表达出来了。比如他1947年发表的《号外三章》(三):

> 当然要诅咒,多少生命倒下如泥土,
> 你们拿枪杆在死人身上画地图;
> 你争面,他占线,我们岂只能装糊涂,
> 伴随地名肉团子般任你们吞吞吐吐?
>
> 一种自私化为两型无耻,
> 我们能报效的却只是一种死;
> 冬夜远地的战争传来如冈鼓,
> 城市抱紧人畜为你们的自信受苦!②

这首诗针对的显然是当时的内战这一"现实",袁可嘉对战争中体现的暴力和人性之恶极其愤慨与绝望。七月派论者阿垅则对此诗评价云:"这口吻,俨然是'第三方面'的了:你,混蛋!他,也混蛋!"阿垅对袁可嘉把内战双方都斥为"混蛋"的"第三条路线"异常敏感,他说:"看起来,袁可嘉是俨然的非战诗人。那么,一面有'主战'的'过河卒子',一面又有发'号外'的非战诗人,倒是自由主义的典型。什么典型?就是'两型无耻'啊。"③阿垅的批评体现了中国现代文坛一道独特景观,即"骂战":对批评对象的艺术特质的分析在他看来都是无

---

① 袁可嘉:《"人的文学"与"人民的文学"》,天津《大公报·星期文艺》,1947年7月6日。
② 袁可嘉:《号外三章》,《文学杂志》第2卷第2期,1947年7月,第86页。
③ 阿垅:《诗论二则:自由主义论片》,《蚂蚁小集》1948年第2期,第7—8页。

益且没有必要的①,重要的是分析对方的"态度",尤其是政治态度。他注意到袁可嘉与朱光潜等"自由主义"/"第三条道路"路线非常接近,阿垅在同一文中把朱光潜等"自由主义者"比作惺惺作态以邀圣宠的政客,极尽讽刺和辱骂之能事。②

不过,阿垅看出袁可嘉与朱光潜非常接近这一点倒不是凭空猜测。实际上,在 1947—1948 年间,穆旦、袁可嘉都曾在抗战后复刊的朱光潜主编的《文学杂志》上大量发表作品③,而且有不少确实属于所谓"非战"诗歌④,穆旦和袁可嘉都对战争中体现出来的暴力和邪恶本质感到担忧,他们拒绝以"正义—非正义""光明—黑暗"这种工具主义、决定论的历史观念来看待暴力,而更多地强调对"人"或"生命"的关怀。相比之下,穆旦对四十年代后期国内局势的反思更为深刻,他认识到国内的混战只是一些"骗子"的游戏,无论谁来统治,任"炮灰"如何堆积如山,都无法改变整个民族全体性的"饥饿"和"苍白"之本质。他不仅对社会现状进行反思,也反思了造成、推动战争的那种历史观念所依赖的意识形态基础,甚至还反思了意识形态、历史观念所依赖的时间原形(见本文第四章)。这一点甚至连当时的那些左翼论者也有所察觉:"在他们的阵营里也不是没有比较觉醒的,譬如穆旦,就是其中一个,然而他越是觉醒就越是恐惧,在一首诗里,他虽然表面上肯定了战争,而骨子里却否定战争……"这个看起来对现代诗歌的表现方式不甚了了的论者,在面对穆旦涉及战争的诗歌里的那些反讽式或隐喻式的表达时,多少有点无所措辞,只能用一句"表面上肯定了战争,而骨子里却否定战争"这样简单到几乎失真的感受来形容。不

---

① 阿垅在此文中甚至把《号外三章》的发表出处也弄错了,他认为是《文学杂志》第二卷第三期",实际上是第 2 卷第 2 期。
② 阿垅:《诗论二则:自由主义论片》,《蚂蚁小集》1948 年第 2 期,第 7 页。
③ 穆旦在《文学杂志》第 2 卷第 2、3、4、8、9、10、12 期上 7 次发表作品,而袁可嘉在《文学杂志》第 2 卷第 2、3、6、7、10、11、12 期,第 3 卷第 1、2、4、6 期 11 次发表作品和评论。
④ 比如穆旦的《饥饿的中国》(《文学杂志》第 2 卷第 8 期)、《隐现》(《文学杂志》第 2 卷第 12 期)等。

过,他对穆旦的政治态度却相当敏感:"这表现了什么?正表现了他们的困惑和不安,一方面了解反对压迫者,另一方面却反对大众日益增强的攻击力量。"①

尽管《诗创造》群体与西南联大群体在对待左翼作家和"人民文学"上有明显的差别,但是,他们都面临着来自"主流"的越来越大的压力,他们对"主流"所体现的集中一切的倾向都抱有忧虑和警戒心态。在1947年11月《诗创造》第5辑的"编余小记"中,谈到《泥土》上"初犊"的文章,编者也觉察到"那种扮着严肃到近乎狰狞的革命的进步的姿态的论客们"的作风是"随便给人戴上一顶帽子,喊打喊杀,给以比对付死敌还要恶毒数倍的打击"。他不无感慨地说:"大家在争取民主,在这民主运动中(它应该不是仅属于某一阶层或某一集团的运动吧),我们起码也应该让一个写诗的人有他抒阐自己感情的'民主'。"②编者提到"民主"显然是有意为之。袁可嘉也觉察到:"目前许多论者一方面要求政治上的现代化,民主化,一方面在文学上坚持原始化,不民主化,这是我所不能了解的。"③而唐湜针对左翼作家的野蛮攻击,更是撰写了《论乡愿式的诗人与批评家》(1948年)加以回敬,辛辣地讥讽对方这种政治化的批评,他以委婉的方式敏锐地指出后者蔚然成风的原因——"如果没有假借时代激荡的力量,它们当然不可能风魔别人"④。看来,这些"九叶"诗人对那些论者所倚仗的力量也是心知肚明的。可见,几乎所有"九叶"诗人都对左翼作家的粗暴作风产生了忧虑——这种忧虑背后是对未来局势以及诗歌命运的忧虑。

"人民文学"作为一种本质上是政治意识形态的文学主张,具有集中一切的倾向,也就是说,凡是与它的目标相左的因素或者成分(不管是多大程度上

---

① 晋军:《踢去这些绊脚石》,《新诗潮》第4辑,1948年12月,第15、16页。
② 编者:《编余小记》,《诗创造》第5辑,1947年11月,第30页。
③ 袁可嘉:《诗与民主》,天津《大公报·星期文艺》,1948年10月30日。
④ 唐湜:《论乡愿式的诗人与批评家》,《华美晚报》,1948年8月6日。

的相左），都有被视为"异端"（heterodox）的可能①，都应予以"打击"或"收编"，这个趋势到了四十年代后期越发明显。而来自的"主流"的这种压力，正是促使不同性质的"新变"聚合在一起的重要推动力。实际上，这并非"九叶"聚合才出现的一种现象，七十年代末、八十年代初的所谓"朦胧诗派"的形成也有类似的情况。有趣的是，"朦胧诗"的很多成员同样也有很多与"主流"同构的因素，而且这一群体同样也被很多学者视为所谓"现代主义"群体。实际上，就整个中国现代诗歌史来说，并没有多少"纯粹的"的现代主义诗歌流派，它们大都是在特定的文化系统中处于"异端"位置的诗人的混合体，因此，它们也必须放回特定的文化系统中"历史地"理解。

---

① "异端"（heterodox）这个概念和"新变"（emergent）有所区别，"异端"是指被"正统"排斥在外的对象（所以"异端"的出现首先要求文化系统中的"主流"有将自己确定为"正统"的倾向），"异端"可以包括"残余""新变"或者有部分"主流"因素的"新变"。

第二章　抒情诗体的转型

引　言

为了确定"九叶"诗人的诗学策略的特色,有必要把他们放到中国新诗的历史脉络中来考察,尤其是把他们与其先驱,即三十年代现代诗人进行对比考察。在这种考察中我们可以发现诗歌形体发生了怎样的变革,也可以把握到这种变革的真正意义和局限。三十年代诗人最典型的诗体是表现个人感情的抒情诗,到了四十年代新的历史和文学语境下,"九叶"诗人对抒情诗风展开了多方面的反思和反拨,开创了一系列新的诗体,如"新的抒情"(穆旦)、反抒情的轻体诗(杜运燮)。

在三十年代前期的现代诗人中,最具代表性的应该是戴望舒和"汉园三诗人"(何其芳、卞之琳、李广田)。戴望舒的创作深受欧洲象征派的影响,在三十年代曾经掀起一股唯美的风潮,他对个人情感的开掘和对语言的暗示性的挖掘是他在新诗史上的突出贡献之一。但是,他的诗歌也存在一些显著的缺陷,那就是漠视外部现实,沉溺于个人的情感,因而经常陷入感伤。1937年,左翼诗人鸥外鸥批评戴望舒派诗人"不仅体裁,题材的雷同而已也。甚至情绪亦一致的。至于人生观的遁世绝俗□□凭吊壮志消沉颓唐老朽厌世感伤(Sentimentalism)更是一致之极,共同之极"①。鸥外鸥的批评显得盛气凌人(这从其文章题目《搬戴望舒们进殓房》也可以看出来),但他对戴望舒一派诗歌的普遍特色的概括却是基本确切的,尤其是指出了"厌世"和"感伤"这两点。"厌世"与"感伤"其实是有内在关联的,前者是拒绝外部世界,后者是沉溺于个人世界,互相补充。

  而三十年代另一位重要诗人何其芳同样也有这个问题。艾青曾在1939年发表的一篇文章(写于1937年),指出何其芳的作品"要之不外是:——被遗忘的悲哀;对于出嫁了的少女的系念;衰落与凋零所引起的伤感;不可挽回的东西的缱念;运命的哀诉——等等"②。他进一步概括道:"因此,何其芳在他对艺术的态度上是自私得有点过分,对现实的态度上又胆怯得有点可怜。"③艾青对何其芳作品的评判显得有点专断,但是他也明确地感受到了后者那种回避现实沉溺于个人世界的"自私""胆怯"的心态。关于这一点,何其芳本人有不同的理解,但是并没有否认。在一篇回应艾青的批评的文章中,何其芳对艾青那种"非常自信地指明"道路的姿态颇为不满,他直率地称艾青的文章为"坏书评"。④ 他自陈:"所以虽然《画梦录》是一本可怜的书,你对于它的判断并不公平……你并没有找出我当时的真正的坏处。我当时的最不可饶恕的过错在于我抑制着我的热情,不积极地肯定地用它去从事工作,去爱人类,在于我只是感到寂寞,感到苦闷,不能很快地想到我那种寂寞和苦闷就是由于我脱离了人群;在于我顽固地保持孤独,不能赶掉长久的寂寞的生活留给我的沉重的阴影。"⑤

---

① 鸥外鸥:《搬戴望舒们进殓房》,《广州诗坛》第1卷第3期,1937年,第7页。按:引文中标"□"者为字体难以识别之处。
② 艾青:《梦·幻想与现实——读〈画梦录〉》,《文艺阵地》第3卷第4期,1939年6月,第929页。
③ 艾青:《梦·幻想与现实——读〈画梦录〉》,《文艺阵地》第3卷第4期,1939年6月,第930页。
④ 何其芳:《给艾青先生的一封信(批评的批评)》,《文艺阵地》第4卷第7期,1940年2月,第1424页。
⑤ 何其芳:《给艾青先生的一封信(批评的批评)》,《文艺阵地》第4卷第7期,1940年2月,第1426—1427页。

实际上，沉溺于个人世界而厌弃外部世界不仅是中国的象征派或者"现代"派的倾向，也是欧洲象征派的倾向，埃德蒙·威尔逊（Edmund Wilson）在《阿克瑟尔的城堡》中认识到："一个浪漫主义者的个人主义经常会令他反抗和拒绝信任社会，觉得自己是个零余者；而象征主义者则自我隔绝于社会或流派之外，简直不闻不问：他会维持独特的个性，甚至较浪漫主义者更甚，但他不会强调自己的个人意志——他会把整个文学领域改变，就如他的代言人阿克瑟尔退出生活的场域一样，由客观世界退到主观的世界，又与社会共享的经验转向个人孤独的经验。"①他在文中引法国作家纪德的话评价说："他们（象征主义者）将生活褪去，正如对其他事物一样，认为那是没有价值的欺骗，怀疑活下去的意义，不难理解他们为何没有提出新的道德——满足于维尼的世界，满身披挂着反讽——而只能提出一种新的美学。"②象征主义的成就是在美学领域而非道德领域，这既可以形容欧洲象征主义诗人，也可以形容中国的象征派或"现代派"诗人。

1937年抗日战争的全面爆发彻底改变了诗坛的这种状况（虽然部分诗人的调整与转变早在战前就已经开始了），它迫使作家从个人世界的沉醉中解脱出来，面对社会现实和民族命运。这时三十年代的代表性诗人的创作也发生了根本性的变化。戴望舒在香港参加组建了文艺界抗敌协会，还因参加抗日活动一度被捕入狱，后来写出了《我用残损的手掌》等真诚而感人至深的作品。卞之琳和何其芳一同奔赴延安，分别拿出了《慰劳信集》和《夜歌》等面对"现实"的作品，诗风大变。而"九叶"诗人就是在这样的语境下创作的，他们的创作明显地反映出当时的历史语境的影响，即个人世界向外部现实敞开，道德意识的觉醒，社会性题材的进入，以及对逃避现实和感伤情绪的自觉抵制。

---

① 埃德蒙·威尔逊：《阿克瑟尔的城堡：1870年至1930年的想象文学研究》，黄念欣译，南京：江苏教育出版社，2006年，第190页。
② 埃德蒙·威尔逊：《阿克瑟尔的城堡：1870年至1930年的想象文学研究》，黄念欣译，南京：江苏教育出版社，2006年，第185页。

但是，这些只是四十年代诗歌写作语境的一部分，还有另外一个重要的部分，那就是"大众化""人民诗歌"这些集体主义性质的主张的盛行。朱自清1943年在分析抗战以来的诗歌时，已经注意到它们"似乎侧重'群众的心'而忽略了'个人的心'，不免有过分散文化的地方"①。值得注意的是，四十年代也是文艺"大众化"主张逐渐在文坛取得统治地位的时代，它在诗歌方面的具体主张则是所谓的"人民诗歌"。关于"大众化"和"人民诗歌"，从三四十年代开始就有大量的文章介绍和讨论，这里不铺叙这些观点。笔者想强调的是，这些主张的提出和盛行的本质，依然有进行进一步认识的余地。这里我们想引述诗人冯至在《一个对于时代的批评》(1941)中的观点，这篇文章当时并没有引起太多的讨论，但它无疑是对四十年代以及这个时代的文学最为深刻的观察之一。冯至对时代的批评受到了克尔凯郭尔和尼采哲学的启发。为了透彻地了解他的见解，我们先大段引述他文中的内容："嫉恨在庸凡的，无能的心中隐伏着，蔓延着，到了相当的时候，会摇身一变，变为光天化日下的道德的标准！（看中国，有多少称赞平庸，无能，污秽或蠢笨相的道德：他们不但要窒杀特出之士，并且每每要预防他们的产生。）所取的方法，是'平均一切'（Nivellierung）。基氏[即基尔克夏尔特（Kierkegaard），又译'克尔凯郭尔'] 说：'一个有深情的时代是勇猛前进，有兴有衰，有树立，有压迫，但是一个考虑的，没有深情的时代正相反：它窒息，阻止，它平均一切……'"②克尔凯郭尔受到基督教自由意志论的启发，他批判的"平均一切"在哲学上的实质是决定论（determinism），尤其是目的论式的决定论，而在社会层面上则是集体主义的代名词。显然，冯至对于它在社会层面的表现更为敏感：

"若是平均一切能以成功，"基氏说："必定要先造出一个幻像，一个精神，一个非常的抽象，一个包罗万有，而又虚无的事物，一座蜃楼——这个

---

① 朱自清：《诗的趋势》，《文学创作》第2卷第2期，1943年6月，第12页。
② 冯至：《一个对于时代的批评》，《战国策》第2卷第17期，1941年7月，第12—13页。

幻像就是群众。只有在一个没有深情，只是考虑的时代，这个幻像才能依
附报纸的帮助发展——"群众把一切"个人"溶在一起，成为一个整体，但
是这个盛理是最靠不住，最不负责任的，因为它什么也不是。

但是，无论什么人投到这群众的海里，便具体的化为抽象的，实的化
为虚的了：多少人在岸上时，是冰炭一般地不同，可是一到这海里，就冰也
不冷，炭也不烫了。这真是"平均一切"的理想的境界！它是一切，也是虚
无，它有上帝一般广大的神通，而没有就是一条狗也应有的一点责任心：
于是有些人看着它，像是小孩看见一个肥皂泡一般，不由地起了好奇心，
就是一个村童也可以拿它玩玩，一个醉鬼也可以拿它耍一耍了。①

如此抽象但又如此猛烈地批评时代在整个中国现代文学与思想史上都不多
见。冯至以形而上的方式把握到了这个混乱的时代（以及这个时代的文学）深
深地潜藏着的潮流，包括道德意识的兴起和变形，集体幻象的繁荣，决定论意
识形态统治地位的逐渐树立，他看到一个个的"个人"投入幻象的泡沫中寻求
心理上的庇护。这些都是与"九叶"诗人的创作发生深刻的内在关联的历史潮
流。无独有偶，袁可嘉也意识到这些潮流在文坛中盛行的危险。②从这些观察
出发，我们可以认识到，"现实"的压力迫使作家的个人世界敞开，迎纳外部世
界以及社会法则（包括道德），这是其创作的根本动力，但也是约束其发展甚至
限制其成就的瓶颈，因为它也使得作家本人和他的创作更容易受到一些外部
世界的抽象概念的魅惑（如"群众""行动""新世界"等），进而投入到"平均一

---

① 冯至：《一个对于时代的批评》，《战国策》第2卷第17期，1941年7月，第13页。
② 袁可嘉指出，有一种由抽象观念所造成的"政治感伤性"（与一般的情绪上的感伤性有别），其
特征为："作者在某些观念中不求甚解的长久浸淫使他对这些观念的了解蒙上了浓厚的感伤色彩，而且
往往不择手段地要求他们的传达与表现，基此而生的最显著的病态便是借观念做幌子，在它们高大的
身影下躲避了一个创造者所不能回避的思想与感觉的重担；一套政治观念被生吞活剥的接受，又被生
吞活剥的表达，观念的壮丽被借作为作品的壮丽，观念的伟大被借作为作品的伟大。"（袁可嘉：《论现代
诗中的政治感伤性》，天津《益世报·文学周刊》，1946年10月27日）可以看出，袁可嘉与冯至的观察实
际上是对同一历史潮流的不同侧面的认识。

切"的海里,泯泯然众人矣。在本章讨论的辛笛诗歌和后二章讨论的杭约赫、唐祈诗歌中我们都可以清楚地看到这一点,而卞之琳和何其芳在抗战之后的创作也深刻地体现了这个教训。穆旦在这方面则是例外(冯至本人是另一个例外),他身上有着一种异质性思想资源(基督教思想)的深刻的影响,对于约束同时代大部分作家的道德意识、历史观念与哲学基础都有着很不一样的理解,这决定了其诗歌的艺术形态与大部分同时代作家辨然有别。

第一节　辛笛:"现实"的压力与抒情诗的"变形记"

辛笛是"九叶"之中年纪最长者,也是他们之中最早开始有规模的创作并步入文坛者。[①] 他从三十年代前期就开始创作,诗风与"现代"派诗人接近。到了四十年代,辛笛的抒情诗发生了深刻的变革,这种变革深刻地体现出"现实"的压力是如何作用于抒情诗体的转型的。

在对辛笛诗歌的评价和研究中,唐湜的《论〈手掌集〉》和梁秉钧的《从辛笛诗看新诗的形式与语言》是两篇较有代表性的文章。唐湜的文章是典型的印象式批评,对辛笛的诗歌有着感性但不失准确的评判,对其优缺点也有较为敏锐的观察:"我不能说辛笛先生是一个博大的诗人,正相反,他的最大缺点似乎正是他所表现的中国传统文字的单薄与倩巧,他所最迫需的正是一份深厚与淳朴。他的轻巧的华采与细腻的呼息正好使他的诗歌显得不够有力。但这并

---

① 辛笛(1912—2004)原名王馨迪,他1931年入清华大学外文系求学,三十年代前期在《清华周刊》《水星》等杂志上发表了不少诗歌作品。1935年他和弟弟辛谷合出了诗集《珠贝集》(1935年自印),收集了他大部分早期作品。他1936年赴英国爱丁堡大学求学,1939年回国,从回国后到1945年,辛笛中断了诗歌写作,直到抗战胜利后才恢复。在四十年代后期,辛笛出版了诗集《手掌集》(上海:森林出版社,1948年)和散文集《夜读书记》(上海:森林出版社,1949年)。1949年以后辛笛的诗歌创作基本停止,1976年以后重新开始写作,但多为应时之作。辛笛八十年代后出版有《辛笛诗稿》(北京:人民文学出版社,1983年)和《王辛笛诗集》(香港:专业出版有限公司,1989年),并出版有新的《夜读书记》(西安:陕西师范大学出版社,1998年)。新的《夜读书记》分为上下编,上编为原《夜读书记》的内容,下编"夜读续记"为辛笛八九十年代写的散文作品。

不妨害他有一份克腊西克的气质,圆润而晶莹……凡假托意象而抒情时,总那么伸缩自如,而凡直接欲有所呼唤或有所叫喊时,却总显得有点局促不安。"①而梁秉钧则运用勃克(Kenneth Burke)、朗格(Susanne Langer)等人关于结构、语法、韵律等方面的理论,对辛笛诗歌形式的变迁做出了细致的描绘和深入的分析,他指出辛笛三四十年代诗歌的结构经历了"重复结构""发展结构""推论结构"三个阶段,其语法也由"意象具体"语法发展到"音乐性"语法再到"议论性"语法,此三阶段大致对应于《手掌集》中的"珠贝篇""异域篇"和"手掌篇"。②虽然梁秉钧以勃克提出的三种诗歌结构来概括辛笛的诗歌的三个阶段还稍显笼统,但是对于认识、分析辛笛的诗歌形式不无启发,而且他提出的辛笛诗歌的变迁所反映出的三四十年代新诗本身的发展的问题也是值得思考的,本文将进一步考虑这个问题。

梁秉钧的论文带有明显的形式主义批评的色彩,这种方法将焦点集中于文本自身,而且有意无意地将文本视为一个自足的整体——或者说,文本应该成为一个自足的整体——因此,他对辛笛《手掌集》的第三篇("手掌篇")的评价才明显地比前两篇差,他认为它们之中的很多作品流为"芜乱松散""空泛抽象","诗的秩序不断受到动乱的现实世界的侵扰"。③ 然而,殊不知"珠贝篇"中的篇什看起来虽然较为自足而完备,却依然难脱"空泛抽象",而且格局狭小,这正是与现实隔绝的后果。相反,梁所认为的"异域篇"中的一些最优秀的篇章恰好是"受到动乱的现实世界的侵扰"之结果,是个人与"现实"之间的紧张关系的直接反映。这一紧张关系是连接外部世界与文本世界之间的纽带,用保罗·德·曼的术语来说,它体现出文本的"意向"(intent)。所谓"意向",就

---

① 唐湜:《论〈手掌集〉》,收入《"九叶诗人"评论资料选》,王圣思编,上海:华东师范大学出版社,1996年,第155页。
② 梁秉钧:《从辛笛诗看新诗的形式与语言》,收入《"九叶诗人"评论资料选》,王圣思编,上海:华东师范大学出版社,1996年,第165—166页。
③ 梁秉钧:《从辛笛诗看新诗的形式与语言》,收入《"九叶诗人"评论资料选》,王圣思编,上海:华东师范大学出版社,1996年,第202、206页。

是"从诗人心里输送到读者心里的精神或心理内容"①。在德·曼看来,对"意向"课题的忽略正是美国新批评的根本性缺陷,"意向"决定了作品并非形式批评做假定的客观对象(object),而是一个文学行为(act)。"行为的意向并没有威胁诗歌的整体性;相反,它建立了这一整体。"②我们的批评方法与梁秉钧的方法的区别,就在于把文本当作一个客体还是当作一个有意向的行为之间的区别。在我们看来,辛笛诗歌在三十年代后期开始发生的一系列重要转变,正是个人与"现实"之间的紧张关系的结果,而他在四十年代后期那些较为"芜乱松散"的作品则是这一紧张关系被消解之后的反映。只有理清这一点,才能够较为清晰地认识辛笛风格变迁的"动力"问题,认清其文本变迁与历史现实之间的紧密关联。

一、隔绝"现实"与把玩"珠贝"

辛笛三四十年代的诗歌可以分为三个阶段,它们在辛笛 1948 年出版的《手掌集》和 1983 年出版的《辛笛诗稿》中均编为三篇:"珠贝篇""异域篇"和"手掌篇"。"珠贝篇"收录的是早期诗歌(1933—1936 年);"异域篇"收录的是作者在欧洲留学期间的作品(1936—1938 年);"手掌篇"收录的是作者在抗战胜利后写的作品(1945—1948 年)。③ 不过,我们不应该过于僵化地理解辛笛

---

① Paul de Man, *Blindness and Insight*, Minneapolis: University of Minnesota Press, 1983, p.25.
② Paul de Man, *Blindness and Insight*, Minneapolis: University of Minnesota Press, 1983, p.25.
③ 本书根据的是《辛笛诗稿》对作品的编目和系年。需要注意的是,虽然 1948 年的《手掌集》中的所有的诗作都已经收入《辛笛诗稿》,而且也分为名字相同的三篇,但其中的作品编目与《辛笛诗稿》并不一致,其中的《识字以来》《姿》《月光》《流浪人语》《回答》五首诗歌在《手掌集》中编入"异域篇",且未注明写作时期;而在《辛笛诗稿》中它们被编入"手掌篇"并注明了写作时期(均为 1945 年之后)。这五首诗歌就内容来看,明显写于辛笛回国之后,比如《流浪人语》一诗中就有"流浪二十年我回来了"之语。所以编入"手掌篇"是妥当的。另外,由于受到原有的《手掌集》编目的影响,有的研究者(如梁秉钧、姚启荣)对这五首诗歌的写作时期产生了误判(见《"九叶诗人"评论资料选》,王圣思编,上海:华东师范大学出版社,1996 年,第 179、215 页)。

诗歌的发展阶段问题,因为风格的变迁是一个长期而缓慢的渐变过程,而不是一蹴而就、泾渭分明的。比如"异域篇"的部分作品其实与之前的"珠贝篇"较为接近,而另一部分作品又开启了"手掌篇"的先河。

辛笛的创作其实在"现代"派诗歌盛行的时候就开始了,他的早期作品也明显地受到了戴望舒、何其芳,尤其是卞之琳的影响,主要以自然物象书写个人的孤独、苦闷情绪,处处流露出古典意趣。辛笛回忆:"在上海出版的《现代》杂志是我爱读的杂志之一,上面发表的都是中国 30 年代的现代派诗。在北方,就有汉园三诗人独树一帜。当时郑振铎、巴金和靳以在三座门大街办起《文学季刊》。每逢周末,我从清华进城去他们那里玩,因而也结识了卞之琳,他正在北京大学读书,比我高一班。我在《文学季刊》和他编的《水星》上也发表过诗。以上这些阅读与交往更使我倾向现代诗,并在自己的创作中做出尝试。"[①]辛笛与卞之琳的生辰和步入文学界的年龄都相近而略晚[②],他在创作开始的阶段结识卞之琳,并结下终生的友谊。[③] 辛笛前期的不少作品都明显地带有卞之琳的印记,而且两者都可以计入三十年代的"现代"派之列,因而将它们做一番比较将是有趣且有启发的,可以从中明了三十年代的"现代"派诗学路线本身究竟包藏着何种问题。

卞之琳曾经对自己的风格谦逊而诚恳地概括:"规格本来不大,我偏又喜爱淘洗,喜爱提炼,期待结晶,期待升华,结果当然只能出产一些小玩意儿。"[④]辛笛早期的诗作同样可以见出淘洗和提炼的痕迹,他出产的同样是一些"规格"不大的"小玩意儿"。所谓"规格"之小,主要不是就篇幅和题材而言的——

---

① 辛笛:《夜读书记》,宋路霞、王圣思编,西安:陕西师范大学出版社,1998 年,第 134 页,另参此书第 212 页。
② 卞之琳 1910 年生,而辛笛 1912 年生,前者大约于 1930 年开始有规模地创作和发表,后者则于 1933 年开始大量地创作。
③ 在 1947 年卞之琳赴英国留学前,辛笛写了《赠别——一九四七年八月三日送之琳》一诗饯行;在 1980 年又写了《春光永昼话之琳》一文怀念两人的友谊。
④ 卞之琳:《〈雕虫纪历〉自序》,《雕虫纪历(1930—1958)》,北京:人民文学出版社,1979 年,第 1 页。

辛笛写的对象也是李白、李商隐写的对象，但我们并不觉得后二者"规格"小，而是就想象和情感的范围和创新程度而言的。辛笛早期作品所表现的对象不外乎自然界的落日、草、树、花、水、露等以及人的心、梦等，而且表现的方式也没有在古人之外别出心裁，其情调往往不脱"伤他梦透"——这是当时的人们对"sentimental"（感伤）的生动的音译。比如这首《生涯》（1934）：

> 独自的时候
> 无端哭醒了；
> 哭并没有流泪。
> 夜夜做不完的梦
> 只落得永远画不就的圆圈。
> 窗外琐琐的声音，
> 从前听人说
> 是夜来的繁露，
> 如今生涯叫我相信
> 是春天草长呢。①

在前半部分，诗人诉说了"伤"与"梦"，不过只字未提所伤何事——这当然也是三十年代"现代"派的习气，看起来颇有为"伤"而"伤"，"为赋新词强说愁"的意味。后半部分写"伤"过之后的启悟：窗外的声音不是繁露夜降而是春来草长。这样的描述所包含的情感内容实在有限，作者说这就是"生涯"给他的启示；但是因为这启示的分量有限，连"生涯"也跟着贬值了——"生涯"这个"大词"的使用颇有虚张声势的意味。辛笛早期诗歌的意趣在最好的情况下也只是美学上的，它很少与现实、道德、人性等发生血肉关联。所以，寄生于古典传统却缺

---

① 本书所引辛笛诗作除了特别注明者以外，均据《辛笛诗稿》（北京：人民文学出版社，1983 年），下同，不另注。

乏足够的"现实"养分造成了辛笛早期诗歌的"规格"之小。与卞之琳相比,辛笛早期诗歌不仅在运思上不如卞独到,而且经常沉溺于惆怅、落寞等感情,陷入感伤;当然,卞之琳的诗歌也经常流露出惆怅、落寞等情绪,但是他往往以风趣的幽默或者睿智的思辨来平衡这些情感,使其不至于泛滥;另外,卞之琳的不少诗歌也能含蓄而有分寸地体现出对人的同情(如《苦雨》《道旁》《寂寞》等),这些都是辛笛早期诗作很少做到的。

但是,和所有的"现代"派诗人一样,卞之琳1937年之前的诗歌和"现实"的关联同样也是不密切的,它们大都以美学的观照和哲学的思辨取胜,而并不以道德情感的丰富、历史意识的敏锐见长。因此,卞之琳与辛笛在三十年代后期都面临着同一个问题——这也是三十年代大部分诗人都面临的问题,即如何在诗中纳入"现实"、贴近"时代",同时又保持诗之所以为诗的本质。我们认为,正是这一点推动了辛笛在三十年代后期开始写出一些有突破性的作品,也正是这一点给卞之琳带来了几乎无法克服的困难,以至1939年到1949年间完全中断了诗歌写作。这一对比对于我们认识"现实"的魅惑同样是有启发的。

二、"现实"的压力与"无法抒情的抒情"

三十年代后期以来的"现实"压力作用于辛笛诗歌的典型结果是一种"无法抒情的抒情"之焦虑,它既是道德上的又是诗学上的,这种焦虑促成了辛笛的一系列杰作的产生。在《珠贝集》中,有一首非常有特色的诗作:《垂死的城》(1936),它出现于《珠贝集》的结尾,实际上预示了辛笛三十年代后期诗歌的转变(右侧行序号为笔者所加,下同):

主人有意安享静好的小居　　　　　　　　1
然而不愿待见落叶纷纷
径自与这垂死的城相别

与最后的声音颜色相别
是的,这里有温馨的友人　　　　　　　　5
风沙的游戏　工作的愉快
窗下有花和一些醉酒的地方
但他想,风景与人物都会因
空气的腐朽而变的
暴风雨前这一刻历史性的宁静
呼吸着这一份行客的深心　　　　　　　10
呵,是谁
是谁来点起古罗马的火光
开怀笑一次烧死尼禄的笑——
海上夜明的时候
他会轻轻地掩起了窗扉　　　　　　　　15
抱住那深闭长垂的帷幕
象是抱住了今日之记忆
去了
远了
死之后何来永生之叹　　　　　　　　　20
"朋友,你要坚强"
——在沉沉睡了的茫茫夜
无月无星
独醒者与他的灯无语无言
阴湿的四壁以喑哑的声音说　　　　　　25
从此不再是贝什的珠泪
遗落在此城中

在此诗的结尾，作者落款"一九三六年夏别去北平　题《珠贝集》尾"。这个意味深长的落款暗示着"垂死的城"有双重含义。第一重含义自然是指北平（北京），作者在写这首诗的时候（1936 年夏），日本正在华北开展"华北自治运动"，北平开始处于日军和亲日地方政府的包围之中，岌岌可危。其时正在北平教书的辛笛意识到，目前的"静好""愉快"都只是"暴风雨前这一刻历史性的宁静"而已，一座他所留念的城市即将陷落。但是，在诗的最后一部分，作者写道，即将毁灭的不仅是北京这座城市，还有自己过去所过的一种生活，以及建立在这种生活之上的一种诗学，也就是那种迷离于"支离的耳语"和"憔悴的杯厄"（《夜别》）的生活，那种沉醉于"无端地哭醒"的诗学。这就是"垂死的城"的第二重意义。在同年 3 月 18 日的日记中，辛笛写道："我爱我生活的平静，然而我就此甘心么？不，我希望生活里有波澜，但我又怕波澜的狂暴。大雷雨的天气该快来了罢。我矛盾，我烦忧，永远是无休止地烦忧。"他颇有深意地总结道："我是一眼看着美幻，一眼看着世界。"[①]

《垂死的城》这首诗就是即将到来的"大雷雨"侵扰的结果，其中隐含了"美幻"与"世界"之间的矛盾。他意识到"美幻"诗学再也难以为继，在诗的最后他以冷峭的笔调写道："阴湿的四壁以喑哑的声音说/从此不再是贝什的珠泪/遗落在此城中。"在抗战全面爆发（1937 年 7 月 7 日）的前一年，辛笛实际上已经提前宣告了一段历史时期和诗学时期的结束，过去那种把玩"珠贝"等"小玩意儿"的诗学即将和北平这座城市一起陷落，毁于"历史性"的"暴风雨"。在我们看来，这个预言实际上也有文学史的指涉性，因为三十年代前期的北平是"现代"派诗学的两大中心之一（另一中心是上海），卞之琳、何其芳、林庚、废名等"现代"派诗人均活跃于此地，这首诗实际上是提前向"现代"派诗学告别。

与《珠贝集》的大部分作品相比，《垂死的城》不仅在内容和情感上大为不同——这首宣告了前者"死刑"的作品更像是对它们的"挑衅"，而且在节奏和

[①] 辛笛：《夜读书记》，宋路霞、王圣思编，西安：陕西师范大学出版社，1998 年，第 86、87 页。

结构上也明显区别于前者。在第 11—13 行中,那个曾经把玩"珠贝"的诗人居然要"点起古罗马的火光/开怀笑一次烧死尼禄的笑"。尼禄是古罗马的暴君,也是贪图享乐、缺乏道德意识的典型。历史上的尼禄已经被烧死了,而考虑到此诗具有的自我反思和诗学反思的双重性质——在这个意义上,它可以说是一首"元诗"①——不妨说在这首诗中被烧死的尼禄就是作者过去的自我(代表着过去的生活和诗学取向),而开怀大笑者则是在反思中重新建立的新的自我,也就是一个在历史压力下获得了意识的觉醒的诗学主体(poetic subject),其觉醒的意识既包括历史意识,也包括道德意识,这些都是他早期大部分诗歌所不具有的。

辛笛大部分早期诗作的结构都比较平面化,缺乏跌宕起伏,而节奏也较为拘束,旧诗的结构像裹脚布一般约束着它们的节奏步伐。而到了《垂死的城》中,由于现实的潜在压力和它所造成的情感上的张力,他过去那种平面化的结构和那种缠脚女人的小碎步一般的节奏已经不敷使用,辛笛的结构和节奏都明显地增加了曲折和起伏。比如第 18—24 行,"去了/远了……"这几行既是与"垂死"的北平告别,也是与过去的生活和诗学告别(两者都将"死去")。"去了/远了"二语单独成行,这在节奏的时间进程上是两个较长的停顿,以声响上造成强烈的咏叹之效果。这一段落(18—24 行)充分地运用了重复/复现这一基本的节奏手段,从"去了/远了"到"沉沉/茫茫"再到"无月无星/无语无言",几对对称的重复遥相呼应,节奏一气贯注,充分地体现出"独醒者"的勇气和决心。这样的节奏与格律诗的节奏大有区别,是一种"非格律韵律"(详后)。

本章引言说过,到了三十年代后期,几乎所有的现代诗人都面临着"现实"的压力,开始思考和进行诗歌的转型。在这一点上,曾经影响过辛笛的卞之琳的选择与辛笛有很大差别。辛笛面对这一压力的结果是"异域篇"的一部分作

---

① 所谓"元诗"(metapoem),就其意义而言,就是关于诗本身的诗歌,它们一般带有内省和自我反思(反思诗的写作本身)的性质,笔者在另外的文章中对此有详细讨论,参:Zhangbin Li, "Words against Words: Poetic Reflections and Linguistic Manipulation in Duoduo's Poetry," *Neohelicon*, 39(1), 2012。

第二章　抒情诗体的转型

品和"手掌篇"中的大部分作品,而卞之琳对时代变局的反应则是1938年赴延安之后写成的《慰劳信集》①,在1939年至1949年间他完全停止了诗歌写作。过去,人们把《慰劳信集》看作作家勇于顺应时代和承担责任的典范来称颂。诚然,它的宣传价值是不容否定的,而且它的首要目的就在于此。但是细读其中的作品,我们却很难找出一首有较高艺术水准的作品,充斥其中的是那种"延安文学"式的笔调,语言简单明了,偶尔有诙谐的幽默,但是已经丧失了卞之琳早期作品在玄思和美学上的优点,比如《一个夺马的勇士》:

抓住了你的今日,
就带来了你的明天
你仿佛说明了;我祝你
幸运总跟了勇敢——
好啊,可谈何容易:

山沟里是顽抗的困兽。
夺他们的马呀,你着急。
也得算工夫结了果,
你扑下去骑转了一匹,
马后就奔来一头骡。②

这里除了最后两行明显地带有一点延安风味的打趣以外,并没有太多的东西值得回味。虽然两节诗都不严格地押了西洋诗色彩的"abab"式的交韵,可是依然难以避免地透出一股俚俗语调和打油诗气息,这简直让人难以相信是《距离的组织》《断章》的同一作者所为。充斥于《慰劳信集》的都是这一类命题作

---

① 卞之琳:《慰劳信集》,香港:明日社,1940年。
② 卞之琳:《雕虫纪历(1930—1958)》,北京:人民文学出版社,1979年,第72页。

文式的笔墨,读者只需看其标题就可以想见其内容:《一位政治部主任》《一位刺车的姑娘》《一处煤窑的工人》《一位用手指探电网的连长》《一位"集团军"总司令》《一切劳苦者》……这些诗作的目的非常明显,就是鼓舞抗战,向奋斗在抗战"前线"的延安军民"致敬"。① 虽然在此集中的不少作品都注明了诗中所写都依据"真人真事",但是其诗中所体现的艺术态度实际上已经由"面对"现实变成了"改变"现实,也就是通过诗歌的宣传效应来实现鼓动行动的效用,"以后就是行动问题,干就是了,没有什么好谈"②。至于"现实"本身的丰富性和复杂性,在这些诗歌中并没有多少表现。《慰劳信集》实际上把他早期诗歌路线彻底终结。他在1939—1949年未写一首诗,而在1949年后的作品其实也与《慰劳信集》中那些"致敬"之作没有区别。③

与卞之琳"奋不顾身"地投入"现实"和"行动"相比,辛笛在面对"现实"时显得更为审慎和犹疑。他一方面知道历史的大动荡即将来临,一方面又对这一风暴深感疑虑。在"异域篇"和"手掌篇"的很多作品中,个人(自我)与现实或历史处于紧张的关系之中,比如《狂想曲》(1937)这首反映辛笛的"历史性"焦虑的典型作品(此处我们将其全数引下,以便读者感受其节奏和情绪):

  楼乃如船   1
  楼竟如船
  千人万人的脚
  窗上风的雨的袭击
  但咆哮不过是寂寞的交替   5

---

① 与《慰劳信集》同年(1940年)在香港明日社出版的是他写的报告文学《第七七二团在太行山一带》,两者可以说是"姐妹篇"。

② 卞之琳:《〈雕虫纪历〉自序》,《雕虫纪历(1930—1958)》,北京:人民文学出版社,1979年,第9页。

③ 这种几乎"脱节"的转变模式或许也反映了作者原有的诗学路线的根底也不是很深厚,否则不至于在"转换"中被淘洗得几乎荡然无存。限于篇幅和主题,这一问题只能留待另外的文章来讨论了。

我试着想初夏的清凉

清凉手臂中清凉的荷叶

我要以荷叶当伞

　　以荷叶当扇子

但我为什么又有了太多的伞下的寒冷　　　　　10

我捻去了燃烧着的橙色的火团

我在暗处

我在远方

我静静地窥伺

一双海的眼睛　　　　　　　　　　　　　　15

一双藏着一盏珠灯

和一个名字的眼睛

今夜海在呼啸

多变换的海呀

今夜我不再看见蛇腹里的光　　　　　　　　20

　　　白的长尾

但我为什么还能听见那尖破的笛声

我不知今夜昨夜明夜

夜夜

　　在风的夜里　　　　　　　　　　　　　25

　　在雨的夜里

　　在雾的夜里

黑水上黑的帆船

是载来还是载去

又毕竟载着的是那一些"谁"　　　　　　　　30

我想呼唤

我想呼唤遥远的国土

风声雨声

楼乃如船

楼竟如船 35

行步声喧语声笑声

门的开闭声

邻近的人家有人归来

"是我是我"

我想问 40

我想呼唤

我想告诉他,安东·契诃夫,

我想告诉他:

　　是一个契丹人

　　是一个病了的 45

　　是一个苍白了新的

　　是一个念了扇上的诗的

　　是一个失去了春花与秋燕的

　　是一个永远失去了夜的……

在诗歌的开头,读者会以为这是一首写"美幻"的作品,然而到了第10行之后,诗中开始不断地浮现出某种"隐忧"。他在开篇想进行一番美丽的幻想,可是忽然觉得"有了太多的伞下的寒冷"(这似乎是一种潜意识的流露)。在担忧中他熄灭了灯,开始在"暗处""窥伺""海的眼睛"(这又是一幅噩梦般的潜意识画面),紧接着又是"蛇腹里的光""白的长尾""尖破的笛声"等不知何故而生的意象,这些意象的铺叙并无逻辑和条理,行云流水,随意而成,带有明显的"意识流"特色。实际上,辛笛对这一手法是有自觉认识的,他在论述卞之琳作品的一篇文章中着重讨论一类所谓"语言流"诗体,其特色是:"完全是白描手笔,除了白话语言本身的节奏外,可称是丝毫不加雕琢,一无凭借,貌似平易亲切,而难就难在'没骨子',所以要写好也非易事。思绪和辞意往往会随着诗行的开展,时而隽永,时而飘逸,在很自自然然之际会出其不意地拐了弯,来一句神来之笔。我认为这种写法是和近代诗歌的'意识流'相合拍的。"①实际上,这段话不妨看作辛笛自身喜好的一个流露,它很好地说明了《狂想曲》的文体特点。这段话至少涉及两个方面的问题,一是节奏、结构方面的问题,这一点稍后再论;二是意象、思绪的安排问题,这实际上是一种"意识流"特色的表现手法。

"意识流"手法的关键不仅在于思绪、意象铺叙的随意性和混乱性,而且在于它们背后有一个潜意识的"推动力",在这首诗里它就是一种忧患和危机意识。虽然作者在开始并没有告诉我们他所忧者为何事,但我们处处可以感受到他的焦虑和不安;到了第 25—30 行,我们开始明白它具体是什么了。辛笛写到"黑水上黑的帆船"这一险恶意象时,突然说到"我想呼唤遥远的祖国",应当意识到,这里的"帆船"应该和"祖国"有所关联。在《老残游记》第一回中,刘鹗写到一个奇怪的梦,梦见一艘破漏欲沉的帆船,它实际上就是对饱受战乱的中国的讽喻。而辛笛这里的"帆船"也可以看作当时岌岌可危的中国在作者潜意识中的象征物。紧接着,作者又写道,自己居住的小屋竟也如船一样在风雨之中,这可以看作他心中的危机感越发地迫近的反映。在诗的最后,诗人在焦虑与压力之下,终于难以抑制地发出呓语一般的呼唤:"是一个契丹人/一个病了的……"在这段奔涌而出的自言自语中,诗人心里的矛盾与挣扎跃然纸上:他告诉我们他在这样一个危机时代无法再悠闲地"念了扇上的诗"、吟咏"春花与秋燕",这种失落感像一个"永远失去了夜"一样缠绕着他。他有着抒情的渴求,却活在一个无法抒情也不容抒情的时代中。所以,在这首诗歌中,诗人实际上同时遭遇了历史危机、心理危机与诗学危机,这些危机造成了一种"无法

---

① 辛笛:《夜读书记》,宋路霞、王圣思编,西安:陕西师范大学出版社,1998年,第210页。

抒情的抒情"(它在体裁上依然落在"抒情诗"的范畴内)。

与这种危机感和焦虑感相应,全诗在节奏上也显得刻不容缓。他大量地使用短促的分行/跨行,几乎每行都是由一个单句或者词组单独成行。这样一种分行实际上造成了一种"上气不接下气"的节奏步伐。比如第12—14行,如果我们把它们改成较复杂的句式和较长的分行,"我在暗处,静静地在远方窥伺",虽然意思没变,但读起来就感受不到那种急迫的情绪了。这一形式特点就是前引辛笛关于"语言流"的见解的第一个方面,即形式的安排与思绪密切结合,"因地制宜"。这种形式不以固定的模式为模板,只依赖"语言本身的节奏"。这种节奏与固定的格式(其中包括格律)有别,一般称为"非格律韵律"(non-metrical rhythm)。"非格律韵律"虽然并无先于写作行为之前的规定,但是并不意味着它是无限自由的,它必须具备"自我约束"的条件,而且需要确定形式自身的"合法性",也就是要有效地调动各种节奏要素(比如分行、标点、词语、语法等)来与它表达的情绪和内容密切结合。更重要的是,"非格律韵律"同样也需要具备韵律的一般基础,即重复/复现(repetition),重复的手段可以包括语法、词语、语音、意象等。[①]《垂死的城》中即有对重复的成功运用,而大量的重复也是辛笛的《狂想曲》有强有力的节奏的原因。比如第1—2、8—9行的句式和词语的重复,第12—14行中的"我"这一主语的重复,第25—27行"夜"字的重复,第31—32行中的"我想呼唤"的复沓,最后一段"是一个……"的重复,难以尽数。玛佐说:"重复为我们所读到的东西建立结构。意象、词语、概念、形象的重复可以造成时间和空间上的节奏,这种节奏构成了巩固我们的认知的那些瞬间的基础:我们通过一次次重复之跳动(并且把它们当作感

[①] 关于现代汉诗的"格律"问题的反思和"非格律韵律"的机制和前景问题,笔者撰写了一篇四万字的长文予以深入讨论,见李章斌:《有名无实的音步与并非格律的韵律——新诗韵律理论的重审与再出发》,台湾《清华学报》2012年第2期。另外,梁秉钧在分析《狂想曲》时,也注意到其韵律上的独到之处,他的分析主要以朗格的"语法造成的音乐性"理论为框架,见梁秉钧:《从辛笛诗看新诗的形式与语言》,收入《"九叶诗人"评论资料选》,王圣思编,上海:华东师范大学出版社,1996年,第191—194页。

觉的搏动)来认识文本的意义。"[1]虽然辛笛这首诗歌的情绪和意象的安排都较为随意,但是我们读起来不觉得混乱,正在于其中有节奏来组织我们对文本的认知。

《狂想曲》可以说是三四十年代自由诗韵律探索的突出成就之一,它在这方面并不逊色于戴望舒的名作《雨巷》。不过,辛笛后来却没有像此诗这样在韵律上强有力的作品了。这有两方面的原因,一是辛笛对"非格律韵律"虽然有所认识,但是其认识主要集中于它的"不固定"和随意而变这两点,而对其构成基础、发生机理并没有深入的把握,对韵律与重复、节奏与时间的关系以及韵律的"自我约束"机制认识还不清楚,所以只在压力和灵感的双重作用下才偶有所得。其次,辛笛在四十年代的作品中,由于过于相信"行动"力量,实际上已经不自觉地瓦解了"个人—现实"这一紧张关系,这也是他后来的诗作在节奏上相对薄弱的原因之一。

三、从"无法抒情"到"不应写诗"

从前面的讨论可以看出,三十年代后期辛笛诗歌写作的核心动力就是"现实"压力所造成的心理危机和诗学危机,它们具体表现为一种想要抒情却无法抒情的矛盾态度;从这些危机的表现中也可以看到历史意识和道德意识的觉醒。这一特点在辛笛四十年代后期的作品(即"手掌篇")中也得到了延续,在延续中又有新的因素出现:这时的辛笛对丑陋的现实更为关切(和同时期的穆旦一样),也时刻想付诸行动改变"现实",于是"无法抒情"这一点逐渐转化为"不应抒情",甚至是"不应写诗"。比如在《海上小诗》(1947)中,诗人自责:"在愁苦的人间/你写不出善颂善祷的诗。"可以看出,这里有一种道德意识在对诗人进行自我指控。在《一念》中,作者甚至直接说,在乱世中写诗是"奢侈

---

[1] Krystyna Mazur, *Poetry and Repetition: Walt Whitman, Wallace Stevens, John Ashbery*, New York and London: Routledge, 2006, p.xi.

矛盾　犯罪"。不过,读者可能会反问:既然写不出"善颂善祷的诗"的诗,为何不直接写关于"愁苦的人间"的诗?我们通读辛笛四十年代的作品,会发现他在正面表现社会现实时并没有多少优秀的作品(《风景》可能是其中不多的杰作之一),他最擅长的题材其实依然是历史危机之下的自我的矛盾心理和诗学反思。就艺术价值而言,后一种作品也未必比直接面对"现实"的作品价值为低;但是,屡屡强调"无法抒情"或者不应留念诗歌的"美幻"其实也潜在地反映出他对抒情和"美幻"的留念。比如1948年辛笛在美国游览期间写的《熊山一日游》就是这种留念的体现:

　　野棠花落无人问
　　时间在松针上栖止
　　白云随意舒卷
　　我但愿长有这一刻过客的余闲
　　可是给忧患叫破了的心
　　今已不能　今已不能

在国内眼看战火纷纭、生灵涂炭的辛笛由于这时远离了中国,终于享受到了一丝短暂的"余闲",体会到了阔别多年的自然之和谐和"美幻"。但是最后两行打破了这种宁静,诗人说他平衡的心已经被忧患"叫破"(请注意这一"破"字),"余闲"难以长有。这种感叹也是经历了美妙的抒情阶段的诗人必然具有的。那么,在此情况下,诗歌和诗人又将何去何从?

　　应该看到,"'无法抒情'的抒情"实际上是一个带有"自毁"倾向的诗歌动力装置(即德·曼所谓"意向"),因为它本身就是一个悖论。不过与大部分同时代诗人有别的是,辛笛并没有立即放弃抒情投入"现实",而是让这个装置运转了相当长的时间,几乎贯穿了1937—1949年。但是,到了四十年代后期,辛笛同时有部分作品也开始走卞之琳三十年代后期在《慰劳信集》走过的道路,即以鼓动"行动"作为诗歌的目标,与"现实主义"合流,这实际上潜在地销毁了他前一种写作的动力源。关于"现实主义",德国左翼作家布莱希特曾经下过一个简洁的定义:"通过忠实摹写现实来影响现实。"①可见,"现实主义"的实际重心不仅在于描绘现实是否"客观",更在于这种描绘能否带来"影响"现实的效应②,具体来说就是推翻现有的"不合理的制度",如马克思所云:"问题在于改变世界。"③

在辛笛四十年代后期的作品中,这种希望自己能付诸"行动"或者诗歌能鼓动"行动"的意图越来越强烈。比如《布谷》(1946):"二十年前我当你(布谷)/是在歌唱永恒的爱情/于今二十年后/我知道个人的爱情太渺小/你声音的内涵变了/你一声声是在诉说/人民的苦难无边/我们须奋起　须激斗/用我们自己的双手/来制造大众的幸福。"诗人告诉我们个人的感情是渺小的,重要的是采取行动来"制造大众的幸福"——这当然也是左翼诗人的典型论调。在这种视角下,"个人"实际上已经被取消,因此也就不存在"个人—现实"之间的紧张关系了。从诗学的角度说,"个人"已经在"大众"和"行动"那里找到了心理和道德上的庇护所,成了"我们",就如冯至所观察到的那样,"冰也不冷,炭也不烫了"(见本章引言)。因此,在这一类作品中,文本明显地减少了内在张力,而增加了明确性和说教性——两者都是鼓舞"行动"的必要条件。这样的作品在"手掌篇"中还有不少,比如《逻辑》《回答》《警句》《阿Q答问》等。当然,在辛笛四十年代后期的很多作品中,他过去创作惯有的动力(即"现实"压力之下个人的心理危机和道德焦虑)依然在潜在地起作用。非常可惜的是,这一写作"动力"在辛笛1949年后的作品中基本断绝了,同时我们也要看到,这

---

① 贝·布莱希特:《论现实主义和现代主义》,叶廷芳译,收入《现代主义文学研究》,袁可嘉等编选,北京:中国社会科学出版社,1989年,下册,第955页。
② 这实际上也是袁可嘉等"九叶"理论家与左翼理论家在理解"现实"/"现实主义"时的真正差异,也就是表现何种"现实"以达到某一现实目标的问题,而不是表现"现实"究竟是否客观或深刻的问题。
③ 马克思、恩格斯:《马克思恩格斯选集》,中共中央马克思恩格斯列宁斯大林著作编译局编译,北京:人民出版社,1995年,第1卷,第57页。

个动力的"自毁"过程在四十年代就开始了,这并不完全是外部压力的结果。

再来看《一念》(1948)这首带有自白性质的诗作,它在很大程度上也可以看作辛笛整个四十年代诗学历程的反映,不妨以它结束本节的讨论:

> 早上起来
> 有写诗的心情
> 但纸币作蝴蝶飞
> 漫天是火药味
> 良知高声对我说
> 这是奢侈　矛盾　犯罪
>
> 我们已无时间品位传统
> 我们已无生命熔铸爱情
> 我们已无玄思侍奉宗教
> 我们如其写诗
> 是以被榨取的余闲
> 写出生活的沉痛
> 众人的　你的或是我的
>
> 我们在生活变成定型时就决意打破它
> 我们在呐喊缺乏内容时就坐下来读书
> 我们应知道世界何等广阔
> 个体写不成历史
> 革命有诗的热情
> 生活比书更丰富

如果只会写些眼睛的灾难

　　就苛责众人献上鲜花鲜果

　　当作先知或是导师供养

　　那我宁愿忘掉读书识字

　　埋头去做一名小工

作者在第1、2节说自己在战乱纷纭的乱世之中无法写诗，不过这其实是一个自相矛盾的陈述（因为这首诗歌本身也是一首诗，而且已经被写出来了），所以它的潜在含义是：无法把诗写好。诗人认识到他无法获得"传统""爱情""宗教"的支撑（这是一种诗学自觉），而只能写"生活的沉痛"。这不仅是辛笛个人的感受，也是很多同时代诗人共有的心声（戴望舒、何其芳等人的作品都有流露）。到了第3、4节，诗人进一步发现"革命有诗的热情"，真正重要的是行动或者"生活"，而不是纸面上的东西（包括诗歌）。在第4节中，作者甚至觉得写"灾难"也没有意义了，还不如"去做一名小工"。这实际上再现了上文分析的辛笛创作一步一步的转化过程。和辛笛的《垂死的城》《狂想曲》一样，这首诗也带有自我反思和诗学反思的双重维度。它实际上暴露了四十年代诗歌是如何失败的（虽然作者并非有意如此）——至少说明了和辛笛有着类似的诗学路径的诗人是如何失败的。读者可以从中意识到，诗歌失败的真正原因是，诗人看不到诗歌写作的价值（尤其是道德价值），或者说看不到写诗在乱世中的实际意义。这里作者否定的不仅是"抒情"或者"玄思""宗教"，甚至也可以包括"写实"——"写些眼睛的灾难"就完全可以是写实的手法。所以，这首诗实际上否定了诗歌本身：在这样一个时代，诗歌写作变成了不可能甚至不合法（"犯罪"）。

　　这就是辛笛四十年代所面临的根本性的困境，这个困境决定了他的诗歌无法在艺术上更为充分地发展，因为艺术将受到其道德意识的指控。如果说辛笛最终无法写出真正的杰作，那么他的失败也是一个值得反思且值得尊重的失败,它反映了历史危机和现实压力可以造就一个诗人,也可以毁灭一个诗人——尤其在他没找到真正地以诗的方式面对它们而且过于轻信那种轻松的解决方案(即"行动")的时候。长期以来我国的创作和理论都笼罩在"现实"的神话之中,甚至一厢情愿地投入"现实"的怀抱里,却很少警惕"现实"的陷阱,很少考虑到,那种对现实的"负责任"的态度——改变现实——也可能会反过来妨碍诗人写"现实",甚至取消了写诗的合法性。辛笛诗歌发展的经验与教训可以作为整个新诗史的一个借鉴。

第二节 穆旦的"新的抒情":"感时忧国"与宗教关怀的角力

一、"新的抒情"的理论与实践

和辛笛相比,穆旦的创作在三十年代后期才开始,到了四十年代初期才形成较稳定的诗学路线,他所受到的三十年代诗风的沾染也较少,所背负的传统的负担较轻(这里的"传统"不仅指古典传统,同时也指新诗的传统)。在穆旦的创作开始进入高潮的四十年代初期,他同时也反思了过去新诗的所存在的几个主要问题,提出了新的诗学路径。在让辛笛辗转难决的"现实"与"抒情"之间的对立之中,穆旦却找出了一条融合两者的路线,也就是被学界讨论得较多的"新的抒情"的主张。这一主张出现于穆旦在 1940 年 3、4 月的香港《大公报》发表的两篇评论文章之中,评论的对象分别是当时诗坛的两大代表人物:艾青和卞之琳。[1] 从他对这些诗坛主将的评论中,我们也可以找到这一年轻诗人对自身的一些定位。

1939 年徐迟发表了《抒情的放逐》一文,提出要"放逐"抒情。[2] 1940 年,

---

[1] 穆旦:《他死在第二次》,香港《大公报·综合》,1940 年 3 月 3 日,此为对艾青诗集《他死在第二次》的诗评;《慰劳信集——从〈鱼目集〉说起》,香港《大公报·综合》,1940 年 4 月 28 日,此为对卞之琳诗集《慰劳信集》的诗评。

[2] 徐迟:《抒情的放逐》,《顶点》第 1 卷第 1 期,1939 年 7 月。

《慰劳信集》在香港出版，同时也在香港《大公报·文艺》上连载，这组诗歌企图以机智的运用和幽默的手法来达到鼓舞抗战的效果（见上节）。但是，穆旦在《慰劳信集——从〈鱼目集〉说起》这篇文章中对卞之琳的新作和徐迟的主张不以为然，他直言《慰劳信集》"是一个失败"，因为"新的抒情"的成分太贫乏了。[1] 他分析道："这些诗行是太平静了，它们缺乏伴着那内容所应有的情绪的节奏。这些'机智'仅仅停留在'脑神经的运用'的范围里是不够的，它更应该跳出来，再指向一条感情的洪流里，激荡起人们的血液来。"[2] 穆旦提出，三十年代那种"牧歌情绪"加"自然风景"的抒情自然应该放逐，但诗歌应该有"新的抒情"，他的理由值得寻味："为了表现社会或个人在历史一定发展下普遍地朝着光明面的转进，为了使诗和这时代成为一个感情的大谐和，我们需要'新的抒情'。这新的抒情应该是，有理性地鼓舞着人们去争取那个光明的一种东西。""强烈的律动，洪大的节奏，欢快的调子——新生的中国是如此，'新的抒情'自然也该如此。"[3] 应该注意到，穆旦提倡的"新的抒情"并不仅仅是一个文体问题，它强调的是诗歌与"时代"的谐和，诗歌应该表现历史"朝着光明面的转进"，"新的抒情"的本质就是"新生的中国"的本质，可见，"新的抒情"主张背后隐藏着一套历史理念和民族意识，它们体现为一种民族进步的理念，而这正是值得商讨的一点。

穆旦在提出"新的抒情"设想时想到的是艾青的诗，他认为艾青的诗"可以觉出情绪和意象的健美的糅合"，而且"以它们的清新和丰满激起我们朝向生命和斗争的热望来"，艾青诗的优点还在于"脱离了唯美主义以及多愁善感的观点"。[4] 在《他死在第二次》这篇评价艾青同名诗集的评论中，穆旦把艾青看作新的诗学路径的希望："因为我们在枯涩呆板的标语口号和贫血的堆砌的词

---

[1] 穆旦：《慰劳信集——从〈鱼目集〉说起》，香港《大公报·综合》，1940年4月28日。
[2] 穆旦：《慰劳信集——从〈鱼目集〉说起》，香港《大公报·综合》，1940年4月28日。
[3] 穆旦：《慰劳信集——从〈鱼目集〉说起》，香港《大公报·综合》，1940年4月28日。
[4] 穆旦：《慰劳信集——从〈鱼目集〉说起》，香港《大公报·综合》，1940年4月28日。

藻当中,看到了第三条路创试的成功,而这是今后新诗唯一可以凭借的路子。"①

那么,如何看待穆旦的"新的抒情"主张与其自身创作实践的关系呢? 1999年姚丹首次详细地讨论这两篇文章与穆旦创作的关系,她认为:"穆旦的确是沿着自己设计的'第三条抒情的路'在努力,他的取舍的标准,修改的意图,显示着他对锋利、明晰、准确的意象的苦心追求,对泛滥虚幻的情绪的竭力控制,对强调对立情感、多重复杂思想的得心应手或者力不从心的驾驭、整合。"②在姚丹之后,又有王光明、罗振亚等学者讨论"新的抒情"主张,他们大都沿着姚丹的思路,也力图在"新的抒情"理论与穆旦四十年代诗歌实践之间建立统一性。③ 但是这种统一性之建立是颇为可疑的。以上引姚丹的概括为例,它其实是穆旦后来创作中已经实现的特色,却并非他在其文章中明确提出来的。④ 在方法论上应该意识到,作家的理论倡导并非总和他的创作实践若合符契——何况这里的主张仅仅是穆旦在评论他人所流露的喜好而已。我们认为,这两篇1940年的文章可以很好地说明穆旦当时反对什么,却只能部分地说明穆旦在自身的创作中实践了什么,也就是说他的写作并未完全按照这一构想前进。这背后有着比文本表征更为深层的原因。

首先,来看穆旦所反对的东西,这是穆旦进行自我定位的前奏。穆旦并不完全排斥机智(wit),而是反对像卞之琳那样"仅仅停留在'脑神经的运用'的范围里"。因此,他不赞同完全把"抒情""放逐"出去,而是让抒情和理智结合,

---

① 穆旦:《他死在第二次》,香港《大公报·综合》,1940年3月3日。
② 姚丹:《"第三条抒情的路"——新发现的几篇穆旦诗文》,《中国现代文学研究丛刊》1999年第3期,第151页。
③ 王光明:《"新的抒情":让情感渗透智力——论穆旦和他的诗》,《广东社会科学》2009年第1期;罗振亚:《穆旦诗歌:立足"此岸"与"新的抒情"》,《语文建设》2009年第4期;杨四平:《论穆旦创制"新的抒情"的历程》,《海南师范学院学报(社会科学版)》2005年第2期。
④ 穆旦在文中并未提倡"锋利、明晰、准确的意象"(虽然这是他本人的诗歌特色),他欣赏的是艾青那种"情绪和意象的健美的糅合"和可以激起"热力"的自然意象;同样,穆旦也没有在二文中提倡"对立情感、多重复杂思想",他当时主张的反而是"感情的大谐和"(均见前文引文)。

成为"新的抒情"。"新的抒情"就是穆旦所谓"第三条路",与其相对的是另两条路:"枯涩呆板的标语口号""贫血的堆砌的词藻"。前者以"国防文学"和部分左翼诗人的"宣传诗"为代表,后者则以"现代"派诗人的"牧歌情绪加自然风景"抒情为典型。穆旦的创作实践确实有别于他这里反对的各种路线,但这是否就是他1940年所设想的以艾青为典型的"新的抒情"的实现呢?未必。

"新的抒情"方案只能部分地解释穆旦四十年代的诗学特征,这里的"部分"有两重含义。首先,穆旦四十年代的创作确实走上了情感与理智结合的路线,但是,他大部分诗歌中的情感并非他原来所设想的"感情的大谐和",基调也很少有"欢快的调子",而是充满了感情的矛盾对立和沉郁悲痛的基调,这里的不一致不仅是一个文本风格的表象问题,而且涉及历史意识、民族意识和道德关怀的变迁问题,后三者都是其风格的"推动力"。前文我们已经看到,穆旦在提出"谐和""欢快""健美"这些抒情表征时已然潜含了民族进步的设想和关切,这种设想与关切曾经被夏至清概括为"感时忧国"情怀(详后)。但是,恰好在1940年前后,宗教意识开始在穆旦诗歌中兴起了,这促成了穆旦诗歌风格的成熟。[①] 基督教的现世批判倾向在很大程度上消解了那种民族进步的幻象和期待,以及它们在文本上的表征,这也是穆旦此后的作品变得悲观、绝望和痛苦的根源之一。但是,穆旦对民族的关切并没有完全被宗教意识泯灭,而是经常与后者在文本中矛盾地共存着,两者之间的内在角力也可以从穆旦诗歌的历时性发展中看出来(见下文)。不深入地思考穆旦四十年代诗歌的民族意识与宗教意识的复杂关系,我们就很难认清本来就隐含着民族进步意识的"新的抒情"方案为何在穆旦后来的创作中并没有完全实现,甚至部分地被颠覆。

应该看到,穆旦在1938—1940年左右确实写了一些完全符合"新的抒情"设想的抒情诗,比如《1939年火炬行列在昆明》《出发——三千里步行之一》《原野上走路——三千里步行之二》等,这些诗歌有着昂扬、欢快的调子,谐和的感

---

① 详细的讨论见第三章第一节。

情,与此相应的是对民族进步和抗战的热情讴歌,比如《1939年火炬行列在昆明》:"祖国在歌唱,祖国的火在燃烧,/新生的野力涌出了祖国的欢笑……"①再如《出发——三千里步行之一》:"不尽的滔滔的感情,伸在土地里扎根!/哟,痛苦的黎明!让我们起来……"②应该意识到,这才是典型的激起"生命和斗争的热望"的艾青式的抒情诗。穆旦的"中国的道路又是多么自由和辽远呵"③甚至就是艾青的这一名句的重写:"中国的路/是如此的崎岖,/是如此的泥泞呀。"(《雪落在中国的土地上》)但是,随着穆旦自身思想和写作路线的转变,他本人也对这些作品不满,在他自己四十年代中后期出版的三本诗集(《探险队》《穆旦诗集(1939—1945)》和《旗》)中,它们并没有被收入。而对于《从空虚到充实》(1939)这组诗歌,穆旦则删除了其中较有口号色彩的民族讴歌,保留了更有复杂性的部分。④ 可以看出,"新的抒情"方案最多只能说明穆旦四十年代初期之前的写作特征,而很难说明他此后的诗学特征,这便是我们所谓"部分地"的第二重含义。考察"新的抒情"理论与实践的差距也可以让我们认识到穆旦诗歌在四十年代初期发生的重要转变。

二、基督教意识与穆旦诗歌的超越性

穆旦是中国现代文学史上不多的几个受到基督教精神深刻影响的重要作家之一。⑤ 学者、翻译家王佐良曾经在《一个中国诗人》一文中指出:"穆旦对于中国新写作的最大贡献,照我看,还是在他的创造了一个上帝。他自然并不为任何普通的宗教或教会而打神学上的仗,但诗人的皮肉和精神有着那样的一

---

① 穆旦:《1939年火炬行列在昆明》,昆明《中央日报·平明》,1939年5月26日。
② 穆旦:《出发——三千里步行之一》,重庆《大公报·战线》,1940年10月21日。
③ 穆旦:《原野上走路——三千里步行之二》,重庆《大公报·战线》,1940年10月25日。
④ 见第四章第二节。
⑤ 在中国现代重要的作家之中,除了穆旦之外,冰心、许地山、陆志韦等也明显地受到了基督教精神的影响。

种饥饿,以至于喊叫着要求一点人身以外的东西来支持和安慰。"[①]王佐良意识到穆旦对于中国新文学的突出贡献在于其诗歌中的"上帝",在于他对超越性的渴求,这恰好是中国现代文学作品很少具有的。在最近十余年的相关研究中,对穆旦诗歌的基督教因素讨论得最充分和深入者应该是韩国学者吴允淑的《穆旦诗歌中的基督教话语》一文[②],她在此文中详细梳理了穆旦诗歌中的基督教话语的几种类型,还充分地认识到了穆旦诗歌的破碎的自我形象、充分张力的时间观以及部分作品的结构与基督教思想的密切联系。在吴允淑之后,段从学、解志熙等也撰文讨论穆旦诗歌的基督教意识问题。[③]

写于1940年的《蛇的诱惑——小资产阶级的手势之一》是穆旦较早的具有明显的基督教意识的作品,请看其四、五节:

> 虽然生活是疲惫的,我必须追求,
> 虽然观念的丛林缠绕我,
> 善恶的光亮在我的心里明灭,
> 自从撒旦歌唱的日子起,
> 我只想园当中那个智慧的果子:
> 阿谀,倾轧,慈善事业,
> 这是可喜爱的,如果我吃下,
> 我会微笑着在文明的世界里游览,

---

① 王佐良:《一个中国诗人》(1946年),原刊北京《文学杂志》1947年8月号,收入《蛇的诱惑》,曹元勇编,珠海:珠海出版社,1997年,第8页。

② 吴允淑:《穆旦诗歌中的基督教话语》,香港《道风:基督教文化评论》2000年第12期。另外,此文另一个较短的版本以《穆旦的诗歌想象与基督教话语》为名发表于《中国现代文学研究丛刊》2000年第1期。

③ 段从学:《论穆旦诗歌中的宗教意识》,《内江师范学院学报》2005年第3期;段从学:《从〈出发〉看穆旦诗歌的宗教意识》,《中国比较文学》2006年第3期;解志熙:《一首不同寻常的长诗之短长——〈隐现〉的版本与穆旦的寄托》,《新诗评论》2010年第2辑;李章斌:《从〈隐现〉看穆旦诗歌的宗教意识》,《名作欣赏》2008年第3期。

带上遮阳光的墨镜,在雪天,

穿一件轻羊毛衫围着火炉,

用巴黎香水,培植着暖房的花朵。

那时候我就会离开了亚当后代的宿命地,
贫穷,卑贱,粗野,无穷的劳役和痛苦……
但是为什么在我看去的时候,
我总看见二次被逐的人们中,
另外一条鞭子在我们的身上扬起:
那是诉说不出的疲倦,灵魂的
哭泣——德明太太这么快的
失去的青春,无数年青的先生
和小姐,在玻璃的夹道里,
穿来,穿去,带着陌生的亲切,
和亲切中永远的隔离。寂寞,
锁住每个人。生命树被剑守住了,
人们渐渐离开它,绕着圈子走。
而感情和理智,枯落的空壳,
播种在日用品上,也开了花,
"我是活着吗?我活着吗?我活着
为什么?"
　　　　为了第二条鞭子的抽击。①

这里的诗题虽然带有"小资产阶级"字眼,但是其批判视野并非阶级立场,而是

---

① 本文所引穆旦诗句除了特别注明者以外,均依据《穆旦诗文集》,李方编,北京:人民文学出版社,2006年,下同,不另注。

典型的基督教批判立场（T. S. 艾略特的《普鲁弗洛克的情歌》等诗歌对中产阶级的批判性写照也是这种立场），它甚至可以说就是对《圣经·创世纪》中有关人类起源和原罪的神话的一次重写。穆旦在诗前直接简述了《创世纪》中有关亚当和夏娃的著名故事，以提示其诗歌和圣经文本的联系。对比圣经原典和此处穆旦诗歌文本，可以看到穆旦多处化用基督教象征（如"撒旦歌唱""智慧的果子""生命树"等）。穆旦在此诗中返回到基督教的原罪寓言中来批判现世的种种追求和虚妄。对于原罪的认识，首先要明确的一点是，它不仅指具体的某些恶行，而是指所有的人类智慧和欲求——包括善的和恶的。穆旦在诗歌中以"我"这个"假面"的反讽性语气说，善恶观念与智慧的获得，既导致了"慈善事业"、人与人之间的倾轧和算计——这也就是所谓"文明世界"，也给人带来了厌倦和"疲惫"，人的"情感和理智"成了"枯落的空壳"。概言之，人被束缚于有罪的存在中而不得自由，被"另外一条鞭子"抽击，且必然受到死亡的惩罚。

与《圣经》原典相对照，《蛇的诱惑》明显地重复基督教教义而带有说教意味，在艺术上自然有所欠缺，但此诗所体现的思想基调在相当多的诗作中延续了下去，因此它的价值之一就是可以作为一把"钥匙"，用来解读穆旦诗歌的批判路径和超越性追求的指向：它超越具体的善恶斗争和阶级、民族区别，把对人世的反思提升到普遍性、本体论的层面上，因为它批判的是人之所以为人的根源。而正因为它们是普遍的和本体论式的，因此在指向外部世界的同时又指向自身：既是社会批判又是自我批判。

过去，由于穆旦的一次众所周知的经历，即自愿赴缅参加抗日战争，读者和研究者习惯于将其简单化为一个"抗战诗人"。但是，从现在可以确定的文献情况来看，穆旦对于抗战实在有着相当复杂的态度，他的很多见解超出了一般的民族认同。在长诗《隐现》的最后，穆旦写道（下划线为笔者所加，下同）：

主呵，我们生来的自由失散到哪里去了

等我们哭泣时已经没有眼泪

等我们欢笑时已经没有声音

等我们热爱时已经一无所有

如果我们像荒原一样,不得到你的雨露的降临;

如果我们仍在聪明的愚昧里,不再苏醒;

<u>主呵,因为我们看见了,我们已经有太多的战争,</u>

<u>太多的不满足,太多的生中之死,死中之生。</u>

我们有太多的分裂,阴谋,冷酷,陷害,报复,

这一切把我们推到相反的极端,我们应该

忽然转身,看见你

这是时候了,这里是我们被曲解的生命

请你引导,这里是我们碎裂的众心

请你揉合,

主呵,你来到最低把我们提到最高的……①

应该注意到,此诗的初稿写成于1943年,即抗战期间,上面所引即初刊版本。② 应该注意的是,它的道德视景与一般的抗战期间的诗歌有很大不同,它并不鼓

---

① 穆旦:《隐现》,原刊《华声》第1卷第5—6期合刊,重刊《新诗评论》2010年第2辑,第206—207页。

② 过去的研究者一般认为它写成于四十年代后期,比如《穆旦诗文集》在《隐现》诗末注明写作时间为"1947年8月"(穆旦:《穆旦诗文集》,李方编,北京:人民文学出版社,2006年,第一卷,第253页)。笔者曾撰文指出,《隐现》的创作从1943年便已开始,最晚至1945年已经大体写好(李章斌:《从〈隐现〉看穆旦诗歌的宗教意识》,《名作欣赏》2008年第3期,第50页)。此说得到解志熙的赞同,在此基础上,他进一步找出《隐现》在1945年的《华声》杂志上不大为人所知的初刊版本,确定其初稿完稿于1943年,而后又经历了若干次修改。他指出,此诗完稿于穆旦赴缅甸抗战回来之际,与其痛苦的亲身体验有密切关系(解志熙:《一首不同寻常的长诗之短长——〈隐现〉的版本与穆旦的寄托》,《新诗评论》2010年第2辑,第180页)。

吹奋勇杀敌,也不强调抗战的"正义"性质,而是从基督教精神的角度反思、乃至批判战争,超越了具体的民族认同,这种态度在抗战期间的文学作品中是相当少见的。穆旦在另外一首写于1942年的诗《出发》[①]中,也同样强调了战争的冷酷性质以及它给人带来的道德悖论:"告诉我们和平又必需杀戮,/而那可厌的我们先得去喜欢。/知道了'人'不够,我们再学习/蹂躏它的方法,排成机械的阵式,/智力体力蠕动着像一群野兽……"穆旦之所以得以跳出一般抗战期间文学作品的"正义—非正义"视角,很大程度上得益于基督教思想的助力。在舍斯托夫看来,道德领域的"正义"其实只是"均势"的另一个名称,它在本质上只会给罪恶的必然增加提供"保证","因为均势所必需的是,每一罪行都要由同样的罪行来抵偿,由此可见,犯下的罪行总要流传千古"[②]。这也是为什么在《圣经》中保罗说法律的降临为的是增加犯罪的原因:基督教所追求的是让罪恶的总量减少,而不是保持道德上的"均势",明了这一点,《隐现》对战争以及其他一切人类纷争的批判就很好理解了。

三、"感时忧国"与宗教关怀的内在角力

不过,笔者不想过分强调穆旦诗歌对现世和民族认同的超越和否决。穆旦作为一名中国知识分子,他对民族命运的关怀并未完全泯灭,而是与其普世性关怀与超越性追求交错出现,混杂于文本之中。穆旦虽然受到了西方文化(包括基督教精神)的深刻影响,但是其创作依然是在中国现代历史和现代文学思潮的语境下展开的。在中国四十年代战火纷纭、民生潦倒、社会混乱的历史背景下,普遍存在于中国现代作家中的"感时忧国"精神同样也存在于穆旦的作品中,这种精神与基督教精神有时能够在穆旦作品中相容共处,有时则颇呈拉锯、抗衡之势。

在民族危难、战火连绵和社会动荡的局势下,"感时忧国"情怀是四十年代

---

① 此诗作于1942年2月,这恰好是穆旦赴缅甸参加抗战的前夕,它与战争的关系是不言而喻的。
② 舍斯托夫:《在约伯的天平下》,董友等译,上海:上海人民出版社,2004年,第45页。

作家中一种理所当然的时代精神。"感时忧国"是著名文学史家夏志清先生对于中国现代文学的整体精神的一种认识。他认为,中国现代文学的根本精神"就是作品所表现的道义上的使命感,那种感时忧国的精神"[①]。他准确地察觉到了中国现代文学背后所隐藏的历史进步的假设和现代化的期待这样的知识背景:"因为我们也可以说中国现代文学之所以现代,不过是因为它宣扬进步和现代化不遗余力而已。"[②]夏志清意识到,这样的视野实际上也不无局限:"但英、美、法、德和部分苏联作家,把国家的病态视为现代世界的病态;而中国的作家,则视中国的困境,为独特的现象,不能和他国相提并论……故此,他们对祖国存有一线希望,以为西方国家或苏联的思想制度,也许能挽救日渐式微的中国。假使他们能独具慧眼,以无比的勇气,把中国的困蹇,喻为现代人的病态,则他们的作品,或许能在现代文学的主流中,占一席位。但他们不敢这样做,因为这样会把他们改善中国民生、重建人的尊严的希望完全打破了。这种'姑息'心理,慢慢变质,流为一种狭窄的爱国主义。"[③]需要说明的是,"感时忧国"只是译者对夏英文原文中的"obsession with China"一语的翻译;如按字面意义翻译,则是"对中国的执迷"[④],即"国族执迷"。夏对于"国族执迷"的反思,蕴涵了普世主义与分殊主义(个别主义)的对立视野。他以西方现代文学经典作为参照的"言外之意"很明显:现代中国文学应该突破"国族迷思"直探人性之根底,揭示现代文明罪恶的根源,惜乎大部分中国作家都未满足这种期待。

概言之,"感时忧国"精神既包括了对民族现代化的期待,也包括了对社会变革的诉求和对人性的设定,这些正是规定现代中国文学的形态的基本力量。正如夏志清所言,那种以为社会变革可以解决一切人类问题的"姑息"心态使得大部分作家很难对人性进行深入的挖掘。进一步地说,这种对社会变革的

---

① 夏志清:《中国现代小说史》,刘绍铭等译,香港:香港中文大学出版社,2001年,第459页。
② 夏志清:《中国现代小说史》,刘绍铭等译,香港:香港中文大学出版社,2001年,第460页。
③ 夏志清:《中国现代小说史》,刘绍铭等译,香港:香港中文大学出版社,2001年,第461—462页。
④ 英文中的"obsession"(痴迷、执迷)一词却是中性甚至不无贬义的。

第二章　抒情诗体的转型

期待很容易演化为各种形式的乌托邦幻想——这些幻想一般以对现时社会的"无情批判"和对未来远景的"美好期待"为标志，它们在中国现代小说中自二十年代开始便泛滥开来。而在诗歌方面，四十年代现代诗也频频流露出这种基调。①"感时忧国"理论的前提便是中国现代作家很少有宗教关怀（确实如此），但是受到基督教精神深刻影响的诗人穆旦是一个重要特例。对于"感时忧国"所蕴含的一系列基本假设（如对人性的假设、对社会变革和现代化的期待、对未来世界的认识），受基督教影响的穆旦无不体现出与一般中国作家相当不同的认识，这些认识深刻地决定了其诗歌艺术的基本形态。当然，穆旦作为一名中国知识分子，同样也不能忘怀于深重的民族危难。在穆旦诗中，民族意识和普世关怀交错出现，相互角力；中国现代作家中普遍存在的历史意识与基督教的超历史倾向在穆旦诗歌文本中激烈角逐，难解难分，诗歌本身亦呈现出悖论迭出之状。

穆旦在写了具有强烈的现世批判色彩的《控诉》《蛇的诱惑》等诗之后，接着又写了被普遍认为是抗战名作的《赞美》一诗，但是后者与抗战和民族认同的关系是颇值得重新思考的。《赞美》首次刊载于昆明《文聚》杂志第1卷第1期，林元（编者之一）写道："诗人（穆旦）对祖国和人民倾泻了海一样深沉的感情，用无数象征性的事物诉说一个民族走过的贫穷、灾难、耻辱的道路。颜色虽然暗淡，调子虽然沉郁，但主旋律却是昂扬的。诗人看到了人民'溶进'了抗日洪流，激情地一再欢呼：'因为一个民族已经起来！'"②林元的感受可以说代表了大部分读者的感受，《赞美》也被普遍认为是抗战名篇和民族史诗，其中"一个民族已经起来"一语还被当作穆旦逝世十周年纪念文集的书名③，可见其在穆旦作品中的地位之高。

---

①　值得注意的是，不仅左翼诗人（如艾青、臧克家、田间、胡风）等表现出这种倾向，甚至"九叶"中的部分诗人（如唐祈、杭约赫）的作品也频频流露出这种倾向。
②　林元：《一枝四十年代文学之花——回忆昆明〈文聚〉杂志》，《新文学史料》1986年第3期，第122页。
③　杜运燮等编《一个民族已经起来》，南京：江苏人民出版社，1987年。

但是,林元忠实的感受也暴露出可疑的裂缝。先重温一下此诗第二、三节:

> 一个农夫,他粗糙的身躯移动在田野中,
> 他是一个女人的孩子,许多孩子的父亲,
> 多少朝代在他的身边升起又降落了
> 而把希望和失望压在他身上,
> 而他永远无言地跟在犁后旋转,
> 翻起同样的泥土溶解过他祖先的,
> 是同样的受难的形象凝固在路旁。
> 在大路上多少次愉快的歌声流过去了,
> 多少次跟来的是临到他的忧患;
> 在大路上人们演说,叫嚣,欢快,
> 然而他没有,他只放下了古代的锄头,
> 再一次相信名词,溶进了大众的爱,
> 坚定地,他看着自己溶进死亡里,
> 而这样的路是无限的悠长的
> 而他是不能够流泪的,
> 他没有流泪,因为一个民族已经起来。
>
> 在群山的包围里,在蔚蓝的天空下,
> 在春天和秋天经过他家园的时候,
> 在幽深的谷里隐着最含蓄的悲哀:
> 一个老妇期待着孩子,许多孩子期待着
> 饥饿,而又在饥饿里忍耐,
> 在路旁仍是那聚集着黑暗的茅屋,

> 一样的是不可知的恐惧,一样的是
> 大自然中那侵蚀着生活的泥土,
> 而他走去了从不回头诅咒。
> 为了他我要拥抱每一个人,
> 为了他我失去了拥抱的安慰,
> 因为他,我们是不能给以幸福的,
> 痛哭吧,让我们在他的身上痛哭吧,
> 因为一个民族已经起来。

林元认定此诗有一个"主旋律"(相信大部分读者也是这么认为的),而其他部分是服务于这个"主旋律"的,也就完全排除了此诗有任何分裂或者自相矛盾的可能性。但是,既然"主旋律"是昂扬的,为何又把"调子"定得如此低沉?而且"主旋律"当然也是"调子"之一种,那么,这岂不意味着此诗有两种调子?这两种调子之间的关系如何处理?它们是"副歌"服从"主旋律"的关系吗?林元说"诗人看到了人民'溶进'了抗日洪流",这当然是从写作历史背景得出的推断,不过,从诗中提到"溶进"的诗句来看,它们并没有直接涉及抗日,从前后文来看,它们写的是对在田野里劳作的农夫的观感,与抗日无涉。而且这里对乡村生活的感受,与穆旦同年写的另一首名作《在寒冷的腊月的夜里》极其相似,请看其第一节:

> 岁月尽竭了,牲口憩息了,村外的小河冻结了,
> 在古老的路上,在田野的纵横里闪着一盏灯光,
> 　一副厚重的,多纹的脸,
> 　　他想什么?他做什么?
> 　在这亲切的,为吱哑的轮子压死的路上。

值得注意的是,《赞美》和《在寒冷的腊月的夜里》二诗都是穆旦在经历了长沙临时大学/西南联大的多次迁校、长途跋涉后写的,过去长期居住在城镇的穆旦第一次深入地接触到了中国偏远地区的农耕世界,对其日出而作、日落而息、一代又一代循环往复的生活轨迹有了强烈的同情,同时也对城镇世界"文明"的生活方式有了某种批评,在《赞美》第二节中写到忧患压身、苦难不断的农人时,他又对举了"在大路上人们演说,叫嚣,欢快"(这显然是城镇世界中的景象),与农耕世界中的沉郁生活形成鲜明反差。对于这样一个在既定的轨道上循环往复、生生灭灭的古老世界,穆旦既有强烈的同情,同时也感到爱莫能助:"为了他我要拥抱每一个人,为了他我失去了拥抱的安慰,/因为他,我们是不能给以幸福的。"(第三节)在这种"拥抱"后面包含了如此沉痛的反省乃至自我责备。所以说,如果一定要说此诗有什么"主旋律"的话,它绝非"欢快的",也绝非一般的抗战诗歌那种习见的昂扬腔调。

有学者认识到,诸如《隐现》这样的宗教性诗作表现的重点之一便是不断循环的人间常理[1],实际上《赞美》同样也体现出这种视野:"多少朝代在他的身边升起又降落了/而把希望和失望压在他身上,/而他永远无言地跟在犁后旋转,/翻起同样的泥土溶解过他祖先的,/是同样的受难的形象凝固在路旁……"(第二节)这在深层上呼应了《圣经·传道书》中的著名段落:"已有的事,后必再有;已行的事,后必再行。日光之下,并无新事。"基督教思想家马丁·布伯曾明确指出:"文化史非是亘古长存的竞技场,在其间竞技者们都会无忧无虑地走完同一条死亡跑道。贯穿他们之兴亡过程的乃是一条无可名状的路途,无所进步,无所发展,它是通向精神地狱的螺旋下降,又是直抵最玄奥微妙之漩流的飞升,其间既无'进'也无'退',只有闻所未闻的循环——突破。"[2]不管是在《赞美》还是在《在寒冷的腊月的夜里》中,穆旦感受到的历史并不是不断前进的,而是循环往复,年复一年,古老的历史仿佛不曾挪动一步,这

---

[1] 吴允淑:《穆旦诗歌中的基督教话语》,香港:《道风:基督教文化评论》2000 年第 12 期。
[2] 马丁·布伯:《我与你》,陈维纲译,北京:生活·读书·新知三联书店,1986 年,第 75 页。

也是为什么他在两首诗都写到"古代"或者"古老"。在人们演说的"大路"上历史飞驰而过,而在田野里则"岁月尽竭了",一代又一代人接续着"溶进死亡里"。

与一般的抗战诗歌、民族颂歌相比,穆旦这首诗歌不仅可以说别具特色,而且甚为微妙。不难发现,《赞美》每一节的前面的大部分诗行的内容和基调都是沉郁、悲痛的,但是诗人在每节的末尾都笔锋一转,高呼"因为一个民族已经起来",基调由低沉急转为昂扬。这个昂扬的调子从以一元论为基础的古典诗学的角度讲可以说是在平复前面的悲痛基调,对前面的情感进行一次"升华"和"净化"(这种理论的集大成者是亚里士多德)。但是从现代诗学的角度,则可以说是在以另一种调子对抗前面的基调,与其说穆旦是在高呼"一个民族已经起来",还不如说他是在内心呼唤"一个民族必须起来"(同时意味着"一个民族尚未起来"),反复回味诗中对乡村生活的沉痛感怀,读者很难不得出这种感受。

从更深的层次来说(同时也是结合穆旦全部作品来看),这种对抗的背后是受基督教影响的历史虚无观念与民族进步理念之间的隐蔽角力:一方面是循环往复、苦难深重的现实生活,另一方面是外敌入侵的历史背景和"一个民族必须起来"的热烈召唤,然而这种召唤又无法在现实的观察中得到响应(现实依旧故我,不管在大路上如何"演讲、叫嚣","我们"并不能给予"他们"以幸福),因此诗人越发沉痛乃至自我谴责。全诗正是在这两种思想和调子的对抗、冲撞下达到其激情的巅峰的,诗歌文本也因此获得极其强大的内在张力,其复杂修辞风格和情绪上的感染力皆与此不无关联。这里穆旦实际上建立了一种复杂的结构样式(虽然穆旦在形式上可能是不自觉的)。这种多重基调相互对抗、冲突并且以此建立诗歌结构的形式在当代诗人多多那里有了更为自觉的表现,颇值得关注。[1]

《赞美》实际上暴露出一些亟须探讨的重要议题。前面说过,四十年代诗

---

[1] 笔者已另撰一文探讨此问题,见:Zhangbin Li, "Words against Words: Poetic Reflections and Linguistic Manipulation in Duoduo's Poetry," *Neohelicon*, 39(1), 2012。

人的感时忧国情怀实际上往往潜含了一套对社会历史、民族现代化的假设和期待，也预设了一种民族认同。而《赞美》《隐现》等诗歌中的现实描绘和历史观显然与那种期待背道而驰。但是穆旦实际上也不能完全摆脱这种关怀和认同。那么，必须回答这个问题：穆旦诗歌中的感时忧国与宗教关怀之间到底是如何建立关联的？

值得强调的是，感时忧国与宗教关怀并不总是互相冲突的，它们都有着对人的关怀，都强调对现实的批判，它们只在某些层次上才分道扬镳。民族意识关怀下的"人"自然是作为"民族"/"国民"一分子的"人"，他对社会"进步"和民族"现代化"负有责任，而且这种视野也必然假定未来的社会将更为"进步"、民族将更为"现代化"，否则一切努力就失去意义了（"五四"时期的"国民性批判"也可以看作这种关怀的一个表现），这也是为何感时忧国精神往往也进一步演变为对某种乌托邦/"理想社会"的期待的根本原因。而宗教关怀下的"人"则是个体意义（同时也是普遍性意义）上的"人"，作为"被造物"的人，在现世中的历史是必然失败的，其努力也是虚妄的，人必须返回到"神"的怀抱中，以求最终得救，而穆旦在《隐现》等诗作中也确实祈求上帝的救援，将"枯竭的众心""揉合"。

到了四十年代后期，由于内战加剧、社会混乱、民生凋敝，而且由于内战这种自相残杀的性质，穆旦对于民族命运的担忧比此前大大加深。我曾在另外一篇文章中分析道，穆旦对内战中的双方都持否定态度，他并没有把它理解为一场"正义—邪恶"双方的斗争，他对国民党的腐败统治固然痛恨，但对某些文人的专制作风也没有好感，因此他对战争之后的未来前景同样不抱希望。[①] 在1943年写出具有明显的宗教告解性质的长诗《隐现》之后，穆旦绝望的内心并没有得到"揉合"的迹象，反而越发绝望和愤慨，比如在1947年的《饥饿的中国》（五）中，他写道：

---

① 李章斌：《一九四零年代后期的穆旦：内战、政治与诗歌》，台湾《中国文化大学中文学报》第21期，2010年。

第二章 抒情诗体的转型

  残酷从我们的心里走来，
  它要有光，它创造了这个世界。
  它是你的钱财，它是我的安全，
  它是女人的美貌，文雅的教养。

  从小它就藏在我们的爱情中，
  我们屡次的哭泣才把它确定。
  从此它像金币一样流通，
  它写过历史，它是今日的伟人。

这组诗歌的题目本身就有着针对国家现状的寓意。请注意第一节第二行直接化用了《圣经·创世纪》中的名言："上帝说：'要有光！'便有了光。"如果是一个与基督教无涉的诗人随意化用这个典故，自然不必深究；但是深受基督教精神影响如穆旦者直接反写基督教里的教义，声称创造世界的不是上帝，而是我们内心的"残酷"，则必须认真对待。穆旦已经对人世之安排是否取决于上帝、对上帝之"至善"是否能在现世中体现产生了深刻的怀疑，如果说现世的残酷现状并非取决于上帝，那么我们能否最终"得救"也就大成问题了。到了《饥饿的中国》（七）中，穆旦的绝望情绪越发激烈，他看不到任何得救的希望：

  我们希望我们能有一个希望，
  它说：我并不美丽，但我不再欺骗，
  因为我们看见那么多死去人的眼睛
  在我们的绝望里闪着泪的火焰。

  ……

> 还要在无名的黑暗里开辟新点,
> 而在这起点里却积压着多年的耻辱:
> 冷刺着死人的骨头,就要毁灭我们的一生,
> 我们只希望有一个希望当作报复。

这些愤慨的诗行直接指向造成尸骨成山的内战。按照《圣经》,上帝让人间"动刀兵"是为了让人们最终回到神的怀抱;① 但是,内战极大的罪恶性质和它带来的大量无辜伤亡已经让穆旦无法像在《隐现》中那样把战争放在基督教思想框架内来理解了,他无法把时下发生的一切归之于上帝,并依据《圣经》来解释现实世界。穆旦无法从内战中看到任何有关"人"的乐观意义,而仅仅涌出一个在基督教理解中同样是邪恶的念头:报复。

一个杰出的诗人往往是以其局限性和时代深刻地血肉相连的。在夏志清看来,感时忧国(国族执迷)给诗人带来的限制便是往往使他们在艺术上流为直白和激愤。② 穆旦四十年代后期的诗歌同样也有着对民族命运隐蔽而强烈的关怀,因此他同样也不能摆脱这种局限性。在这种激愤的关切中,穆旦似乎已经忘记了基督教的理解,即人在现世、历史中的毁灭最终是为了通往神的国度;他也把耶稣著名的"要爱你们的仇敌,为那逼迫你们的祷告"(《马太福音》第5章)的教诲抛在一边,在抗战中还能经常保持平正的道德视景的穆旦,到了内战期间也难免产生了强烈的仇恨情绪(针对所有的战争狂人),而且这种情绪还与自我毁灭的诉求捆绑在一起,也就是誓与历史同归于尽的决绝心态。

---

① 耶稣说:"我来并不是叫地上太平,乃是叫地上动刀兵。……得着生命的,将要失丧生命。为我失丧生命的,将要得着生命。"(《马太福音》第10章)

② 夏志清在谈到那些描写青年人和劳苦大众的作品时认为它们"虽能唤起我们的同情心,但在今日看来,未免感情过激";在论及郁达夫小说时强调"现代中国小说,虽满纸激愤哀怨,但富于写实"。(夏志清:《中国现代小说史》,刘绍铭等译,香港:香港中文大学出版社,2001年,第467页)

四、总结

理清这条脉络之后,再回来思考:基督教给穆旦诗歌的抒情特质带来了什么,又给整个新诗史带来了什么?著名基督教思想家库萨在其《论寻觅上帝》一文中指出,寻觅上帝的道路之一就是摆脱自身的限制:"当你在属于你的内心世界的一切之外找到他,仿佛找到了一个善的源泉,从中流溢出你所拥有的一切时,你将会感到愉悦。你全神贯注于他,日复一日地越来越深入自己,抛弃一切外向的东西。"①库萨强调否定和超越自己(的感性、想象力、理性等)所带来的"愉悦",但是,基督教因素的引入并没有给穆旦的精神带来多少"愉悦"和安宁,而是更多的精神起伏。从穆旦四十年代的创作来看,他始终徘徊在对神性的祈求与最终确信之间,犹豫于现世与神性两个世界之间。穆旦所见到的是整个民族和他自己的"血光之灾",是无止尽的受难和煎熬。② 他对现世的决绝与痛恨之深在整个现代文学史上都是少见的。王佐良在思考穆旦诗歌中的宗教问题时曾不无深意地指出:"在中国式极为平衡的心的气候里,宗教诗从来没有发达过,我们的诗里缺乏大的精神上的起伏,这也可以用前面提到过的'冷漠'来解释。"③基督教给穆旦带来的正好就是"大的精神上的起伏",如果把穆旦称为一个在外部世界和内心世界的烈火中焚烧自己的诗人,亦不是过分之词。

其次,正因为基督教的神性之路是以人在现世中的失败为前提的,所以这种意识也直接给诗歌带来强烈的悲剧感和虚无感,哪怕是在《赞美》这种同时杂合着民族主义诉求的诗歌中也是如此,这实际上是超越抗战诗歌那种乐观、昂扬的美学的思想支点。而且这种对现世的否定态度也直接消解了"感时忧

---

① 尼古拉·库萨:《论隐秘的上帝》,李秋零译,北京:生活·读书·新知三联书店,1996年,第32页。
② 不过,穆旦在1949年也才32岁,或许假以时日,而且写作环境以及他本人的命运后来又未发生如此剧变的话,他也会享受到这种"至善之乐"。当然,这也只能是假设罢了。
③ 王佐良:《一个中国诗人》(1946年),收入《蛇的诱惑》,曹元勇编,珠海:珠海出版社,1997年,第8页。

国"经常具有的历史进步假想和乌托邦幻象,起到一种"解毒剂"或者"破执"的作用。马丁·布伯曾一针见血地指出:"一切关于发展进程的思想都不过是把既定事实,支离事态,伪装成历史的客观性加以有序化,它根本不能抵达'你'的现时,进入关系的'将成'。"① 布伯此言对那些历史进步论幻象构成了深刻的颠覆,也说明了为何看似"消极"的基督教历史观反而使穆旦在《控诉》《隐现》等诗歌中得以更真切地拥抱"现时",也使得他的诗歌避免了那种流行的对"光明未来"的盲目乐观。

第三节 杜运燮:"轻体诗"与反感伤和反抒情

一、杜运燮、奥登与轻体诗

前文说过,三十年代的抒情诗风和感伤风气是"九叶"诗人在开创自己的诗学路线时主要针对的倾向之一(另一个重要的倾向是诗歌的口号化和宣传化),辛笛在反思自身早期诗风并进行抒情诗的转型时,其主要倾向是道德和历史意识的觉醒,以及对自我的深入挖掘;而穆旦则有意将情感与理智结合,以控制情绪的无节制泛滥,并引入宗教的超越性力量,使诗歌对社会和历史之反思的深度大大超过大部分同时代诗人,成为一种沉郁、丰富且有思辨性的"新的抒情"。杜运燮在进行诗体变革上的成绩也值得关注。② 在他的作品中出现了一类被称为"轻体诗"或者"轻诗"的诗歌,幽默、轻快,与同时代诗人严肃、沉郁的诗风迥然有别,而且它们经常有打趣或嘲讽"感伤""抒情"的内容,带有"元诗"的性质。"轻体诗"虽然不是杜运燮创作的全部或主体,但从整个

---

① 马丁·布伯:《我与你》,陈维纲译,北京:生活·读书·新知三联书店,1986年,第77页。
② 杜运燮(1918—2002),福建古田人,生于马来西亚霹雳州。杜运燮1939年上半年在厦门大学生物系借读;1939年秋转учив昆明西南联大外文系,1945年毕业。1945年后历任重庆《大公报》编辑,新加坡南洋女中和华侨中学教师,香港《大公报》副刊编辑,1951年任新华社国际部编辑、翻译。杜运燮四十年代的作品大部分收入1946年出版的《诗四十首》一书,四十年代末期和晚年作品可见于《晚稻集》《海城路上的求索——杜运燮诗文选》《杜运燮六十年诗选》等书。

四十年代诗歌版图来看，它们无疑是他最有特色的一类作品。

关于"轻体诗"/"轻诗"（light verse），杜运燮曾解释云："何谓轻诗？我没有仔细研究过，只是觉得并不等于中国的打油诗……着眼点是轻快性、机智、风趣，目的主要是逗趣，给人愉快。我最早是在四十年代读奥登诗时接触到的。我喜欢他的那种轻松幽默，带有喜剧色彩，内含微讽的手法，觉得可以用之于写讽刺诗，加入严肃的内容。"[①]可见，除了轻体诗一般具有的轻松、幽默的特征以外，杜运燮还看重它的两个功能，一是讽刺，二是可以用来写"严肃的内容"，这实际上已经包含了"轻松—严肃"之间的矛盾关系，它也是本文探索的核心。实际上，杜运燮早年曾经将"light verse"译为"轻松诗"，比如在《诗四十首》中收录的《一个有名字的兵》一诗曾有副标题"轻松诗（light verse）试作"[②]；而在1948年他又在《中国新诗》上发表了《轻松诗（light verse）三章》。[③] 但是，杜运燮后来却倾向于将其译为"轻诗"，他强调这是为了与"轻音乐""轻歌剧"等保持一致。[④] 不过，笔者认为他之所以译成"轻诗"其实更是为避免让读者误以为"light verse"只是"轻松""打趣"之诗歌，而强调其"轻"的本质。也正是基于这一点缘由，当下的译者大都倾向于将其译为"轻体诗"。[⑤] 笔者也主要采用这一译名来论述。要理解"轻松"与"轻"之间的微妙区别，还得从"light verse"本身的历史看起，它的源头在英国。

杜运燮自陈其"轻诗"写作源于奥登的启发，而奥登则是二十世纪轻体诗写作的大家，他还编撰了著名的《牛津轻体诗选》[⑥]，并撰写了一篇《导言》，这篇《导言》是轻体诗研究史上的重要文献，它简洁而深刻地概括了英国轻体诗的发展史，而且对轻体诗写作与现代社会的内在矛盾做了卓有洞见的观察。奥

---

① 杜运燮：《自序》，《杜运燮六十年诗选》，北京：人民文学出版社，2000年，第3—4页。
② 杜运燮：《诗四十首》，上海：文化生活出版社，1946年，第115页。
③ 杜运燮：《轻松诗（light verse）三章》，《中国新诗》第3集，1948年8月，第7—8页。
④ 杜运燮：《自序》，《杜运燮六十年诗选》，北京：人民文学出版社，2000年，第3页。
⑤ 比如桑克曾翻译有奥登（W. H. Auden）的 light verse 诗集，名为《学术涂鸦——奥登轻体诗集》（苏州：古吴轩出版社，2005年），这是国内第一本轻体诗译本。
⑥ W. H. Auden ed., *The Oxford Book of Light Verse*, Oxford: Clarendon Press, 1938.

登观察到,轻体诗的含义本身就有一个变迁的过程,"在伊利莎白时代之前,所有的诗歌都是'轻'的"①。这就是广义上的"轻体诗"。这里所谓的"轻",主要是就作者和读者的关系而言的,尤其是语言上的关系:"当作者和读者是一样的时候,而且这读者也是普通人,那么作者不会觉得自己是非同寻常的,而它的语言也将是直白的,接近日常用语的。"②因此,这个意义上"轻体诗"就是写得轻松、读起来轻易的诗歌,它可以写严肃的内容,也可以写幽默、滑稽的内容。

但是,到了16—17世纪,"困难诗"(difficult verse)开始出现了(这是和广义的"light verse"相反的一个概念),"轻体诗"的概念也开始发生变化。奥登注意到,现代诗人由于与社会处于相对隔绝或对立的状态,开始转向对内心世界的挖掘,"对越来越少的东西了解得越来越深入"③,他们开始觉得自己是特殊的一类人(诗人),其语言与日常语言差距越来越远,读起来越来越困难,过去那种诗人与读者之间的亲和关系瓦解了,于是"困难诗"大行其道。而轻体诗的含义也发生了变化,"它如今只是指那些社交诗、八行两韵诗、吸烟室里的打油诗"(即不登大雅之堂的游戏之作,类似于我国的"打油诗");这是因为新的社会状况下,"只有在琐碎的事情上,诗人们才能感到与他的读者的足够地亲密,并忘记他们自己的身份和他们演唱时穿的袍子"。④ 奥登意识到,由于现代诗人很难找到一个可以如鱼得水且获得尊重的社群或者共

---

① W. H. Auden, *The English Auden: Poems, Essays and Dramatic Writings, 1927-1939*, ed. Edward Mendelson, London: Faber & Faber, 1977, p.364.
② W. H. Auden, *The English Auden: Poems, Essays and Dramatic Writings, 1927-1939*, ed. Edward Mendelson, London: Faber & Faber, 1977, p.363.
③ W. H. Auden, *The English Auden: Poems, Essays and Dramatic Writings, 1927-1939*, ed. Edward Mendelson, London: Faber & Faber, 1977, p.366.
④ W. H. Auden, *The English Auden: Poems, Essays and Dramatic Writings, 1927-1939*, ed. Edward Mendelson, London: Faber & Faber, 1977, p.364.

同体(community)，所以真正微妙且严肃的轻体诗在现代的命运着实堪忧。①实际上，奥登在反思轻体诗的命运时，也蕴涵了他自身的期待和主张，即轻体诗应该去表现严肃的对象，而且过去曾有过的读者和诗人之间的亲密的语言关系应该恢复，在诗歌轻易、轻快的同时又可以保持微妙和丰富。他本人的写作正是这样实践的。再回顾前文杜运燮关于轻体诗的看法，可以看出他对奥登的主张是心领神会的，他力图让"轻诗"区别于"打油诗"，让它同时做到轻快、幽默而又严肃。但是，正如奥登所注意到的，严肃的"轻体诗"写作与现代社会中诗人的定位和处境有着难以化解的内在冲突，这一冲突同样也在杜运燮的"轻诗"中体现了出来。试一一述之。

二、轻体诗的"轻"与反感伤和反抒情

杜运燮在晚年的《登攀——生日感怀》(1978)中曾自嘲云："幸有'乐观'成不治之症。"②实际上，这也是其诗歌的"不治之症"。从四十年代到七八十年代，杜运燮均有大量风趣、幽默、轻松的作品，也就是所谓"轻体诗"。非常有趣的是，在1948年《中国新诗》第三集上，杜运燮的《轻松诗(light verse)三章》之后的下一页便是辛笛的《一念》。当辛笛痛苦地感到写诗是"奢侈 矛盾 犯罪"③时，杜运燮却以幽默的语调大谈"排泄问题"：

人体需要有两种排泄，
一种肚子的，一种脑子的，

---

① 无独有偶，意大利作家卡尔维诺也注意到现代文学普遍的"重"的倾向，他也和奥登类似，强调一种"轻"的价值，两者的主张大可深入比较，见卡尔维诺：《美国讲稿》，《卡尔维诺文集：寒冬夜行人等》，萧天佑译，南京：译林出版社，2001年，第318—345页。
② 本文所引杜运燮诗歌，除特别注明者以外，四十年代作品均出自《诗四十首》(上海：文化生活出版社，1946年)，1949年以后的作品均依据《海城路上的求索——杜运燮诗文选》(北京：中国文学出版社，1998年)。
③ 辛笛：《一念》，《中国新诗》第3集，1948年8月，第9页。

脑子的过多就满脸书橱气，
肚子的过多就满嘴"是 是 是"。

他曾经是个报屁股作家，
虽然那时他的脑子吃得省，
排泄得多，却患了胃病
和便秘，天天忘不了谈革命。

现在他投笔从商，肚子的
排泄不成问题，头顶倒秃了，
家里客厅装满了字画和古董，
但天天吞药片说"无聊无聊"。①

杜运燮通过"排泄问题"，就简洁地把一个人的一生喜剧性地描绘出来了。"他"可以想见原来是一个小报记者，天天出产大量的报道并宣扬"革命"，杜运燮在第2节打趣道，"谈革命"其实是脑子吃得太少而排泄过多的后果②，与此相映成趣的是穆旦的另一种写法："纯熟得过期的革命理论在传观着。"③第三节写"他"投笔从商后的生活，与第二节相反，"他"肚子上的生计解决了，脑子却无处排泄，造成精神上的"植被破坏"和"荒漠化"。于是，家里挂着的那些"字画和古董"简直是对他光秃秃的精神世界的一个反讽了。杜运燮这首诗虽然幽默、轻快，却并不油滑（与"打油诗"有别），而且还保持了微妙和暗示性，甚至还隐隐地透出悲哀。

---

① 杜运燮：《轻松诗（light verse）三章》，《中国新诗》第3集，1948年8月，第7—8页。
② 此诗未选入杜运燮1949年后出版的《海城路上的求索——杜运燮诗文》《杜运燮六十年诗选》等书，而同期《中国新诗》上发表的《论上帝》《善诉苦者》二诗却被选入了，这可能是因为讽刺"谈革命"之故。
③ 穆旦：《饥饿的中国》（四），《文学杂志》第2卷第8期，1948年1月，第27页。

第二章 抒情诗体的转型

杜运燮幽默打趣的对象不仅包括自然物象、人类性情,甚至还包括"上帝"(《论上帝》)。实际上,这种不把任何事情当真的态度正是他的轻体诗成功的关键。杜运燮在他那些较成功的轻体诗作品中,不仅不把外界的事物或人事当真,也不把自己内心的悲观、消极情绪当真,它们都是杜运燮的轻体诗调侃、打趣的对象。因此,杜运燮的轻体诗便往往带有了反感伤、反抒情的倾向。比如《季节的愁容》(1944):"拥挤杂沓的水滴流遍了表面/并如冬天的风也想用针,带着线/刺我的骨髓;树的头低垂,/眼一闭一闭的,挤几滴眼泪;/我的心如水塘里有不尽的水纹/却不能照见什么:一片战场的泥泞。""季节的愁容"(即寒冬里的忧愁情绪)本来是一个很容易落入感伤的题目,但作者有化重为轻的才能。他在第1—3行以一个形象的比喻(风雨如针线穿骨)形容凄风冷雨之刺骨,但作者并没有因此陷入自伤自怜,他反而调侃目前的哀景。值得注意的是"(树)挤几滴眼泪"一句,它让我们想起了杜甫的名句"感时花溅泪",但这个情景到了杜运燮这里却成了"感时树挤泪","挤"字带有不欲流泪而强"挤"之的喜剧含义,它化解了诗歌中的消极情绪,于是杜甫那种沉痛的感怀变成了轻盈的想象力飞翔。

杜运燮这种以轻盈的喜剧态度化解沉痛和悲伤的倾向一直延续到了其晚年作品,比如《秋》(1979):"经历过春天萌芽的破土,/幼芽成长中的扭曲和受伤,/这些枝条在烈日下也狂热过,/差点在雨夜中迷失方向。"这首诗在80年代初曾经引发了所谓"朦胧诗"的争论①,或许是由于过于执迷于一些意识形态教条的缘故,当时的争论者并没有注意到此诗含蓄的幽默和微讽,这是杜运燮一贯的诗学倾向。第三行的"狂热"本来是描绘人的心智状态的形容词或动词,但在此处却被"张冠李戴"地用在"枝条"身上,其实别有一番意趣。"烈日"下的"枝条"就其物理状态而言,只能是被晒热,拟人化地说,就是"热得发狂","狂热"一词突然被嫁接到这个语境之中,实际上是利用了词语的主动性质和

---

① 章明:《令人气闷的"朦胧"》,《诗刊》1980年第8期。其中引述的例子包括杜运燮的《秋》、李小雨的《海南情思夜》等。

被动含义之间的不和谐来创造讽刺效果。

无独有偶，奥登也有一个类似的诗句，"是谁，站在分水岭留下的症结上，在擦热的青草之间的潮湿公路上……"这里的"擦热"（chafing）这个主动式的动词的使用非常微妙，希尼（Seamus Heaney）分析道："这个现在分词在语法上的平静被一个隐藏的中音所干扰：草是擦热的，主动式，而考虑到唯一被擦热的就是它自身，它是被动式的。这个分词也占据了及物和不及物之间的一个中间状态。""这个词暗示留在身后的（分水岭的）地形学交接点现在被体验为一种心理上的症结、一种遭遇两种矛盾状态（同时遇到一种彻底的寂静和一种沙沙作响的骚动）的情况，并被它们所置换。"[①]显然，奥登这种将词语"偷梁换柱""张冠李戴"的隐喻手法也启发了杜运燮。从《秋》全诗来看，这节诗实际上是在回顾自己的过去。考虑到"烈日"（太阳）在70年代本来就有明显的意识形态寓意，不妨说，"枝条"的尴尬状态——"狂热"地被烈日晒热——其实也是对非常历史时期中人们的心智状态的一个讽刺，它以喜剧性的方式来书写一个悲剧的事实。

综观杜运燮诗作，可以发现他非常善于运用与奥登诗句类似的"张冠李戴"的隐喻手法，来创造出轻松或者讽刺的效果，比如（下划线为笔者所加）："也曾参加过游行，/<u>烧掉</u>一层薄薄的热情，/使他对革命表示'冷静'。"（《善诉苦者》）[②]"雨后黄昏<u>抒情</u>的细笔/在平静的河沿<u>迟疑</u>"（《乡愁》）；"它们（鸡）是天生的<u>工作狂</u>"，"（母鸡）总有唱不完的<u>过时流行曲</u>"（《鸡的问题》）；"女性（母蜘蛛）还听从不由自主的安排/吞吃刚交欢后的<u>白马王子</u>/反正只是来了，又走了"（《蜘蛛和网》）。这些隐喻的诀窍在于利用了词语的惯用含义和使用语境之间的不和谐关系，来营造意外的喜剧或者讽刺效果。可见，杜运燮对奥登式轻体诗微妙的隐喻艺术了然于心，而这一点是当下一些"<u>轻体诗</u>"的写作者很少注意到的。

---

① 西默斯·希尼：《希尼诗文集》，吴德安等译，北京：作家出版社，2001年，第355—356页。
② 杜运燮：《轻松诗（light verse）三章》，《中国新诗》第3集，1948年8月，第7页。

第二章 抒情诗体的转型

正如前文讨论过的那样,抒情诗风与感伤倾向是三十年代诗歌的突出特征。在杜运燮四十年代的轻体诗写作中,他经常流露出自觉的反感伤倾向,轻体诗的"逗趣"本性很有效地消解了感伤之"伤"与抒情之"情"。比如《月》(1944)(第3—6节):

> 白天你永远躲在家里,
> 晚上才洗干净出来,
> 带一队亮眼睛的星子
> 徘徊,徘徊到天亮,
> 因为打寒噤才回去。
>
> 但贬抑并没有减少
> 对你的饥饿的爱情,
> 电灯只上电灯,你仍旧
> 利用种种时间与风景,
> 激起情感的普遍泛滥:
>
> 一对年青人花瓣一般
> 飘上河边的失修草场,
> 低唱流行的老歌,背诵
> 应景的警句,苍白的河水
> 拉扯着垃圾闪闪而流;
>
> 异邦的兵士枯叶一般
> 被桥栏挡住在桥的一边,
> 念李白的诗句,咀嚼着

"低头思故乡"、"思故乡",
　　仿佛故乡是一块橡皮糖;

月亮是中国古诗最典型的抒情对象之一,关于月亮古人已经有无数的杰作了,要写出新意来实非易事。但杜运燮这里的诗句却令人耳目一新。他把月亮想象为一位女性——她至少有四十亿岁的高龄——他调侃道:"年龄没有减少/你女性的魔力"(第一节),这几乎是奉承异性的口吻了。他又想象月亮是一位羞涩的姑娘,白天躲在家里,晚上才出来,而且是"洗干净"后出来!这完全是一种反抒情的喜剧写法。不过,月亮最大的魔力还在于她能激起古往今来的"情感的普遍泛滥"(此句正是全诗的关键)。这表面上是对月亮的礼赞,实际上是在嘲讽那些滥情的咏月诗作,此句之后的两节诗正是两种经典的滥情方式和情景。

　　第五节写一对年轻人(可能是情侣)在河边赏月之景(这里还隐藏了隐蔽的"赏"与"被赏"的视角变化)。第1—2行写他们如"花瓣一般"飘上草场,这给了读者一个美好的期待,当读者读到"应景的警句"一行时,可能会以为出现的大概是"春江潮水连海平,海上明月共潮生"(张若虚《春江花月夜》)一类的美景,谁知接下来出现的是"苍白的河水/拉扯着垃圾闪闪而流"这样令人作呕的现代城市景象。这个"不应景"的实景无情地嘲笑了"应景"这种行为,嘲笑了那种千篇一律的抒情态度,也告诉我们,在现代生活中,再像古人那样"应景"是愚蠢的自欺欺人。下节也是如此。落寞的兵士动辄"举头望明月,低头思故乡"(李白《静夜思》),不厌其烦地反复吟咏,于是杜运燮揶揄道"仿佛故乡是一块橡皮糖",久嚼则无味。可以看出,杜运燮在调侃和打趣中国诗人这两种"情感的普遍泛滥"方式时,也蕴涵了一种诗学上的冲动,那就是要以独特、鲜明的现代意象,去抒写现代人特有的情感与思想。这一点体现于他同一首诗的最后两节写自己的部分(也是在月下):

> 我像满载难民的破船,
> 失了舵在柏油马路上
> 航行,后面已经没有家,
> 前面不知有没有沙滩,
> 望着天,分析狗吠的情感。
>
> 今夜一如其他的夜,
> 我们在地上不免狭窄,
> 你有女性的文静,欣赏
> 这一片奇怪的波澜,露着
> 孙女的羞涩与祖母的慈祥。

杜运燮以"失了舵"的"满载难民的破船"来形容迷惘、困顿的自己,却不带半点伤感与自我怜悯色彩,他写的不是"柴门闻犬吠,风雪夜归人"(刘长卿《逢雪宿芙蓉山主人》),而是"分析狗吠的情感"!他使用"分析"这个带有学术色彩的语词来保持自身态度的中立,避免滑入伤感;而且他分析的不是他自己的情感,而是狗的情感。最后一节又突发奇想,杜运燮不再写人赏月,而是月赏人,通过月亮对人的"反赏",才发觉人的狭小,卑微,像蚂蚁般站在地上。这样的想象着实是发古人之所未发、不能发。这首诗歌与其说是抒情的,不如说是反抒情的,他以冷静、幽默的态度彻底告别了经典的对月感怀式的抒情,客观而又幽默地展现了现代人的生活状态和实质。在杜运燮的诗歌中,还有不少诗作都有意地以幽默、冷静的态度,克制诗歌中的感伤和自伤自怜的抒情倾向,以实现诗体的轻盈、客观和准确,比如《Narcissus》《夜》《乡愁》等,此不详述。

三、 轻体诗写作与历史语境的矛盾

"轻"是一种很可贵的价值,无论是奥登还是卡尔维诺都充分地意识到这

一点,但是"轻"的文学在现代社会很难成为主流,甚至很难生存下去。卡尔维诺的这段话表明了一个追求"轻"的现代作家所必然遭遇的困境,他说他"努力在激荡的外部世界那时而悲怆时而荒诞的景象与我内心追求冒险的写作愿望之间进行谐调。源于生活的各种事情应该成为我的作品的素材;我的文笔应该敏捷而锋利。然而我很快发现,这二者之间总有差距。我感到越来越难于克服它们之间的差距了。也许正是那个时候我发现外部世界非常沉重,发现它具有惰性和不透明性。外部世界的这些特性会立即反映在作家的作品中,如果那个作家找不到克服这个矛盾的办法"[①]。战乱不断的四十年代对于杜运燮而言也是一个沉重的时代,如果我们认真回味上面讨论的他那些轻体诗,会发现他能够写得比较轻盈、幽默的其实大都是一些和社会现实关系不太密切的事情,或者说,非道德的题材。但是,正如辛笛、穆旦等人无法忘怀丑恶、沉重的社会现实一样,杜运燮同样也无法对外部世界转过脸去,哪怕是在写轻体诗时也是如此。当他的笔墨一触及社会现实,外部世界的特性立即涌入其文本之中,比如这首著名的《追物价的人》(1945):

> "物价"已是抗战的红人。
> 从前同我一样,用腿走,
> 现在不但有汽车,还有飞机,
> 还结识了不少要人,阔人,
> 他们都捧他,提拔他,搂他,
> 他的身体便如灰一般轻,
> 飞,但我得赶上他,不能落伍,
> 抗战是伟大的时代,不能落伍,
> 虽然我已经把温暖的家丢掉,

[①] 卡尔维诺:《美国讲稿》,《卡尔维诺文集:寒冬夜行人等》,萧天佑译,南京:译林出版社,2001年,第318—319页。

第二章 抒情诗体的转型

> 把祖传的美好田园丢掉，
> 把好衣服厚衣服，把肉丢掉，
> 还把妻子儿女的嫩肉丢掉，
> 但我还是太重，太重，走不动，
> 让"物价"在报纸上，陈列窗里，
> 统计家的笔下随便嘲笑我，
> 啊，是我不行，我还存有太多的肉，
> 还有菜色的妻子儿女，她们也有肉，
> 还有重重补丁的破衣，它们也太重，
> 这些都应该丢掉；为了抗战，
> 为了抗战，我们都应该不落伍，
> 看看人家物价在飞，赶快迎头赶上，
> 即使是轻如鸿毛的死，
> 也不要计较，就是不要落伍。

这首诗后来被收入到《杜运燮六十年诗选》中的《讽刺诗·轻诗篇》，杜运燮显然也是把它当作轻体诗来写，讽刺当时国统区物价飞涨的现实。他把物价形容为一个"红人"，而把饱受物价之苦的人们称之为"追物价的人"，他以各种滑稽的景象来形容物价上涨之快，试图让诗歌轻盈起来。但是，读者很容易觉察到充溢此诗的是悲愤和谴责，用其中的一句话来说，就是"还是太重，太重"，它充满了时代本身的特性，即沉重。这首诗就其本身而言并不算劣作，但作为一首轻体诗显然是失败了，它陷入了"现实"的泥淖里，无法轻快地飞翔。

上文说过，那种不把事情当真的态度是杜运燮的轻体诗成功的关键；但是，综观杜运燮四十年代的诗作，我们发现他能以这种态度处理的基本上是些和现实关系不太紧密的、非道德性的事情，当他正面面对社会和人生时，就很难不当真了。"不当真"的态度看似简单，实则复杂。正如辛笛感觉在乱世写诗是"奢侈　矛盾　犯罪"一样,以"不当真"的态度面对丑陋、沉重的社会现实很容易受到外在或诗人自身的道德法则的谴责。所以,如果要对一切事情都不当真的话,则要求作者必须拥有超脱的视野和冷静的心态,在很多情况下,后者往往是更彻底的怀疑态度的变相体现,正如卡尔维诺所言,"幽默把自我、世界以及自我与世界的各种关系,都放在被怀疑的位置上"[①]。但和中国大部分作家一样,杜运燮在面对社会现实时,同样也有一种"感时忧国"情怀在起作用,这是他的诗体变得沉重的根源。

在轻体诗的"轻"与"重"这个问题上,杜运燮与拜伦之间有一些有趣的相似点。奥登评论道:"拜伦是第一个现代意义上的轻体诗人,当他不把任何事情认真对待时,他就成功了,而当他想变得深刻和有'诗意'时,他就失败了。"[②]杜运燮与拜伦当然是两个很不相同的诗人,但他们都有突出的喜剧和幽默才能,这种才能在轻体诗上可以得到最充分的展现。但是,正如奥登所分析的那样,现代诗人与外部世界越发处于隔绝或对立状态,他们与读者之间很难建立起过去前工业时代的那种亲密的语言关系:"现代诗人遇到的一个难题是(这也是现在的其他人所遇到的难题),如何去找到或形成一个真正的共同体(community),从而可以在其中获得受尊重的地位并如鱼得水。"[③]无论是在拜伦所处的十九世纪英国还是杜运燮所处的二十世纪中国,都不存在这样的共同体,他们都意识到自己是特殊的一类人,即"诗人"——"拜伦式英雄"就是这一类人的典型形象,他们都感到自己对沉重的社会现实负有责任。他们对一些琐碎或者不太紧要的事情能以轻松的态度对待,和读者保持足够的亲近;但他们的道德意识一旦被唤醒,笔调就明显地沉重起来了。

[①] 卡尔维诺:《美国讲稿》,《卡尔维诺文集:寒冬夜行人等》,萧天佑译,南京:译林出版社,2001年,第335页。

[②] W. H. Auden, *The English Auden: Poems, Essays and Dramatic Writings, 1927－1939*, ed. Edward Mendelson, London: Faber & Faber, 1977, p.367.

[③] W. H. Auden, *The English Auden: Poems, Essays and Dramatic Writings, 1927－1939*, ed. Edward Mendelson, London: Faber & Faber, 1977, pp.367－368.

难道在一个黑暗社会，诗人就必然无法写出严肃、丰富而且轻盈的诗作吗？从杜运燮的诗歌的情况我们很难得出一个积极的答案，奥登对此问题的看法也不太乐观。他认识到，在前工业时代存在着诗人与读者亲密地联结在一起的社会共同体（虽然它们往往只限于贵族阶层）[①]，而到了现代，"过去前工业时代的共同体和文化已经消亡，一去不返；而且也没有必要再把它们恢复回来"。展望轻体诗的未来，奥登说道："只有到了一个民主社会，每个公民都充分地自觉而且有能力做出理性选择（这在过去只有少数富裕的人才有可能做到），这样的一个社会才能在未来长远地存活。到了这样一个社会，也只有到了这样的社会，诗人才有可能写出简单、明晰而且快乐的诗歌，同时又不会牺牲其感性的微妙和品行的完整。因为既轻盈又成熟的诗歌只能在一个既和谐又自由的社会中写出来。"[②]

如此具有决定论色彩且悲观的结论实在难以让读者释怀。而卡尔维诺在谈文学之"轻"时却暗示了"轻"的文学也可以应对沉重的外部世界，这可以让我们展望，在杜运燮的诗歌已经走过的路程之外还有怎样的可能。卡尔维诺是用神话来说明他的策略的，他把外部世界比喻为蛇发女妖美杜莎的脸，凡直视她的目光的人都将变成沉重的石头，而作家则被卡尔维诺比作后来成功砍下她的脑袋的帕尔修斯。帕尔修斯并不直视美杜莎的脸，他通过铜盾反射的形象来观察她，从而避免自己变成石头，他依靠世界上最轻的物质（风和云）来飞翔，最后成功砍下了她的头，并把这颗头（依然有生命）终生携带在身边作为防身之利器，还以无比温柔的方式保护、照料这颗头颅。卡尔维诺暗示，关键

[①] 这也让我们想到中国古诗赖以生存的社会土壤，即文人—官员集团。奚密已经注意到，中国古代这种作者与读者的同质性（homogeneity）关系实际上是决定其艺术形态的根本条件之一；而到了现代中国，这种关系也消亡了。见奚密：《现代汉诗：一九一七年以来的理论与实践》，奚密、宋炳辉译，上海：上海三联书店，2008年，第12—13页。

[②] W. H. Auden, *The English Auden: Poems, Essays and Dramatic Writings, 1927-1939*, ed. Edward Mendelson, London: Faber & Faber, 1977, pp.367-368.

就在于："始终拒绝正面观察,而不是拒绝与妖魔(美杜莎)相处。"[①]他告诉我们"轻"的文学完全可以应对沉重的外部世界,关键在于不正面面对它但始终围绕着、甚至依靠着它。关于这一点,卡尔维诺举了一个令人惊叹的生动的文学例证,那就是卡夫卡的小说《小桶骑士》。

我们不打算去穿凿附会地解释卡尔维诺的策略,但是不妨说,对于轻体诗而言,它用以反射外部世界的"铜盾"就是其语言与想象,而它赖以飞翔起来的"风和云"就是一种彻底的怀疑态度(以幽默的形态出现),后者常常建立在这样的基础上,即诗人对整个世界以及约束他的道德意识(如"感时忧国")有更深刻的反思。概言之,不把任何事情"当真"却又始终紧紧围绕着它们,而不忽略或抛弃它们。实际上,前述对轻体诗的命运感到悲观的奥登在自身的创作中已经部分地实现了这一点。在未来(哪怕依然是个黑暗社会),我们期待有这样一种严肃、丰富而又轻盈的轻体诗出现。

[①] 卡尔维诺:《美国讲稿》,《卡尔维诺文集:寒冬夜行人等》,萧天佑译,南京:译林出版社,2001年,第319—320页。

第三章 "自我"与"世界"的紧张关系

引 言

本章讨论的是"九叶"诗人的"自我"的问题,"自我"的问题既涉及诗人对自我形象的表露,也涉及诗人观察外界的方式——因为自我的表现必须放在外在世界的背景下展开,哪怕是对自我与外界的"隔绝"的表现也是如此。与三十年代诗人主要表现人与世界的和谐和连续性的感性特征相比,"九叶"诗人作品中的"自我"与"世界"往往呈现出高度紧张的关系,这既关涉到他们的抒情方式的基本形态,也关涉到其诗歌的感性特征和修辞特征的基调。

这里我们先观察西方现代主义理论家关于自我的问题的见解,然后与"九叶"诗人进行比较。著名文学批评家欧文·豪在其《文学中的现代观念》一书导言中指出:"主观性成了现代主义的典型特征。在其早期阶段,它并不掩饰它对浪漫主义之间父子般的依赖关系,它公开宣扬自我的膨胀,以个性活力对事物与事件进行超越性、狂欢化的夸张。在中期阶段,自我开始从外在世界退缩,而投入到对其自身的内在动力(自由、冲动、幻想)的细微检视中,好像它自己就是世界本身。在最后阶段,出现了自我的虚空化,它厌倦了个性与心理上的收获。(这三个阶段可以由三个作家分别代表:惠特曼、弗吉尼亚·沃尔芙、贝克特。)"①欧文·豪的著名概括对于西方现代主义文学而言,既是逻辑脉络也是历史脉络,但如果要将其挪用于分析"九叶"诗人或者其他四十年代现代诗人的话——梁秉钧曾用它来分析穆旦诗歌的"我"并认为后者是第二个阶段的现代主义的产物,见本章第 2 节——则在最好的情况下它也只能勉强作为一种逻辑脉络,而断断不可作为一种历史脉络。因为在他们之前的三十年代的重要诗人已经将表现的焦点聚集于自我——抒写何其芳所谓"小小的忧郁,小小的感伤"(《夜歌》)——而四十年代的诗人则面临着外在世界、历史的巨大压力,其主潮反而是走出自我,面向现实(见第二章),他们从未将自我当作"世界本身"。但是与"国防文学"或者左翼诗歌有别的是,大部分"九叶"诗人(除了杭约赫、唐祈之外)并没有放弃对自我的深入挖掘,而是在"自我"与"世界"之间保持了一种张力关系,就如唐湜在其著名的《诗的新生代》一文中所云:"他们多少是现代的哈孟雷特(哈姆雷特),永远在自我与世界的平衡的寻求与破毁中熬煮。"②

在本章讨论的诗人中,陈敬容从她所承续的三十年代诗歌的脉络出发,深刻地感受到了外在世界的残酷与严峻,体验到了自我与世界之和谐平衡的不可能。而穆旦的"自我"表现则更多地出于一种宗教或形而上的思索,将自我视为一个残缺孤立之个体,永远地渴求一种完整性却始终无法得到,与整个世界处于隔绝和对立之中。陈敬容和穆旦可以说是"九叶"诗人中较为典型的"自我"形态,而受左翼诗歌传统影响的杭约赫(以及唐祈)则将抒情的主体由"我"转变为"我们",而他所表现的"世界"也相应地契合一种本质上是意识形态的二元"世界"观,这不仅取消了个体"自我",也取消了"自我"与"世界"之间的紧张关系,只有在他不经审视地沿用一些西方诗人的修辞策略时,这种紧张关系才偶尔有所流露。

---

① Irving Howe, *The Idea of the Modern in Literature and the Arts*, New York: Horizon Press, 1977, p.14.
② 唐湜:《诗的新生代》,《诗创造》第 8 辑,1948 年 2 月,第 20 页。

这里我还想进一步引述卢卡奇关于西方现代主义的主观性或者潜入"内在自我"的著名见解,以进一步从比较的角度界定"九叶"诗人的自我表现与历史性之关联。卢卡奇说:"把孤寂视为普遍的人类处境,是现代主义的理论与实践所独具的。"这一点意味着"人不仅从体格上不能和自身以外的人和物建立联系,而且不能从理论上确定人类生存的起源和目的"。因此,以这种方式想象的人,是一种"非历史的动物"。这种非历史的人有两种表现形式:(1)主人公严格地局限于自己的经验范围之内;(2)主人公没有个人的历史,他"被投入世界",生活没有任何意义,并且是不可理解的,他既不能改变世界,也不能被世界改变。[①] 读者可能会发现卢卡奇对西方现代主义的"人"的认识也适用于我国八十年代后期的先锋派小说(如余华、格非等人的作品),但"九叶"诗歌中的自我表现以及"人"的塑造则明显地有别于西方现代主义文学中的"人"或"自我"形象,它们体现出明显的历史性取向——有时则是以控诉历史之罪恶的形式出现——而很少体现出那种抽象的非历史倾向。虽然穆旦在对"自我"进行形而上式的检视时最为接近这种非历史的人的概念,但是他将"自我"或者"人"放在外在世界的背景下来表现时,则明显地表现出对历史的关切——有时甚至是悲剧性地对抗历史,而"对抗"当然也是关切之体现(另参上一章和下一章关于穆旦的讨论)。概言之,大部分"九叶"诗歌所表现的"自我"和"人"并不是非历史的、与"世界"无关的,而是与"世界"和"历史"都处于紧张的悖论性关系之中。

第一节 穆旦:残缺自我与完整性之寻求

自从八十年代以来,穆旦就一直被学界视作四十年代现代主义诗歌的先锋和代表,被认为是以 T. S. 艾略特、W. H. 奥登为首的英美现代主义诗学在

[①] 盖·卢卡契(卢卡奇):《现代主义的意识形态》,收入《现代主义文学研究》,上册,袁可嘉等编选,北京:中国社会科学出版社,1989年,第140页。

中国的继承人。穆旦诗歌中的残缺、破碎的"自我"被认为是穆旦之"现代性"的集中体现，也被认为是他的"现代主义"诗人身份的突出标记。在论述穆旦的"我"与现代主义诗学的关联的文章中，梁秉钧先生著名的《穆旦与现代的"我"》堪称典范，此文注意到穆旦那些残缺、被动的"我"的独特性，他认为这表明穆旦是"内省阶段的现代主义作品"，这样的"我"也是其现代性之所在。[1] 梁秉钧的分析构架至少从其本身来看显得相当周全，他的分析思路也被其他很多研究者承续了下去，成了穆旦研究中的经典论述。[2] 但是，穆旦诗歌之"我"仰仗的资源实际上远远越出所谓的"现代主义"诗学，而直抵西方文化的根源："两希"文化。穆旦诗歌中的残缺、被动、甚至有罪之"我"的表现深深地根植于柏拉图哲学和基督教思想对人性的认识——而且直接受到后二者的影响。换言之，被假定为"现代"之"我"的本质实际上大都属于"永恒"之"我"。不考虑这些思想背景，对所谓"现代性"的认识必将流于肤浅。我们发现，梁秉钧在运用现代主义/现代性理论分析穆旦之"我"时，由于忽略了他的思想背景和历史语境，处处存在着强解文意、"强文本以就理论"之弊。下面我们先来仔细审查他关于穆旦的"我"的论述，来看其理论与文本存在着怎样的裂缝，然后再思考理解穆旦之"我"需要结合怎样的思想脉络，以及穆旦之"我"的"现代性"究竟应该如何把握。以此为契机，我们再进一步思索"现代性"与"永恒性"或者传统之间的复杂关联。

一、《我》的重新解读：残缺自我与完整性之寻求

《我》(1940年11月)是梁秉钧论述穆旦的"现代的'我'"的重要例证，然而

---

[1] 梁秉钧：《穆旦与现代的"我"》，收入《一个民族已经起来》，杜运燮等编，南京：江苏人民出版社，1987年。

[2] 除了收入穆旦逝世十周年文集《一个民族已经起来》(杜运燮等编，南京：江苏人民出版社，1987年)以外，该文还作为代表性范文收入多种现代文学研究文集中，如：王晓明主编《二十世纪中国文学史论》，下卷，上海：东方出版中心，2003年；刘俊等编著《中国现代文学研究导引》，南京：南京大学出版社，2006年。

第三章 "自我"与"世界"的紧张关系

就在其论述的关键支撑点上,我们看到了现代主义理论与穆旦文本之间不和谐的裂缝。为了避免在分析梁秉钧观点时断章取义、随意引申,我们先大段引述他关于《我》的分析,并梳理其理论脉络与视角,然后再来观察这种脉络是否能深入到穆旦的文本中去。下面是《我》全诗:

> 从子宫割裂,失去了温暖,
> 是残缺的部分渴望着救援,
> 永远是自己,锁在荒野里,
>
> 从静止的梦离开了群体,
> 痛感到时流,没有什么抓住,
> 不断的回忆带不回自己,
>
> 遇见部分时在一起哭喊,
> 是初恋的狂喜,想冲出樊篱,
> 伸出双手来抱住了自己
>
> 幻化的形象,是更深的绝望,
> 永远是自己,锁在荒野里,
> 仇恨着母亲给分出了梦境。

梁说:"虽然诗名叫作《我》,穆旦却利用了中文的特质,省略了这个文法上的主词,一开始就强调了个体的被动性和易感性。诗中的'我'是残缺的、孤立的,这是时间也是空间的隔绝,既没法溶入历史的整体,也没法汇入群众之中。失去了那种和谐的整体性,是现代的'我'焦虑的由来,所以便用种种方法来反叛,想改变这状态。"①梁秉钧准确地道出了《我》的语法特色,感受到了诗中的"我"的残缺、孤立状态,也认识到了诗中的"我"对整体性的渴求。② 但是,他认为失去整体性是因为个体的"我"无法与"历史"与"群众"融合(这是一个相当大的疑点),于是,他便以"外在世界—内在世界"的对立视角来解释诗中的"我"与时间的关系,强调我("内在世界")与历史、群众("外在世界")之间的对立:"因为外在世界变得不稳定不可持,只好转而肯定内在感受,这是现代诗的一个特点。"穆旦第二段里主观地处理时间的方法,也带有现代色彩。马蒂·加连纳斯高就曾将主观地处理时间和客观地处理时间的差异视为分辨现代性的一个标志:

> 广义而言,就它在历史上的位置而言,现代性可以见诸以下两种价值观无法调和的对立上面:一是资本主义文明中客观化的、社会可以清楚测量出来的时间(时间差不多成了有价的商品,可以在市场上买卖);一是个人的、主观的、想象的时间,由自我创造出来的私人时间。后者对时间和自我的辨识方法构成了现代主义文化的基础。③

梁接着这个理论分析道:"这种特殊的对时间和自我的看法,很清楚地流露在《我》这首诗里。诗第二段说:'痛感到时流',时间是主观地感受出来的。自我不断地挣扎、不断地失落,只有不断在主观对自我的认知中,才可以感觉自我

---

① 梁秉钧:《穆旦与现代的"我"》,收入《一个民族已经起来》,杜运燮等编,南京:江苏人民出版社,1987年,第49—50页。
② 我想补充的是,《我》这种无主句语法(每句的实际主语都是"我")以及关于"我"的残缺性、孤立性的构思受到了奥登的一首诗歌的影响,穆旦在1940年10月(《我》的创作前一个月)曾经翻译了这首诗,诗云:"是第一个婴孩,为母亲温暖,/在生前而仍旧是母亲,/时间流去了而现在是个别……孤独的在肉体里,自己不是朋友。"(路易·麦克尼斯著,穆旦译:《诗的晦涩》,香港《大公报》"文艺"副刊、"学生界"副刊连载,1940年2月8日至20日载完,重刊于《新诗评论》2010年第2期,第255—256页)
③ 转引自梁秉钧:《穆旦与现代的"我"》,收入《一个民族已经起来》,杜运燮等编,南京:江苏人民出版社,1987年,第50页。

长远地存在于时间之中:'永远'是自己。"①

梁所引加连纳斯高(今译卡林内斯库)的观点出自《现代性的五副面孔》一书②,他在这里把现代主义看作"资本主义文明"的对立面(这对于欧美现代主义基本上还是适用的),两者的对立具体体现为"客观—主观"和"社会—个人"这两对矛盾,梁把穆旦文本归附到"现代主义文化"的一方,也就是"个人""主观"的一方:"我"只有在个人、主观的时间里才找到存在。由于有了这种主观的、内在的"自我"形象,梁认为穆旦诗歌是"发展至内省阶段的现代主义作品",这种自我形象也是穆旦的"现代性所在"。③

然而,若细致地检阅梁秉钧的解读,却发现它并不能与穆旦文本本身的意义和结构配合无间。首先,针对本诗第二节,梁认为穆旦的"我"只有在"个人、主观的时间里才找到存在",但是他在前文又云"我"与空间和时间"隔绝"(这同样也只能依据第二节来下结论),其自相矛盾显而易见。从第二节本身来看,它写的是"我"与"时流"的对立关系,"我"在"时流"中无法把握、无法"抓住"任何东西。这种对"时间"的隔绝或者"敌对"感受在穆旦诗歌中是很常见的,在同年同月写的另一首诗《智慧的来临》中,穆旦写道:"稍一沉思会听见失去的生命,/落在时间的激流里,向他呼救。"穆旦对"时间"的否定描述贯穿了他整个创作历程。④ 为了让穆旦的时间观显得切合卡林内斯库的现代主义理论,梁秉钧不惜扭曲穆旦文本的含义,把"我"与"时流"的隔绝关系南辕北辙地解释为"我"只有在"个人、主观的时间里"才找到存在,这种理解既不符合文本的基本意义,也不符合穆旦创作的一贯策略,换言之,它与此诗的语境和作者

---

① 梁秉钧:《穆旦与现代的"我"》,收入《一个民族已经起来》,杜运燮等编,南京:江苏人民出版社,1987年,第50—51页。

② Matei Calinescu, *Five Faces of Modernity*, Bloomington and London: Indiana University Press, 1977.中译本:马泰·卡林内斯库:《现代性的五副面孔》,顾爱彬、李瑞华译,北京:商务印书馆2002年。

③ 梁秉钧:《穆旦与现代的"我"》,收入《一个民族已经起来》,杜运燮等编,南京:江苏人民出版社,1987年,第43、48页。

④ 我们将在第四章中讨论这个问题。

整体创作的语境都不贴和，甚至还和自己前文的解释互相冲突。

其次，我们来看梁对诗中的"我"关于"整体性"的焦虑的理解。在他看来，"我"之所以是残缺的存在（因此渴求整体性），源于无法汇入"历史"和"群众"。但问题在于，全诗既没提到"历史"也没提到"群众"，这明显是一个引申出来的阐释。遍观全诗，这个引申也只能在第二节找到支撑，但这一节同样也不能给这个理解提供支撑。梁看到此节中的"群体"和"时流"，将其视为"群众"和"历史"，这同时也是为了凸显卡林内斯库有关"个人—社会"的对立视野。但是，我们再回到文本之中，同时也联系上一节关于"我"脱离"子宫"的描绘，请问：穆旦为何说是"从静止的梦"离开了"群体"，如果"群体"是指"群众"的话，那么岂不是说"群众"也活在"静止的梦"中？如果从梁的视野来看，"静止的梦"也只能当作"冗余信息"给处理掉。然则穆旦文本大多有血肉相连的关联，其有机整体实可为阐释提供强有力的支撑。穆旦在诗的最后说"仇恨着母亲给分出了<u>梦境</u>"，而在第一节又告诉了我们"我"从母亲"子宫"割裂的过程，这种文本内的呼应已然摆明："从静止的梦离开群体"其实与"从子宫割裂"是同一过程的不同表述。

那么，"群体"又指什么？从语境出发（而不是抓住一个字眼望文生义），它应该代表一种胎儿与母亲的融合状态。穆旦本人对此句的翻译也支持了笔者的判断，他将"群体"翻译为"the body of Many"，[①]"群体"并没有被翻译为"masses"或者"public"，而是大写的"Many"，表示一种抽象概念（即"多""群"）的拟人化，换言之，"从子宫中割裂"就是一个从"多"（"群"）到"一"（"我"）的过程，但是这个在母亲"子宫"中的"群"（或者说与"子宫"同在的一种"群"）显然不可以理解为"群众"，个人与群众的对立只能在"我"的现世展开，而与子宫相关的"群体"则可谓是"我"的"前世"。那么："从子宫割裂"、从"群"到"我"、从"静止"到动态的过程究竟是怎么一回事？

[①] 穆旦：《穆旦诗文集》，李方编，北京：人民文学出版社，2006年，第1册，第39页。

熟悉西方诗歌传统的读者不难意识到,"子宫"是一个涉及事物起源和诞生的惯用隐喻,经常被用于有关人类生存的抽象思考之中。王佐良在分析《我》中的"子宫"时提示:"在一个诗人探问着子宫的秘密的时候,他实在是问着事物的黑暗的神秘。性同宗教在血统上是相关联的。"[①]从"子宫"中分裂,也就是一个事物从"群"到"我",从完整到残缺,从合一到分裂的过程,这个过程既是字面上的,也是隐喻上的。穆旦在《隐现》中也描写了人"诞生"的过程:"当人从自然的赤裸里诞生/他的努力是不断地获得,/隔离了多的去获得那少的。"这句诗与《我》的意思虽然有所区别,但同样强调人的诞生就是一个隔离了"多"("群")、丧失了完整性的过程。对这种缺憾的描述的另一面是对人与世界的融合关系的渴求,对"子宫"所蕴含的完整性、原初性的世界渴求。正如马丁·布伯所言,婴儿与母亲子宫的相融状态"深蕴着宇宙性",而人对此状态的渴念"实则是人仰慕宇宙汇融,希望勃发为精神之今生与其本真的'你'相融"[②]。此言实在比卡林内斯库那种与穆旦文本格格不入的宏大理论结构更能呼应穆旦的"我"之存在焦虑。

从这条脉络出发,我们再顺势梳理《我》第三节的表现,它同样也是关于"前世"完整性与"今生"残缺性神话的另一种表述,而且还向我们昭示了这种神话的最初源泉。从表面上来,此节破碎不堪,含义晦涩。穆旦说"(我)遇见部分时在一起哭喊",这是谁的"部分"? 不妨再次运用语境原则来判断:第一节作者已经说"(我)是残缺的部分等待着救援",如此看来,则"部分"就是"我"的部分。读者可能会问,"(我)遇见(我的)部分"云云,岂不荒诞? 而且,"我"遇见自己的一部分,为何又成了"初恋的狂喜"? "我"的另外一部分与初恋有什么关系? 梁秉钧在解释时完全不理会这一节(因为看不出它与"群众"和"历史"有什么关联)。要清楚这一节得先明了这种表现的最初源头:即柏拉图关

---

① 王佐良:《一个中国诗人》(1946年),收入《蛇的诱惑》,曹元勇编,珠海:珠海出版社,1997年,第10页。
② 马丁·布伯:《我与你》,陈维纲译,北京:生活·读书·新知三联书店,1986年,第41页。

于人残缺的本质与寻求爱情的神话,也就是俗云"寻找另一半"的最初起源。①

王佐良恐怕是最为熟悉穆旦创作底蕴的批评家,在关于穆旦的《我》与柏拉图的关系上他同样富有洞见:"使我想起的还有柏拉图的对话,在一九三六年穆旦与我同时在北平城外一个校园里读的。"②穆旦不仅在1936年读柏拉图对话录,他1938年在西南联大学习期间还在读此书,穆旦友人王勉回忆说,他曾记得在联大蒙自校园学习时,穆旦与董庶"一起读柏拉图对话集"的情景。③从这些传记事实来看,穆旦显然反复阅读过柏拉图对话录,时间至少从清华大学学习期间延续到西南联大学习期间。无怪乎他会在《我》以及一系列诗作中反复改写关于残缺自我与寻求爱情(而不得)的神话。

在柏拉图对话录的《会饮篇》中,柏拉图借阿里斯托芬之口指出,"爱情的产生"与"人的本性和他所经历的变迁有关"。④ 他说,从前的人都是"全人",与现在的人很不一样,他们所有的器官都是现在的人的两倍,比如双口四眼四手等,他们非常强壮,图谋向天神造反,宙斯便将每个人都劈为两半,以削弱他们的力量,于是人就成了现在的状态("半人")。但是由于前世的回忆,这些被劈成两半的人时时都在想念另一半,于是就产生了爱情。在这个神话(同时也是一个文学原型)中,人对爱情的寻求和他对完整性的渴求是合二为一的,正如柏拉图所言:"这一切原因就在于人类本来的性格是如我向你们所说的,我们本来是完整的,对于那种完整的希冀和追求就是所谓的爱情。"⑤穆旦明显地在与柏拉图遥遥"对话"并改写其神话:不仅"我"自诞生始就是残缺的,而且我对完整性和爱情的寻求都将幻灭。从《我》的第三节可以明确地看到《会饮篇》的烙印,后者写道:"这一半想念那一半,想再合拢在一起,常互相拥抱不肯放手,

---

① 另外,这个神话的进入也使得《我》与前文所说的影响穆旦自我表现的奥登诗作有所区别。
② 王佐良:《一个中国诗人》(1946年),收入《蛇的诱惑》,曹元勇编,珠海:珠海出版社,1997年,第10页。
③ 鲲西(王勉):《清华园感旧录》,上海:上海古籍出版社,2002年,第31页。
④ 柏拉图:《文艺对话集》,朱光潜译,北京:人民文学出版社,1963年,第238页。
⑤ 柏拉图:《文艺对话集》,朱光潜译,北京:人民文学出版社,1963年,第242页。

饭也不吃,事也不做,直到饿死懒死为止。若是这一半死了,那一半还活着,活的那一半就到处寻求匹配……"①而穆旦则写道:"遇见部分时在一起哭喊,/是初恋的狂喜,想冲出樊篱,/伸出双手来抱住了自己(的)//幻化的形象,是更深的绝望。"在柏拉图神话的烛照之下,这些描绘不仅条理分明,而且也与上文关于完整性的焦虑的表现密切相关了。

当然,穆旦并非仅仅是在重写柏拉图的神话,而是在改写中加入了他自身的特色。在柏拉图神话里,人只要敬畏天神,就可以遇到自己的"另一半",得到爱情和完整性,这种理解也体现了柏拉图一贯的"神佑"理念。但是在穆旦的《我》和他此后的一系列诗歌中,人的这种对完整性和爱情的寻求永远都无法实现。《我》中之"我"遇到他的"部分"和"初恋",结果发现那不过是他"幻化的形象",于是陷入"更深的绝望"。在自我与世界(包括"另一半")的关系中,"我"处于永远也无法克服的焦虑之中;这种对自我完整性与爱情的寻求的双重幻灭贯穿了穆旦大部分涉及爱情或自我的诗作,比如《诗八首》《三十诞辰有感》《诗》(1948)、《赠别》等。

不管是柏拉图神话还是穆旦的《我》,它们对人(包括"我")的表现都有明显的形而上色彩——我们知道,神话和形而上学一直是近亲,它们都从起源的角度、以隐喻的方式来体现人的残缺性和人对完整性丧失的焦虑。对于这种角度的艺术表现,用所谓的"个人—社会""主观—客观""资本主义—现代主义"来观察难免会有隔靴搔痒之弊,因为穆旦这种视野下的"我"的对立面并非集体意义上的"社会"或者"历史",而是与"我"的"前世"相对立的整个现世,也就是丧失了完整性、原初性的当下世界,这样的"我"的涵盖范围当然也不仅限于穆旦个人(正如柏拉图所谓残缺的人也并非只指他本人一样),而是普遍意义上的"人"。同样,对于诗中的"时间"来说,也无所谓主客观之分——严格说来,所有文学作品中的"时间"都是"主观的、个人的",穆旦在《我》中对时间的

---

① 柏拉图:《文艺对话集》,朱光潜译,北京:人民文学出版社,1963年,第240页。

描写丝毫没有表现出对所谓"资本主义文明中客观化的、社会可以清楚测量出来的时间"的批判和针对性。卡林内斯库的批判视野必须放在当代西方社会的语境下才显出其意义和针对性[①]，而把这种视野强行添加到穆旦文本中，不仅无法切合文本自身的意义，而且有"视界不融合"之弊。

必须承认，在用西方现代主义理论来解释穆旦诗歌方面，梁秉钧所达到的深度和严密度至今没有被超越。但是，从梁秉钧对《我》的阐释中，我们可以深刻地体会到先入为主地以西方现代主义理论来阐释穆旦文本的弊病，也就是简单地把穆旦创作归附于"现代主义"诗学之弊：它往往有意无意地肢解文本本身的脉络和语境，也抹除了文本所得以产生的思想渊源和历史语境，使得文本分析变成了理论本身的直接延伸和"附加物"。这里对它的剖析的目的在于，以穆旦的"我"为契机，展望一种研究新诗"现代性"的新的"范式"（paradigm）。

二、 基督教思想与穆旦的"我"

如果说穆旦的"我"之残缺、被动的性质并非"现代"的专属之物的话，那么"我"的现代性究竟何在？国内外对于"现代性"的诸种定义和阐述本文无法尽述，这里仅就西方关于现代性较早的一种著名观点——波德莱尔关于现代性的阐述——来展开我们对"现代性"的反思，尤其是对穆旦的"我"之现代性的反思。波德莱尔在谈到"现代性"这个概念时是将其作为"永恒性"的对立面来强调的："现代性就是过渡、短暂偶然，就是艺术的一半，另一半是永恒和不变。"[②]波德莱尔所谓的现代性本质上是一种对于"当下"的敏感，出于对沉迷于古典和传统的反抗，他更强调艺术的"现代性"而非"永恒性"。但是在我们当

---

　① 实际上，卡林内斯库的"文化—社会"的对立视野确实受到了美国当代社会学家丹尼尔·贝尔《资本主义文化的矛盾》一书中有关现代西方"文化与社会结构的根本分离"的观点的影响，见：Matei Calinescu, *Five Faces of Modernity*, Bloomington and London: Indiana University Press, 1977, pp.5 - 6。
　② 波德莱尔：《1846 年的沙龙：波德莱尔美学论文选》，郭宏安译，桂林：广西师范大学出版社，2002 年，第 424 页。

下的语境中,"现代"/"现代性"已成为陈词滥调,"现代"被神话为一个开天辟地的创造之源,在此情况下,则有必要反其道而行之,重审艺术作品的"永恒性"以及它们与文化传统的关联——只有充分考虑后者,对"现代性"的强调才是有意义的,因为"现代性"就概念而言本身就是对"永恒性"/"历史"的一种参照和批评[1],如果连"批评对象"都缺席了,这种批评还会有意义吗?

具体到穆旦的"我"这个问题上,若将其放到更深远的传统中(穆旦本身的创作情况要求必须如此),则可看到穆旦的"我"的性质并非现代才有的新创之物。我们发现,穆旦的"我"的表现不仅与古希腊哲学有关,而且更与基督教精神血肉相连:穆旦的"我"之残缺、被动的状态不仅本身就吻合基督教对人的存在性质的理解[2],而且往往被放置在一种宗教性焦虑的背景之下。这种焦虑与十九世纪浪漫主义书写上帝之死的矛盾态度不乏共通之处。而上帝之死,本身就是一种与宗教脱不开干系的现代性态度。[3] 不考虑穆旦的"我"背后所关涉的宗教意识问题,对其"现代性"的认识也必然无法深入。

前文说过,穆旦是一个受到基督教影响很深且与基督教精神有着复杂纠缠的诗人。对于穆旦诗歌中的"我"而言,它同样打上了明显的基督教思想的烙印,最明显的一点就是基督教对自我的否定性见解,对人的原罪的认识。舍

---

[1] 帕斯认为"现代性"的本质是对"永恒性"的批评,见:Octavio Paz, *Children of the Mire*, Cambridge, Mass.: Harvard University Press, 1974, pp.45-46;保罗·德·曼认为讨论现代性最有效的一个对立面就是"历史",见:Paul de Man, *Blindness and Insight*, Minneapolis: University of Minnesota Press, 1983, p.147。

[2] 吴允淑清楚地认识到了否定性、被动的自我和基督教之间的关联,她说:"诸多西方文人的这自我否定意识可以追溯于基督教原罪意识——即使不是传统基督教教条所表明的原罪意识。他们在既存的自我的扬弃中追求真正的自我,因为只要既有的自我破碎,才能辨析自我存在的立足之地,即人自觉到自己是个'被造物'。这种从作为被造物的破碎中追寻造物主的完善的同一性趋向,在奥古斯丁(Augustine)《忏悔录》里较为明显。"(吴允淑:《穆旦诗歌中的基督教话语》,香港《道风:基督教文化评论》第12期,2000年)不过,她并没有深入探索穆旦"我"的表现所反映的矛盾的宗教态度。

[3] 存在主义哲学家雅斯贝尔斯认为尼采虽然宣称不信仰基督教,实际上却在倡导基督教式的虔信(《存在主义哲学资料选辑》,熊伟主编,北京:商务印书馆,1997年,第525页)。泰勒也认为尼采的思想必须在犹太—基督教思想的脉络下来理解,比如他把此在与永恒和价值连接一起的观念(Charles Taylor, *Sources of the Self: The Making of the Modern Identity*, Cambridge, Mass.: Harvard University Press, 1992, p.452)。

斯托夫曾经指出,在无数的基督教圣徒中,他们"直到自己生命完结,始终处于对自己渺小和罪过的疯狂恐惧中","基督教的全部意义以及中世纪早期和后期精神生活主要推动力的赎罪愿望,就是由这种恍然大悟产生的"。① 穆旦的《我向自己说》(1941年)就是一首带有祷告性质的自我悔罪之诗:

> 我不再祈求那不可能的了,上帝,
> 当可能还在不可能的时候,
> 生命的变质,爱的缺陷,纯洁的冷却
> 这些我都继承下来了,我所祈求的
>
> 因为越来越显出了你的威力,
> 从学校一步就跨进你的教堂里,
> 是在这里过去变成了罪恶,
> 而我匍匐着,在命定的绵羊的地位

这里的"我"具有的"生命的变质,爱的缺陷"的性质,正可与《我》一诗中对"我"的残缺性、对"我"渴求"爱情"而不得的描绘相互阐释。实际上,穆旦那些带有祷告性质的诗作(比如此诗和《隐现》)大都带有明显的自传性,也就是说其中的细节描述很多都有针对作者本人的指涉性。尤其是"从学校一步就跨进你的教堂里"一语,再考虑第三节的"别让我/把那些课程在你的坛下忏悔"一语,它们与作者自身的经验有很大关系。应该注意到,穆旦诗歌中大量出现基督教符号和意识正好是在他从西南联大毕业前后(1940年),也就是在他刚跨出学堂之际。由于基督教意识的进入,穆旦重新审视自己的过去,并认识到自我的罪恶和渺小:"在这里过去变成了罪恶。"在审视中,自我被重新定义,被放置

---

① 舍斯托夫:《在约伯的天平上》,董友等译,上海:上海人民出版社,2004年,第37页。

于"绵羊的地位"上。这里穆旦移用了基督教中一个常用的象征,即"绵羊","绵羊"在基督教中一般比作信仰神和基督的人,而基督或者神则被比作"牧羊人"①,与温顺的绵羊相对的是桀骜不驯的"山羊"(象征恶人和魔鬼)。以绵羊来象征人,暗示着人被动、不由自主的本性和容易迷失的倾向,这种对人性的理解实际上深刻地渗透进了穆旦 1940 年以后的诗作中的"我"之中。

应该注意到,穆旦创作的成熟期开始于 1940 年左右②,这与基督教在穆旦诗作中浮现的时间基本同步。基督教意识的进入对于穆旦个人风格的形成实在有着不容忽视的作用,其意义丝毫不亚于艾略特、奥登等现代作家的影响。③在穆旦早年(1934—1939)年的创作中,并没有出现他后来诗作中经常出现的残缺、被动、甚至有罪的"我",其中之"我"与一般新诗中的"我"并没有太大区别:"我将永远凝视着目标/追寻,前进——"(《前夕》)"我洒着一腔热血对鸟默然。/站在那里我像站在云端上……"(《哀国难》)这些早年诗句的"我"依然是那种郭沫若式的主体性高昂之"我",认为可以影响外界、改变历史之"我",这种"抛头颅洒热血"之"我"与后来的"在命定的绵羊的地位"上"匍匐着"的"我"之差别不可以道里计,这种差别也决定了早期穆旦和成熟期穆旦在观照视角、抒情方式乃至修辞上的一系列区别。

在穆旦成熟期的创作中,他巧妙地把古典哲学对自我的分裂性的认识和基督教思想对自我之被动性、有罪性的批判理念一同熔铸于对"我"的表现之中。上一节王佐良在分析《我》中的破碎之"我"对"子宫"的渴求时提示它与宗教有关联,不过这种关联在《我》中还不太明显,而在另外一种同样书写"我"之

---

① 在《圣经》中,大卫王说:"耶和华是我的牧者,我必一无所缺。"(《诗篇》23:1)《圣经》又称耶稣基督为"羊群的伟大牧人"(《希伯来书》13:20)。正如有些牧羊人会舍命保护绵羊,耶稣也捐弃生命,让绵羊般的人得益。(《约翰福音》10:11,15;《约翰一书》2:1,2)耶稣经常把人比作迷失的羔羊,基督徒有责任帮助他们回归正途。(《马太福音》18:12—14)

② 这里所谓的成熟期,指的是作者能够创作自成一派风格的作品的时期,穆旦那些具有鲜明的个人风格的诗作都是在 1940 年左右才开始出现的,如《我》《还原作用》《蛇的诱惑》等;在此之前的穆旦创作还没有形成自身独特的风格,依然处于摸索阶段。

③ 当然,这两种因素并非相互排斥的,因为艾略特、奥登都是有着浓厚的基督教色彩的作家。

破碎性与追求爱情的诗中就很明显了：

> 水流山石间沉淀下你我，
> 而我们成长，在死底子宫里。
> 在无数的可能里一个变形的生命
> 永远不能完成他自己。
>
> 我和你谈话，相信你，爱你，
> 这时候就听见我底主暗笑，
> 不断地他添来另外的你我
> 使我们丰富而且危险。
>
> ——《诗八首》（二）

和《我》一样，诗中的"我"追求自我完整和爱情而不得，但加入了明显的基督教因素。① 作者在这里暗示，让"我"无法"相信你，爱你"和"完成他自己"的是"主"："他添来另外的你我/使我们丰富而且危险。"不仅"我"无法统一，"你"（他人之"我"）同样也无法统一，两者都处于不断的分裂、异化之中，都无法在相互的"爱情"中自我实现："呵，在你底不能自主的心上，/你底随有随无的美丽的形象，/那里，我看见你孤独的爱情/笔立着，和我底平行着生长！"（《诗八首》之七）

应该注意到，《诗八首》中有不少"以物状人"的创造性隐喻，比如"水流山石间沉淀下你我，/而我们成长"；"你孤独的爱情/笔立着，和我底平行着生长！"这里把人和感情当作"物"来描绘：人仿佛小溪中的泥沙一般"沉淀"，"感情"如同植物一般"生长"。这实际上也暗合了基督教把人和万物都视为"被造

---

① 令人遗憾的是，梁秉钧在前述论文中也详细分析了这首诗，但他对其中的基督教因素只字不提。目前国内大部分分析《诗八首》的文章，也是如此。

物"的理解,正如穆旦在《诗八首》(五)所云:"那移动了景物的移动我底心","那移动了景物的"自然是未现身的上帝。正是在穆旦这种微妙而新奇的隐喻中,人作为"被造物"的本质和心灵的"不能自主"的性质才体现得淋漓尽致。也正是因为人的"不能自主"的特性,所以他对爱情和自我完整的寻求也时刻面临着失败的危险。可见,穆旦诗歌中"我"的分裂和被动性质和基督教对人的本性的理解是密切相关的——尤其是后者对人的"主体性"或者"自主性"的否定见解。对于现代汉诗而言,一种新的语言、艺术形态的出现与新的精神的引入是决然脱不开关联的。

三、"我"的"现代性":完整性寻求的失败

但是,从穆旦四十年代写作的总体情况来看,穆旦那些表现自我的残缺、被动以及描绘"我"与世界的敌对和隔绝的诗作不仅在数量上远远多于他那些表现上帝之"慈爱"和他将"我""揉合"的诗作,而且比后者更能代表其创作的突出特色。穆旦显然在表现人之分裂、异化和被动上倾注了更多的热情和灵感,而对于"神的国度"之确信和新的"自我"的完成着墨不多。大致说来,在穆旦瓦解既有的自我之后,他并没有像奥古斯丁《忏悔录》那样建立与神性同构的新的自我。到了穆旦晚年,就完全只剩下前一种类型的诗作了,比如《智慧之歌》《友谊》等。就是在这种创作倾向中,穆旦和他笔下的"我"才暴露出与"现代性"的内在关联。因为现代性的基本背景是基督教的衰退——更确切地说是对基督教所规划之意义蓝图的确信的消亡,以及与此相随的对于宗教的悖论态度——穆旦身上同样体现出这一倾向。

在穆旦诗作中,"我"与"上帝"经常处于无法化解的冲突中。在前述《诗八首》(二)中,穆旦写到"上帝"给人安排如此多的混乱和错杂,使得爱情永远也无法实现。读者可能会疑惑:如果不认同上帝,那么直接不信或者无视其存在便是,何必"制造"出一个上帝让自己更加痛苦呢? 穆旦的《隐现》为我们提供了一种理解思路:"他(上帝)是静止的生出虚妄/他是众力的一端生出他的违

反。/他给安排的歧路和错杂! /为了我们知道渴求/原来的地方。"如是,则穆旦对世界之危险、错杂的表现实际上也隐含着对神性的渴求,也就是渴求一种原初的、完整的、万物圆融的状态。不过,穆旦在1943年写成《隐现》之后,并没有按其中的脉络进一步投进神性的确信之中并确立统一的、新的自我,在1945年的《忆》中他写到"我黑色的生命和主结合"时,出现的却是这样的感受:

是更剧烈的骚扰,更深的

痛苦。那一切把握不住而却站在

我的中央的,没有时间哭,没有

时间笑的消失了,在幽暗里,

在一无所有里如今却见你隐现。

主呵! 淹没了我爱的一切,你因而

放大光彩,你的笑刺过我的悲哀。

艾略特曾经以惊人的洞见指出作为"现代派"始祖的波德莱尔的恶魔主义"本身就是一种想通过后门挤进基督教的尝试","真正的亵渎——不只是言辞上,而且是精神上——是信仰不彻底的后果"。[①] 显然,他看到了后者对罪恶的歌颂与基督教的原罪理念之间有着扯不清的干连。从上面的这些有"亵渎"嫌疑的诗句来看,不妨把穆旦也称作一个从反面书写基督教精神的诗人:他把自我放在与神之间无法化解的矛盾中来书写人的生存焦虑:"我"从未脱离过作为"被造物"的本质,需要到神的怀抱中才能得到统一;但神并没有如"我"所愿,反而"淹没了我爱的一切"! 这种对"神"的矛盾态度很大程度上也是信仰不彻底的结果。

穆旦这种关于"我"和"上帝"的态度与上帝之死这个现代性主题不乏共通

[①] T. S. 艾略特:《艾略特诗学文集》,王恩衷编译,北京:国际文化出版公司,1989年,第109页。

之处。值得强调的是,在尼采宣布"上帝死了"之前,浪漫派就已经触及了这一主题。当代杰出诗人奥克塔维奥·帕斯深刻地认识到了上帝之死这一主题矛盾的宗教性质:

> 上帝之死是一个浪漫派的主题。它不是哲学上的,而是宗教上的:就理性而言,上帝或者存在,或者不存在。如果他存在,他就不会死;如果他不存在,一个从不存在的人又怎么会死呢?但只有从一神论和西方线性不可逆时间的观点来看,这种推理才是有效的……如果有人说"上帝死了",那是在宣告一个不可重复的事实:上帝永远地死了。在线性不可逆进程的时间概念中,上帝之死是无法想象的,因为上帝之死敞开了偶然性和无理性的大门……尽管每一种态度的源泉都是宗教上的,但这是一种奇怪而矛盾的宗教,因为它包含了宗教乃虚空的意识:浪漫派的宗教性是非宗教的、反讽的;浪漫派的非宗教性是宗教的、痛苦的。①

穆旦并没有像浪漫派和尼采那样直接宣告"上帝死了",但他诗中的宗教同样是"奇怪而矛盾的":他一方面渴求神性,一方面又怀疑其有效性或者是否是"慈爱"的;他诗中的"我"同样如此,他向基督教一贯的认识那样体验到自我的残缺并渴求在神的力量中实现自我的统一,但另一方面又极度怀疑这种统一能否实现,在某些诗作中,他甚至认为神才是让"我"/"我们"分裂错乱的原因。

　　穆旦诗歌中的"我"与神之间的紧张关系既与现代中国人普遍缺乏宗教意识、普遍怀疑和排斥宗教的文化氛围有关,也和他面临的残酷的历史现实有关,还与他自身信仰的不彻底性有关。因为从非信仰者的角度来说,穆旦的"我"所遭受到的神施加的种种错乱和矛盾,其实很大程度就是外部世界和历史本身带来的(诗人只是将其归之于神而已),如是,则"我"与"神"的关系也会

---

① Octavio Paz, *Children of the Mire*, Cambridge, Mass.: Harvard University Press, 1974, pp.45-46.

受制于具体的历史语境,甚至还会受到穆旦个人经验的影响。在写于"二战"时期的《出发》中,穆旦把人在战争中遭遇的种种矛盾放置在"我"与"神"之关系的框架下,从而将人无法承受之苦难变成一种约伯式的神对人的考验:"呵上帝!/在犬牙的甬道中让我们反复/行进,让我们相信你句句的紊乱/是一个真理。而我们是皈依的,/你给我们丰富,和丰富的痛苦。"但到了四十年代后期,国共内战所体现的残酷与盲目性质是如此严重,以至于穆旦不再把眼下的一切与神相关联,他跳出基督教的解释框架,认为人心之"残酷"才是世界的造物主(《饥饿的中国》之五)。这时他笔下的"世界"实则是不断地上演着各种血腥屠杀的疯人院:"'必然'已经登场,让我们听它的剧情——/呵人性不变的表格,虽然填上新名字,/行动的还占有行动,权力驻进迫害和不容忍,//善良的依旧善良,正义也仍旧流血而死……"(《诗四首》之三)在这种情况下,"我"与"神"之间的关系就逐渐让位于"我"与"世界"之间的关系了。

在1948年的《诗》中,穆旦再次书写了自我分裂与追求"爱情"的双重主题,却有了更多的悲怆意味和厌世气息。在四十年代创作周期即将结束之际,穆旦这首诗对自我破碎与追求完整性的问题给了一个似是而非的答案:

> 当我们贴近,那黑色的浪潮,
> 我突然将我心灵的微光吹熄,
> 那多年的对立和万物的不安
> 都要从我温存的手指向外死去,
>
> 那至高的忧虑,凝固了多少个体的,
> 多少年凝固着我的形态,
> 也突然解开,再也不能抵住
> 你我的血液流向无形的大海,

　　　　脱净样样日光的安排，
　　　　我们一切的追求终于来到黑暗里，
　　　　世界正闪烁，急躁，在一个谎上，
　　　　而我们忠实沉没，与原始合一，

　　　　当春天的花和春天的鸟
　　　　还在传递我们的情话绵绵，
　　　　但你我已解体，化为群星飞扬，
　　　　向着一个不可及的谜底，逐渐沉淀。

在写此诗时，穆旦笔下的"世界"犹如《圣经》中的所多玛，其中只有罪恶、谎言，且必将毁灭。那么"我"/"我们"又将何去何从？这里的"我们"依然像基督教理解的"被造物"一样，被放在"以物状人"的隐喻下描述，而且和《诗八首》中的"我"一样"不能自主"，他们无法控制自己的血液"流向无形的大海"。那么"我们"本身实现了"合一"/"统一"了吗？穆旦的回答似是而非，他既表现"你""我"之"解体"，也暗示两者在解体中实现了"合一"："我们"分解为碎片离开浮世的泡沫，沉入"不可及的谜底"，"与原始合一"。这里的描绘延续了《我》中之"我"对原初性、完整性的追寻的脉络，体现了穆旦把此在与永恒连接在一起的倾向。但是，这个"谜底"是神的怀抱吗？无法断言。但即便是，那也肯定不是《隐现》中作为救世主的慈爱之神的怀抱，他已经对神能否挽救世界丧失了信心。这首诗在平静的笔调下隐含着一种决绝心态："我们"离开世界"忠实沉没"，实际上以被动的方式义无反顾地抵制"世界"。

四、结论

　　上文我们梳理穆旦创作背后的柏拉图哲学理念和基督教精神，主要是为了更深入地理解穆旦诗歌中的"我"的表现所仰仗的资源，同时也提示读者不应该割裂这一背景而片面地理解穆旦诗歌的"现代性"。当然,本文并没有将穆旦的创作仅仅视作二者的直接延伸,因为真正的创作还涉及思想背景与历史语境、作者经验之间的对话、协商,也涉及诗人本身的艺术态度——尤其是语言态度问题。应该了解到,虽然穆旦的"我"以及语言风格都受到了基督教思想的影响,但就是在《圣经》文本中,也没有出现穆旦诗歌经常使用的那种大胆的创造性隐喻;同样,在柏拉图的文本里,他也没有像穆旦那样将人的分裂性的表现直接聚焦于代词"我"之上并简洁鲜明地表现出来;而穆旦诗歌中的"我"在面对神和完整性、永恒性时体现的那种深切的焦虑,更是明显脱离了基督教教义而打上了诗人自身以及时代本身的烙印。

穆旦诗歌这种独特的自我表现以及以此为立足点的抒情风格,无疑在新诗史上具备独特而深远的意义。梁秉钧在思考这个问题时虽然忽略了它的思想背景,但毕竟对文本有着良好的判断力,他敏锐地观察到穆旦的"我"与一般新诗中的"我"迥然有别,它明显区别于浪漫主义式的自我膨胀之"我"和伏尔泰式的参与历史、影响世界的理性主义式的"我"。[①]"他(穆旦)总从自我出发去体会他人的处境,又以批判的意识,将自我当作他人一样省察。在穆旦的那个时代,他诗中现代的'我'令他有别于那些把'我'当作传道者或号手的教条主义者,亦令他有别于那些对'我'缺乏批判和反省的伤感主义者。"[②]信哉斯言。如果把郭沫若称作新诗中主体性高昂甚至自我膨胀的抒情风格的典型的话,穆旦则可以说是主体性瓦解、自我贬抑的内省风格的代表,这种区别可以用各自代表作中的诗句来形容。郭沫若的"我":"我便是我呀!我的我要爆了!"(《天狗》)穆旦的"我":"(我)是残缺的部分等待着救援"(《我》),换言之,"我"是"前我"或者更完美的"大我"的残缺,而"等待着救援"则象征一种对神

---

① 梁秉钧:《穆旦与现代的"我"》,收入《一个民族已经起来》,杜运燮等编,南京:江苏人民出版社,1987年,第48页。

② 梁秉钧:《穆旦与现代的"我"》,收入《一个民族已经起来》,杜运燮等编,南京:江苏人民出版社,1987年,第54页。

性或者完整性的渴求，虽然往往求而不得。

毋庸讳言，在新诗中，明显是郭沫若式的"我"或者理性主义式的"我"占了主流。但是，在现代西方哲学对理性主义之主体性的痛苦反思中，人们发现这样的"我"表现上虽然自足而完备，占据启蒙大众之制高点，足以影响世界、改变历史，但在未经审视的情况下也往往沦为各种意识形态藏污纳垢之所，欲念杂生之地，成为风魔他人之权柄。而穆旦这样的残缺、负罪之"我"表面看来颇有自贬身价之虞，甚至招来自虐自受之讥，但实际上却潜藏着否定自我与提升自我的人性辩证法，也包含着正视自我之丑陋罪恶的勇决气魄。穆旦对"自我"与"世界"的对立的表现突出地反映出现代中国人的生存焦虑，即想要追求完整与永恒而不得的焦虑。因此，此一态度的自我表现与情感抒发，虽然在中国诗界不多见，却很值得读者和诗人再三深思。

第二节　陈敬容："陌生的我"与"陌生的世界"

陈敬容(1917—1989)是"九叶"诗人之中唯一没有上过大学、甚至中学也没读完的诗人。她的人生经历颇为坎坷。在她15岁那年(1932年)，便遇上了诗人、翻译家曹葆华，她曾与后者离家出走未果；后者同年还将她的作品推荐至《清华周刊》上发表。[①] 陈敬容1934年又一次离家出走，到北平各大学旁听，开始进入创作多产期，随后与曹葆华同居。由于曹葆华的引荐，陈敬容结识了当时活跃于北平的何其芳、卞之琳等"现代"派诗人，并开始在多家刊物上发表诗作，尤其是在曹葆华编辑的《北平晨报·诗与批评》副刊以及曹就读的清华

[①] 陈敬容：《幻灭》，《清华周刊》1932年第38卷第4期，诗后有曹葆华附言："作者系一十五岁之青年女子，性聪颖，嗜爱文学。余去年回川，得识于本县女子中学。今夏余离家来平，伊随同出川，道经万县，被本乡之在该地任军政者以私恨派兵阻扣，勒令返家，从此不知情况如何。今周刊索稿，故敢寄投，以资纪念。葆华谨识。"(第41页)可见陈敬容1932年就有离家出走的举动。另外：蓝棣之认为"陈敬容从1935年开始发表诗歌"(《〈九叶派诗选〉(修订版)前言》，北京：人民文学出版社，2009年，第13页)，此说不确。

大学所办的学生刊物《清华周刊》上①，实际上，当时的陈敬容可以视为三十年代"现代"派的一员。1939年陈敬容与曹葆华分手，随后结识了回族诗人沙蕾并与后者成婚，在兰州度过了并不愉快的5年婚姻生活。1945年陈敬容在唐祈的鼓励之下逃离了沙蕾来到了重庆②，1946年复员到上海，结识了杭约赫、唐湜等人，参与编辑《诗创造》《中国新诗》两个刊物。

我们之所以介绍陈敬容的个人情感经历，是因为她的创作与大部分"九叶"诗人有别的一点就是其作品内容与其个人感情关系非常显明，她经历了颇多感情纠葛，而她的创作也与此难逃干系。她17岁辍学出走到北平之后，便立刻进入了她早期创作的高峰期，作为一个十余岁的女孩，这自然是难能可贵的。但是，由于她的创作过早地成型，她此后十年（1935—1945）的创作一直停留在青春期写作的状态，过度个人化、感伤化的青春期写作之病如影相随。她的创作并没有随着1937年抗战爆发这样的历史背景的改变而发生本质变化，这与同样在战前就开始大量创作的辛笛颇为不同。陈敬容1945年前的创作主要是以浪漫主义、感伤主义为特色的，与"现代主义"没有太多的关系。到了四十年代后期，由于生活环境的变化、个人情感的成熟以及西方现代作家的影响，她的创作开始有了质的变化，尤其显著的是她过去诗作中沉溺于个人情感的、感伤化的"我"受到了自觉的审视，"我"与"世界"的关系也被调整，这带来了一系列的诗学收获。

下文的讨论分为两个部分，第一部分讨论陈敬容早期（1932—1945年）的创作，讨论的焦点集中于其抒情主体（"我"）与作品风格之间的紧密关联，尤其是作者自身、创作主体、作品中的叙述者三者高度重合的现象——这是感伤诗风的核心机制。第二部分讨论1945年后陈敬容诗作中的自我的转变，以及与

---

① 陈敬容在抗战前发表的作品见第一章第二节注释。
② 唐湜说："她（陈敬容）离开兰州到重庆，主要是由于那个骑士的暴戾，可也许与唐祈有关，反正后来到上海，我亲手为他们传递过一些类似情诗的作品。"（《九叶诗人："中国新诗"的中兴》，上海：上海教育出版社，2003年，第166页）

此相关的自我与世界之关系的转变,这不仅是一个主题/题材的变化问题,而且意味着一种新的诗歌风格的可能性。

一、 感伤的"我"与青春期写作

陈敬容早期的写作明显地受到何其芳、卞之琳以及曹葆华的影响,以"美丽"的意象形容个人的情感、思绪,经常流露出感伤、忧愁、孤独等情绪。比如《夜客》(1935):

> 炉火死灭在残灰里,
> 是谁的手指敲落冷梦?
> 小门上还剩有一声剥啄。
>
> 听表声的答,暂作火车吧,
> 我枕下有长长的旅程,
> 长长的孤独。
>
> 请进来,深夜的幽客
> 你也许是一只猫,一个甲虫,
> 每夜来叩我寂寞之门。
>
> 全没有了,门上的剥啄
> 屋上的风。我爱这梦中山水。
> 谁呵,又在我的梦里轻敲……[1]

---

[1] 陈敬容:《陈敬容诗文集》,罗佳明、陈俐编,上海:复旦大学出版社,2008年。本文所引陈敬容诗作均据此书,不另注。

最后一节"梦中山水"令人想起何其芳的"从此始感到成人的寂寞,/更喜欢梦中道路的迷离"。(《柏林》);"敲落冷梦"(第一节)则明显模仿自卞之琳的"敲不破别人的梦"(《古镇的梦》),第二节关于钟表与寂寞的联想也与卞之琳的《寂寞》相近:

>　　乡下小孩子怕寂寞,
>　　枕头边养一只蝈蝈;
>　　长大了在城里操劳,
>　　他买了一个夜明表。
>
>　　小时候他常常羡艳
>　　墓草做蝈蝈的家园;
>　　如今他死了三小时,
>　　夜明表还不曾休止。①

上面卞之琳的诗歌与陈敬容的诗歌有一个微妙然而重要的区别:如果说卞之琳的描写体现出的是怜悯的话,那么陈敬容的诗体现的则是自我怜悯。卞之琳从客观化、旁观的角度来表现人的孤独和生命的短暂,从而避免沉溺于个人感情,能在节制、简洁的描写中体现出深厚的同情,这正是他有别于三十年代大部分"现代"派诗人的特点之一。而陈敬容的诗作则往往从"我"的角度抒写她本人的情感,虽然她的措辞、意象并不逊于卞之琳,但往往因为过度个人化、情绪化而无法成为上乘之作,处处流露着"自伤自怜"的"才子佳人"作风。

正因为"自伤自怜"的写作是以作者个人的感情为中心,因此往往也与作者的个人经历密切相关,甚至高度重合,体现出一种"传记式"的特征。我们在

---

①　卞之琳:《雕虫纪历(1930—1958)》,北京:人民文学出版社,1979年,第41页。

第三章 "自我"与"世界"的紧张关系　　　147

本文导论中分析过,"作者"概念其实有三个层次,分别是实际生活中的作者、文本中体现的创作主体以及作品中的叙述者/主人公形象。对于卞之琳、穆旦、辛笛、杜运燮的大部分诗作而言,这三个层次并不可以混同为一,因为他们的写作都经历了一个"非个人化"的过程;但是对于陈敬容的早期作品而言,它们却是高度重合,甚至是同一的。比如陈敬容1939年写的《窗》:

　　远去了,你带着
　　照澈我阴影的
　　你的明灯;
　　我独自迷失于
　　无尽的黄昏。

　　我不安的睡梦
　　与严寒的隆冬;
　　而我的窗
　　开向黑夜
　　开向无言的星空。

正是在写此诗时,曾与陈敬容相恋的曹葆华与陈敬容分手了。曹葆华不仅是陈的第一个恋人,而且也是将她带领到新的世界并踏上诗歌道路的引路人,因此她将曹葆华形容为"照澈我阴影"的"明灯"。这次感情波折显然对陈敬容造成了沉重的打击,她在同年的散文《天使之囚》中写道:"我陷落了,陷落而且迷失了!什么时候我才得回去呢,回到我底往日,我底欢乐?""我变得多么衰弱了呵!我把头靠在冰冷的铁窗槛上,黑暗同死寂在背后推我,挤我……"[①]这完

---
① 陈敬容:《星雨集》,上海:文化生活出版社,1946年,第52、53页。

全可以看作《窗》一诗的写作背景,其中的"铁窗"就是《窗》之"窗"。《窗》中的"你""我"都完全可以作传记式的解读,也就是说,有具体的人可以"索隐"。

进一步地说,个人化的感伤诗风实际上是创作主体("我")一种特定的心理状态的体现。在这种诗歌的创作中,作者往往把自身的情感体验看作理所当然的写作素材,而且仅止于表达这种情感,沉溺于甚至陶醉于这个表达的过程。实际上,刚进入写作阶段的青年诗人多少都会体现出这种特点,它是"青春期写作"的典型特征。但是,"青春期写作"并不仅指青年人的写作,很多诗人终生都未能超越这个阶段。陈敬容的这种个人化的"青春期写作"就一直持续到了四十年代中期,这时她已经有十年左右的诗龄了。比如《回声》(1943):"谁在微笑呵谁在幽咽——/谁,高高地投掷/一串滴血的/碎裂的心……"又如《归属》(1944):"苦难是骄矜者的王国,/那里日夜枯萎着生命的花朵;/当月色凄冷或灯火青苍,/曾经燃烧的梦魂/僵化于绝望的土壤。""滴血的/碎裂的心""枯萎着生命的花朵"这样的措辞,虽然也是真情实感,却不免显得滥情,缺乏有效的节制和艺术间接。

希尼曾指出,成熟的诗人需要去发展"新层次的意识",这种发展包括脱离个人感情(这是对艾略特的"非个人化"理论的遥远回声),他以容格(Jung)的一段话来说明这个过程:"一个人确实体验到情感并被它折磨,但在同时他也意识到一个更高的意识正在监视他,以防止他与情感融为一体,这种意识将情感视为一个客体,并且可以说'我知道,我承受'。"希尼解释道:"此处的'情感'意味着一种烦恼,情感之杯的一种变形,它处于使心灵领域变窄的危险。"①实际上,所谓的"感伤"或"滥情"之本质,就是沉溺于一种情感,并沉醉于这种情感的表达中的状态。由于缺乏一个"更高的意识"将其限定或者审视,它有着"使心灵领域变窄"的危险。这种危险普遍性地体现于很多"现代"派诗人之中,也明显地体现于陈敬容的早期作品中。沉溺于个人的情感,不仅使她的早

---

① 西默斯·希尼:《希尼诗文集》,吴德安等译,北京:作家出版社,2001年,第232页。

期诗歌无法容纳更多的现实内容,就连内心世界的表现范围也相当狭小,她无法像辛笛三十年代后期那样表现社会危机背景下的个人危机和诗学危机;也无法像穆旦那样深入挖掘自我的残缺性甚至有罪性,并在自我与他人之残缺的同时确认中领悟永恒并同情他人;她所写所感无非是个人之悲欢离合,一部分行写下的情感自传。

二、"陌生的我"与"陌生的世界"

值得注意的是,到了四十年代后期,已经年近三十的陈敬容终于开始摆脱自己持续了十余年的感伤诗风和"青春期写作"状态。一方面,她诗歌中的"我"开始受到审视或分析,她不再沉溺其中不能自拔。在这首标题就带有自我分析意味的《给我的敌人——我自己》(1947)中,她写道:"嗯,我知道你顶瞧我不起,/顶喜欢同我过不去,/我笑笑你就骂我没有心肠,/我叹声气,你又说:'真会感伤!'"这里的"你"就是此诗所致意的对象——"我自己"。所以"我—你"对话实质上是"我—我自己"之间的对话,也就是一种双重自我的写法。考虑到陈敬容早期诗歌中"我"确实"真会感伤",那么这里新出现的"敌人"("我自己")实际上是一个将感伤之"我"审视和限定的自我意识,这个被陈敬容称为"严厉的主人"的"我自己"实际上可以视作前面希尼所谓的"更高的意识",它开始对陈敬容的诗作中的情感发言:"我知道,我承受。"由于这种自我审视意识的觉醒,陈敬容不仅开始摆脱她过去那种沉溺于个人感情之抒发的诗风,也开始在诗作中容纳更多的外部现实内容。

另一方面,1946年开始,陈敬容从生活多年的内地来到了当时中国最为现代化的城市:上海。她开始痛感到现代城市的异己性、物化的力量,她诗歌中的"我"与"世界"开始处于对立或者疏离的关系中。这首《陌生的我》(1947)就是一个典型:

我时常看见自己

是另一个陌生的存在
独自想着陌生的思想
独自讲着陌生的语言
当我在街头兀立
一片风猛然袭来
我看着一个陌生的我
对着陌生的世界

许多熟悉的事物
我穿的衣裳
我住的房屋
我爱读的书籍
我爱听的音乐
它们都不是真正属于我
就连我的五官四肢
我说话的声音
我走路的姿势
也不过是一般之中的
一个偶然
在空间和时间里
我随时占有
又随时失去
我如何能夸说
给出什么我的所有

陈敬容发现，不仅"世界"对于"我"而言是"陌生的"，甚至"我"本身也是"陌生

第三章 "自我"与"世界"的紧张关系

的"（这当然也是自我审视之下的结果）。这种双重"陌生"的关联值得玩味。"我"与"世界"并非各自独立的实体——至少就诗歌表现和诗学讨论而言是如此——而是一对相互关联的概念："我"只能是"世界"中的"我"，而"世界"也意味着是"我"看到的"世界"。陈敬容发现她所处的世界是一个"陌生的世界"（请注意，这是在上海"街头"发现的），而且发现她的"房屋""书籍"等"都不是真正属于我"，而是一些异化或者疏离（alienation）的存在；在"我"与世界的连续性开始断裂的时候，"我"的自足性、完整性，甚至"我性"都成了一个问题。所以她进一步写道，"我"的"声音""姿势""五官四肢"等原本毫无疑义地属于"我"的东西，也不过是"一个偶然"而已，随时会失去。换言之，"我"将不"我"，就像穆旦著名的《我》所言："痛感到时流，没有什么抓住，/不断的回忆带不回自己。"应当意识到，陈敬容这时也开始像穆旦那样触及自我的残缺性、多重性以及自我与世界的对立这一系列形而上问题。不过，穆旦的表现更多是从玄学和宗教的角度而不是具体的生活体验的角度出发的，它的具体背景（如果有的话）也很少是城市生活，而是整个中国现代社会的混乱状况，尤其是战争；而陈敬容对这些问题的表现则更多是从她的现实体验出发的，它们往往是以现代城市的异化或者物化状况为具体背景的。

"陌生的我"与"陌生的世界"（城市）之间的内在关联实际上是陈敬容四十年代后期写作的一个主要的原型（archetype）和动力（dynamics）。她在这时的很多诗作都是这一原型的变体，她的修辞风格和表现视角也被这一动力赋予形态。比如《我在这城市中行走》（1947）："我在这城市中行走/背负着我的孤独/无论是汽笛呜呜/华灯的醉眼/对我都只是暂时的招呼//城市，钢骨和水泥/和硬化的笑容像面具/每一幅广告是一堵厚墙/越装得堂皇越叫人寒心。"城市越是繁华，越显得是一个冷酷的、与人疏离的存在，"我"也就越孤立或孤独。最典型的是《逻辑病者的春天》这首四十年代著名的城市诗歌：

我们是现代都市里

渺小的沙丁鱼：
无论衣食住行，
全是个挤！不挤容不下你。
鸟兽虫鱼全分不到
我们的关心，就是
悲欢离合，
也都很平常，
一切被"挤"放逐，
成了空白。

昨夜梦到今朝，引不起惆怅，
山山水水，失去了梦中桥梁；
清明或是中秋，
总难管风雨和月亮。

永远有话要说，有事要做，
每一个终结后面又一个开始：
一旦你如果忽然停住，
不管愿不愿，那就是死。

当陈敬容把人比喻为都市里的"沙丁鱼"的时候，我们想起了杭约赫的诗句："我们是沐浴在/音乐的洞流里的鱼。""我们来吮吸这个海，/也被这饕餮的/海——吞噬。"(《复活的土地·饕餮的海》)这两个居住在上海的诗人都意识到现代城市可怕的异己性力量，并尝试着以新的修辞方式来表达这一点，他们开始触及社会现代性对人的压迫和异化的问题(虽然是不自觉的)。在1935年，陈敬容悠闲地写着"我爱这梦中山水"(《夜客》)，到了1947年，"山水"却"失去

第三章　"自我"与"世界"的紧张关系　　　　　　　　　　　　　　　　　　　　　153

了梦中桥梁",因此诗人也无法再对着自然"伤他梦透"(感伤)。人与自然的关系由和谐演变为断裂、敌对,自然也不再理所当然地意味着美。概言之,"城市"是一个"陌生的我"所面对的"陌生的世界",它剥离了感伤和"美",只剩下一个问题:生存。

早期新诗人对城市、对现代文明是非常期待的,它们完全与诗人对美的追求合拍,比如郭沫若这首《笔立山头展望》(1920):

> 大都会的脉搏呀!
> 生的鼓动呀!
> 打着在,吹着在,叫着在,……
> 喷着在,飞着在,跳着在,……
> ……
> 万籁共鸣的 symphony,
> 自然与人生的婚礼呀!
> 弯弯的海岸好像 Cupid 的弓弩呀!
> 人的生命便是箭,正在海上放射呀!
> 黑沉沉的海湾,停泊着的轮船,进行着的轮船,数不尽的轮船,
> 一枝枝的烟筒都开着了朵黑色的牡丹呀!
> 哦哦,二十世纪的名花!
> 近代文明的严母呀!①

在郭沫若二十年代的诗歌想象中,现代文明景象(烟囱、轮船、都市)完全可以收罗进他的泛神论诗歌王国中,而且能够体现"自然和人生"的完美和谐。但是到了四十年代的陈敬容这里,城市、汽笛、钢骨等现代化景象却成了诗人追

----

① 郭沫若:《女神》,上海:泰东图书局,1932年,第97—98页。

求"美幻"的大敌。因为城市的存在,"鸟兽虫鱼全分不到/我们的关心";"山山水水,失去了梦中桥梁"。"城市—自然—人生"之间无法再建立和谐关系,这是四十年代后期的诗人所面临的一个重要的历史、文化背景。

"我"与"世界"之关系的变迁也推动了诗歌修辞上的变化。意象、隐喻的创造过程,既是诗人了解世界的过程,也是他们"应对"世界的过程。奚密观察到,现代汉诗中之所以大量出现较有张力和矛盾的隐喻,不仅因为受到西方现代诗的影响,更因为他们面对的是一个动荡混乱的世界,人与世界之间的和谐以及连续性已经瓦解。[①] 陈敬容三四十年代诗风的变迁深刻地体现了这种修辞与世界观之间的关联性。在她的早期作品中,"我—自然—梦(美)"之间有着稳固的连续性,她的比喻也较多地强调相似性与和谐性,较少张力和矛盾,比如:"远去的春和春的琴韵,/蓝空透明如蓝色的冰"(《回声》);"雨意在我心头/作成一个淅沥的秋"(《在风沙夜》);"一些远的幻梦,使生命如一条不经意的虹带,/倦倦地浮游/在倦倦的夏日的云中"(《浮游者》);等等。优美的意象、浅显的寓意、浅白的哲理,早期陈敬容的比喻意象几乎全是这种套路。她的观察不够敏锐,词语、意象也较为平庸。

当陈敬容在四十年代后期察觉到外在世界的异己性并同时开始审视"我"的情感的时候,也就是"我"与"世界"的紧张关系开始出现在诗歌中的时候,她的意象、比喻则明显地增加了张力(tension)和硬度(hardness):"自然是一座大病院""这个天空的/伤了风的咳嗽"(《逻辑病者的春天》);"无线电绞死春天/'香格丽拉'像条淫荡的狗"(《无线电绞死春天》);"混沌的烟雾漫起又漫起/嚣嚣里只一片风声/向每一粒沙尘逼求意义"(《赠送二章》);等等。虽然这些隐喻意象往往以丑恶的面貌出现,但是体现出锐利的观察与大胆的语言创造意识,与其早期的那种模糊、轻浮的比喻意象相比,显然是可观的进步。

---

① 奚密:《现代汉诗:一九一七年以来的理论与实践》,奚密、宋炳辉译,上海:上海三联书店,2008年,第89页。

令人惋惜的是，陈敬容四十年代后期的这个新的创作阶段持续的时间并不长，仅不到三年（1946—1948年）；而且，她对城市的批判和杭约赫类似，倾向于将城市之疏离、异己性系连于特定的历史过程，看作当前的"黑暗社会"和"丑恶政权"的表征，并设想它在"新社会"中可以彻底解决（见下节）。他们并没有像西方现代诗人那样对社会现代性做本体论式的反思，他们对城市的批判也没有得到深入，经常流为一种对政权的简单"谴责"。他们在不自觉地触及社会现代性（城市化、工业）对人的压迫时，又在期待一个更为进步、繁荣、民主的社会。因此，这一新的诗学策略（包括世界观与修辞等方面）并没有深入地发展，他们在这个阶段的部分成功作品（如《复活的土地》《陌生的我》《逻辑病者的春天》等）也只能视作一个本来颇有前景的"开端"，而不是"完成"。

第三节　杭约赫的二元"世界"观与乌托邦想象

在前面两节中，我们看到穆旦和陈敬容从不同的角度抒写"我"与"世界"的悲剧性对立，而在带有左翼背景的"九叶"诗人唐祈和杭约赫的诗中，这种对立虽然在他移用艾略特的修辞策略时不自觉地触及，但是很快就被转化和消解了："我"变成了集体意义上的"我们"，"世界"也不完全是"我"看到的"世界"，而是"我们"（人民）所认为的世界。在唐祈和杭约赫四十年代后期的创作中，"世界"一分为二，一方面是罪恶的现存统治者的"旧世界"，主要是城市世界；另一方面是新兴力量所在的"新世界"，乡村世界。可以看到，这种"世界"观与四十年代后期中国的政治地图是基本吻合的，这种带有乌托邦色彩的"世界"观实际上是当时的左翼作家普遍持有的。[1] 但是，与一般左翼作家有别的是，唐祈和杭约赫又受到了西方现代主义诗人艾略特、奥登等人的影响，我们

---

[1] 此处之所以把杭约赫对外部世界的想象方式称为"二元'世界'观"而不是"二元世界观"，是为了让它区别于下文讨论的较严格意义上的"世界观"。实际上，这种"新/旧世界"的想象更确切地说是一种政治、历史想象（它实际上是对中国政局与历史的一种判断），而不是严格意义上的"世界观"。

看到不同的语言策略、道德与政治理念在他们的文本中相互角力和对话——一道古怪的诗学风景。

杭约赫(1917—1995)，江苏宜兴人。1938年入延安陕北公学、鲁迅艺术学院学习，后赴晋察冀边区工作，写过不少政治鼓动诗。1940年后在重庆从事编辑和书籍装帧设计工作，四十年代后期转至上海，与友人臧克家、林宏、郝天航等创办星群出版社，并与友人合办《诗创造》《中国新诗》。可以说，这是一份典型的左翼诗人的履历表，而他1945年前的创作与一般的左翼诗人实际上没有什么区别。① 到了1947年左右，受辛笛、陈敬容、唐湜等人的影响，开始学习艾略特等英美现代诗人的诗歌，诗风才有了明显的改变，其代表作即《复活的土地》这首近600行的长诗，与唐祈的《时间与旗》并称为四十年代新诗中最具代表性的两首长诗。

关于《复活的土地》，唐湜认为它"是笼盖一代之作，是当时诗作中的冠冕，更是我们九叶中最突出的重大政治主题的史诗，是当时最大的突破"②。他注意到其中对上海这座城市的刻画的独特价值，"我以为就以勾描上海的一个个片段来说，也不亚于卡尔·桑德堡的资本主义都市史诗，芝加哥的诗章……"③ 梁秉钧则较早地讨论了《复活的土地》中的《饕餮的海》一章与艾略特的《荒原》之间的关联性，他以比较文学的方法详细地分析了艾略特诗歌的宗教、玄学指向与杭约赫诗歌的社会、政治指向之间的重要区别。④ 张松建认为"真正与现代主义美学有关的"是《饕餮的海》一章，他也注意到与艾略特相比，杭约赫的

---

① 这部分诗作在作者出版的《噩梦录》(上海：星群出版社，1947年)中被归入"上辑"，第2—15页。另外，此书的序言为臧克家所作，这也是他的左翼诗人身份的一个"烙印"。
② 唐湜：《九叶诗人："中国新诗"的中兴》，上海：上海教育出版社，2003年，第77页。
③ 唐湜：《九叶诗人："中国新诗"的中兴》，上海：上海教育出版社，2003年，第77页。
④ Ping-kwan Leung, *Aesthetics of Opposition: A Study of the Modernist Generation of Chinese Poets, 1936 - 1949*, unpublished Ph. D dissertation, University of California at San Diego, 1984, pp.124 - 125.

兴趣有"写实再现与政治讽喻"的一面。[1]

不过,上述批评家都把关注的重点放在了第二章上。诚然,与该诗其余两章相比,此章的意象、措辞都受到了艾略特深刻的影响[2],是最富所谓"现代主义"色彩的一章,甚至也是文本质量最高的一章。但是,《复活的土地》的三章以及《序诗》不论其水准如何,至少是成系统地密切关联的(只是它们关联的方式不是那么富有"现代主义"气息),若只抽取"脱颖而出"的第二章,其实还是不能完全看出杭约赫的主旨和诗学趋向所在,尤其是他对城市世界的批判的指向。其次,杭约赫对所谓"现代主义"诗歌的接受的背景是他的左翼诗歌底色[3],这重底色有的部分能与"现代主义"诗学"不谋而合",有的部分则相互冲突,那么这两者在《复活的土地》中如何相互"对话"则是一个颇值得思考的问题。梁秉钧和张松建都注意到杭约赫的诗与艾略特的诗歌相比有着更强烈的社会、政治指向,却没有明确、详细地分析这种指向的来源和目的究竟是什么,也和他们过于强调"现代主义"的影响的一面而忽略杭约赫本身的创作路径的倾向有关。下面我们先来分析《饕餮的海》一章,来看杭约赫究竟从艾略特那里接受了什么,又排斥了什么,他以何种方式和艾略特"对话"。然后再综合第一、三章,来看他的整个"世界"观是什么,以及这种观念给他的艺术表现本身带来了何种影响。

一、《饕餮的海》与艾略特的修辞策略

《饕餮的海》以四十年代后期的上海为对象和题材,抒写"我们"在现代城

---

[1] 张松建:《现代诗的再出发:中国四十年代现代主义诗潮新探》,北京:北京大学出版社,2009年,第203—211页。
[2] 除了艾略特之外,此诗还受到了莎士比亚、奥登等诗人的影响,诗中不仅多次化用了莎士比亚诗剧中的情节,而且还多次引用了奥登诗歌原文,比如《序诗》中的"从此,有山,有水、有房子的地方//也会有人"出自奥登的《在战时》组诗;第二章《饕餮的海》中的"那嚣嚷的疯子/于今沉如一个更可怕的安静"则出自奥登一九二九年的《"是时候毁灭错误了……"》。
[3] 四十年代诗人中具有类似路径的还有唐祈、袁水拍等人,后者一般不被当作"现代主义"诗人,但他受到艾略特、奥登等的影响同样是明显的。

市中的噩梦般的绝望生活,生动地体现出自我与世界的紧张关系:"我们震惊于这个刀光剑影的/舞台:每一次小小的杀伤,/都像自己在身受。……我们不再是这个/世界的看客,每天、每小时,/每一分钟里,那些奉献了生命的,/都是为了你,为了我,为了我们是人类;每一个倒下去的/停止流动的血液,都会在我们/心里汇合成狂澜。"在艾略特的诗歌中,叙述者"我"往往是缺乏意志力和行动力的主体,他在人们面前犹豫不决,不断地反问自己:"我有无勇气?""我有无勇气打扰这个宇宙?""我又该怎样大胆行动?""我要不要把头发朝后分开？我有没有勇气吃一个桃子"(《J.阿尔弗瑞德·普鲁弗洛克的情歌》)[1]艾略特的"我"在世界面前诚惶诚恐,裹足不前;而杭约赫的"我们"在面对着世界时内心已暗流汹涌、杀机潜伏。如果把前者称为感受世界的"受体"的话,后者则是力求改变世界的行动"主体",此间隐藏的行动意志在此后的一个诗节中立即演变为具体行动:

> 让我们冲出这间窒息的
> 关锁着噩梦和虚妄的屋子,
> 把文字上的骗术留在
> 门窗里,我们到
> 街上去,到街上去……[2]

这里的文字通过隐喻修辞把具象和抽象完美地结合起来了,"关锁着噩梦和虚妄的屋子"中的"关锁"一词尤其生动[3],"噩梦和虚妄"在诗人的笔下成了一个

---

[1] 此处艾略特诗歌文本除了特别说明者之外均引自 T. S. 艾略特:《世界诗苑英华:艾略特卷》,赵萝蕤等译,济南:山东大学出版社,1997 年。下同,不另注。

[2] 本文《复活的土地》文本均出自杭约赫:《复活的土地》,上海:森林出版社,1949 年。下同,不另注。

[3] 在《九叶派诗选》(修订版,蓝棣之编,北京:人民文学出版社,2009 年)中,此句为改为"弥漫着噩梦和/虚妄的屋子"(第 164 页),此处的修改不清楚是作者还是编者所作。"弥漫"虽然更易懂一些,但显然不如"关锁"有感受上的冲击力。

第三章 "自我"与"世界"的紧张关系

可以"关锁"的对象。在此章中,杭约赫的可贵之处在于,他并没有就此沿着"到街上去"的行动意志脉络信笔写去——这样全诗很快就沦为他早年作品那样的政治鼓动诗了,自我与世界的紧张关系也由此土崩瓦解,因为既然"世界"是一个可以用行动迅速改变的世界,那么它的丑恶和压迫性也就不再是那么严重的问题,真正重要的问题是"改变"世界。杭越赫认识到了他所生活的城市世界的丑恶的严重性和现实性,又将笔墨拉回到对城市本身的刻画中去:

> 到街上去,这回旋着热流
> 却见不着阳光的沟渠,人们
> 像发酵的污水,从每一扇门里
> 每一个家宅的港口,冒着蒸汽
> 淌出,泛滥在宽阔而狭窄的
> 马路上。
> 　　高大的建筑物——化石了的
> 巨人,从所有的屋脊上升起,
> 它令你掉落帽子,燃烧起欲望,
> 也使人发觉自己不过是一只
> 可怜的蚂蚁。生命的渺小
> 也如同蚂蚁:每天,车轮滚过去
> 都有被卷走的生命,潮湿的
> 廊檐下,都有冻僵的生命;
> 喧闹的人行道上,都有
> 昏厥的生命,森严的监房里
> 都有失踪的生命……但是,这是
> 上海——都市的花朵,人们

带着各式各样的梦想来到

这里，积聚起智慧和劳力，

一座垃圾堆，现在是一座

天堂。

这不愧是四十年代城市刻画中最杰出的篇章，它惊心动魄地展现了现代化的城市对人的压迫性、摧毁性力量，哪怕放在今日也仍然动人心弦。尤其值得注意的是诗人对城市的矛盾态度，他认识到上海既是"都市的花朵"，也是死亡的地狱，是"垃圾堆"和"天堂"的结合体。此处对城市的死亡景象的描写令人想起了艾略特《荒原》第一章中对伦敦这座大都市的刻画：

并无实体的城

在冬日破晓时的黄雾下，

一群人鱼贯地流过伦敦桥，人数是那么多，

我没想到死亡毁坏了这许多人。

叹息，短促而稀少，吐了出来，

人人的眼睛都盯住了自己的脚前。

表面上看，杭约赫和艾略特都是在写城市里的"死亡"景象，实际上两者却有很大的区别。上面艾略特诗的第四行源自但丁的《神曲》（作者自己也曾予以注明）："这样长的/一队人，我没想到/死亡竟毁了这许多人。"这里但丁写的是地狱中的景象，而这句诗突然被移用于形容伦敦桥上拥挤的人群（他们并非直接意义上的死人），就别有一番意味了。布鲁克斯和华伦解释道："当主人公看到伦敦桥上成群的人在冬日早晨的雾里走出去上班时，他想到但丁在地狱的幻景中所看到的那成群的死者。这些人在无目的的活动中是死了，并非活着。"①这个解释可谓一语中的。艾略特将但丁的话用来形容活人(这里有指涉对象的变化),显然包含了对现代人生活的盲目和无意义的批评。而杭约赫也受到了艾略特对城市与死亡之间的隐喻性关联的理解的启发,转而描写上海的死亡景象,但是他似乎并没有体会到艾略特移用古典资源的深层含义——以唯物主义为世界观的左翼作家很难接受艾略特这种宗教意味浓厚的现世批判——而简单地把城市与死亡之间的关联变成一种事实联系了。对于艾略特而言,都市中的死亡幻景象征着信仰丧失之后世俗世界的无意义和虚空;而对于杭约赫而言,城市里的死亡和丑恶的"现实"意味着现存统治的极端罪恶,"关锁"在"噩梦与虚妄"的"旧世界"的"我们"迫切地渴求和召唤一个"新世界"——这是此章对丑恶城市的描绘的潜台词,也是此章和前后两章的关联所在。因此,杭约赫此章中所体现的自我与世界的紧张关系只是暂时的、局部的,它仅限于"当下"和"旧世界",并不存在于"未来"或"新世界"。

尽管杭约赫和艾略特对现实世界的理解和批判角度有根本性的不同,但这并不妨碍他从后者的诗学中吸取一些有益的元素。艾略特的《荒原》等诗对《复活的土地》影响最深的就是新奇的隐喻以及暗指(allusion)或用典这两方面。艾略特诗中的隐喻在杭约赫诗中留下最深印记的恐怕是形容城市的主动性、压迫性力量以及形容人的被动性、脆弱性的隐喻这两类,它们都生动地体现了人与世界之紧张关系。比如:"街道一条接着一条就像用意险恶的/一场冗长的辩论/把你引向一个压倒一切的问题……"(《J.阿尔弗瑞德·普鲁弗洛克的情歌》),"而我在被公式化时,狼狈地趴伏在一只别针上,/我被别针别住,在墙上挣扎"(《J.阿尔弗瑞德·普鲁弗洛克的情歌》),"海下一潮流/在悄声剔净他的骨。在他浮上又沉下时/他经历了他老年和青年的阶段/进入旋涡"(《荒原》),等等。杭约赫的《复活的土地》第二章中同样也可以看到这两类隐喻,其

---

① Cleanth Brooks & Robert Penn Warren, *Understanding Poetry*, New York: Holt Rinehart and Winston, 1961.其中论艾略特《荒原》的部分被穆旦翻译成中文并以《T. S. 艾略特的〈荒原〉》为名收入《英国现代诗选》,见《穆旦译文集》,北京:人民文学出版社,2005年,第4卷,第398页。

新颖程度几乎可以和艾略特媲美:"高大的建筑物——化石了的/巨人,从所有的屋脊上升起,/它令你掉落帽子,燃烧起欲望";"我们是/蚂蚁,也是鱼,我们是沐浴在/音乐的洄流里的鱼"。尤其需要注意的是下面这几行:"干杯,干杯!这是上海,/我们来吮吸这个海,/也被这饕餮的/海——吞噬。"这可以说是《饕餮的海》这一章的中心隐喻,它巧妙地利用"上海"中"海"字,将其转化为一个人与城市的隐喻,将城市对人的"蛊惑"和毁灭以及人的异化生动地表现了出来。

杭约赫在此章中大胆地运用上面两种隐喻时,已经不知不觉地脱离了左翼诗歌的那种阶级斗争表现视野了,而频繁地偏向了艾略特那种宗教性的现世批判视野:无论如何,沉迷于城市中的声色犬马的"我们"是不能视作一个无产阶级的叙述者的。实际上,在这种隐喻表现下的"我们"丧失了左翼诗歌主人公一般具有的行动力和意志力,也与前面《饕餮的海》开篇中的"我们"作为"行动主体"的角色冲突,更与第一、三章的"我们"截然对立。不过,杭约赫并没有充分认识到这种冲突,更没有尝试去解决它。他满足于挪用艾略特表现"人"的被动性、负面性的修辞策略来形容"旧世界"中的"我们"的悲惨生活;而他在一、三章中转向宏观历史和"新世界"的表现时——这时的"我们"又恢复了其行动力和意志力,自我与世界的紧张关系也灰飞烟灭——这些修辞策略基本上就被抛弃得一干二净了(这也是第二章的修辞风格与第一、三章有如此大的差异的原因)。我们不得不沉痛地承认,被杭约赫无意中撞开的现代修辞学大门又被关上了——他没有意识到这座宝库的重要性,也缺乏进入这座宝库所需要具备的足够的能力,他一旦脱离艾略特的表现领域,便丧失了修辞学上的支撑。

和艾略特的《荒原》等诗中大量运用暗指、用典一样,杭约赫诗中也有大量的对中西传统资源的化用;不过,两者看起来相似,实际上却有重要的区别。艾略特的《荒原》涉及的文本和作者包括《圣经》、佛经、奥维德、但丁、莎士比亚、弥尔顿、波德莱尔、魏尔伦、华格纳、《从祭仪到神话》《金枝》等。《荒原》挪用的文化资源上至宗教、哲学,下至诗歌、戏剧乃至占卜书,时间从古代延续到现代,语种包括了希腊、拉丁、英、法、德语乃至梵语,令人眼花缭乱,目不暇接。如此多的暗指、典故、引文夹杂于文本之中,对读者的智力和素养构成了很大的挑战——这也是此诗经常被读者诟病之处。但《荒原》的特色之一正在于此,熟悉西方文化传统的读者不难感受到其中巧妙地移用前人文本所造成的反讽或者对照的效果:"诗人借助表面的类似而实则构成事实上讽刺的对比又借助表面上的对比而构成事实上的类似。这两方面结合起来所引起的效果,是把混乱的经验组合成一个新的整体,而经验的现实的外表还是忠实地保留着。"[1]艾略特这样做不仅是一种语言策略,而且包含了艺术和道德上的多种考虑,尤其是他关于传统与个人才能的思考。他移用古典资源包含着想要加入并改变西方文化传统的企图,就像他在《传统与个人才能》文中所言,传统的秩序在新作品出现之前是完整的,由于新作品的加入,"整个的秩序就必须改变一下,即使改变得很小;因此每件艺术作品对于整体的关系、比例和价值就重新调整了;这就是新与旧的适应……诗人若知道这一点,他就会知道重大的艰难和责任了"[2]。

杭约赫也挪用了不少前人的文学资源(以暗指或者用典的方式),包括《圣经》、莎士比亚、勃洛克、艾略特等西方诗人,甚至也包括郭沫若、艾青等中国作家的作品或观点。但是,他在运用这些资源时,并不是像艾略特那样有意识地去复活传统,并通过创作的方式改变后者;他满足于把传统文学中的典故和情节当作指代时政的符号,而很少在古典资源与现实之间建立反讽或者对抗性的张力关系。比如第二章中的"人民如浸在水里的/坦塔拉斯,谁还能忍受这/长久的饥渴","坦塔拉斯"为古希腊神话中的人物,被神打入地狱永受饥渴之罚。此处使用这个典故并未取得任何特别的效果,即便没有这个典故,诗句的

---

[1] 布鲁克斯、华伦:《T. S. 艾略特的〈荒原〉》,见《穆旦译文集》,北京:人民文学出版社,2005年,第4卷,第405页。
[2] T. S. 艾略特:《艾略特诗学文集》,王恩衷编译,北京:国际文化出版公司,1989年,第2—3页。

意思也丝毫没变。又如第三章的"黎比亚的巨人,在母亲的土地上/向这猥鄙的雇佣人——现代/戴着不结果的王冠的马克白,/打那美好的仗。因为沉睡的/人民已经醒来",这里作者借用"马克白"(麦克白)这个莎士比亚戏剧中的人物(麦克白为一篡夺王位的暴君),来影射当时正在打内战的蒋介石,并预言他的"王冠"将不会有"结果"。综合起来看,在大部分情况中,杭约赫在《复活的土地》中把过去文本的人名、符号、情节用来代指时政,将其变成了一种政治影射语言的工具。

更耐人寻味的是杭约赫对艾略特《荒原》本身的暗指和化用。比如第二章中的这几行:

……失业与饥寒

正守候在我们的门口,

一个亘古未有的风暴就要到来,

不,这风暴已经到来。

年轻的哈利路亚,年迈的

南无阿弥,都无力

挽救这倾斜的倒悬的塔;

梁秉钧注意到,杭约赫的"倒悬的塔"意象直接挪用自《荒原》第五章中的"倒悬在空中的塔"("And upside down in air were towers")一语①,不过,这不仅仅是一个文学"影响"的问题,更主要是一个文学"对话"的问题。我们知道,艾略特在《荒原》中暗示解决现代人生存困境的方案不仅包括基督教信仰,也包括佛教的"给予""同情"和"节制"等理念(见《荒原》第五章艾略特本人对诗中的

---

① Ping-kwan Leung, *Aesthetics of Opposition: A Study of the Modernist Generation of Chinese Poets, 1936 - 1949*, unpublished Ph. D dissertation, University of California at San Diego, 1984, p.124.

三个"DA"的解释)。在上面的引诗中,杭约赫对基督教和佛教(即"哈利路亚"和"南无阿弥")都直接否决,而对所谓"亘古未有的风暴"(即共产革命)报以极大的信心,这显然是在回应艾略特。杭约赫挪用艾略特诗歌资源并非意图把自己放在西方诗歌的传统中并改变它,当他觉得艾略特的宗教理念可以用一套社会构想轻易打发掉时,他便转向了对"新世界"的热情想象(第三章),结果便引致了艺术水准的急剧下降。

二、二元"世界"观和乌托邦想象

现在我们再综合各个章节来看《复活的土地》全诗的结构和意旨。过去的论者很少注意到此诗与左翼文学传统的关系(这与他们过度强调杭约赫的"现代主义诗人"身份也有很大关系)。实际上,此诗的标题"复活的土地"——同时也是其中心意象——就直接取材于艾青的同名诗作《复活的土地》(1937年):

> 播种者呵
> 是应该播种的时候了,
> 为了我们肯辛勤地劳作
> 大地将孕育
> 金色的颗粒。
>
> ……
>
> 因为,我们的曾经死了的大地,
> 在明朗的天空下
> 已复活了!
> ——苦难也已成为记忆,

> 在它温热的胸膛里
> 重新潆流着的
> 将是战斗者的血液。①

艾青在此诗中构造了"播种—翻耕土地—'复活'土地"这样的隐喻关系,它不仅仅是一个涉及劳动的隐喻,而且也是一个涉及政治斗争的隐喻,作者在诗歌的最后加入了"战斗者"这一角色,作者暗示"翻耕土地—'复活'土地"的过程同时也是"战斗"的过程,甚至也是"流血"的过程,因此在一些运用这个隐喻关系的诗歌中,经常出现"血浆""血地"这样的意象(杭约赫《复活的土地》即是如此)。应当注意,"翻耕土地"/"复活土地"这一隐喻意象实际上被四十年代的诗人(尤其是左翼的"人民诗人")广为使用,甚至在穆旦著名的《被围者》一诗1947年的一个修改版本中,也出现了这一隐喻关系:"推倒一切的尊敬!/因为我们已是被围的一群/我们翻转,才有新的土地觉醒。"②然而,穆旦在1948年的《旗》中又换回了原来的版本,穆旦对土地的"觉醒"/"复活"这个惯用隐喻的拒绝,不仅是他对"人民诗歌"所设想的历史和未来的拒绝(见第四章第二节),也是他对很多左翼诗人陈腐的修辞策略的一种反抗。

而在杭约赫《复活的土地》一诗中,土地的"复活"这一隐喻意象贯穿了全诗,而且有着更为明显的时政指涉:

> 两个体制的冲突,使中国、希腊……/一大块、一大块破碎的土地——/浸在血里,投进火里,/硫磺的气味和喧哗/充塞了这世界。(第一章《舵手》)

> 从这个辽阔的世界,到每个人的/出生的血地——像一头牡牛,/拖着这片沉重的犁,将/僵硬的土地翻转,/笑开嘴,来迎候绿色。(第二章《饕

---

① 艾青:《北方》,上海:文化生活出版社,1939年,第2—3页。
② 穆旦:《穆旦诗集(1939—1945)》,1947年5月自费出版,第125页。

饕的海》）

　　现在,他们以执锄头的手,/在捏紧从敌人那里夺取的武器,/来解放这最后一片被束缚的/土地,复活新的伊甸园。(第三章《醒来的时候》)

上面的第一段写"复活"前的土地,而二、三段写"复活"中的土地,考虑到此诗的写作时间和地点(1948 年 10 月的上海),这些诗句的含义再明显不过了:杭约赫站在上海这座大都市("被束缚的土地"),瞭望"他们"冲杀过来,实现"土地的复活",并变为"新的伊甸园"。这实际上是把艾青诗歌中若隐若现的时政指涉进一步明确和落实了。

围绕着"复活的土地"这一中心意象,《复活的土地》三章的结构也呈现出步步递进的趋势。第一章《舵手》以形象化的语言铺叙世界历史的进程,尤其是 1937 年以来的中国历史进程(包括抗日战争和内战);第二章《饕餮的海》书写"我们"在"旧世界"(主要是上海)的绝望、噩梦般的生活,并表明了对"新世界"的热切渴求;第三章《醒来的时候》则表现人民的觉醒和"新世界"的到来,抒写土地的"复活"和统治者的覆灭。作者在最后一章激情万丈地高呼:"让我们欢呼吧！一个/新世界就要在人民的觉醒里到来。"那么,杭约赫所设想的"新世界"具体面貌如何呢？"我们"如何面对"新世界"？请看:

　　呵,多少年了,
　　他拥抱悲哀如拥抱自己的土地,
　　瞧他们网着皱纹的枯憔的
　　颜面,如踯躅在龟裂的田地里。
　　一棵棵瘦弱的秋苗,
　　赖他们生命的血浆来
　　濡湿这片干土,我们才有

清新的绿色好欣赏,

完成这没费劳动的收获。

每一条田埂和溪流,

都通向城市,这是

繁华的输血管。

我们——这群城市之子,

历史分配了那一份吃力的行程:

我们得舍弃昨日的骄傲,

向这些光脚的来学习重新做

人。这世界需要我们清醒,

更需要赤裸裸的呈献我们

自己。

作者在这里暗示,乡村才是城市的真正生命源泉,它与劳动亲缘关系意味着它已经是复活了的土地,而生活在城市(被束缚的土地)的"我们"需要向劳动人民学习"重新做人",而"重新做人"则是"改造"的代名词。从上面引诗的最后 7 行来看,读者可以明显地看到延安文学和此后的"十七年文学"中流行的城乡差序格局和知识分子接受劳动人民改造这样的主题。我们知道,最开始健笔书写城市丑恶的诗人是波德莱尔,在他笔下,城市是一个带有恶魔主义色彩的隐喻,代表了他对罪恶的现实性的认识和对救赎的隐秘渴望,艾略特对城市丑恶的表现也是沿着这条脉络,只是更鲜明地突出了对救赎的渴求。史皮尔斯指出,对于现代诗人而言,城市被看作正在倾覆或者已然倾覆的,它朝向地狱之城,而不是天堂之城。[①] 而杭约赫笔下的城市则是另一重意义上的隐喻,它象征着现有统治的极端罪恶,但这种罪恶并不是宗教意义上的,而是政治、经

---

① Monroe K. Spears, *Dionysus and the City: Modernism in Twentieth-Century Poetry*, New York: Oxford University Press, 1970, p.71.

济意义上的,因此可以通过政治、经济的方式加以解决。

正因为波德莱尔、艾略特和杭约赫都把城市当作一个"罪恶"的对象来表现,因此《复活的土地》第二章对艾略特的修辞手法的移植才有了发生的可能。但是,艾略特在使用这些手法时实际上隐含了一种宗教视野下的对现代城市物化、异化本质的批评,而杭约赫在运用这些手法时并没有意识到它们与他本人一贯持用的阶级斗争视野和"新世界/旧世界"二元政治理念并不完全吻合。比如他关于城市的压迫性、对人的腐化性的描绘,很多其实是现代化本身的问题,或者说是现代城市(只要它保持着工业化、现代化的话)永远也无法摆脱的问题。读者(尤其是当代读者)可能会问,难道在杭约赫设想的"新世界"中,就不会有城市的存在了吗? 如果有的话,那么人们是否还会见到"这回旋着热流/却见不着阳光的沟渠,人们/像发酵的污水"这一类景观? 那么,在"新世界"中,是应该消灭城市的存在,还是把城市改造成乡村一般(如上引诗句所暗示的那样)? 这些问题并没有为杭约赫所考虑,和四十年代的大部分作家一样,他热情地期待一个"新世界"并无情地攻击"旧世界",认为现存统治和政治、经济秩序被推翻之后,在"新世界"中一切问题便得以解决。就是在这种意义上,这种"世界"观带有明显的乌托邦烙印。

《复活的土地》中的这种二元"世界"观在左翼诗歌中是相当常见、也是非常典型的[①],其源头可以一直追溯到"人民诗歌"的源头——苏联。饶富兴味的是,杭约赫在诗的最末嘲笑现存统治者为"夹着尾巴的癞狗"时,自己加了一条注释,即勃洛克(十月革命后倒向苏共一方的象征主义诗人)的长诗《十二个》中的几行诗:"这个资本家站着,正像一头饿狗,/他不声不响地站着,正像一个

[①] 相当多的左翼诗人都明显表现出这种"世界"观,这里仅聊举两例,比如1938年后投奔延安的何其芳的《革命——向旧世界进军》(1941年):"革命——向旧世界进军! /向各个黑暗的角落进军! /向快要崩溃的阶级社会进军! /向绅士和流氓的联合统治进军!"(何其芳:《何其芳》,王培元编,北京:华夏出版社1996年,第147页)又比如宣称是"新人"并"挑着一担新诗"的田间的《预言》:"一个新世界,/正在我们肩上。/只要红旗一挥,它很快就诞生。//旧世界我打倒,/新世界我欢迎。/我把我的歌声,唱给新世界听。"(田间:《田间》,北京:人民文学出版社,2006年,第118页)

问号。/旧世界就像一头无家可归的狗,/夹着尾巴站在他背后。"[1]杭约赫在此注明自己的意象和勃洛克的关系,与其说是在"用典",不如说是在表明自己与左翼诗歌族系之间的关系。不过,坦诚言之,此处勃洛克的引诗虽然讽刺颇为风趣,但格调稍显恶俗,与同时代的曼德尔施塔姆、帕斯捷尔纳克等人类似题材的诗歌相比,水准相去甚远。而杭约赫第三章第三节书写统治者的倾覆和狼狈的诗句则比勃洛克的诗作更劣,而且不如后者风趣:"飞吧,钻吧!带着你/吮吸来的财务和另一次战争的梦/想,去 U.S.A.、瑞士,还是香港?/飞吧,钻吧!让我们睁大眼睛/瞧这些无家可归的癞狗,/在人民的脚尖上舞蹈——"在这些诗句里,我们看不到对人性的深厚理解,也看不到语言的创新和实验,而只有攻击和不容忍。

可以看到,当一种未经审视的意识形态和乌托邦假想在《复活的土地》第三章占据了主导地位时,诗歌的艺术和道德认识水准就显著地下降了,充斥于诗中的是宣传机器所惯用的那一套隐喻/换喻符号:土地、锄头、血液、血浆、血地、暴风雨、剑、武器……这些符号含义明确、用法固定,它们除了像巫术一样遏制作者的表现力和读者的感受力之外,没有给艺术表现带来多少实际效果。诗的写作,如同俄国诗人布罗茨基所指出的那样,"是意识、思维和对世界的感受的巨大加速器"[2]。而在《复活的土地》的"新世界/旧世界"二元框架中,诗的写作反而成了麻痹意识、简化思维、遮蔽现实的"催眠术"。在艾略特诗学的刺激之下,《复活的土地》的部分章节较为忠实地表现城市生活中人与世界的对立和紧张,一度表现出不少新颖的感受和复杂的意识,然而在其思想"减速器"的作用之下,这些表现很快被陈词滥调和成规俗见淹没了。

三、结语

从上文的论述可以看出,中国诗人学习和接受西方的诗学策略时,并不是

---

[1] 杭约赫:《复活的土地》,上海:森林出版社,1949 年,第 80 页。
[2] 布罗茨基:《文明的孩子》,刘文飞译,北京:中央编译出版社,2007 年,第 40 页。

一个简单"移植"的过程,还会显著地受到自身的文学传统和文化语境的制约;就杭约赫而言,就受其左翼诗歌底色和其持有的意识形态的制约。我们看到,由于杭约赫对现代主义的诗学策略缺乏自觉的认识,对这些策略的思想背景更是不甚了了,再加上他对自身一贯持有的文学风格和文化背景缺乏批判性的反思,这些都导致了他对艾略特等人的学习只是暂时的、表层的(遑论学习之后的进一步超越),后者的影响并未转化为他自己的长久的创造力,从1949年一直到80年代,他再也没有写出能与《饕餮的海》这一章相媲美的诗作了。

《复活的土地》中的二元"世界"观所带来的艺术上的后果也给我们认识政治与文学的关系提供了一个生动的案例。关于这一点,布罗茨基还有一言也值得思索,他认为政治对文学的危险"与其说是来自国家方面的可能的(时常是实在的)的迫害,不如说是他可能被硕大畸形的,或似乎渐趋于好转——却总是短暂的——国家面貌所催眠"。① 布罗茨基的话具有预言一般的穿透力和涵盖性,对于四十年代的很多中国诗人而言,正在形成的——但未完全实现的——新的国家面貌带有乌托邦一般的美丽幻象②,其"催眠"效果也更为强烈,无怪乎相当数量的诗人热情地投入对"新世界"的想象之中。这种想象给诗人们提供了一个逃避历史文化危机、自我与世界的紧张关系的方便法门,让他们在创作中怀着这样的期待:现实的丑恶只是暂时性的,只要采取行动推进"革命",问题便可以迎刃而解。这实际上回避了诗歌创作所必然要求于作者的精神压力。这种想象结出的果实是大量的千篇一律的诗作,另一个果实则是被这些作品进一步"再催眠"的读者,两者一同构成意识形态链条中的一环。在这个问题上,杭约赫所模仿——而后又唾弃——的诗人艾略特的策略与其构成了鲜明的反差,布鲁克斯与华伦指出:"对诗人(艾略特)来说,基督教的术

---

① 布罗茨基:《文明的孩子》,刘文飞译,北京:中央编译出版社,2007年,第31页。
② 试看何其芳这首梦呓一般的《新中国的梦想》(1946):"然后田野里长满了五谷,/工厂里机器不住地旋转,/文化像翅膀一样长在每个人身上/又轻又暖,又能飞得远,/然后我们再走啊,走向更美满的黄金世界……"(何其芳:《何其芳》,王培元编,北京:华夏出版社1996年,第212页)

语已是一陈词滥调,而他的办法是一个使它们重新获得生命的过程……信仰是通过紊乱和冷嘲宣布出来的,并不是撇开它们而宣布的。"[①]对于宗教诗人艾略特而言,复活信仰同时也是一个复活、更新语言的过程,正所谓"词中有道"[②],接近"道"(上帝)的方式便是复活语言,而不是让其僵化为一种宗教意识形态符号。在这一点上,杭约赫等中国诗人走了一条与艾略特相反的道路。

[①] 布鲁克斯、华伦:《T. S. 艾略特的〈荒原〉》,见《穆旦译文集》,北京:人民文学出版社,2005年,第4卷,第408页。

[②] T. S. 艾略特:《小老头》,见《世界诗苑英华·艾略特卷》,赵萝蕤等译,济南:山东大学出版社,1997年,第48页。

第四章 "时间"表现与历史意识

引 言

"时间"问题涉及"现代性""现代主义"的本质,也触及"九叶"诗人的个人、历史意识的思想基础,虽然我们并不认为他们的作品是严格意义上的"现代主义",他们与"现代性"本身的关联也与西方现代主义诗人并不一致。"现代"(modern)就其本义而言是一个时间概念,"现代性""现代主义"这两个概念的提出和讨论意味着对时间的敏感和自觉。卡林内斯库说:"一般意义上的现代性和特殊意义上的文学现代性,都是一种时间意识的不同方面,这种时间意识在历史过程中并非一成不变。"[①]

首先来看普遍意义上的"现代性"和时间意识的关联。著名诗人、理论家帕斯指出,"现代性"其实是一个西方特有的概念(就起源而言),它的产生与基督教的发展和对基督教永恒性的批判有紧密的联系,而在其他古代文明(如印度、中国、阿拉伯文明)中不可能独自生发出"现代性"的概念,尤其是这一概念所依赖的"时间原型"(temporal archetype)。这种现代性的时间原型简言之就是一种直线前进、不可逆、朝向未来的连续时间意识。在帕斯看来,这种时间

---

① Matei Calinescu, *Five Faces of Modernity*, Bloomington and London: Indiana University Press, 1977, p.50.

观产生于基督教的根本矛盾(上帝与"存在"、启示与理性的矛盾)不可解决之时:"中世纪基督教会把时间理解为一个有限的过程,是连续和不可逆的;当时间被用完,或者如诗人所说的那样,当未来之门被关闭,永恒的现在将统治我们。在有限的时间中,在此处和现在,人为他的永恒生命下赌注。我们现代的时间理念只能从这种不可逆时间的概念中出现;而且只能作为对基督教永恒性的批判而出现。"[①]帕斯观察到,基督教的二分法——理性与启示——变成无法解决的矛盾时,现代作为一个时代就产生了,这时理性占据了优势,但它无法像神性那样把自身建立为一种至高无上的统一原则,而是变成了否定性、批判性的"他性","只能通过永远的自我否定来保存自身"。[②] 与此同时,基督教的永恒"现在"观念被否决了,"未来之门"被开启,时间开始朝向"未来"而不是"永恒"前进。虽然帕斯对现代性所依赖的时间基础的分析还稍显笼统,而且还有不少疑点——比如其他古代文明是否没产生过现代的时间意识这一点,但有两点是确信无疑的:(1) 线性不可逆、朝向未来的时间意识确实是现代基本的时间原型,也是大部分现代历史观念的时间基础,甚至也是现代乌托邦理念的时间基础(本章讨论的《时间与旗》的时间意识也在其范围之内);(2) "现代性"的时间理念是对"永恒性"的一种(潜在的或现实的)批判。实际上,波德莱尔在界定其著名的"现代性"概念时也是从这一对立视角展开的(见第三章第一节),虽然其具体的时间意识与帕斯所定义的并不一致,而更多地属于"文学现代性"的范畴。

但是,"现代主义"艺术所设想和表现的"时间"很大程度上是对一般意义的"现代性"时间原型的一种批评或反抗[③],关于"现代主义"的时间理念也有很

[①] Octavio Paz, *Children of the Mire*, Cambridge, Mass.: Harvard University Press, 1991, p.23.

[②] Octavio Paz, *Children of the Mire*, Cambridge, Mass.: Harvard University Press, 1991, p.25.笔者按:帕斯此书在欧美文论界具有相当的影响力,比如卡林内斯库《现代性的五副面孔》一书关于"现代性"作为一种自我否定的传统的见解就很大程度上受到帕斯观点的影响,只不过前者的"自我否定"更多是从实践角度来定义的,而不是像帕斯那样从"理性"本身的特性来认识的。

[③] 因此随意地将"现代主义"与"现代性"混同在一起是不严谨的,甚至是错误的。

多各自有别的见解,这里只概述两种最为常见且与本文论述对象相关的见解:(1) 对时间连续性的否定,对历史"断裂"的自觉意识;(2) 对时间运动的"目标"或者历史的"目的"的批判。首先来看现代主义作家关于时间断裂问题的意识。史皮尔斯指出,"一种特殊的时间意识——它以一种与过去断裂的自觉意识为标志——已经成为现代主义的重要特征"[1]。他认为大部分现代主义作家"把与过去的断裂视作一种失去或失败","这种历史悲剧观已经成为现代艺术的一个中心主题,而且随之而来的观念是把现在看成荒原,文明已被毁灭,人性已然改变,这种带着痛苦的失落感的观念成了一个重要的神话"。[2] 欧文·豪也讨论了现代主义作家对时间断裂的敏感自觉。[3] 这种"感今伤昔、人性不古"之叹本身就有具体的历史背景,那就是第一次世界大战对西方文明的摧毁力量和由此而来的历史断裂感。不过,需要补充的是,这种与过去断裂的时间意识只是现代作家时间意识的一个重要部分,但不是全部。比如 T. S. 艾略特虽然在早年的《荒原》等作品中接近那种断裂的时间意识,但在晚年的《四个四重奏》中回到了传统的基督教时间观(详见本章第一节)。

而对于中国现代诗歌而言,由于与传统的断裂在"五四"时期就开始了,因此在四十年代的"九叶"诗人那里,关涉到时间的焦虑主要不是源于与过去/传统的关联的断裂,而是源自与时间/历史进程的隔绝或者对立,即一种既无法把握过去,也无法掌握现在和将来的被动状态。陈敬容说:"在空间里和时间里/我随时占有/又随时失去,/我如何能夸说/给出我的什么所有。"(《陌生的我》,1947)穆旦则"痛感到时流,没有什么抓住"(《我》,1940),他无法把握时间与历史之洪流:"在时间的旋流上又向何处浮去。"(《诗》,1948)郑敏感叹:"我

---

[1] Monroe K. Spears, *Dionysus and the City: Modernism in Twentieth-Century Poetry*, New York: Oxford University Press,1970, p.29.

[2] Monroe K. Spears, *Dionysus and the City: Modernism in Twentieth-Century Poetry*, New York: Oxford University Press,1970, p.33.

[3] Irving Howe, *The Idea of the Modern in Literature and the Arts*, New York: Horizon Press,1977, p.15.

们被投入时间的长河/也许只为了一霎的快乐/创造者在生命的地图上轻轻一点/对于旅行者早已是千山万水的峻险。"(《生命的旅程》,1948)四十年代的现代诗人面对时间的被动态度与当时中国社会的巨大动荡(尤其是连年战乱)有关,后者使得个人在面对历史潮流甚至个人际遇时都感到无能为力、无可奈何。

与时间的断裂相关的是现代主义时间意识的第二个方面,即对时间运动的目标或者历史的"目的"的批判性质疑,也就是对于"未来"之意义与历史进步的或者发展方向观念本身的质疑。欧文·豪认为西方现代主义作家有一种"极端的历史绝境(impasse)意识","它假设我们时代的经验是独一无二的,是一种前所未有的大灾难"。[1] 他进一步观察到:"现代主义的感性阻塞了历史(如果不是结束了历史的话):使其变成了一种启示论式的死胡同(cul de sac),在那里目的论式的目标和世俗进步理念都成了问题,甚至可以说被废弃了。人陷入了大众,陷入了机器、城市,他失去了信仰,对缺乏现在目的或者终极价值的生活感到绝望。"[2] 马克思主义批评家卢卡奇则从否定的角度观察到了同样一个事实,他批评道,现代主义者对生活感到绝望,抛弃了线性的历史发展观,回到普遍的人性状况的观念,或者说永恒重复的历史节律观,他们笔下的历史"像列永远停在无法逃避的'现在'的机车",而其艺术的发动机却在进行永恒的运动,颇为矛盾。[3] 卢卡奇出于一种再现论式的文学理念的考虑,假定艺术进步要以"历史进步"作为基础和动力,因此他对现代主义的时间/历史意识总体上持否定态度。

与西方现代主义作家相比,在四十年代的中国诗人中,这种"历史绝境"的

---

[1] Irving Howe, *The Idea of the Modern in Literature and the Arts*, New York: Horizon Press, 1977, p.15.

[2] Irving Howe, *The Idea of the Modern in Literature and the Arts*, New York: Horizon Press, 1977, p.15.

[3] György Lukács, *The Meaning of Contemporary Realism*, trans. John and Necke Mander, London: Merlin Press, 1963, sited from Irving Howe, *The Idea of the Modern in Literature and the Arts*, New York: Horizon Press, 1977, p.15.

悲观看法以及对直线进步的历史理念的否定并不常见,甚至大部分"九叶"诗人(除穆旦以外),也依然自觉或不自觉地抱着中国现代文学中常见的历史进步理念,比如杭约赫、唐祈就是典型,本章将要讨论的就是唐祈典型的反映历史决定论的代表作《时间与旗》这首长诗。而从前面陈敬容、郑敏等人对时间的消极、被动感受来看(这些感受主要是针对个人的),他们本应该对整体上的历史或社会也有类似的表达——而实际上却基本没有,这是他们在艺术上的不够彻底之处[1],也是本章不将他们的时间意识单独拿出来讨论的原因。在这方面,只有穆旦是一个相当特殊的例外,在他的诗歌中,不仅个人无法把握时间和历史,而且历史本身也被看作一场灾难;更重要的是,穆旦诗歌中的时间意识自觉且显著地挑战了那种目的论式的价值观和决定论式的历史观。这一点很值得思索:虽然穆旦面对的历史经验与西方现代主义作家面对的有很大差异,但两者都体验到了战争的毁灭性力量,而且都体现出一种普世性的人性关怀和末世论色彩的时间意识。

第一节　唐祈的"时间"与历史决定论

在上一章关于杭约赫的讨论中,我们看到中国诗人在面对西方现代主义文学的影响时,往往深刻地受制于自身的文学传统和历史语境,尤其是四十年代后期占统治地位的左翼文学的影响。在这一点上,与《复活的土地》齐名的另一首长诗——唐祈的《时间与旗》——同样如此。后者和《复活的土地》一样也受到艾略特诗歌的影响——却同样未能将这种影响深入地吸收并转化为自身持久的创造力。在《复活的土地》中,杭约赫对城市的表现虽然看似接近艾略特,实则有重要的区别,尤其是在对待"我"与"世界"的关系的理解上有显著

---

[1] 之所以会如此,或者是因为他们对个人命运与社会、历史命运的内在关联缺乏认识(这是一种个人—社会二元构架思想的结果),或者是因为他们对此有所认识却不敢、或不愿表达出来以免带来消极的后果。在没有更多的资料支撑之前,且存疑。

的区别。《复活的土地》中的"新世界/旧世界"这样的二元"世界"观在《时间与旗》中也同样存在;不过,《时间与旗》着重书写的是"时间"(本质上是一种历史意识),它的模仿对象是艾略特以"时间"为思考焦点的后期名作《四个四重奏》(Four Quartets),确切地说,是其中的第一章《烧毁了的诺顿》(Burnt Norton)。《时间与旗》借用了艾略特对抽象观念(尤其是"时间")的一些表现手法;但是与艾略特所立足的基督教时间观有别的是,《时间与旗》反复强调的其实是一种历史决定论和乌托邦意识的结合体,这一点与同时代的很多左翼诗人是完全一致的。无怪乎公刘在一篇敏锐地评判九叶诗人的"政治觉悟"的文章中认为:"他(唐祈)是这个流派中现实主义成分最多的一位。在政治思想上,他和杭约赫不分轩轾,都是旗帜鲜明地站在革命方面的。"[①]

唐祈(1920—1990),原名唐克蕃,1942年毕业于西北联大历史系,毕业后曾在兰州任教。四十年代中期来到重庆,结识了力扬、孟超以及其时已是左翼诗人和统战工作者的何其芳[②],他参加了中华剧艺社,并在何其芳的指导下从事民主剧运活动。[③] 1947年,唐祈应陈敬容之约到了上海,参加《诗创造》以及《中国新诗》的编辑活动,并写下了其代表作《时间与旗》(1948)。[④] 这首诗明显地受到了1948年唐湜翻译并发表于《诗创造》的《燃烧的诺顿》的影响[⑤],唐湜回忆:"1948年6月,我在上海致远中学唐祈的房里,曾见到他一边把艾略特的诗竖着放在面前,一边在下笔写这首诗(即《时间与旗》)。"[⑥]不过,由于此诗有

[①] 公刘:《〈九叶集〉的启示》,见《"九叶诗人"评论资料选》,王圣思编,上海:华东师范大学出版社,1996年,第126页。

[②] 何其芳到延安之后,曾任朱德秘书,1944年,周恩来点名让何其芳到重庆做文艺界的统战工作,具体分管《新华日报》副刊。

[③] 唐湜:《怀念唐祈》,收入《九叶诗人:"中国新诗"的中兴》,上海:上海教育出版社,2003年,第179页。

[④] 唐祈:《时间与旗》,《中国新诗》第1集,1948年6月,本文所引此诗均据此刊的版本,不另注。

[⑤] T. S. 艾略忒(艾略特):《燃烧的诺顿》,唐湜译,《诗创造》第10辑,1948年4月,同辑中刊出的还有史本德(Stephen Spender, 1909—1995)评论艾略特的文章《T. S. 艾略忒的"四个四重奏"》,岑鄂之译。

[⑥] 唐湜:《唐祈在40年代》,收入《九叶诗人:"中国新诗"的中兴》,上海:上海教育出版社,2003年,第175页。

相当明显的模仿痕迹,有人攻击唐祈"抄袭了艾略特"[①]。袁可嘉也委婉地批评道:"唐祈这首诗所受艾略特的影响(特别是他的《四个四重奏》),十分显明,无论在结构的运思,意象的选用,以及沿中心而四散呈波浪形的节奏方面,都在在是证明,大体上这个影响是良好的,只是似太显著一点。"[②]

到了八十年代之后,梁秉钧率先从现代主义诗学和比较文学的角度对《时间与旗》做了详细分析,他认为,在《时间与旗》中有着时间、修辞上的不连续性,这都是史皮尔斯定义下的现代主义的典型特征;[③]他注意到,与艾略特的《四个四重奏》比较而言,《时间于旗》中的"时间"并非指向"宗教的永恒乌托邦",而是指向"政治乌托邦","它许诺社会变革,这种关于时间的焦虑是一种特定的社会语境下的焦虑"。[④] 不过,他并没有说明"特定的社会语境"到底是怎样一种社会语境,而这种"焦虑"与中国现代文学传统本身又有什么联系。张松建也认为"《时间与旗》具有《荒原》的批判精神,但没有升华为普遍主义的人类文明的深长忧思,而是更具中国化、本土性的艺术向度"。[⑤] 然而,他在分析《时间与旗》的"时间"这个关键概念时,却没有充分认识到其"中国化、本土性的艺术向度"(详后),颇以为憾。

看来,有必要再重新思考《时间与旗》中的"时间"这个概念与中国现代文学思想之间的关联,也有必要重新审查唐祈究竟是以何种心态来和艾略特进行对话:既然《时间与旗》对艾略特的模仿痕迹如此显明,那么为何它在"时间"这一关键主题上又与后者差别如此之大?

[①] 唐湜:《唐祈在40年代》,收入《九叶诗人:"中国新诗"的中兴》,上海:上海教育出版社,2003年,第174页。

[②] 袁可嘉:《诗的新方向》,《新路周刊》第1卷第17期,1948年9月,第24页。

[③] Monroe K. Spears, *Dionysus and the City: Modernism in Twentieth-Century Poetry*, New York: Oxford University Press, 1970, pp.25–29.

[④] Ping-kwan Leung, *Aesthetics of Opposition: A Study of the Modernist Generation of Chinese Poets, 1936–1949*, unpublished Ph. D dissertation, University of California at San Diego, 1984, p.118.

[⑤] 张松建:《现代诗的再出发:中国四十年代现代主义诗潮新探》,北京:北京大学出版社,2009年,第209页。

一、永恒"现在"与光明"将来"的区别

《烧毁了的诺顿》与《时间与旗》表现的中心主题都是"时间",先来看《时间与旗》第一章:

> 人们忍受过多的现实,
> 有时并不能立刻想出意义。
> 冷风中一个个吹去的
> 希望,花朵般灿烂地枯萎,纸片般地
> 扯碎又被吹回来的那常是
> 时间,回应着那声钟的遗忘,
> 过去的时间留在这里,这里
> 不完全是过去,现在也在内膨胀
> 又常是将来,包容了一切
> 无论欢乐与分裂,阴谋与求援
> 可卑的政权,无数个良心却正在受它的宣判,
> ……

"人们忍受过多的现实"显然受到了《烧毁了的诺顿》第一节"人类难以忍受太多的现实"[①]一语的启发,不过,这里的"过多的现实"最后指向的却是"可卑的政权"所造成的社会状况,而不是普遍化的人类生存状态。上引诗句中关于时间("过去""现在""将来")的描绘也明显地脱胎于《烧毁了的诺顿》开篇的著名段落:

---

① T. S. 艾略特:《四个四重奏》,张子清译,见《世界诗苑英华:艾略特卷》,赵萝蕤等译,济南:山东大学出版社,1997年。本文所引《四个四重奏》译文均出自此书,不另注。此处谨改"接受"为"忍受",以贴合原文"bear"的意思。

第四章 "时间"表现与历史意识

> 现在的时间与过去的时间
> 两者也许存在于未来之中，
> 而未来的时间却包含在过去里。
> 如果一切时间永远是现在
> 一切时间都无法赎回。
> 可能发生过的事情是抽象的
> 永远是一种可能性，
> 只存在于思索的世界里。
> 可能发生过的和已经发生的
> 指向一个目的，始终是旨在现在。

在艾略特诗中，有很多成功地将抽象概念形象化的隐喻式写法，比如"过去与将来紧连的锁链/交织在不断变化的软弱身躯里，/免使人类进入天堂和地狱"（《烧毁了的诺顿》第 2 节），唐祈对此手法也心领神会，从上面《时间与旗》中的第 3—9 行也可见一斑。不过，唐祈全诗的时间观念与艾略特诗歌的时间观念有深刻的区别。就文字意义来看，艾略特的"时间"（包括"过去"和"将来"）指向一个目的，即"现在"（present）；而唐祈诗中的"时间"却指向另一个目的，即"将来"（未来）。在《时间与旗》的结尾，唐祈说："过去的时间留在这里，这里/不完全是过去，现在也在内膨胀/又常是将来：包容了一致的/方向，一个巨大的历史形象完成于这面光辉的/人民底旗……"不管是艾略特的"时间"，还是唐祈的"时间"，都不是简单的对抽象概念的修辞性把玩，而是涉及时间与历史意识方面的思想根基。

先从艾略特的"时间"说起。艾略特诗中的"一切时间永远是现在"、一切时间"指向"或者"旨在"（动词 end）"现在"的观念，只有放到基督教时间意识的框架下才能得到深入的理解。根据基督教的理解，人的时间是有限的，分为过去、现在和未来；但神的"时间"是无限的："惟有你永不改变，你的年数没有穷尽。"（《圣经·诗篇》第102首第27节）所以，对于神而言，时间永远都是"现在"，这种"现在"的概念与"永恒"同义。奥古斯丁《忏悔录》说："你（神）的日子，没有每天，只有今天，因为你的今天既不递嬗与明天，也不继承着昨天。你的今天即是永恒。"①因此，神的"时间"与人的时间实际上是不可比拟的，"（人的）时间不论如何悠久，也不过是流光的相续，不能同时伸展沿留，永恒却没有过去，整个只有现在，而时间不能整个是现在，他们可以看到一切过去都被将来驱除，一切将来又随过去而过去，而一切过去和将来却出自永远的现在"②。对比《烧毁了的诺顿》和奥古斯丁所解释的基督教时间观，可以发现两者非常接近。基督教经典作家但丁在《神曲》中也描绘过这种进入永恒"现在"的景象：一切都停滞了，所有物事无限地重复。③ 艾略特与但丁诗中的时间表现都来自基督教，但是与后者有所区别的是，他更强调的是人如何从人的有限时间中把握、领悟永恒并超越时间："醒悟不在时间之中／但只有在时间里，玫瑰园里的时刻，／雨中花亭里的时刻。／雾霭笼罩的大教堂里的时刻，／才能被记起；才能与过去和未来发生联系。／只有通过时间，时间才被征服。"（《烧毁了的诺顿》第2节）征服时间、把握永恒的问题其实就是人如何从自身的有限存在中接近无限的问题，与时间／永恒问题相关的是诗人如何从自身的有限性中寻觅无限的问题，围绕着这个问题，《四个四重奏》对诗人的创作活动有很多精妙的形而上思索，此不赘述。④

而唐祈诗歌中时间的目的则是"将来"，它充满希望，是一个"包容了一致的方向"，而且必将到来，而"我们"需要以"斗争"加速它的实现：

---

① 奥古斯丁：《忏悔录》，周士良译，北京：商务印书馆，1963年，第257页。
② 奥古斯丁：《忏悔录》，周士良译，北京：商务印书馆，1963年，第255—256页。
③ 帕斯从现代时间观的角度反观但丁的基督教时间观，其中的比较多有启发，参：Octavio Paz, *Children of the Mire*, Cambridge, Mass.: Harvard University Press, 1991, pp.21-25。
④ 唐湜在《穆旦论》一文援引了《四个四重奏》中关于语言探索与思想探索之间的思索，见唐湜：《穆旦论》（下），《中国新诗》第4集，1948年9月。

第四章 "时间"表现与历史意识

> 为了要通过必须到达的
> 那里,我们将走向迂曲的路,
> 所有的终极,都该从一个
> 起点分叉,离开原来的这里,各自的
> 坚定中决不逃避,无数条水都深沉流向
> 海底,所有的路只寻找它们既定的目的
> 各种人民路线为了觅取,试探于
> 一个斗争,我们将获致现实最深的惊喜。

第六行中"既定的目的"这样的词语很容易让人想到历史决定论。历史决定论(historicism)是一种认为人类社会历史发展具有规律性和目的性,并对这种规律性和目的性进行探究的学说,现代著名的历史决定论者有黑格尔和马克思。张松建认为《时间与旗》中的"时间"类似于黑格尔《历史哲学》所谓的"绝对精神",它"指向了先验论、目的论和充满希望和可能性的未来,直线进步,不可逆转"。[①] "直线进步、不可逆转"是现代最根本的"时间原型"[②],也是大部分现代历史观的时间基础(见本章引言),但《时间与旗》中的时间是否接近黑格尔的"绝对精神"、它指向的未来是否是"先验论、目的论的"则是一个大可商榷的问题。张松建并未说明他所谓"先验论、目的论"的具体定义,也没有解释《时间与旗》与黑格尔《历史哲学》的关联究竟何在。黑格尔在《历史哲学》中认为,世界历史是"理性"精神在时间中自身发展的过程,历史的目标就是精神的充分发展和充分的自我意识,充分的自我意识,也就是自由意识。[③] 黑格尔说:"'理

[①] 张松建:《现代诗的再出发:中国四十年代现代主义诗潮新探》,北京:北京大学出版社,2009年,第214页。
[②] Octavio Paz, *Children of the Mire*, Cambridge, Mass.: Harvard University Press, 1974, pp.23 - 24.
[③] 黑格尔:《历史哲学》,王造时译,北京:商务印书馆,1963年,第46—122页。

性'是世界历史的主宰,世界历史因此是一种合理的过程。"①但是,正如黑格尔本人明确指出的那样,"理性"支配世界这个思想和"宗教真理"有连带关系,也就是说,"有一种神意统治着世界"②。从这个角度来看,作为一种"实质""自足的"理性精神支配世界历史的观念与《时间与旗》中的时间和历史意识相去甚远,后者对现存政治、经济秩序不合理性的表现③,对以"人民的路线和斗争"实现"既定的目的"的倡导④,都在在指向了另一种历史决定论——马克思主义的历史决定论。

马克思主义的历史决定论并不将自身建立在"理性"或者"精神"的概念之上,而是建立在政治、经济活动的基础上,而且它并不信任"理性"具有仅依靠自身力量实现合理社会的能力。马克思和恩格斯在《德意志意识形态》第一卷第一章《费尔巴哈》中明确批判了黑格尔以"精神"为基础的历史观,并提出了自己的历史观:"这种历史观就在于:从直接生活的物质生产出发来考察现实的生产过程,并把与该生产方式相联系的、它所产生的交往形式,即各个不同阶段上的市民社会,理解为整个历史的基础……"⑤马克思在《关于费尔巴哈的提纲》中提出一句著名的格言:"哲学家们只是用不同的方式解释世界,问题在于改变世界。"⑥主张以行动改变历史的观念基础在于相信历史会逐步向理性、合理的方向发展。哲学家波普尔分析道,只有对社会发展采取乐观看法的历

---

① 黑格尔:《历史哲学》,王造时译,北京:商务印书馆,1963年,第47页。
② 黑格尔:《历史哲学》,王造时译,北京:商务印书馆,1963年,第51页。
③ 比如在第2章中,作者说:"为了永久永久不减的担负,/满足长期战争的/政府,隔离农人被用于一只老弯了的/封建尺度,劳动在田埂的私有上/适应各种形式的地主,他们被驱逼走近有城门的县城外,/在各自的惧怕中苦苦期待……"
④ 在第6章中,作者对"战争的风"报以极高的热诚:"我们经过它/将欢笑,从未欢笑的张开嚼唇了/那是风,几千年的残酷,暴戾,专制/裂开于一次决定的时间中,/全部土地将改变,流血的闪出最强火焰/辉照着光荣的生和死。"在第7章中作者预言:"斗争将高于一切意义,/未来发展于这个巨大过程里,残酷的/却又是仁慈的时间,完成于一面/人民底旗——"
⑤ 马克思、恩格斯:《马克思恩格斯选集》,中共中央马克思恩格斯列宁斯大林著作编译局编译,北京:人民出版社,1995年,第1卷,第92页。
⑥ 马克思、恩格斯:《马克思恩格斯选集》,中共中央马克思恩格斯列宁斯大林著作编译局编译,北京:人民出版社,1995年,第1卷,第57页。

史决定论者才能够提供这种看到较好的世界的希望,"因为它们相信社会发展自然将会越来越好和合理,意即它自然而然趋向于越来越好和合理的状况。但是这种观点等于相信社会奇迹和政治奇迹,因为它不承认人类理性具有实现一个较合理的世界的能力"[1]。他观察到,这种历史观念中实际上有着历史决定论与"乌托邦主义的社会工程"所形成的一种联姻,这种联姻的基础有二:(一)整体主义;(二)相信可以用研究的方式发现历史的"目的"或者"社会的历史趋势"的信念。[2] 熟悉中国现代文学史的读者会意识到这种历史理念深刻地决定了很多中国作家(尤其是左翼作家)的历史、社会想象,比如在何其芳的《快乐的人们》(1940)的这些诗句中,就可以看到波普尔所观察到的历史决定论的多种构成因素:

> 整个人类像一个巨人,
> 长长的历史是他的传记,
> 他在向前走着,
> 翻过了无数的高山,
> 跨过了无数的旷野,
> 走向一个乐园。
> 我们个人
> 不过是他的很小的肢体,
> 他的细胞,
> 在他的整个身体上
> 并不算太重要。[3]

---

[1] 卡尔·波普尔:《历史决定论的贫困》,杜汝楫、邱仁宗译,上海:上海人民出版社,2009年,第40页。
[2] 卡尔·波普尔:《历史决定论的贫困》,杜汝楫、邱仁宗译,上海:上海人民出版社,2009年,第59页。
[3] 何其芳:《夜歌和白天的歌》,北京:人民文学出版社,1953年,第73—74页。

上面的诗句中所显现的一些历史观念，比如直线进步的时间观、对"乐园"的乌托邦式期待、整体主义等，在《时间与旗》中也同样存在。不过，《时间与旗》对指涉时政的诉求更为强烈——到了1948年，诗人对"乐园"的到来更满怀信心、急不可待了："而取火的人在黑暗中已经走来，/他辩证地组织一切光与热的/新世界，无数新的事态/曾经在每个不同的火苗上/试验燃烧，大的火，强烈的火，/就要从闪光的河那边过来。"（《时间与旗》第一章）概言之，《时间与旗》中对关于时间的"焦虑"，就是一个迫切期望以战争和社会变革来结束不合理的政治、经济制度并实现"自由王国"的焦虑，这种焦虑的背景和目标是历史决定论催生出来的乌托邦理想。

从本质上来说，唐祈与艾略特诗歌中时间主题的区别已然越出了"现代主义"诗学的框架，它们的背后涉及两种时间/历史意识的对立：基督教的指向"永恒"（现在）的时间观念和马克思主义的指向"自由王国"（未来）的历史意识之间的对立。两者都不是"现代主义"诗学所能涵盖的：马克思主义自不待言，而艾略特后期的《烧毁了的诺顿》对基督教的永恒"现在"的体认也明显地与现代主义那种强调"现在"与"过去"之间的对立和断裂的时间意识拉开了距离，因此以"现代主义"的范畴来讨论这两者的关联也难免会带来"拉郎配"式的牵强附会，而以"本土/外来"这样的二元框架来比较两者更是似是而非。因此，把唐祈的时间意识称之为一种本土性的现代主义是没有多少学理依据的。与其对它施加诸如"本土""现代主义"这样的宏大框架，还不如切实考察其文本的脉络与历史关联。

艾略特《四个四重奏》对时间主题的新颖而深刻的表现让很多四十年代后期的中国诗人本能地感受到了一种艺术上的发展潜能，但是和杭约赫一样，唐祈在学习艾略特的艺术手法时并没有充分意识到他本人与艾略特的时间观念的巨大区别理应在修辞上有所体现，因而他在延续艾略特的艺术手法时便经常带有机械挪用的痕迹，这种挪用偶尔如脱缰野马般越出他本人的思想和主题框架，比如第一章中"花朵般灿烂地枯萎，纸片般地/扯碎又被吹回来的那常是/时间"一句,这里对"时间"的美妙描绘更像是艾略特诗歌对"时间"的有限性之表现的延续(这种表现的另一面是对"永恒"的渴求),而不是生发自唐祈本人的时间观。因为"时间"自然也包括了"未来",而"未来"在唐祈的理解中是"既定的目的""包容了一致的方向",是"光辉的人民底旗"的完成,又怎么会"枯萎"或者被"纸片般地扯碎"呢?唐祈的时间表现并没有艾略特那样复杂的宗教、玄学系统作为支撑,也只能对这种矛盾听之任之了。对于这种现象,笔者谨将其称为"修辞与主题的断裂",这种断裂显然是诗艺不成熟之体现。

二、被殖民心态与历史决定论的"拯救"

这里我们想从文学/文化"对话"的角度来进一步观察《时间与旗》中的比较文学事件:唐祈把艾略特的诗歌摆在面前同时创作自己的诗作的过程,也是一个潜在的文学、文化"对话"的过程。换言之,我们看重的并不仅仅是那些被"输入"进来的文学资源,而是参与"对话"的整个文本、文化脉络。

在《烧毁了的诺顿》中,艾略特创造了"玫瑰园"/"玫瑰花园"(rose-garden)这一象征意象;而在《时间与旗》中,唐祈也塑造了一个"花园"意象与之"对话"。艾略特写道:"脚步声在记忆中回响/沿了我们没有走过的那条走廊/朝着我们从未打开过的那扇门/进入玫瑰园……其余的回响/在玫瑰园里。我们将跟踪而去?/快,鸫鸟说,找它们,找它们,/在附近。穿过第一道门,/进入我们的最初世界,我们是否听鸫鸟/的骗?进入我们的最初世界。"(《烧毁了的诺顿》第一节)艾略特笔下的"玫瑰园"带有明显的象征和神秘主义意味,它象征着人类的"最初世界",其原型是《圣经》中的伊甸园。艾略特暗示,人之所以想进入"最初世界",是因为"人类难以承受太多的现实"(《烧毁了的诺顿》第一节)。无独有偶,米兰·昆德拉在《不能承受的生命之轻》中亦云:"对伊甸园的怀念,就是人不想成其为人的渴望。"[①]艾略特对"玫瑰园"和昆德拉对"伊甸园"

[①] 米兰·昆德拉:《不能承受的生命之轻》,许钧译,上海:上海译文出版社,2003年,第357页。

的描写,都深刻地体现了各自对人的有限性和脆弱性的体悟。

而唐祈在将"人类难以承受太多的现实"改编成"人们忍受过多的现实"时(请注意他将"人类"改写为"人们"),心里念兹在兹的却是"可卑的政权",他不愿也不能进一步思考人类苦难的永恒性和普遍性的问题(这一问题已经被政治、经济秩序问题取消了)。与艾略特的"玫瑰园"形成对比的是,唐祈的"花园"一开始就打上了民族认同与历史记忆的标记:它坐落于上海租界内,种满"异邦情调的花簇",象征着殖民者的奢侈与淫欲;与它形成对照的是中国人的苦难生活:"而无数的病者,却昏睡在/火车站近旁,大街上没有被收容的/异乡口音,饱受畸形的苦痛,/迫害,生命不是生命,/灵魂与灵魂静止……"唐祈在面对着艾略特的形而上意味的"玫瑰园"时,心里装满了中国人近代以来的屈辱史,他在将"玫瑰园"改编为——同时也是"解读"为——殖民地花园时,明显地带有驳斥艾略特的玄学与宗教信仰的企图,甚至也潜在地将这位广受推崇的英国诗人看作殖民者的一员。因此,在《时间与旗》中,不仅有着对殖民者的批判,也有着对基督教教会的嘲讽:

> 连同那座花园近旁;
> 交通区以外的草坪,
> 各种音乐的房屋,棱台与窗,
> 犹太人,英国人,和武装的
> 美军部队,水兵,巡行着
> 他们殖民地上的故乡。
> International church(国际教堂)的圣歌
> 那样荡漾,洗涤他们的罪,
> 却如一个无光的浴室藏满了污秽。
> 宝石和花的贵妇人,和变种的
> 狗,幻象似地在欲念中行走。

> 时间并没有使他们学习宽恕，
> 遗忘，通过一切谎语，贪婪的手仍握着
> 最后的金钥匙，

应该注意的是这样一个事实，即二战之后，传统的殖民体系已然崩溃，尤其是在中国，经过太平洋战争冲击之后，西方的殖民力量更是已经彻底衰微。因此这里的"现实"描写不仅看起来颇有"打死狗"的意味，更有攻击其时协助国民党军队的美军的政治意味。作者并不愿意去考虑外来刺激本身就是中国从传统走向现代的推动力这一事实，也不愿承认教会确实是推动中国教育、医疗进步的重要力量。这种缺乏节制的仇恨、屈辱心态使得唐祈的笔墨经常滑入盲目排外：

> 一次将要来的彻底结束——
> 财富不是财富，
> 占有不能长久，
> 武装却不能在殖民地上保护，
> 沉默的人民都饱和了愤怒，
> 少数人的契约是最可耻的历史，
> 我们第一个新的时间就将命令
> 他们与他们间最简单短促的死。

在前面一段引诗中，作者嘲笑教会"时间并没有使他们学习宽恕"，不料他紧接着便"命令"外国人"他们与他们间最简单短促的死"，这里的粗暴态度着实令人不寒而栗，也隐隐看到了一个即将到来的历史的狰狞面目：若"愤怒"之下便可以判定他人的死刑的话，那么被判刑者恐怕不只是所谓"殖民者"，被写入"最可耻的历史"的本国人恐怕也难以幸免。在这些诗句中我们看到了狂热、仇恨和不容忍的到来。尤其需要注意的是第一句，考虑到此诗的写作时间（1948年），"一次将要来的彻底结束"的现实指涉不言自明。作者对即将到来的这次"结束"寄予厚望——屈辱的历史将被改写，"我们"将成为发号施令的历史的主人。在历史决定论所许诺的美丽远景的鼓舞下，作者顾不上反思和审查自身的伦理态度，甚至取消了伦理态度的问题，因为"既定的目的"可以为一切行为立法——个人对于整个历史而言"并不算太重要"（何其芳），历史决定论"拯救"了历史。

唐祈对艾略特诗歌的意象和语言的改写和"解读"毫无疑问地属于"误读"之列，但如果说"一切阅读都是误读"（昂伯托·埃科）的话，那么，以何种方式和态度误读则成了一个关键的问题。唐祈在将《烧毁了的诺顿》中的"玫瑰园"解读为"殖民地花园"时，不仅显露出他自身的民族认同、历史记忆，也体现出他对现实与未来认识之根基，即一种与乌托邦理念联姻的历史决定论。这种决定论在艺术中的表现可以分为两个方面：(1)对未来的理想主义式的想象和对"历史规律、目的"的坚定信念；(2)对过去、现在的理想主义式的批判乃至否定，具体而言就是把罪恶归之于不合理的社会、经济秩序。前一方面较为显眼，而后一方面则更为根本。这种历史决定论在"既定的目的"实现之前，虽然有意无意地让作家的笔墨失去节制，流于激愤和肤浅，但至少还能维持一种"批判"的状态；而当历史进入新的阶段，也就是"既定的目的"实现之后，对现实的批判便失去合法性了，因此诗歌的写作也就简化为歌颂。这也是唐祈在1949年后的40年间都未能写出成功的作品的根源之一。

第二节 穆旦："时间"的围困与历史的灭绝

在关于唐祈的"时间"表现的讨论中，我们看到，他的时间意识主要涉及的是社会这一整体，而很少针对个人，他的"时间"意识也主要是一种历史意识。

第四章　"时间"表现与历史意识

但我们切不可轻易得出结论说四十年代诗人的时间意识都只是一种特定语境下的焦虑,因为还有一个不容忽视的例外:穆旦。所谓穆旦是"九叶"诗人或者四十年代现代主义的代表人物这一流行的说法仅仅在一点上是成立的:即个人创作成就的高低上。若就其诗学特色在同时代诗人中的普遍性这一点而言,穆旦诗歌并不具有多少"代表性",反而在相当多的方面是"例外",在"时间"意识方面就是如此。首先,穆旦诗歌中特有的时间意识既有涉及社会的方面,也有的只针对个人。在他的"时间"表现中,有的是纯粹形而上的探索,也有的是与历史密切相关的。就是在后一类作品中,他所体现的历史意识也与同时代大部分诗人鲜明地不同,他对同时代诗人中流行的决定论和进步论式的时间观持批评态度,而且有意识地颠覆这种历史意识背后所依赖的时间基础,这一点背后有着深厚的道德、哲学关怀,并不仅仅是一种修辞策略的无意流露。

一、对"时间"的形而上思索

在穆旦四十年代的诗歌中,人与"时间"总是处于紧张的对立关系中,而且人总是成为"时间"毁灭或者必将毁灭的对象。这一关系既是形而上的,又是历史的,我们将从形而上层面开始——这一层面往往也是个人层面,进而探索其历史层面。在穆旦整个四十年代的创作中,他一直在思索人(包括自我)与时间的关系,"时间"(以及包括"过去""未来""现在"等时间概念)一直是穆旦诗歌中最频繁出现的抽象语词:"从此便残酷地望着前面,/送人上车,掉回头来背弃了/动人的忠诚,不断分裂的个体//稍一沉思会听见失去的生命,/落在时间的激流里,向他呼救。"(《智慧的来临》)个体的分裂随着时间而进行,而且不断地淹没于时间,人在时间中永远无法实现其完整性,犹如《我》所云:"痛感到时流,没有什么抓住,/不断的回忆带不回自己。"在穆旦笔下,人无法把握时间,更无法在时间中安身立命:"我是永远地,被时间冲向寒凛的地方"(《阻滞的路》);"从何处浮来/耳、目、口、鼻和惊觉的刹那,/在时间的旋流上又向何处浮去"(《诗》,1948)。遍观穆旦诗作,里面对时间与人的关系的描述几乎全是负面的。

穆旦诗作还有另一种"时间"关系,那就是"神"与时间的关系。在《神魔之争》中,"神"说:"我是谁?在时间的河流中里,一盏起伏的,永远的明灯。"我们知道,在基督教的观念里,"神"超越于时间,对于"神"而言,时间永远是"现在"/永恒(见上一节),不受时间限制的"神"与局限于时间的"人"的对比(此即人之此在与永恒的对比),映照出了人的此在的有限性与不完满性,这种有限性、不完满性的认识构成了穆旦对人的表现(尤其是其时间层面的表现)的形而上学基础。穆旦诗歌中的时间描写首先突出的是人的脆弱性,人被束缚于敌对的时间的悖论状态。

《被围者》这首诗歌被普遍认为是穆旦思考存在的性质的代表性诗作,需要注意的是,它对存在思考首先——而且主要——是从时间的角度来表现的:

> 这是什么地方?迟疑,时间
> 每一秒白热而不能等待,
> 坠下来成了你不要的形状。
> 天空的流星和水,那灿烂的
> 焦躁,到这里就成了今天
> 一片砂砾。我们终于看见
> 过去的都已来就范,所有的暂时
> 相结起来是这平庸的永远。
>
> 呵,这是什么地方?不是少年
> 给我们预言的,也不是老年
> 在我们这样容忍又容忍以后,
> 就能采撷的果园。在阴影下

第四章 "时间"表现与历史意识

> 你终于生根,在不情愿里,
> 终于成形。如果我们能冲出,
> 勇士呵,如果有形竟能无形,
> 别让我们拖延在这里相见!

——《被围者》(一)

第一节给我们描绘了一片时间的荒原,它与人处于敌对的状态,"成了你不要的形状"。如果说"时间"并非穆旦想要的状态——那他想要什么呢?这实际上是在渴求时间之外的东西,让人超拔于时间。作者在此诗第2章第1节再次流露出这种渴求:"最好的/露出最空虚的眼,最快乐的/死去,死去但没有一座桥梁。"对"没有桥梁"之死亡的强调的另一面是:死亡应该有"桥梁";对平庸而无意义的此在的表现的反面是对永恒的渴求,对超越时间——也即超越死亡——的意义终点的渴求,或者说对这种终点之存在的一种假定:"如果我们能够看见他(神)/如果我们能够看见/不是这里或那里的苦生/也不是时间能够占领或者放弃的。"(《祈神二章》)这种希望从平庸的此在中救赎出来的渴求与穆旦终身相伴,在晚年的写的《沉没》中,他还在痛切地追问:"什么天空能把我们拯救出'现在'?"

但是,在穆旦诗歌中,与这种对永恒的渴求如影相随的是另一种意识,即这种渴求永远也无法实现的绝望自觉:人将永远被时间所限制,永远地局限在自身平庸而无意义的此在之中。这也是"被围者"一语的直接意义。那么,面对时间的围困,人将何为? 穆旦在《被围者》第二章的最后惊人地给出了一个悖论式的回答,这个回答使此诗明显地有别于一般的处理"此在—永恒"问题的诗作:

> 一个圆,多少年的人工,
> 我们的绝望将使它完整。

> 毁坏它,朋友!让我们自己
> 就是它的残缺,比平庸更坏:
> 闪电和雨,新的气温和泥土
> 才会来骚扰,也许更寒冷,
> 因为我们已是被围的一群,
> 我们消失,乃有一片"无人地带"。①

此处的思虑可谓一波三折,他提出将围困我们的此在("一个圆")毁坏时,又意识到这将造成一个比"平庸"更坏的局面②,因此这种围困是没有希望的,唯一的结局就是"消失",造成一片"无人地带"!可见"被围"与"突围"之间的矛盾是无法解决的,因此也不会有"解围"。这种悲剧性的矛盾就是生存本身的矛盾,就像拉金(Philip Larkin)以另一种方式平淡地说出的那样:"勇敢些/不(会)让一个人逃避坟墓的惩罚。/哀鸣和抵抗对于死亡没有什么不同。"③

就文本自身而言,《被围者》一诗基本上是一种本体论和形而上学式的对存在与时间的思考,但这首诗的写作本身有着若隐若现的历史关联性。这一点必须留意此诗的修改痕迹才能看出来。上文所引的《被围者》文本出自 1945 年的《诗文学》杂志,而在 1947 年穆旦自费出版的《穆旦诗集(1939—1945)》中,上引一节诗的最后四行被改为:"闪电和雨,新的气温和希望/才会来灌注:推倒一切的尊敬!/因为我们已是被围的一群,/我们翻转,才有新的土地觉醒。"④这几句诗歌隐隐浮现了"翻耕土地——革命"这样的隐喻关系(见上一章),在穆旦诗歌中,这几行是不多的具有"革命色彩"的诗行之一,它试图以除

---

① 穆旦:《被围者》,《诗文学》第 2 辑,1945 年 5 月,第 93 页。
② 前文作者已经说他所处的状态(此在)就是"平庸的永远",这里的"比平庸更坏"显然是在呼应前面的铺垫,正如我们在前文讨论的《我》等诗那样,穆旦的大部分作品内部都有严密的呼应。
③ 菲利普·拉金:《菲利普·拉金诗选》,桑克译,石家庄:河北教育出版社 2003 年,第 202 页。此处依原文略做改动,加一"会"字。
④ 穆旦:《穆旦诗集(1939—1945)》,1947 年 5 月作者自费出版,第 125 页。

旧立新的革命的方式来解决"围困—突围"的悖论，于是全诗就与其时的历史背景产生了某些联系。但是，这个结尾与前文的内容并不融洽，因为此诗的围困之本质是被平庸和无意义的此在围困，"推翻一切的尊敬"也无助于"解围"，时间的必然性王国不会因为"尊敬"的推翻而被推翻，何况作者在第一章已经明言这种围困实则是"平庸的永远"——这已经排除了任何"解围"的希望了。况且，以"新的土地觉醒"这种方式来代替这一片时间的荒原，也有低估、甚至拆解这一形而上困境的嫌疑。

在1948年的《旗》这本诗集中，穆旦又转而采用1945年《诗文学》杂志上的版本，穆旦回到这一版本同他当时的历史意识同样也是有关联的（见下文），这一选择是明智而有意义的。① 既然人被时间围困的困境是无法解决也毫无希望的，那么唯一自由的行为就是选择毁灭自身，造成一片"无人地带"。"无人地带"这个涉及战争的反讽实际上是投向时间王国的最后一包炸药，同时毁灭时间和人自身。我们认为，正是这真正自由的最后一跃让此诗成为现代诗歌的最强音之一。正如马丁·布伯所言，伫立于永恒面前的此在所体现的必然与自由之间的二律背反是无法消解的，这正是人的"宗教境界"的体现："承认正题而否认反题者必贬损此境界的意义，试图调和此对立者必根除此境界的意义，凡不欲以其整个生命穿越此矛盾冲突者必背弃此境界的意义。"② 穆旦并没有选择"解围"这个拆毁二律背反的方式，而承受了"被围"的全部重量。

在穆旦1947年三十诞辰之际写的《三十诞辰有感》中，《被围者》中体现的人被时间围困的原型以另一种方式出现，在那里，人以同样义无反顾的方式面对"时间"，在"过去和未来两大黑暗间"领受"现在"：

---

① 无独有偶，在穆旦的《从空虚到充实》发表于1940年3月27日的香港《大公报》中的版本中，有这样的诗句："中华民族到了最危险的时候，/为了光明的新社会快把斗争来展开，/起来，起来，起来"，而到了穆旦1945年出版的诗集《探险队》和1947年出版的《穆旦诗集(1939—1945)》中，这些诗句所在的整章诗都被删除了。可见，现在我们所见的穆旦诗作中较少"革命色彩"和时代流行的昂扬基调这一点是穆旦自觉的艺术选择的结果。

② 马丁·布伯：《我与你》，陈维纲译，北京：生活·读书·新知三联书店，1989年，第119页。

> 时而巨烈，时而缓和，向这微尘里流注，
> 时间，它吝啬又嫉妒，创造同时毁灭，
> 接连地承受它的任性于是有了我。
>
> 在过去和未来两大黑暗间，以不断熄灭的
> 现在，举起了泥土，思想和荣耀，
> 你和我，和这可憎的一切的分野。
>
> 而在每一刻的崩溃上，看见一个敌视的我，
> 枉然的挚爱和守卫，只有跟着向下碎落，
> 没有钢铁和巨石不在它的手里化为纤粉。
>
> 留恋它象长长的记忆，拒绝我们象冰，
> 是时间的旅程。和它肩并肩地粘在一起，
> 一个沉默的同伴，反证我们句句温馨的耳语。①

在这里，人是"时间"的玩物，是它创造的产物，也是它毁灭的对象。在全诗所营造的巨大的毁灭性场景中，"我"在"过去与未来两大黑暗"中"以不断熄灭的/现在，举起了泥土，思想和荣耀"，如此气势恢宏的时间描写在新诗史上并不多见，这里的"我"面对时间的勇决气魄也一反穆旦诗歌中人面对时间被动、无助的常态。但是穆旦在对抗时间的同时又冷静地自觉到了生命之必将毁灭于时间的命运，任何事物在时间手里都将"化为纤粉"。在此诗发表于天津《大公报》的较早的一个版本中，第三节为："而在每一刻的崩溃上，要建筑自己的

---

① 穆旦：《三十诞辰有感》，《文学杂志》第 2 卷第 4 期，1947 年 9 月，第 77—78 页。

家,/枉然的挚爱和守卫,只有跟着向下跃落,/没有一个自己不在它的手里化为纤粉。"①对比两个版本,可以发现两者都抒写了自我的分裂在时间中的命运,即自我不断地毁灭于时间。但《文学杂志》中的版本创造了一重新的含义,即"枉然的挚爱和守卫"是另一个"我"所为。那么,"以不断熄灭的/现在,举起了泥土,思想和荣耀"究竟是哪个"我"之所为?无法确定,因为"我"不断地毁灭于"时间"中,并没有一个所谓的"主体"的"我"存在,全诗采用空缺叙述主语的方法也配合了这一理解。

如是,则在穆旦的理解中,不仅人无法超越时间、无法在时间中安身立命,而且人的"自我"本身在时间中也无法维持一个整体和连续的状态,而是不断地毁灭和重生,这首诗的主题其实就是其第一章结尾所说的:"重新发现自己,在毁灭的火焰之中。"考虑到这首诗作为诞辰感兴的性质,不妨说,这就是穆旦自身对于时间的态度:在时间的毁灭中不断地发现"自己",寻找"自己"。当然,不管是人还是万物都将在时间的手里"化为纤粉","挚爱和守卫"都是"枉然"。但是,对于诗歌写作而言,对时间之围困的指认,并和时间"肩并肩地粘在一起",不仅是对永恒的隐秘渴求,而且本身就是一种永恒的意义,正如里尔克所云:"有何胜利可言?挺住意味着一切。"(《为沃尔夫伯爵封·卡尔克洛伊特而作》,1908)

二、穆旦的"时间"与历史的关联

前文讨论的穆旦诗歌对时间的表现大都具有明显的形而上色彩,不过这并非穆旦的时间焦虑的全部,在他的另外一些诗作中,他表现的时间意识与具体的历史现实有直接的联系,有的甚至本身就是对历史现实的一种观察,然而这种观察又与他对时间的形而上认识密切相关。面对着四十年代残酷的社会现实,穆旦在诗歌中不仅批判了外部历史的暴力,也否定了这种暴力所依据的

---

① 穆旦:《三十诞辰有感》,天津《大公报·星期文艺》,1947年6月29日。

合法性基础,即一种与目的论、乌托邦意识联姻的历史决定论,一种以"未来"为目的直线进步的时间意识。在同时代诗人中,甚至在整个中国现代诗歌史上,我们没有见到其他诗人有这样的通过否定某一历史观念所依赖的时间基础来否定这种历史观念本身的冲动。令人遗憾的是,这一点至今没引起充分的注意。

不妨先来回顾一下唐祈那首带有历史决定论色彩的《时间与旗》的一些诗句:"为了要通过必须到达的/那里,我们将走向迂曲的路,……所有的路只寻找它们既定的目的/各种人民路线为了觅取,试探于/一个斗争,我们将获致现实最深的惊喜。"唐祈相信历史有一个"既定的目的",有一处"必须的那里",他预言在未来将有"最深的惊喜"在等待,目前唯一需要做的就是不断斗争来获得它。有趣的是,穆旦同年(1948年)写的《诗四首》(四)中也有类似的段落,态度却截然相反:

> 做过了工具再来做工具,
> 所有受苦的人类都分别签字
> 制造更多的血泪,为了到达迂回的未来
> 对垒起"现在":枪口,欢呼,和驾驶工具的
>
> 英雄:相信终点有爱在等待,
> 为爱所宽恕,于是错误又错误,
> 相信暴力的种子会开出和平,
>
> 逃跑的成功! 一时间就在终点失败,
> 还要被吸进时间无数的角度,因为

> 面包和自由正获得我们,却不被获得!①

此诗与唐祈的诗可谓针锋相对(虽然并非是有意的)。穆旦以反讽的笔调质疑那种为了到达"未来"的某个目的而在"现在"对垒厮杀的行为、那种"相信暴力的种子会开出和平"的想象。在这些诗句中,穆旦对历史现实的观察与对时间的抽象思考铰接在一起,读者可能会把这当作穆旦委婉地表达"不合时宜"的思想的方式,或者认为这只是穆旦一贯的抽象修辞的无意流露,"伪奥登诗风"的一个流露。②但笔者以为并非如此。就这些内容的现实风险来看,它们已经很明显了。在四十年代后期,就已经有左翼论者明确认识到:"在他们的阵营里也不是没有比较觉醒的,譬如穆旦,就是其中一个,然而他越是觉醒就越是恐惧,在一首诗里,他虽然表面上肯定了战争,而骨子里却否定战争……""这表现了什么?正表现了他们的困惑和不安,一方面了解反对压迫者,另一方面却反对大众日益增强的攻击力量。"③所以如果穆旦那些抽象表达是一种"掩饰"的话,那也只能是一种掩耳盗铃的、失败的掩饰。与其说穆旦是在规避政治性内容所带来的风险或者模仿某一国外诗风,不如说他是在尝试对历史现实进行深入剖析,他试图发掘表象背后的时间基础和历史真实——在大部分同时代知识分子认为历史真实和方向都已经了然在握的语境下。

穆旦对那种为了到达"未来"某一目的而在"现在"对垒厮杀的历史理念表示怀疑,他意识到这实际上是让人成了"时间"/历史的工具;他质疑那些认为在"终点有爱在等待"于是一切暴力行为便可以获得"宽恕"的想法——读者应该意识到,这种目的论式的历史决定论在现代社会是如此流行。但穆旦认为,这种做法仅仅是"被吸进时间无数的角度",这里穆旦实际上又在重写《被围

---

① 穆旦:《诗四首》,天津《大公报·星期文艺》,1948年10月10日。
② 江弱水:《伪奥登诗风:重估穆旦》,《外国文学评论》2002年第3期。其中上引"为了到达迂回的未来/对垒起'现在'"一句被作为"伪奥登诗风"的罪证举出(第129页)。
③ 晋军:《踢去这些绊脚石》,《新诗潮》第4辑,1948年12月,第15、16页。

者》一诗中人被时间围困的原型,而增加了更多的历史针对性。唐祈与穆旦在时间意识上的差别,与其说是政治态度上的差别,还不如说是历史意识和道德理念上的区别,或者说,是一种建立在道德理念之上的历史意识的区别,至少从穆旦的方向来看是如此。把穆旦简单地归结为某一主义的支持者是不恰当的,把他归结为它们的反对者同样也有失简单。穆旦对腐败的国民党政权固然没有好感,他对左翼作家也抱有警惕(正如有的左翼论者在当时就已经觉察到的那样),更重要的是,他对政治抱有形而上的敌意。穆旦的同学江瑞熙回忆道:"穆旦的思想比一般人要深些。那时(四十年代末)同学朋友在一起,常聊天。这种聊天圈子是一个自由的圈子。穆旦曾有一个观点:从哲学的角度看,……是不会容忍自由主义知识分子的,是不容忍真正的民主的。"[1]我们相信这个回忆并非臆造,穆旦在1948年的《诗四首》(二)中写道:

> 饥饿把人们交给他们做练习,
> 勇敢地求解答,"大家不满"给批了好分数,
>
> 用面包和抗议制造一致的欢呼
> 他们于是走进和恐惧并肩的权力,
> 推翻现状,成为现实,更要抹去未来的"不",
>
> 爱情是太贵了:他们给出来
> 索去我们所有的知识和决定,
> 再向新全能看齐,划一人类像坟墓。

穆旦以讽刺的笔墨告诉我们,"他们"利用饥饿来煽动不满,制造抗议,以图最

---

[1] 易彬(访谈):《"他非常渴望安定的生活"——同学四人谈穆旦》。此处根据的是易彬提供的原稿,而不是发表于《新诗评论》2006年第2辑的删节稿。引文中"……"(删减三字)为笔者所作。

终"推翻现状",成为"和恐惧并肩的权力"。不仅如此,穆旦还意识到,"他们"要在未来消除异议("抹去未来的'不'"),否定"我们所有的知识和决定"。穆旦已然嗅到了某些若隐若现的气息,也意识到了它将"再向新全能看齐,划一人类像坟墓"。这解释了前引穆旦所谓"从哲学上来说……"究竟是如何"说"的,更解释了穆旦为何在晚年也保持了如此清醒的历史意识——没有这种意识,《智慧之歌》《沉没》《苍蝇》这些晚期杰作是不可能产生的。[①]

确如江瑞熙所云,"穆旦的思想比一般人要深些",可惜这个议题长期被"现代主义"、诗歌技巧这类问题掩盖住了,而且没有和历史现实产生多少关联,这给人造成的印象是:穆旦等"现代主义诗人"似乎只是西方"摩登"技巧的模仿者,而这一谎言至今被我们的学术机器不断地复制着。这一谎言的后果不仅让我们无法理解穆旦的思想和意识,无法认清穆旦诗歌的整体性的实质,甚至对其"技巧"的认识也是不深入的,因为技巧从来不仅是"技巧"。后一问题在后面的章节中讨论,这里继续我们本节的议题。实际上,穆旦对四十年代的各种运动和主义抱有很深的不信任,这种不信任已经超出了政治态度(反对或赞同)的范畴,而深入到道德和哲学领域。再来看《诗四首》(一):"迎接新的世纪来临! 但不要/懒惰而放心,给它穿人名、运动或主义的僵死的外衣/不要愚昧一下抱住它继续思索的主体",穆旦想要剥开"人名、运动或主义的僵死的外衣"去一窥历史真实的内里,但是他不断看到的是令人绝望的人性之恶:"'必然'已经登场,让我们听它的剧情——/呵人性不变的表格,虽然填上新名字,/行动的还占有行动,权力驻进迫害和不容忍,/善良的依旧善良,正义也仍旧流血而死,/谁是最后的胜利者? 是那集体杀人的人? /这是历史令人心碎

[①] 讨论《智慧之歌》《沉没》这些诗歌的文章已经很多了,这里就不敷述了。而关于《苍蝇》一诗,最近王家新在其《穆旦:翻译作为幸存》一文中注意到它与穆旦的个人的命运之间的关联(王家新:《穆旦:翻译作为幸存》,《江汉大学学报(人文科学版)》2009 年第 6 期,第 11 页);不妨看一下其中的段落:"你永远这么好奇,/生活着,快乐地飞翔,/半饥半饱,活跃无比,/东闻一闻,西看一看,/也不管人们的厌腻,/我们掩鼻的地方/对你有香甜的蜜。/自居为平等的生命,/你也来歌唱夏季;/是一种幻觉,理想,/把你吸引到这里,/飞进门,又爬进窗,/来承受猛烈的拍击。"若说这是穆旦 1953 年回国后的命运的写照,也不是没有道理吧。

的导演?"(《诗四首》(三))"必然"这个形而上学术语让我们再次想起了基督教,因为基督教理解的"恶"和"原罪"就带有形而上的性质,或者说,是一种形而上的道德概念,它们来自人的自由选择,也只有通过"自由意志"才能被克服。① 但是,穆旦绝望地看到,在自由与必然的斗争中,必然将无可避免地取得最后胜利,历史的方向并非自由意志的实现,而是自由意志的失败。而这一点并非宗教或者哲学逻辑自身的发展,而是从历史本身上演的现实得出的结论。

面对着内战造成的残酷现实,穆旦在暴力中看不到任何"目的",他从历史的脉搏中把握到的是"人性不变的表格",是"迫害和不容忍"。穆旦站在二十世纪历史剧变的一刻,触碰到历史险恶的实质,无怪乎他对历史有着如此深切的愤恨,对未来的"美丽远景"有着如此痛切的怀疑:

> 因为有太不情愿的负担
> 使我们疲倦,
> 因为已经出血的地球还要出血,
> 我们有全体的苍白,
> 任地图怎样变化它的颜色,
> 或是哪一个骗子的名字写在我们头上;
>
> 所有的炮灰堆起来
> 是今日的寒冷的善良,
> 所有的意义和荣耀堆起来
> 是我们今日无言的饥荒,
> 然而更为寒冷和饥荒的是那些灵魂,
> 陷在毁灭下面,想要跳出这跳不出的人群;

---

① 奥古斯丁:《论自由意志》,成官泯译,上海:上海人民出版社,2010年,第 99—102、132—134 页。

第四章 "时间"表现与历史意识

>一切丑恶的掘出来
>把我们钉住在现在,
>一个全体的失望在生长
>吸取明天做它的营养,
>无论什么美丽的远景都不能把我们移动:
>这苍白的世界正向我们索要屈辱的牺牲。
>
>——《牺牲》(1947)

那个在《三十诞辰有感》中在时间的黑暗中奋力举起"泥土,思想和荣耀"的穆旦,当他面对丑恶的人性和成堆的"炮灰"时,则痛感到"所有的意义和荣耀堆起来"也只是"无言的饥荒"(第二节)。历史暴力在他看来是"全体的苍白"之征象。由此,穆旦陷入了一种末世论式的历史观,他在历史中仅仅看到了人性的丧失和灵魂的灭绝:"然而更为寒冷和饥荒的是那些灵魂,/陷在毁灭下面,想要跳出这跳不出的人群。"这里,对历史现实的观察进一步发展成对灵魂处境的思考,这些陷入毁灭性的此在的"人群"令人想起了《被围者》中的"被围的一群",但是时间的围困的形而上处境进一步演变为历史的灭绝,第二节的"想要跳出这跳不出的人群"这个悖论性姿态再次展现出上文提到的对永恒的渴求和无法求得之间的悖论,穆旦在此诗中告诉读者,"我们"已经被钉死在历史的耻辱柱上,即他们所处的"现在":"一切丑恶的掘出来/把我们钉住在现在,/一个全体的失望在生长/吸取明天做他的营养,/无论什么美丽的远景都不能把我们移动:/这苍白的世界正向我们索要屈辱的牺牲。"①这里,穆旦对四十年代中国现代文学中那种流行的"黑暗—光明"二元对立的结构模式和对"光明未来"的乌托邦式假想构成了深刻的颠覆:"现在"巨大的毁灭力量让"明天"也

---

① 这也再次印证了《被围者》在《诗文集》中的版本更符合穆旦诗歌的整体意识,即对毫无希望的被时间或历史围困的此在的痛切意识。

显得苍白无力(它"吸取明天做它的营养"),任何"美丽的远景"都毫无意义。历史在这里呈现出一种终结的状态,它并非那种线形前进的进化论式的历史,而是被"现在"这股狂流牵引着下沉的历史——"历史已把他们用完:/它的夸张和说谎和政治的伟业/终于沉入使自己也惊惶的风景。"(《荒村》)

穆旦以痛切的方式撕碎了进步论所描绘的意义图式,他揭示了工具主义的历史观念的实质,即把人永远地钉死在历史上。他拒绝把"未来"/"明天"当作目的,而把"现在"当作手段,也否定了"未来"将比"现在"进步的假定;历史在他笔下不再朝向未来昂首挺进,而是被卷入"现在",螺旋状下沉,无止尽坠落,它不容置疑的线性进步过程成了可怖的谎言。这样一种时间思索绝非某一修辞策略的无意流露,它既是一种形而上思索,又是一种敏锐的历史观察和历史直觉。

三、结语

就第二部分中主要讨论的穆旦诗作(它们大都写于四十年代后期)本身而言,必须承认它们在命意上稍显直白,在措辞上相当激烈,很多时候只有议论而缺少形象的表现,缺乏足够的"艺术间接"(artistic mediation),从纯粹的审美角度来说或许不如他本人的《诗八首》《春》等诗来得含蓄而有韵致。但我们在做出这样的评判时又不免犹疑:对于那样一种直接面对历史之险恶与人性之丑陋的诗歌,去要求它们有"艺术间接"或"审美价值"是一种理所当然的批评态度吗? 西默斯·希尼(Seamus Heaney)在思索战死于一战之中的英国诗人欧文(Wilfred Owen)那些描写战争和死亡的"露骨"诗作时也同样感到辗转难决,比如这首:

> 如果在窒息的梦中你也能跟在
> 我们把他扔在上面的马车后,
> 看着他脸上白色的眼珠在扭动,

> 他悬垂的脸,像恶魔厌倦了罪恶;
> 如果你能听到,随着每一下颠簸,血
> 咕噜噜从腐烂发泡的肺中冒出,
> 癌一样污秽,苦得像廉价的口香糖,
> 无辜舌头上不可治愈的溃疡,
> 我的朋友,你便不会以这么高的热情
> 给孩子们讲述那不顾一切的荣耀,
> 古老的谎言:为祖国而死
> 死得其所。①

欧文和穆旦一样亲历过战争,当他面临着具体而实在的暴力和死亡,他无法再轻易认同那些为残暴辩护的意义图式。希尼说:"当他(欧文)实际射击、杀人时,他的行为是与他的个人良知相抵触的,但这是为了达到他视为更大目标的东西,亦即一种普遍良知的觉醒。'一个真正的诗人必须诚实。''今天我们所能做的只是提出警告。'"②是的,"普遍良知"和"诚实",这正是我们想要寻找的两个词。希尼认识到,在二十世纪诗史上出现了一种"作为见证的诗人",其名单可以从英国的欧文、早期奥登一直延续到苏联、东欧的米沃什、赫鲁伯等一大批杰出诗人。③ 他们对历史中的各种暴力有着更为敏感和痛切的感知,对于战争与死亡的意义有着尖锐和彻底的质疑。二十世纪的中国和西方一样经历了空前的暴力和灾难,但是对此有痛切认识的诗人令人遗憾地少之又少,如果说中国诗人之中有谁能承受"普遍良知的觉醒"和"历史的见证"的沉重的意义的话,我们首先想到的便是穆旦。

穆旦四十年代这些书写时间与历史的诗歌与其说是当时的——他的诗歌

---

① 西默斯·希尼:《希尼诗文集》,吴德安等译,北京:作家出版社,2001年,第226页。
② 西默斯·希尼:《希尼诗文集》,吴德安等译,北京:作家出版社,2001年,第226页。
③ 西默斯·希尼:《希尼诗文集》,吴德安等译,北京:作家出版社,2001年,第227页。

在四十年代的实际影响也较为有限[1]——还不如说是后来的。它们以对历史灾难的深切关怀挑战了各种发动暴力的价值体系和辩护暴力的合法性依据,颠覆了它们所依赖的时间观念之基础,也警告了后人对于这些体系的轻易信任,和对于历史本身的油滑评判。如果说诗歌无力阻止人滑入历史的陷阱的话,那么它至少可以安慰那些已然陷入陷阱的人(包括作者自身),告诉"他不过是撞上了同义反复"[2],也即穆旦所说的"人性不变的表格"。如果说诗歌在历史灾祸中还有什么意义的话,这便是它的意义。

---

[1] 易彬:《论穆旦诗歌艺术精神与中国新诗的历史建构》,华东师范大学博士论文,2007年,第三编第一章,《论穆旦40年代批评空间的生成》,第256—275页。

[2] 布罗茨基:《文明的孩子》,刘文飞译,北京:中央编译出版社,2007年,第52页。

第五章　创造性的隐喻

引　言

在本章中我们讨论"九叶"诗人在语言上的突出特征(即创造性的隐喻)与其历史意识和世界观之间的联系,分析其作品中大量出现创造性隐喻的历史契机是什么,在此基础上我们再讨论"九叶"诗人的隐喻语言在新诗发展史中的地位与意义。为了让读者更好地理解本章的讨论,首先来理解什么是"隐喻"(metaphor),请看两个例子:"列车轧在中国的肋骨上/一节接着一节社会问题"(辛笛《风景》);"我缢死了我错误的童年"(穆旦《在旷野上》)"肋骨"是用来描述身体的一个名词,现在用来形容土地或者风景,而"缢死"原来用来形容人,现在却用来形容"童年"这个抽象概念。这都是语词的"移用",在移用到日常语言中不常用的语境中后,这些语词的含义也相应地改变。在西方修辞学中,把这一类偏离原有的范畴的词语的移用统称为"隐喻"(希腊语 metaphora,法语 métaphore,英语 metaphor),"隐喻"这个概念在西方源远流长,最初在古希腊语中,metaphora 指一种意义的转移(a transfer),词根 meta 意为 across(从一边到另一边),phora 即 carrying(搬运)。[①]"转移"这层意义一直是西方的

[①] J. C. Nesfield & F. T. Wood, *Manual of English Grammar & Composition*, London & Basingstoke: Macmillan Publishers Ltd., 1964, p.272.

"隐喻"最基本的含义。我们观察前面列举的诗句中加了下划线的语词,它们在句子中的意义都偏离了这些词语原有的意思(字面意义),这种"转移"用韦尔斯的术语来解释就是,从一个指称语义场(Field of reference)转向了另一个指称语义场。①

为了避免读者对本书概念的运用产生误解,需要介绍和强调以下几点内容。隐喻不仅仅是词语意义的转移(虽然词语意义的转移是它的"标志"之一),而且也不必然是"比"(把一物比作另一物这种认识并不适用于所有的隐喻)。在下文对袁可嘉的比喻理念的分析中,我们将证明,类比(或者相似性)仅仅是隐喻发挥效用的因素之一,而不是它的功能和意义之全部,隐喻还包含有词语语义内容的改变、意义范畴的变化、对未知思想的命名等多方面的特征,它往往是语言创新的核心关节,在这一点上隐喻与仅强调"比较"/"类比"的明喻大有区别,这是过去的新诗语言研究中严重忽略的一点。必须说明的是,本书的"隐喻"指的是西方语言中的 metaphor,它与中国现代修辞学的"隐喻"/"暗喻"概念不完全相同,英语中的 metaphor 包括了中国现行修辞格体系中的暗喻/隐喻、借喻、拟人、拟物等,也就是说,包括除明喻以外的所有的比喻辞格②,因为在这些辞格中都带有语词的词义或者指称范畴的转移。我们在理解"metaphor"这个概念时有必要摆脱"隐喻"这个译名带来的某些误导。

在本书中,隐喻首先指语言上的一种现象,但隐喻绝不仅仅是一个修辞技巧的问题,实际上,隐喻直接而且深刻地反映出语言与思想(包括历史意识和世界观等方面)之间的紧密关联。考恩说,隐喻"渗透了语言活动的所有领域并且具有丰富的思想内涵,它在现代思想中获得了空前的重要性,它从话语的修饰的边缘地位过渡到对人类的理解本身进行理解的中心地位"③。正是因为

---

① K. Wales, *A Dictionary of Stylistics*. London & New York: Longman, 1989, p.295.
② 李国南:《英汉修辞格对比研究》,福州:福建人民出版社,1999 年,第 198—208 页。
③ Ted Cohen, "Metaphor and the Cultivation of Intimacy", in *On metaphor*, ed. Sheldon Sacks, Chicago: University of Chicago Press, 1979, p.1.

第五章 创造性的隐喻

隐喻在现代（尤其是现代诗歌中）有如此重要的地位，它也成了我们深入探讨作品风格乃至思想问题的一道"窗口"。比尔兹利提醒我们："对隐喻的解释旨在成为解决更广泛的问题，即解决被视为整体的作品本身的解释问题的试验台。"[①] 由隐喻出发，进而深入到作品的整体，以解决一些更广泛的问题，这是本章的基本思路。

实际上，隐喻与思想之间的关联，不仅涉及"九叶"诗人的语言策略的本质，也涉及整个现代汉诗之所以区别于传统诗歌的特质。奚密在一篇著名的论文中指出中国传统诗学中的"比"与西方的隐喻（metaphor）之间的区别与两者在世界观上的区别有关：中国传统诗学对比喻的理解建立在一元论世界观的基础上，视万事万物为一有机整体，着重表现人与世界的和谐或类同；而西方的隐喻概念以二元论世界观为前提，它将精神与肉体、理念与形式、自我与他人、能指与所指做对分。中国的"比"强调类同、协调、关联，而西方的隐喻则强调张力与矛盾，往往体现出人与世界的对立或紧张关系。[②] 在其关于现代汉诗的专著中，奚密进一步提出，"有鉴于隐喻背后所隐含的世界观的差异，与中国传统相比，现代汉诗的隐喻观较接近西方"。"现代汉诗中隐喻地位的提升，其背后的动力部分来自中国社会文化环境的激进改变。现代诗人面对的是一个动荡激荡的世界，传统价值已经瓦解，人与世界之间的和谐甚至连续性都已经大量失落而亟待重建。"[③] 奚密以宏观的比较视野指出了现代汉诗中隐喻的特定形态生成的原因以及它在现代汉诗中的地位之提升的历史、文化背景。笔者同意奚密的观察，但我们同时也意识到，如果要把这一观察运用于特定的文学史分析的话，我们还要对它进行进一步的历史化与具体化。尤其需要注

---

① Monroe. C. Beardsley, *Aesthetics*, New York: Harcourt, Brace & World, 1958, p.134.

② Michelle Yeh, "Metaphor and *Bi*: Western and Chinese Poetics," *Comparative Literature*, 39(3), Summer 1987, pp.237-254. 另外，余宝琳在关于中国的比喻与世界观的关系方面也有类似见解，但她强调中国古代没有西方意义上的隐喻，因为没有后者所要求的"替代过程"，见：Pauline Yu, "Metaphor and Chinese Poetry", *Chinese Literature: Essays, Articles, Reviews*, 3, 1981, pp.204-224.

③ 奚密：《现代汉诗：一九一七年以来的理论与实践》，奚密、宋炳辉译，上海：上海三联书店，2008年，第86、89页。

意的是"现代汉诗"这一整体范畴内部的多样性问题：三十年代的诗人由于处于一个相对安稳和平静的世界，其意象比喻往往表现人与世界（或自然）之间的和谐或连续性，因此他们在语言上也往往诉诸一些带有古典特色的意象、比喻，比如："今朝收两朵微笑，/付一支镜花，收一支水月"（卞之琳《无题四》）；"青色的夜流荡在花阴如一长琴。香气是它飘散出的歌吟"（何其芳《祝福》）。

抗战爆发之后，这种语言受到了根本性的挑战，因为诗人们处于历史的激流中，他们面对的是一个动荡、混乱的世界，人与世界的关系由和谐变为冲突和对立。在这种背景下，一种应对方式是像很多"人民诗人"那样诉诸"战斗"和"批判"（黑暗政权），以求得一个更为安宁、幸福的社会的到来，这样往往也意味着人与世界之紧张关系的转化和瓦解，因为这一紧张关系变成了人与特定对象（政权）的对立；另一种应对方式则以"九叶"诗人为典型，他们力图以艺术的方式迎纳外部世界的压力，通过张力、矛盾的语言表现出来，而创造性的隐喻则是这种语言的突出特征。实际上，辛笛和陈敬容都曾经沉浸于三十年代"现代"派诗风，他们的隐喻特征之变迁就是三四十年代诗歌语言变迁的一个缩影。而在抗战爆发后才开始创作的穆旦、杜运燮等则更多地延续了西方诗人的隐喻手法，更为直接、深入地呼应外部世界的压力，对现代汉诗的语言创造之影响也更为深远。[①]

第一节 辛笛：历史文化危机与隐喻的创造

在第二章我们已经分析到，由于外部"现实"的压力和自身的道德焦虑、诗学焦虑的推动，辛笛的诗体从三十年代后期开始有了深刻的变革，他的抒情方式、节奏模式、情感表达等诗学特征发生了很大的变化。不过，我们忽略了辛

---

① 前面各章节的讨论中实际上已涉及创造性隐喻，比如杜运燮的轻体诗中所使用的带有微讽的隐喻、杭约赫在表现城市的压迫性和人的脆弱时所用的一些隐喻、陈敬容表现城市对人的异化和物化的较有硬度和张力的隐喻，等等，这里仅选取几个典型的例证来说明整体的情况，请相互参考。

第五章　创造性的隐喻

笛诗歌在三四十年代发生的另一重根本性的变化,那就是其意象传达和语言性质本身的变化,这些变化集中地体现于其诗歌隐喻的变化上。[①] 辛笛三十年代前期的隐喻语言和意象与古典诗词有紧密的联系,这种联系不仅体现在它们对古典诗歌的意象和措辞的借用上,也体现在它们与古典诗词背后的世界观的同构关系之上。辛笛早期诗歌的隐喻往往体现出一种人与世界之和谐、连续性的一元论世界观,而且也从这种世界观中获得了语言创新的灵感。自三十年代后期开始,由于外部历史环境的急剧转变,战火连绵、社会动荡,辛笛诗歌想象中的人与世界的和谐关系崩溃,诗人无法再安享"春花与秋燕"(《狂想曲》),他的隐喻也开始体现出人与世界和历史之紧张关系,开始注重比喻的跨度和张力。辛笛诗歌隐喻的变化典型地体现出"九叶"诗人如何以艺术变革的方式应对外部世界的剧变。

一、 世界观的变迁与隐喻的变化

和三十年代前期北平的很多"现代"派诗人一样,辛笛早期作品的隐喻意象带有明显的古典诗词的烙印,比如《夜别》(1933):

> 再不须什么支离的耳语吧,
> 门外已是遥遥的夜了。
> 憔悴的杯卮里,
> 葡萄尝着橄榄的味了呢。
>
> 鞭起了的马蹄不可少留。
> 想收拾下铃辔的玎珰么?
> 帷灯正摇落着无声的露而去呢,

[①] 就语义特征而言,隐喻是一种语言现象;而就诗歌的形象表现而言,隐喻又可以造成独特的意象,它们一般称为隐喻意象或者比喻意象,隐喻与意象并非相互排斥的两个概念。

　　　　心沉向苍茫的海了。

　　这里作者触碰的是古典诗歌最古老的题材之一:送别。他以具体的意象刻画离别时的惆怅和迷惘,令人不自觉地想起古人送别的情景。此处比较引人注目的是"憔悴的""尝着""摇落""沉向"这些词语的隐喻性使用手法,第三行的"憔悴"显然是一种拟人手法,而最后一行"心沉向苍茫的海了"则把抽象的"心"与具象的"海"结合在一起。这些隐喻手法大都与古诗神似,比如"憔悴的杯卮"一语令人想起李商隐的"阶下青苔与红树,雨中寥落月中愁"(《端居》);"心沉向苍茫的海了"则颇似李白的"狂风吹我心,西挂咸阳树"(《金乡送韦八之西京》)。

　　在三十年代诗人中,这种从古诗传统里演绎出来的意象比喻相当风行,不独辛笛,卞之琳、何其芳、林庚、曹葆华等诗人都乐此不疲。但是,与古典诗词相比,辛笛这里的表现显得不够整饬和简洁,缺乏形式上的必然性,创新也较为有限。戴望舒曾经对林庚那些带有明显的拟古气息的新诗批评道:"从表面上看来,林庚先生的四行诗是崭新的新诗,但到它的深处去探测,我们就可以看出它的古旧的基础了。现代的诗歌之所以与旧诗词不同者,是在于它们的形式,更在于它们的内容。结构,字汇,表现方式,语法等等是属于前者的;题材,情感,思想等等是属于后者的:这两者和时代之完全的调和之下的诗才是新诗。而林庚的'四行诗'却并不如此,他只是拿白话写着古诗而已。"①他将林庚的做法称为"新瓶装旧酒","而这新瓶实际也只是经过了一次洗刷的旧瓶而已"②这样的评价对于辛笛大部分早期作品也是适合的。从历史的角度来看,辛笛早期诗歌在修辞、美学上所做的一些探索的意义大为可疑——因为它们完全可以用旧诗的形式更好地实现。从古诗的传统中寻章摘句的问题不仅在于重复前人已有的成果,更在于它与时代不"调和",甚至与时代隔绝。《夜别》

---

① 戴望舒:《谈林庚的诗见和"四行诗"》,《新诗》第 2 期,1936 年 11 月,第 229 页。
② 戴望舒:《谈林庚的诗见和"四行诗"》,《新诗》第 2 期,1936 年 11 月,第 233 页。

中的"杯卮""马蹄""帷灯""铃辔"等语,更像是唐人送别的场景,而不是现代生活的反映,它们与现实的关系稀薄得可疑。

三十年代前期的辛笛和大部分北平"现代"派诗人一样,过着相对安宁、平静的学院生活(他们当时多为北平高校的学生或教师),因此也有条件进入古人的想象世界中,展开物我交融、天人合一的诗性想象,辛笛的隐喻手法也从这种想象中获得了灵感。比如《冬夜》(1934):"想温暖外的风尘,/今夜的更声打着了多少行人";又如《二月》(1936):"我将是一个御者,/载去我的,或是你的,/<u>一蓑风,一蓑雨</u>。"请注意画线部分的语词,它们都是跨越语义范畴的用法(即隐喻)。以"一蓑"形容风雨显然受到了苏轼的"一蓑烟雨任平生"(《定风波》)的启发。当辛笛把风雨这样的自然物象用"一蓑"来形容并称其为"我的"的时候,读者很容易感受到其中蕴涵的人与世界的亲密无间之关系,仿佛两者之间并不存在界限和区别——隐喻语言取消了这种界限。

但是,四十年代严峻的历史环境强行切断了诗性想象中人与世界的这种亲密联系。在自然物象中自得其乐的诗学在内忧外患、战乱纷纭的社会中显得像是一种"犯罪",新诗与传统文化的联系在新的语境下也成了一种可疑的享乐主义行径。这种文化(文学)危机也在很大程度上切断了三十年代的相当一部分诗人的诗性想象和修辞创新的源泉。但是,历史文化的巨变带来的后果也不完全是消极的,它同样也可以是新的艺术创新的动力,对于陈敬容和辛笛的创作而言都是如此:在两者的创作中都有人与世界的紧张关系所带来的隐喻手法的创新。[①] 来看辛笛的《寂寞所自来》(1946):

  两堵矗立的大墙拦成去处
  人似在涧中行走
  方生未死之间上覆一线青天

[①] 关于历史环境与陈敬容诗歌的修辞的变化的讨论,请见第三章第二节。

果有自由给微风吹动真理的论争
空气随时都可以象电子样予以回响
如今你落难的地方却是垃圾的五色海
触目惊心的只有城市的腐臭和死亡
数落着黑暗的时光在走向黎明
宇宙是庞大的灰色象
你站不开就看不清楚摸不完全
呼喊落在虚空的沙漠里
你象是打了自己一记空拳

通读全诗，不难发现它写的是对城市景观的感受，诗中的城市指的就是上海（作者特地在诗后注明"一九四六年秋在上海"）。辛笛以比喻（隐喻）的方式来表现城市空间的逼仄和城市景象的丑陋（如第2、3行）。值得回味的是"方生未死之间上覆一线青天"这样的虚实结合的隐喻（即把抽象概念与具体景象"焊接"在一起），它令人想起了杭约赫《复活的土地》中的诗句："让我们冲出这间窒息的/关锁着噩梦和虚妄的屋子。"从这些比喻意象中可以感受到辛笛与他周围的环境的对立或断裂，感觉到他的"寂寞"："呼喊落在虚空的沙漠里/你象是打了自己一记空拳"，这里的"虚空的沙漠"显然隐喻的是城市，这个隐喻凸显了"你"的空虚与寂寞。此诗题名"寂寞所自来"，我们不妨问：作者的"寂寞"自何而来呢？诗中的"寂寞"又是怎样一种"寂寞"？

　　三十年代前期的辛笛也有不少写"寂寞"的诗歌，它们与《寂寞所自来》的"寂寞"却有微妙而重要的区别。比如《秋思》（1934）："城下路是寂寞的，/猩红满树，/零落只合自知呢；/行人在秋风中远了。"这里的"寂寞"源于"零落"（远离人群），但是诗人在"寂寞"中又享有自然的宁静与和谐，他虽然"零落"，却自安于"零落"（这也是传统诗人经常有的一种心态）。尤其值得回味的是最后一行诗画合一的写法，它让我们觉得"行人"像进入画中一样，恬然自得地融入了自然之中。相比之下,《寂寞所自来》的"寂寞"全然是另外一种寂寞,它并非源于诗人与人群的隔绝(作者所在的城市应当是人来人往、熙熙攘攘),而是因为人与整个环境的对立,作者在城市中看到的是"垃圾的五色海""腐臭和死亡",城市空间阴暗逼仄,生活其间的人直叫人有"方生未死"之感。正因为如此,三十年代在自然物象中自得其乐的辛笛到了四十年代却有这样的体悟:"宇宙是庞大的灰色象/你站不开就看出清楚摸不完全。"这个隐喻实际上意味着辛笛想要和"宇宙""站开"——与整个世界保持距离。这首诗和废名著名的《街头》一样,典型地反映出现代世界中人与世界的隔绝和对立,并充分体现出现代汉诗的本质[①],其比喻语言既来源于、又凸显了这种二元论世界观。

二、历史危机与创造性隐喻

四十年代的历史危机促成了辛笛的历史意识、社会意识以及道德意识的觉醒,这一系列思想、心理变迁在辛笛诗歌中集中体现为一种"无法抒情的抒情"的抒情方式和诗学焦虑(见第二章)。而在语言以及形象表现方面,它们则体现在一些创造性隐喻的营造上,这些隐喻大都与作者的社会关怀以及道德焦虑有关。比如辛笛著名的《风景》(1948):

> 列车轧在中国的肋骨上
> 一节接着一节社会问题
> 比邻而居的是茅屋和田野间的坟
> 生活距离终点这样近

[①] 废名《街头》:"行到街头乃有汽车驶过,/乃有邮筒寂寞。/邮筒 PO/乃记不起汽车号码 x,/乃有阿拉伯数字寂寞,/汽车寂寞,/大街寂寞,/人类寂寞。"(《新诗》第 2 卷第 3—4 期,第 296 页)奚密认为此诗"捕捉住现代汉诗的本质",她评论道:"就废名而言,寂寞源自他在现代物质条件下深陷于某种矛盾而感到的困惑,这种矛盾在于,外部世界的挤迫和喧嚣灌注于他的只是深深的孤独和无助而已。古典诗人之寂寞背后的宁静和自在,在这首现代诗中是看不到的。"(奚密:《现代汉诗:一九一七年以来的理论与实践》,奚密、宋炳辉译,上海:上海三联书店,2008 年,第 1、3 页)可以看出,在抒写现代人的"寂寞"方面,辛笛与废名的这两首诗是颇有神似之处的。

> 夏天的土地绿得丰饶自然
> 兵士的新装黄得旧褪凄惨
> 惯爱想一路来行过的地方
> 说不出生疏却是一般的黯淡
> 瘦的耕牛和更瘦的人
> 都是病,不是风景!

作者在诗歌最后注明"一九四八年夏在沪杭道上",显然,此诗写的是作者在沪杭铁路上所看见的"风景"。第一行中的"中国的肋骨"这种缩合式隐喻实际上蕴涵着"国家(土地)——身体"这样的隐喻关系,这种隐喻关系在近代中国有一个著名的例子,那就是"东亚病夫"这一说法,实际上,此诗最后一行就呼应了这种说法,作者告诉我们他所看到的实际上"都是病,不是风景!"可见,《风景》这个标题本身就有反讽意味。更为微妙的是第3—4行,实际上,这是一种类比式隐喻的变体,后者的标准格式为"A 之于 B 犹同 C 之于 D"(A 与 C、B 与 D 具有比拟关系)①。第3—4行在猝然的对接中包含了明显的启发人的意向,它们暗示着:茅屋和坟的距离就是生活和终点(死亡)的距离。作者在茅屋和附近的坟这样的普通景象中,居然领悟到生命与死亡如此贴近的关系(这也是一种焦虑和关怀的流露)。可见,"社会问题"同样可以在艺术语言中找到表达的"出口",即创造性的隐喻。与一般的"社会问题"诗歌相比,辛笛的诗歌有批判的意识却不流于激愤和浅白,它在隐喻形象中蕴涵了深刻的启悟。

历史、社会危机给辛笛诗歌带来的不仅是对社会问题的关注,同时也有对历史压力之下的个人焦虑之表现,这种表现往往被放置在人与世界、历史之对立的二元框架下,因此也往往以隐喻语言的方式来呈现。比如《识字以来》(1945):

---

① 比如亚里士多德《诗学》中的例子:"老年之于生命,有如黄昏之于白日。"(亚里士多德:《诗学》,罗念生译,北京:人民文学出版社,1962年,第74页)

第五章　创造性的隐喻

> 我从千字文三字经
> 学步的影子
> 发展到无量大的
> N的多边形
> 连连打转
> 一直向前
> 象一只哑嗓子的陀螺
> 奋然跃入了旋涡的激流
> 我知水性而不善游
> 勉力自持
> 只作成人生圆圈里的一点
> 可还是捉不住那时远时近
> 崇高的中心

这里，辛笛把自己比作放入激流的陀螺，借着对陀螺的描述（即喻体）来表现自己从"识字以来"的人生历程（即本体），这个隐喻渗透了全部诗行。因此，所有词句实际上都具有双重含义，它们表面上是在描述"陀螺"，实际上是在描述作者的人生。这种隐喻在修辞学上一般称为"扩展的隐喻"（extended metaphor），辛笛诗中另一个这样的例子就是《手掌》这首名作。辛笛这首诗中所描述的人落入激流、勉力自持、身不由己的情状令我们想起了穆旦的诗句："从何处浮来/耳、目、口、鼻和惊觉的刹那，/在时间的旋流上又向何处浮去。"（《诗》，1948）可以看出，辛笛和穆旦都借着"激流""旋流"这样的隐喻意象来表现人与历史中身不由己、无所归依这样的生存焦虑——人无法在历史中安身立命，更无法把握或者掌控历史。实际上，这也是四十年代知识分子的典型的生存困境，他们有社会关怀却苦于找不到实现的方式，想融入历史却被历史的洪流无情地吞没或抛弃,历史不是意义的来源和生活的目的,而是一个映照出生活之无意义的背景。①

在辛笛早期的诗歌中,隐喻的使用往往只限于个别字句,它们很少相互联结,成为整个作品的想象和叙述框架,大都仅仅是在美学上进行点缀的"装饰品"而已。但是在他四十年代的作品中,隐喻不仅渗透到整个篇章结构中,而且往往也是艺术表现的中心或"焦点"。我们在本章引言中提到,隐喻在现代汉诗中地位的提高与现代中国的社会文化环境之巨变有关。但是,也可以反过来说,正是因为创造性隐喻所带来的诗学契机,诗人才有机会深入地把握他们所面临的历史危机和生存焦虑,这种危机感和焦虑感不仅很少在那些自安于一套"红色隐喻—转喻系统"的"人民诗人"手中得到展现;就是在辛笛、穆旦自己写的评论、日记等散文文字中,也没有这样深刻的表现,这并非偶然。保罗·利科提出,"隐喻是话语借以发挥某些虚构所包含的重新描述现实的能力的修辞手段"②。在创造性隐喻所必然意味着的创造性想象和虚构中,诗人才得以自由地把握时代、历史的脉动,摆脱思想、文学上的成规俗见③,真正地实现"重新描述现实"并兑现亚里士多德承诺过的断言:诗比历史更真实。④

第二节 穆旦:隐喻的张力与历史的压力

如果说辛笛的诗歌语言在四十年代的"嬗变"多少还带着点被动退却或者

---

① 令人惋惜的是,辛笛对历史的负面感受只是在一些隐喻形象中才偶尔有所流露,他并没有像穆旦那样上升为自觉的表现和反思;而且到了四十年代后期,他也开始相信"行动"和"群众"的力量,因而无意中消解了人与世界和历史的紧张关系(见第二章第一节)。

② 保罗·利科:《活的隐喻》,汪堂家译,上海:上海译文出版社,2004年,第6页。

③ 应该认识到,文学上的成规俗见(包括文学意识形态)同样建立在一些惯用隐喻、转喻之上,它们一旦成为统治性意识形态,就成了一些不容颠覆的符号系统。隐喻的创新本身就是思想的创新,因为它通过(在形象与语言上)挑战惯用隐喻的方式挑战了它们背后所包含的思想和态度,实际上,这也是80年代的杜运燮以及所谓"朦胧诗人"受到批判的根源(见本章第四节)。

④ 亚里士多德:《诗学》,罗念生译,北京:人民文学出版社,1962年,第29页。

第五章　创造性的隐喻

"时势所迫"的意味的话,穆旦则主动地探索新的表达形式,让时代和外部世界的紧张和焦虑在诗中得到白热化的表达,这种表达集中体现为一些富含张力的隐喻的运用①,在他的诗中我们看到了大量触目惊心的隐喻意象(下划线为笔者所加):

习惯于接受,人们自私的等待
而且<u>腐烂</u>,没有办法生活。
　　　　　　　　　——《退伍》

当劳苦和死亡不断的绵延
我宁愿它是南方的<u>欺骗</u>。
　　　　　　——《一个战士需要温柔的时候》

多少朝代在他身边升起又降落了
而把希望和失望<u>压</u>在他身上,
而他永远无言的跟在犁后<u>旋转</u>,
翻起同样的泥土<u>溶解</u>过他祖先的,
是同样受难的形象<u>凝固</u>在路旁。
　　　　　　　　　——《赞美》

请读者尤其注意句中加下划线的语词,例如"把希望和失望压在他身上"的"压"字。在我国的传统诗词中,很少看到像穆旦这样地使用动词,这样的动词让诗句异常鲜明,然而又让读者无比困惑。穆旦的这些诗句让读者陷入了

---

① 关于穆旦诗歌的隐喻,笔者曾在多篇论文中予以讨论,参见《〈丘特切夫诗选译后记〉与穆旦诗歌的隐喻》,《南京理工大学学报(社会科学版)》2009 年第 4 期;《1940 年代穆旦诗歌的隐喻与语言的张力》,《长江学术》2010 年第 4 期;《穆旦 40 年代诗歌的隐喻与其非指涉性》,《文学评论丛刊》2011 年第 1 期。

一个语义上不大确定的迷宫之中,感觉它们的意思似乎"是"什么又好像"不是",用一个语义学上的概念来说,就是感觉在话语中存在着某种"张力"(tension)。

最开始把"张力"概念用于语义学和修辞学讨论的学者是理查兹(I. A. Richards),他是现代修辞学的奠基者之一。理查兹认为在隐喻的意义发生机制中,比较双方的相似性与不相似性都在起作用,在某些隐喻中不相似性的作用甚至更大,因为我们的大脑是一个"连接器官",它具有强大的连通能力,因此某些突然而惊人地结合的隐喻往往会取得突出的艺术效果,这种效果集中体现为隐喻给读者带来的一种"张力"(tension)感。"张力"的基本意思是指一种紧张的状态(因此 tension 的另一个译法是"紧张"),与"松弛""疲软"等相对,在物理学中,又指一种两股相互拉扯、相互争执的力量纠缠在一起的现象。借"张力"概念用来解释隐喻意义的产生方式是理查兹的一大创见,他观察到,"在隐喻中两个放在一起的事物或者观念之间相差得越远,隐喻所产生的张力也就越大,张力好比是(比喻之)弓的弦,是箭发射的力量之源"[①]。理查兹的这种认识为西方的比喻理论研究开创了一个新纪元,也为我们对穆旦诗歌的理解提供了有益的工具。[②]

如果我们仔细审视穆旦诗歌的隐喻的话,会发现穆旦诗歌中也大量地存在着一些"不相似"的方面胜过"相似"方面的比喻,造成了其诗歌话语的张力。我们在这里要特别强调的是,穆旦诗歌中的这种隐喻表达并不是对西方诗歌与诗学的简单和拙劣的模仿,它是四十年代这样的历史语境下的一条几乎是必然的诗歌路线,它与穆旦所面临的历史压力有深刻的联系。来看其著名的《出发》(1942):

[①] I. A. Richards, *The Philosophy of Rhetoric*, Oxford: Oxford University Press, 1965, p.125.

[②] 在理查兹以前,传统的隐喻理论模式是比较论和替代论,自理查兹以后,"张力论"与前两者并驾齐驱,成为隐喻研究的主要范式之一。

> 告诉我们和平又必需杀戮,
> 而那可厌的我们先得去喜欢。
> 知道了"人"不够,我们再学习
> 蹂躏它的方法,排成机械的阵式,
> 智力体力蠕动着像一群野兽,
>
> 告诉我们这是新的美。因为
> 我们吻过的已经失去了自由;
> 好的日子去了,可是接近未来,
> 给我们失望和希望,给我们死,
> 因为那死的制造必需摧毁。
>
> 给我们善感的心灵又要它歌唱
> 僵硬的声音。个人的哀喜
> 被大量制造又该被蔑视
> 被否定,被僵化,是人生的意义;
> 在你的计划里有毒害的一环,
>
> 就把我们囚进现在,呵上帝!
> 在犬牙的甬道中让我们反复
> 行进,让我们相信你句句的紊乱
> 是一个真理。而我们是皈依的,
> 你给我们丰富,和丰富的痛苦。

这首诗几乎全是隐喻性的搭配,如"智力体力蠕动着""给我们死""僵硬的声音""个人的悲喜被大量制造"等。这些诗句使得诗歌话语变得非常奇特。陈敬容较早地觉察到："穆旦的诗歌比较强烈，突出，读他的诗往往使人顿时感到紧迫，仿佛有一种什么力压缩在字里行间，把你吸住。"①读者之所以觉得这些比喻非常强烈、突出，是因为在这些比喻中语词的搭配不是日常语言中习见的，更是因为这些比喻中，作者实际想表达的内容与字面上说出来的意思有较大差距：穆旦用"僵硬"形容声音，但他的意思显然不是指声音的硬度，"个人的悲喜被大量制造"，也不是指个人的感情在工厂中被"制造"出来。用理查兹的术语来说，这种字面含义与实际表达内容的跨度就是本体（tenor）和喻体（vehicle）的跨度。穆旦诗歌的那些隐喻的特色正在于"本体"与"喻体"之间有较大的跨度，较大的差异性与分离性（disparity），这往往造成了读者阅读中的紧张感受，感觉到话语中存在着"张力"。

应当强调的是，这些隐喻性词语并非穆旦对语词的无节制或者无意识的滥用，而是穆旦在修辞上的有意识的探索。香港批评家林真确切地指出，"在穆旦诗中，那些好像有关系，又好像没有关系的事物的排列，其实是他小心翼翼地布置的冲突因素，最后让这些因素不可避免地碰在一起而爆发出高潮，这就大大地加强了诗歌的张力"②。例如，1942年《出发》发表时的第三节第1—2行原为："给我们渺小的心灵又要它歌唱／雄壮的声音"；③而在1947年5月出版的《穆旦诗集（1939—1945）》中则修改变成了："给我们善感的心灵又要它歌唱／僵硬的声音。"④从第一个版本来看，这一句的含义比较清晰，"雄壮的声音"是一个字面表达，让我们想到在战争中士兵奔赴战场的"雄壮的声音"，这与"出发"这一主题直接对应，含义比较浅显；而"僵硬的声音"则是一个隐喻的表达，把原来用于形容物体的"僵硬"用来形容"声音"，它无法从字面上得到完整

---

① 默弓(陈敬容):《真诚的声音》(1948年)，收入《"九叶诗人"评论资料选》，王圣思编，上海：华东师范大学出版社，1996年，第66页。
② 林真:《穆旦诗作的特色》，香港《文汇报》，1983年4月26日，节录于《一个民族已经起来》，杜运燮等编，南京：江苏人民出版社，1987年，第128页。
③ 穆旦:《出发》，重庆《大公报·战线》，1942年5月4日，原题《诗》。
④ 穆旦:《穆旦诗集(1939—1945)》，1947年5月自费出版，第92页。

第五章 创造性的隐喻

的解释,含义比较令人费解:"僵硬的声音"是怎样的一种"声音"? 又比如第一节的"智力体力蠕动着":"蠕动"是什么意思? 为何如此描写?

理查兹在《修辞哲学》一书中谈到了两个与穆旦的"蠕动"一句极为相似的例子,分别出自《哈姆雷特》和《格列弗游记》:"哈姆雷特:这些家伙也像我所做的那样在天空与地面之间爬行(crawling)吗?""斯威夫特让大人国国王告诉格列弗:你的大部分老乡在我看来是最具破坏性的种族,自然所能忍受的最可憎的小动物,在地面上爬来爬去(crawl)。"[①]与穆旦的"蠕动"一样,这里的"爬"都是隐喻性的,因为两者指的都不是字面上的人趴在地上"爬",而是作为喻体比喻了人的生活方式(即本体)[②],理查兹对这个"爬"的评价极富启发性:

> 我们不应该还像十八世纪那样断定本体与喻体的相互作用仅仅是由于两者的相似性,这里还有不相似性的作用。当哈姆雷特使用"爬行"一词时,它的力量不仅来自它与人类之间的相似性,更来源于两者的不相似之处,后者抵抗和控制了相似性的作用。这里的潜台词就是:人类不应该那样"爬行"。[③]

穆旦诗中的"蠕动"(亦可译为"crawling")亦比喻了人类的生活方式,"蠕动"与"智力体力"的巨大差距也暗示了人们本不应该如此"蠕动";然而穆旦所面临的现实却是人们必须这么像虫子般"蠕动";"个人的悲喜"也不应该像产品一样被"大量制造",然而那个时代的生存现实就是如此。可见,在这样的隐喻背后隐藏了作者强烈的价值判断和清醒的道德意识:他认识到他目前的生存状

[①] I. A. Richards, *The Philosophy of Rhetoric*, Oxford: Oxford University Press, 1965, p.119.

[②] I. A. Richards, *The Philosophy of Rhetoric*, Oxford: Oxford University Press, 1965, pp.119-120.

[③] I. A. Richards, *The Philosophy of Rhetoric*, Oxford: Oxford University Press, 1965, p.127.

况就是像虫子一样"蠕动"或者像工具一样被"制造",但是人本不应该如此。

过去研究者很少注意到这首诗的具体背景:此诗写于1942年2月,此时正值缅甸战场告急,中国政府应英美的邀请赴缅甸与英美盟军联合抗日。由于与盟国协调的需要,穆旦自愿应征入伍,担任英文翻译官。是年2月,中国远征军开始在云南边境集结,做出发前的准备。而《出发》一诗恰好写于这个关键的时刻,穆旦后来在给该诗做的翻译中,诗题"出发"被翻译为"Into Battle"(意为"奔赴战场")[①],也透露出这重背景。然而这首诗与一般的口号式的抗战诗迥异其趣,穆旦在这里并没有去鼓吹"救亡""杀敌"之类的口号,相反,穆旦着力表现一个他在战争年代深刻而切身地体会到的人的生存困境。W.H.奥登在其关于西班牙战事的著名的《西班牙1937》(Spain 1937)一诗中深切地表达了人在历史面前的矛盾与无奈。与奥登这首诗类似,穆旦的《出发》亦表现了人在战争中必须面临的可怕的悖论与矛盾。[②] 这种矛盾体现在:"告诉我们和平又必须杀戮","给我们善感的心灵又让它歌唱僵硬的声音",这些诗句让我们不由想到奥登《西班牙1937》一诗中那个饱含张力的名句——"今天是,死亡的机会蓄意地增加,/ 清醒地,接受必要的谋杀中的罪恶"。[③] 奥登与穆旦对战争都有过亲身经历,对战争的残酷与复杂都有切身的体会。奥登遇到的困境与矛盾也是穆旦遇到的困境与矛盾,这种矛盾被投射到诸如"僵硬的声音"这样极富张力的隐喻语词之上。穆旦这首诗歌饱含了矛盾性的相互拉扯的力量,形成了诗歌内部的强大的张力。这股隐喻的张力背后是他所感受到的生存本身的矛盾和张力。可以说,这种无法逃避的矛盾正是四十年代这个时代本身的困境,其隐喻语言的张力实际上是他所面临的历史压力的

---

① 穆旦:《穆旦诗文集》,李方编,北京:人民文学出版社,2006年,第1册,第86页。
② 王佐良后来回忆,燕卜荪在西南联大的《当代英诗》课上曾经讲授过此诗,"是他第一个让我们读《西班牙1937》这首诗的"。王佐良:《穆旦:由来与归宿》,收入《一个民族已经起来》,杜运燮等编,南京:江苏人民出版社,1987年,第4页。
③ 关于这句诗的背景与争论,参:James Fenton, *The Strength of Poetry*, Oxford: Oxford University Press, 2001, pp.221-227。

第五章　创造性的隐喻

一种表现形式。

　　本书导论提出,在思考诗学策略与历史之间的关联时,应避免反映论式的思维方式。穆旦诗歌中那些富有张力的隐喻显然与四十年代的战争、社会动荡等历史背景有关,但是我们还必须进一步思考:这样的历史事实难道不也是四十年代每一个中国诗人都面对的吗?为什么穆旦诗歌的隐喻之张力要明显超过他的大部分同时代人,甚至也超过了与穆旦有相似的文学资源的辛笛和杜运燮?应当意识到,隐喻的张力实际上是一种精神力量的外化。本雅明指出:"隐喻的基础首先是一种语言上的张力的可能性,而这种张力只能以精神的力量加以解释。因而,词与词之间的紧张关系是精神与物的紧张关系的再现。"①本雅明的观察提醒我们,在思考隐喻语言的使用与历史之间的关联时,还必须结合创作主体的思想特征,换言之,必须从创作主体与历史之间的互动与对话中来寻找答案。第四章已经讨论过,穆旦在关于人与历史的关系上有着与一般作家大有区别的见解,在他的理解里,历史实际上是人类罪恶的集中体现,它扭曲了和摧毁了人性,这实际上是一种有基督教色彩的反历史态度。这解释了为什么同样的历史事实会给穆旦带来尤其大的精神压力。实际上,历史的"压力"是因人而异的,对于单纯歌颂抗战或者内战的诗人而言,战争是不构成"压力"的,它反而成了一种激昂亢进风格的必要佐料。但穆旦实际上与当时的"抗战诗人"有很大区别,他认识到战争对人性的摧残,实际上对战争有着很矛盾的态度(见第二章第二节)。在1941年所作的《控诉》(二)中,他直接抒写了他所面临的历史压力,他的表达是用一些有张力的隐喻来实现的:

　　　　这是死。历史的矛盾压着我们,
　　　　平衡,毒戕我们每一个冲动。
　　　　那些盲目的会发泄他们所想的,

---

　　① 本雅明:《发达资本主义时代的抒情诗人:论波德莱尔》,张旭东、魏文生译,北京:生活·读书·新知三联书店,1989年,第17页。

而智慧使我们懦弱无能。

我们做什么？我们做什么？
呵，谁该负责这样的罪行：
一个平凡的人，里面蕴藏着
无数的暗杀，无数的诞生。

穆旦以一个如此激烈的隐喻形容"历史"和"我们"的关系："历史的矛盾压着我们/平衡，毒戕我们每一个冲动。"仿佛绞肉机一般的"历史"，险恶地压榨着人。穆旦感受到的历史是一个充满敌意的存在，他直接以"压"来表达历史的压力，更以"平衡，毒戕"来形容历史的敌意——同时也是"我们"对历史的敌意。对于一个并不相信历史的"潮流"或者前进的"方向"的诗人而言，他无法在历史中看到什么意义，他看到的只有这样的罪行："无数的暗杀，无数的诞生。"这让我们想起了波兰裔流亡诗人米沃什——他不仅与穆旦一样经历了多次战争与杀戮，也同样具有强烈的基督教色彩——的一个名句："记住世界的历史，它的另一个名字叫灭绝。"[①]

如果说《控诉》（二）突出地反映了穆旦的历史观的话，《诗》（1948）则典型地反映了穆旦的世界观：

脱净样样日光的安排，
我们一切的追求终于来到黑暗里，
世界正闪烁，急躁，在一个谎上，
而我们忠实沉没，与原始合一，

[①] 切·米沃什：《切·米沃什诗选》，张曙光译，石家庄：河北教育出版社，2000年，第268页。

第五章　创造性的隐喻

穆旦对于自我与世界之关系有着一种带有形而上学色彩的理解,他认识到自我的残缺性,也意识到自我在现世中永远也无法实现其完整性,无法融入世界(见第三章)。这里,穆旦以"(在一个谎上)闪烁,急躁"这样的隐喻语词来形容世界,与之对照的是"我们"的"忠实沉没":设想穆旦站在1948年的中国,看到战火绵延、尸骨成山的"世界",他宁愿"忠实沉没"到"黑暗"里,舍弃这个充满谎言和罪恶的"世界"。这正是一种二元论世界观的极致,它把"我们"与"世界"的距离拉到最大。对于持这样一种世界观的诗人而言,他怎么可能像三十年代的诗人那样"付一支镜花,收一支水月"(卞之琳《无题四》)?可以看出,在穆旦的诗歌中,人与世界、历史处于双重的对立关系中,这种对立又被具体的历史事实激发和证实,形成了本雅明所谓的"精神与物的紧张关系"。这便是穆旦诗歌大范围使用具有张力之隐喻的契机。

穆旦无疑是在语言创新中最为激进的现代诗人之一,王家新先生认识到:"他(穆旦)的诗的出现,再一次刷新了中国新诗的语言。如果说他的语言在某些方面尚不成熟,那也是一种充满生机的不成熟。"[①]王家新的观察是确切的,需要补充的是,学界对于穆旦的语言创新得以开展的历史条件和历史意识至今缺乏明确的认识,而仅仅将其归之于西方诗人的"影响",这着实是一个重大的偏见。从上文的讨论可以看出,穆旦诗歌中那些奇特的隐喻语言的使用不仅与四十年代的社会局势和历史态势有直接关联,更与穆旦本身的思想意识(尤其是历史观与世界观)有深刻的联系,它们本身就是一种精神与物的紧张关系之体现。四十年代是一个空前紧张的时代,这个时代的严酷让不少在三十年代取得重要成就的诗人几乎濒临"失语"的境地。然而穆旦找到了这种"奇异"而"复杂"的隐喻表达方式,让现实的复杂与矛盾不仅没有被过滤和简化,反而被强化和凸显出来。穆旦的这种饱含张力的隐喻表达是他对严酷的现实本身的一个主动的回应,这种回应甚至是必然的,因为唯其如此,现实生

[①] 王家新:《翻译与中国新诗的语言问题(未定稿)》,中国现代诗歌的语言国际学术研讨会,中国天津,2011年6月25日,第160页。

存本身的悖论和矛盾才能得到淋漓尽致的表现。在以诗歌语言艺术表现人在历史中的处境方面,穆旦为中国新诗树立了一个典范。

第三节　袁可嘉的比喻理念的重审和再出发

本节我们将讨论袁可嘉涉及比喻的一些诗学理论和实践,剖析袁可嘉的"新诗戏剧化"以及"意象比喻的特殊构造法则"理念的盲点和不足,它们集中地体现在袁可嘉对语言本身之张力与隐喻这一语言现象认识的不足之上。对隐喻的忽视不仅是忽略某一修辞格的问题,它导致了新诗批评对修辞的理解陷入一个狭隘的死胡同,如果不对这些予以重新审视,我们对新诗语言的理解将继续停留在一个较狭隘也较肤浅的阶段。

一、语言的张力与"新诗戏剧化"理论的脱节

四十年代袁可嘉所谓的"新诗戏剧化",必须与"隐喻"的问题结合起来才有会有具体的根基,也才会有进一步的发展。令人惋惜的是,这种探索在袁可嘉那里却没有被很好地发展下去。一方面,袁可嘉在其四十年代的文论中大力提倡诗歌"戏剧化"和"张力"的重要性;另一方面,袁可嘉也多次提出所谓的"意象比喻的特殊构造原则",强调比喻的跨度与新奇性。然而,这两个问题在袁可嘉那里并未结合在一起,而是保持了一种"各自为政"的局面,这种分裂限制了其诗学理论的进一步发展,也使得其一些重要的理论主张缺乏有力的根基。

在袁可嘉的"戏剧主义"理念中,"张力"与"矛盾"处于一个非常重要的地位。袁可嘉称:"诗可以看作一个扩展的比喻,一个部分之和不等于全体的象征,一个包含着姿势、语调、神情的动作。一曲接受各部分诸因素的修正补充的交响乐,更可以看作一出调和种种冲突的张力的戏剧。"[1]袁可嘉又说:"戏剧

---

[1] 袁可嘉:《诗与意义》(1947),收入《论新诗现代化》,北京:生活·读书·新知三联书店,1988年,第86页。

第五章　创造性的隐喻

主义的批评体系十分强调矛盾中的统一,因此也十分重视诗的结构。诗就是不同张力得到和谐后最终呈现的模式,那么消融众多矛盾的统一性便显得分外重要……"①从这些论断中不难看出,诗歌之所以被袁可嘉看作"戏剧",是因为诗歌与戏剧都有"矛盾"和"张力",这也是其"戏剧主义"的核心所在。

袁可嘉对"张力"概念(以及相关的"矛盾"的概念)的提倡显然与理查兹在二三十年代的倡导有关②,不过后者不仅在心理层面,而且也在话语层面(尤其隐喻语言)上论述这个问题的(见上节);而袁可嘉则把"张力"问题与"戏剧"问题结合在一起了。戏剧中自然也有"张力",诗歌的"张力"与戏剧的"张力"虽然有相似之处——两者都含有"矛盾""冲突",但是也有本质的差异:戏剧的张力主要通过情节来实现,而诗歌的张力则并非如此,尤其是对于抒情诗而言。当然,在"诗歌"与"戏剧"之间做一个类比亦无不可,况且两者之间还有一种"中间状态",那就是"诗剧"。但是袁可嘉理论中"张力"问题与"戏剧"的联姻导致"张力"问题本身的独特内涵被掩盖了:袁可嘉并没有深入探讨诗歌语言内部的张力问题,更没有把张力问题与其"意象比喻的特殊构造原则"结合起来。这也是他的"戏剧主义"理念至今让不少研究者倍感困惑的原因之一:袁可嘉多次强调张力与矛盾,然而没有明确指出它们在诗歌中如何实现。

"戏剧主义"如果不被重新审视与理解的话,它能否说明四十年代中国诗人的创作实践将成为一个问题,它可能面临着仅仅被当作袁可嘉个人的一个理论构想而被抛弃的命运。袁可嘉试图把"戏剧主义"麾下的各个理念都往戏剧这个文体的方向拉拢。但是,一个不容否认的事实是,整个四十年代,"诗

---

① 袁可嘉:《谈戏剧主义》(1948),收入《论新诗现代化》,北京:生活·读书·新知三联书店,1988年,第37页。
② 袁可嘉的文学理论受到了理查兹的极大影响,他甚至认为西方现代诗歌批评是"以立恰慈的著作为核心"(袁可嘉:《新诗现代化》(1947),收入《论新诗现代化》,北京:生活·读书·新知三联书店,1988年,第3页)。

剧"的创作都寥寥无几①,取得成功的则几乎没有,四十年代的大部分诗作在体裁上依旧是抒情诗。这些诗歌的"张力"与"矛盾"显然不是来源于情节,而另有源头:那就是语言本身。袁可嘉并没有明确地把张力和矛盾的问题引向话语层面,但是他为他所谓的"矛盾"的诗句举的例子却"出卖"了他的"戏剧主义":"这是美丽的黄昏,安详而自由……"(华兹华斯的十四行诗)②这是首抒情诗,与戏剧无涉,它是袁可嘉为其"张力"和"矛盾"理念举的唯一一个实例,令人啼笑皆非的是,这恰好是个隐喻:"安详而自由"本来是形容人的词语,这里却用来形容"黄昏",诗歌的"矛盾"来自语言内部。实际上,在前面对穆旦诗歌的考察中我们可以看到,诗歌的"张力"与隐喻有着极为密切的联系,甚至是后者的主要来源。在讨论抒情诗的张力时不联系隐喻的话,势必流于空泛。

二、对"比较"的重视与对隐喻的忽视

另一方面,由于对语言张力与隐喻的忽略,袁可嘉另一个重要的理论主张——"意象比喻的特殊构造法则"——也未能充分展开。袁可嘉曾经大力倡导所谓"意象比喻的特殊构造原则":"玄学,象征及现代诗人在十分厌恶浪漫派意象比譬的空洞含糊之余,认为只有发现表面上极不相关而实质有类似的事物的意象或比喻才能准确地,忠实地,且有效地表现自己,根据这个原则而产生的意象都有惊人的离奇(Far-Fetchedness),新鲜而惊人的正确丰富。"③然而令人惊讶的是,袁可嘉在其"特殊法则"中也从来没有提到语言张力的问题。

---

① 穆旦的《神魔之争》是不多的几个例子之一,该诗最初连载于重庆《大公报·战线》(1941年8月2—5日)时明确标明为"诗剧体",还设计了需要演出的演员数量。不过在该诗收入《穆旦诗集(1939—1945)》(1947年5月自费出版)中时,文字做了较大修改,诗歌的戏剧性质被淡化了。

② 袁可嘉:《诗与意义》(1947),收入《论新诗现代化》,北京:生活·读书·新知三联书店,1988年,第87页。

③ 袁可嘉:《新诗现代化的再分析》(1948),收入《"九叶诗人"评论资料选》,王圣思编,上海:华东师范大学出版社,1996年,第26页。笔者按:袁在这里所表达的比喻观念也显然受到《修辞哲学》一书的影响,袁在这里所说的"新鲜和惊人"令人想到《修辞哲学》一书中屡次出现的"sudden and striking"一语,而袁在文中所注明的"Far-Fetchedness"的英文说明则直接在该书中被论述过(I. A. Richards, *The Philosophy of Rhetoric*, Oxford: Oxford University Press, 1965, p.123-124)。

第五章 创造性的隐喻

应当注意到,袁可嘉在论述他所谓的"意象比喻的特殊法则"时,所举的例子是清一色的明喻,没有一个隐喻①,另外,在他对诗歌的晦涩的几种类型的区分中,第四种成因是他所谓的"意象比喻的特殊法则",在随后的说明中他举的例子大都是些明喻②;而他所言的第二种晦涩的成因则是"起于现代诗人的一种偏爱:想从奇异的复杂获得奇异的丰富,他们所用法则之多,简直拒绝任何分析的尝试",有趣的是,他在随后举的这类"奇异"的例子(奥登的一首诗歌)中恰好又大量地使用了隐喻,如"破坏错误的时间""消暑的闲聊停止于凶野的海边"等③,袁可嘉"拒绝任何分析的尝试"导致他并没有把这类隐喻放在他所谓的"意象比喻的特殊法则"中去探讨,而仅仅用"奇异的复杂"这样泛泛的概括把它们打发了事。种种现象表明,袁可嘉把他对比喻的认识——"意象比喻的特殊法则"——聚焦于那些做明确比较的比喻当中,他关注的是用来做比的两个比较项之间的"距离",也就是他们之间的不相似程度,以造成所谓"大跨度比喻"。

而在袁可嘉自己的诗作中着力实践的也是那种把两个相去甚远的事物做明确的比较的比喻,从这种不相似之比中获得诸如讽刺和矛盾等效果,如《诗二章》(一):

> 冬夜的城市空虚得失去重心,
> 街道伸展如爪牙勉力揿定城门;
> 为远距离打标点,炮声砰砰,
> 急剧跳动如犯罪的良心;

---

① 袁可嘉:《新诗现代化的再分析》(1948),收入《"九叶诗人"评论资料选》,王圣思编,上海:华东师范大学出版社,1996年,第27页。
② 袁可嘉:《诗与晦涩》(1946),收入《论新诗现代化》,北京:生活·读书·新知三联书店,1988年,第99页。
③ 袁可嘉:《诗与晦涩》(1946),收入《论新诗现代化》,北京:生活·读书·新知三联书店,1988年,第96页。

谣言从四面八方赶来，

像乡下大姑娘进城赶庙会，

大红大绿的披一身色彩，

招招摇摇也不问你爱不爱；

说忧伤也真忧伤，

狗多噩梦，人多沮丧，

想多了，人就若痴若呆地张望，

活像开在三层楼上的玻璃窗；①

这首诗中充斥着诸如"……像……""……如……"这样的明喻，这些明喻中都有两个直接出现于诗句中的比较项，而且两者之间相去甚远，如"人"与"玻璃窗"，"谣言"与"大姑娘"，等等。袁可嘉曾论述道："当代美国批评家勃克甚至相信艺术作品中比喻的效果是依赖两种不同的观照下，事物所呈现的矛盾和讽刺。"②勃克（Kenneth Burke）对比喻的理解用于袁可嘉的比喻中也是适当的，比如他用"犯罪的良心"这个自相矛盾的词语来形容"炮声砰砰"实际上就包含了对当时战乱之局势的讽刺。

但是，袁可嘉对比喻的理解仅仅聚焦于比喻项的跨度或者"不相似"之比的问题，他在理论上关注的主要是明喻（因为明喻会对比喻项做明确比较），却忽略掉了隐喻这种形式，也没有注意到隐喻作为一种语言更新的手段、一种独特的陈述方式以及一种直接呈现的形象化表达方式等多种功能。亚里士多德

---

① 袁可嘉：《诗二章》，《文学杂志》第2卷第3期，1947年8月，第61—62页。
② 袁可嘉：《批评与民主》，收入《论新诗现代化》，北京：生活·读书·新知三联书店，1988年，第169页。

第五章 创造性的隐喻

指出,明喻也是隐喻之一种,两者的区别在于明喻需要用比喻词(如"像")加以说明,而明喻不加说明就成了隐喻(《修辞学》第3卷第4、10章)。西方现代修辞学倾向于将明喻看作隐喻的一个变种或亚种,不妨说,明喻是一种特别强调比喻项之比较的隐喻。但是,隐喻与明喻之间在语义特征、话语陈述性质、形象呈现等方面有重要区别。虽然大部分隐喻都可以改写成意义相近的明喻,但是明喻所表明的比喻项之间的相似性只是隐喻语言能够发挥效用的因素之一,而不是隐喻的全部功能和意义。"A 像 B"这样的明喻仅仅是我们理解和说明隐喻的方式之一,而不等于隐喻本身,这就像世界地图并不等于地球本身一样。

首先来看隐喻在语言创新上的功能和意义。明喻在本质上是解释性的,在明喻中语词保留了其字面义;而在隐喻中我们遇到的则是不能实现的字面义,这正是诗歌张力的来源,语词之间的互动和渗透也得以实现,这是诗歌语言实现其"发明性"的契机。因此,隐喻和明喻在话语本质上有很大的区别。[①]例如袁可嘉的《上海》:"新的建筑仍如魔掌般上伸,/攫取属于地面的阳光,水分//而撒落魔影。"[②]"如魔掌般"这样的说明纯属多余,因为后面已经言明"撒落魔影",自然也就暗示了上海这个"魔都"的性质。何况,这个"如魔掌般上伸"的解释其实并不适当,"攫取属于地面的阳光,水分"这个隐喻描述让我们想到的是植物的生长,按理说应该把"建筑"以植物作比;而"魔掌"(手掌)其实并不需要"阳光,水分"。[③] 又比如穆旦说"个人的哀喜/被大量制造又该被蔑视"(《出发》),并不需要以明喻(解释)的方法写成"个人的哀喜,像工厂里的产

[①] 保罗·利科指出,隐喻相对明喻的优越性在于其"简练感"以及内在的"语义学冲突":"在主词与谓词的简单对接中包含着启发人的机会和探求的冲动。在过于明显的明喻中消失殆尽,而这种明喻通过比喻项的表达分散了明喻的活力。"(保罗·利科:《活的隐喻》,汪堂家译,上海:上海译文出版社,2004年,第31页)

[②] 袁可嘉:《上海》,《中国新诗》第2集,1948年7月,第3页。

[③] 穆旦也有类似的不成功的例子,比如《出发》:"排成机械的阵式,/智力体力蠕动着像一群野兽。"实际上,"像一群野兽"这个解释也不适当,因为"蠕动"本来就不是用来形容"野兽"的,它一般用来形容虫子。感谢王彬彬先生提醒这一点。

品一样/被大量制造又该被蔑视",这个解释不仅让诗句丧失了暗示性和含蓄,而且把"制造"这个词的张力也消解了,因为经明喻"解释"之后,我们便清楚地知道"制造"其实是对于"产品"而言的,并非是直接形容"个人的哀喜"。"制造"对于个人感情的直接命名就不存在了,实际上削弱了语言的张力和创造性。袁可嘉在创作中屡屡使用明喻来"解释",实际上体现出他对自己的表述不太自信,需要用"像……"来解释自己的用意;另一方面也体现出他对读者的不信任,他唯恐读者难以明白其措辞,故而把比较项明摆出来(即明喻)以让读者理解。

隐喻与明喻的区别不仅体现在语言性质上,还体现在整个话语(陈述)的性质和态度上。兰色姆指出:"在隐喻性陈述中,如果我们说话当真,或者相信自己所言,就会出现一种奇迹性(miraculism)或超自然性(super-naturalism)……具体来说,当诗人用比拟在事物中发现了局部的同一性,虽然这局部性依然存在,但他走向完全的合一(identification)。与此相反,明喻用了'好像''类似'等语,就小心翼翼地把这同一性保持在局部中。"[1]可以进一步地说,当我们像穆旦的《出发》那样用"制造"来形容个人的感情时,它的微妙之处就在于整个陈述既是"制造"(就比喻意义而言)又不是"制造"(就"制造"的一般用法而言),因此利科认为"相似性"实际上是"由语义的更新推动的述谓活动之中的同一性与差异性的紧张关系"[2]。明喻其实是对陈述中的紧张关系的回避,因此袁可嘉《诗二章》(一)虽然使用了多个大跨度的明喻,其语言的张力和创造性却不如穆旦的《出发》等使用隐喻语言的诗歌。

再次,隐喻和明喻在形象呈现上也有显著的区别。如果一个或一组意象是以比喻语言表现的话,便可以称为比喻意象或者隐喻意象(意象与比喻并非相互排斥的两个概念)。隐喻是一种让意象直接呈现的形象化表达方式。亚

---

[1] John Crowe Ransom, "Poetry: A Note on Ontology", in *Critiques and Essays in Criticism, 1920-1948*, Robert W. Stallman ed., New York: Ronald Press Co., 1949, pp.44-45.

[2] 保罗·利科:《活的隐喻》,汪堂家译,上海:上海译文出版社,2004年,第4页。

里士多德指出,隐喻"产生形象"(字面上指"置于眼前")。① 法国修辞学家热奈特也认识到,隐喻赋予语言某种"视觉或意向模式",即"感觉形式",这种"感觉形式"体现出"诗性表达的本质"。② 不妨以辛笛的《风景》为例,来看隐喻是如何把形象"置于眼前"的:

> 列车轧在中国的肋骨上
> 一节接着一节的社会问题
> 比邻而居的是茅屋和田野间的坟……

比喻项之间的相似性只是隐喻可以生效的因素之一,但不是全部。上引首句的重点并不在于指出中国(或者中国的土地)像身体,作者在把中国的土地比作"肋骨"时,直接以此为框架展开描述,"列车轧在中国的肋骨上"这样简洁、鲜明的隐喻陈述让作者的想象直接从意象上展开,他看见列车从一具病患重重的身体上碾过,耳目所及是触目惊心的"风景"。如果把辛笛此诗改写成"列车轧在中国的土地上,就像轧在肋骨上一样/一节接着一节的社会问题",意象呈现就显得"隔"了,读者的注意力将转移到"土地"究竟哪一点像"肋骨"的思索之中。其实"土地"像不像人的"肋骨"根本无关紧要③,作者仅仅是把土地"看作"肋骨以便于展开想象而已。两个比喻项的"相似性"之多少在这里并不是一个关键问题,关键是作者在以"肋骨"(身体)作比时,便可以借着这个框架进一步展开想象和陈述,比如可以把"一节接着一节"(本来是形容"肋骨"的词

---

① 亚里士多德:《修辞学》(Ⅲ10,1410b 33),转引自保罗·利科:《活的隐喻》,汪堂家译,上海:上海译文出版社,2004年,第44页。

② Gérard Genette, *Figures of Literary Discourse*, New York: Columbia University Press, 1984, p.57.

③ 因此在这样的隐喻陈述中,并不需要"像……""如……"这些表述来凸现相似性。实际上,在大跨度比喻中,"像"这个字本身就丧失了原来的意义,比如前引袁可嘉的"谣言从四面八方赶来,/像乡下大姑娘进城赶庙会","像"字的功能并非在于指出"谣言"和"大姑娘"之间有多"像"(相似),而在于引出作者对谣言传来之景象的想象,因此此处的"A像B"的真实含义其实是:A可以想象作B。

语)直接用来描述"社会问题",实现了抽象事物的形象化呈现。和明喻相比,隐喻省略了比喻项的比较这个并非总是必要的环节,对意象的呈现更为直接和简洁。

三、总结

袁可嘉对于隐喻本身以及它的一系列功能和意义的忽视[1],主要不是来源于自身学养的不足(在四十年代青年学者中,袁可嘉对于西方诗学的了解是相当突出的),而是受限于中国修辞学对于比喻的理解,因为汉语的"比喻"本身就是以一物比另一物之意。中国传统一向强调比喻的相似和贴切性,正如孔子所云:"能近取譬,可谓仁之方也已。"(《论语·雍也》)。而朱自清在现代较早地提出"远取譬",他在讨论李金发等象征派诗人时说:"比喻是他们的生命,但是'远取譬'而不是'近取譬'。所谓远近不是指比喻的材料而是指比喻的方法;他们能在普通人以为不同的事物中间看出同来。"[2]朱自清一反传统诗学和修辞学的比喻求其近的认识,实际上已经开启了中国修辞学之现代转化的先声。在朱自清的基础上,袁可嘉进一步系统地强调了"不相似"或者"大跨度"之比的意义和功能,这自然是有意义的贡献。

然而,仅仅强调比喻中做比较的两物(比喻项)之相似或不相似的问题对于认识比喻是远远不够的,"相似性"并非隐喻唯一的功能内核。袁可嘉的理论兴趣点集中在当A"表面上"不像B时如何理解和找到两者"实质上"的相似,但是袁可嘉依然没有跳出把比喻理解为两物之"比较"/"比拟"这样的基本框架,因此他也很难认识到隐喻的广泛性和根本性,也难以认清隐喻作为一种话语创新的动力、一种独特的陈述框架、一种直接呈现的形象化表达方式等多

---

[1] 所幸,诸如穆旦、辛笛等"九叶"诗人在创作中并未受到这种理论缺陷的明显影响,在诗歌隐喻的使用上有了突出的成就,甚至袁可嘉本人的创作,也经常不自觉地运用了一些创造性的隐喻。

[2] 朱自清:《新诗的进步》,《新诗杂话》,上海:作家书屋,1947年,第10页。

重面相,这不是袁可嘉个人理论的盲点,而是整个中国现代修辞学和诗学的盲点。① 袁可嘉对隐喻和话语张力等问题的忽略导致了其诗学理论未能往话语的方向深入地发展,由于这种缺陷,他的很多诗学理念流于模糊和空泛,未能获得语言层面的支持。这里对袁可嘉涉及比喻和语言理论的重新剖析,便是为了提醒这些"盲点"的重要性,尤其是它们在认识新诗语言发展时的重要意义。

第四节 创造性隐喻与新诗语言的发展

创造性隐喻的大量使用对于白话诗的发展而言具有里程碑式的意义,它是新诗语言发展的核心推动力,也体现出白话诗的"诗性"追求的一个新的方向。为了弄清楚这一点,对白话诗的"诗性"追求和语言观念做一个简要的回顾是必要的。

必须承认的是,白话诗自其诞生之日开始,一直到笔者撰写此文的二十一世纪,其作为诗歌的"合法性"就不断地受到质疑和攻击。这种质疑,简言之就是:新诗究竟是不是诗? 如果是的话,它的诗性——即诗之所以为诗的特质——何在? 它与散文如何区分开来? 显然,诗歌分行的特征难以成为这个问题的有说服力的回答。早期的白话诗并不注重诗歌与散文的区别,胡适甚至极端地提倡"作诗如作文"②,几乎达到无视诗与文的差别的地步。早期白话诗由于其以白话为尚、过于浅白通俗之弊,在二十年代就受到质疑:"自白话入诗以来,诗人大半走错了路,只顾白话之为白话,遂忘了诗之所以为诗,收入了

---

① 中国现代修辞学仅仅把"隐喻"概念的外延限定于"A 是 B"这样的比喻中,这与对比较的片面强调有深刻的联系,因为"A 是 B"这样的隐喻其实也是一种类似于明喻的明确的比较。最近十余年来,我国修辞学界由于受到现代西方的认识隐喻学等学术方法的影响,开始注意到隐喻的多种功能和呈现方式,相关论述可参本文参考书目。因此,我国修辞学的"隐喻"概念的重新厘定也是可以预见的事情。可惜的是,我国新诗研究界对于隐喻的多种功能和意义的认识依然严重不足。

② 胡适:《逼上梁山》,《胡适学术文集·新文学运动》,北京:中华书局,1993 年,第 198 页。

白话,放走了诗魂。"①这种质疑已经在挑战新诗是否能成为"诗"的合法性了。

从二十年代中后期开始,以闻一多等为代表的新月派诗人针对白话诗过于自由散漫之弊,重新提出诗歌的格律问题,白话诗的"诗性"的追求也开始走向了一个新的方向。三十年代的重要批评家梁宗岱对"五四"时期的新诗的批评几乎是颠覆性的:"(白话诗)不仅是反旧诗的,简直是反诗的……简直把一切纯粹永久的诗底真元全盘误解与抹杀了。"②梁宗岱认为新诗已经走到了一个"分歧路口":路口的一边是"自由诗的",是欧美诗史中的"支流的支流",也是一条"死胡同";另一边是格律诗,"一个可以有无穷的发展和无尽的将来的目标"③,然则,格律体的新诗从二十年代开始就有不少创作实践和理论探索,到了三十年代对"音节"(节奏)问题的讨论在学者中更是蔚为风行,但是格律体新诗的创作成就显然没有达到梁宗岱预期的"无穷的发展和无尽的将来"。这其中原因甚为复杂,但最根本的问题恐怕在于对新诗提出的种种节奏安排与白话这种语体的配合存在困难。④

但是新诗的诗性(诗之所以为诗的特质)的实现并非只有格律这么一条华山之路,而且就二十世纪欧美诗歌的发展而言,格律诗歌虽然仍有创作,但是自由诗已远远不是"支流的支流"。从世界范围来看,包括英语、法语诗歌在内的各国诗歌在格律方面都有松动、崩溃的趋向,格律的要求越来越少。⑤ 正是由于这个趋势,西方的诗歌理论家对于诗歌相对于散文的特质的探求也从外在的节律等方面的特色转向对诗歌语言内部功能特色的探求中。⑥

总体上来看,对诗歌语言特质的探求是白话诗歌的理论探讨中非常薄弱

---

① 梁实秋:《读〈诗的进化的还原论〉》,《晨报副刊》,1922年5月27日。
② 梁宗岱:《梁宗岱文集》,北京:中央编译出版社,2003年,第156页。
③ 梁宗岱:《梁宗岱文集》,北京:中央编译出版社,2003年,第160页。
④ 关于这个问题笔者已另文详论,见李章斌:《有名无实的音步与并非格律的韵律——新诗韵律理论的重审与再出发》,台湾《清华学报》2012年第2期。
⑤ 关于格律诗与自由诗之间相互消长的讨论,参见吴翔林:《英诗格律及自由诗》,北京:商务印书馆,1993年。
⑥ 瓦·叶·哈利泽夫:《文学学导论》,周启超等译,北京:北京大学出版社,2006年,第294页。

第五章 创造性的隐喻　　　　　　　　　　　　　　　　　　　　　　　　　　　　239

的一环,然而必须认识到,新诗的创作者在四十年代对诗性的追求已经从早期的白话或者格律等外在的方面进入了一些更为本质化的诗歌因素的探求之中,"九叶"诗人的隐喻手法就体现了这种探求。这种探求——由于其创作意识的自觉性、在作品中的广泛性以及在诗歌史中的开创性——深刻地改变了新诗的语言特质,那就是,使得新诗的诗歌语言从一种"媒介性"的语言真正地成为一种"发明性"的语言,这也是新诗的"诗性"特质的集中体现。回顾民国时期的理论家对白话诗歌的语言特质的认识,不得不说非常不足,这种不足集中体现在把诗歌语言当作"工具"或"媒介"这种认识上。刘西渭(李健吾)曾经在1948年的《中国新诗》上发表了《从生命到字,从字到诗》一文,竭力提醒当时的诗人重视语言文字艺术,然而刘西渭作为一贯非常重视诗歌艺术的诗论家,在文中亦令人遗憾地流露出一些对诗歌语言的传统偏见:"字不重要,字是工具,工具本身从来没有过高的意义,虽然它有可能完成一种过高的任务。"[1]虽然刘西渭对于诗歌语言有很多卓出的意见值得重视,但是他对诗歌语言作为"工具"的本质认定使得他没有对诗歌语言的特性进行深入的探讨。

　　不妨先从周作人对早期白话诗提出的一个委婉的批评说起:"中国的文学革命受古典主义(不是拟古主义)的影响,一切作品都像是一个玻璃球,晶莹透澈得太厉害了,没有一点儿朦胧,因此也似乎缺少了一种余香与回味。"[2]周作人的这个感受和这个"玻璃球"的比喻值得高度注意,在我们看来,没有哪个比喻比"玻璃球"更能概括早期白话诗的特质了。而且,从这个比喻出发来观察"九叶"诗歌的语言特质以及开创性,也是再好不过。可以一步引申这个比喻:玻璃球之所以"晶莹透澈",乃是因为它能完全容许光的穿越,以至于观看者只看到了球的另一面的东西,而玻璃球仅成了光传播的"媒介",本身并不反光。而对于"朦胧"而言(笔者认为不要把这个词与另一个词——"晦涩"——必然地联系在一起,更不要把两者等同起来),我们毋宁再从"玻璃球"这个比喻出

---

[1] 刘西渭:《从生命到字,从字到诗》,《中国新诗》第2集,1948年7月,第27页。
[2] 周作人:《扬鞭集·序》(1926),收入《谈龙集》,上海:开明书店,1927年,第68—69页。

发：“朦胧”的东西之所以朦胧，相对于玻璃球而言，乃是因为它的内部会反射、折射或者吸收一部分光，也就是说，它不仅仅是"媒介"的性质。对于周作人的这个关于"朦胧"的见解，恐怕任何一个对所谓"朦胧诗"论证记忆犹新的论者都会眼前一亮，就笔者所见，在现代诗歌的论述中，第一个提出"朦胧"问题的，就是周作人这里的观点。应该记起，关于"朦胧诗"论争，最早的导火索不是现在那些被称为"朦胧诗人"的作品，而恰恰是包括杜运燮在内的一些老诗人的诗歌。①

对于周作人的这个比喻，可以有多个理解的角度，我们这里仅从诗歌语言的角度来理解。"九叶"诗人的语言相对于早期白话诗而言，最大的特色在于它不是"晶莹透澈"的语言，它们不仅大量地使用隐喻，更重要的是，这些隐喻往往是大跨度和创造性的，它们的意义往往不像日常语言中的隐喻那么明确，相反，它们有着复杂的构造与内部的张力，其意义也产生于这些张力的相互作用。因此，诗歌语言并不仅仅作为"工具"或"媒介"而存在，相反，它本身就是意义的发生之源，正如那些被认为是"朦胧"的东西内部会折射或者反射光一样。

在创造性的隐喻中，词与词的结合往往迥异于日常语言中的习惯性搭配，这种修辞上的激进作风使得诗歌的字面意义的解释变得非常困难，甚至是不可能的。但是，字面意义的失败为更为丰富的隐喻意义的实现提供了前提，它逼迫读者陷入困惑与思考之中，浸入其诗歌的内部结构之中，构建其深层的内在含义。以穆旦《赞美》中的诗句为例："翻起同样的泥土溶解过他祖先的，/是同样受难的形象凝固在路旁"，如果我们把"溶解"一词换成诸如"埋葬"这样的词语的话，诗句的意义会变得比较明确；而"溶解"则比较费解，从字面意思来看，"祖先"作为人不可能被泥土溶解——前者既不是可溶物，后者也不是溶

---

① 1980年，章明发表了《令人气闷的"朦胧"》一文，举出杜运燮的诗《秋》和李小雨组诗《海南情思》作为"朦胧诗"的例子，指出这些诗歌"叫人看不懂"甚至"晦涩"，揭开了所谓"朦胧诗"的讨论（章明：《令人气闷的"朦胧"》，《诗刊》1980年8月号）。

液。读者必须重新构建两者的关系,而且这种构建是多样化的,因人而异:"溶解"可以指"祖先"被埋葬,也可以指人死后重新化为土地的一部分的过程,还可以指"祖先"的生命耗费在这土地的耕种之上,读者还可以构建出其他更富有启发力的理解。于是,隐喻语词变成科勒律治所谓的"不断生长的植物的枝芽"[1],它从媒介性的功能变成了创造性的功能。

叶维廉指出,现代诗的突出特征是"把语言的媒介性提升为发明性"。[2] 理查兹认识到,在某些隐喻中,语词直接与语言作为媒介的性质相冲突。[3] 在媒介性的语言中,语言只是作为传播信息的工具,本身没有过高的意义,同一个信息可以用不同的方式来表达,日常语言与科学语言都有这种特色[4];而"发明性"的语言本身就是意义的发生之地,这种语言往往带有自身目的性,很难作同义转换。借用瓦莱里关于诗歌与散文的区别的著名比喻来说[5],媒介性语言是"步行",而发明性语言是"跳舞":步行往往有一个外在的目的,是为了到达某一处,走的方式本身不重要;跳舞则往往以自身为目的,其舞姿、情态等是至关重要的,即便是在同一个舞台,不同的跳法也有不同的意义。

我们认为,"九叶"诗歌中的创造性隐喻的使用之意义,在于它们使得诗歌具备了极强的"发明性"或创造性,它们创造性地表明了或者发明了事物之间的新的关系。"溶解"和"祖先"的关系在字面上固然难以说通,但是我们不妨再构想一下:无数代的祖先在这土地上耕种,也就有无数的生命耗尽在这土地上,而他们死后又回到土地,那么,不正是这土地把他们的生命"溶解"了吗?

---

[1] S. T. Coleridge, "Appendix C", in The Statesman's Manual, sited from: I. A. Richards, *The Philosophy of Rhetoric*, Oxford: Oxford University Press, 1965, p.112.

[2] 叶维廉:《叶维廉文集》,合肥:安徽教育出版社,2002年,第三卷,第233页。

[3] I. A. Richards, *The Philosophy of Rhetoric*, Oxford: Oxford University Press, 1965, p.127.

[4] 例如"一加一等于二"与"两个一之和为二"这两个表达在意义上是相同的。

[5] 瓦莱里在说明散文与诗歌的区别时把两者分别比作"步行"和"跳舞":"步行如同散文总是有一个明确的对象。步行是一种走向和我们目的相连对象的行动。""跳舞完全是另一回事情,它无疑是一种行动的体系,但是行动的目的就在自身。"(瓦莱里:《关于诗歌的谈话》,收入《瓦莱里散文选》,唐祖论、钱春绮译,天津:百花文艺出版社,2004年,第317页)

如果不用这个词,则这种复杂的感受难以表达。上面的几种解答只是笔者的理解,读者还可以提出更多、更高明的理解,但是无论如何理解,在创造性隐喻中,词与词的关系必须被重新调整,物与物的关系也必须被重新理解。这正是现代诗的独特的阅读体验,也是现代诗的本质特色之一,正如奚密所云:"它迫使我们质疑有关诗歌和诗歌阅读的大前提……诗是一个认知的过程,一个辨别定义人与世界的关系的过程。"[1]"九叶"诗人的隐喻语言正体现了这种"认知的过程"。

概言之,在创造性的隐喻中,语言获得了更高的意义:在现实经验与感觉中无法达致的使命,在诗歌语言中得到了真正的完成。语词不仅仅是"媒介",也是"源头";不仅仅是"工具",更是"目的"。从这一角度来看,以穆旦为突出代表的"九叶"诗人的出现是新诗语言发展的一个里程碑,它从内部巩固了新诗这一文体的合法性根基,不仅证明了新诗是新文学中无法替代的一种文类,也有力地展现了新诗在推动新文学语言发展中的突出地位。

---

[1] 奚密:《从边缘出发:现代汉诗的另类传统》,广州:广东人民出版社,2000年,第61页。

结　论

一

下面来对前文各部分所取得的发现做一个简要的回顾。

本书导论旨在反思过去对"九叶"诗人以及其他四十年代现代诗人的研究之基本路径，分析其特色以及不足，在此基础上提出本文的研究方法。借鉴和移用西方"现代主义""现代性"论述以研究"九叶"等四十年代诗人是迄今为止主要的研究模式，这种模式较为看重西方现代主义诗人对中国诗人的"影响"，倾向去寻找中国诗人较有"现代主义"特色而且能体现出"现代性"的因素，有意无意地把西方"现代主义"诗学和"现代性"论述当作一种"求同"的目标。这种研究思路暴露出若干弊病，它们包括：（1）对中国诗人之主体性及其创作语境的忽略；（2）把中/西"现代主义"诗歌当作一个同质化、本质化的对象，抹除了各个诗人之间的差异性和独特性；（3）把"现代主义"概念外延无限扩大，忽略了"九叶"诗人身上的多种艺术成分（如感伤主义、浪漫主义、革命现实主义）；（4）片面强调"九叶"诗人的"现代性"，忽略了他们与中西文学传统的多种联系，也忽略了其"文学性"；（5）简单化地处理"九叶"诗人所受的西方文学影响，忽视了他们接受影响过程中的选择和修正，以及对影响源的"误读"。

针对过去研究中的"非历史化"的倾向，本文提出要从诗学策略与历史之间的关联性的角度来展开对"九叶"诗人的研究,也就是要把他们"放回历史"。"放回历史"包括两种方法:一是把他们的创作放回到他们所处的社会、个人历史中,看他们是如何以艺术的方式应对他们所处的世界,观察他们在选择某些诗学策略时的历史意识和历史条件是什么。二是把他们的作品放回到文学史中,考察他们与文学传统和文坛上的各种倾向是何种关系,并从新诗史的整体角度来把握其特色和贡献。我们发现,无论是"九叶"诗人对某些具体的诗学策略的选择,还是他们整体上的"现代性"以及"文学性",都必须放在中国现代历史、文学的语境中才能得到深入的理解。对"历史关联""历史感"的强调,也有利于我们破除现代汉诗研究中根深蒂固的"现代主义/现代性执迷",重新认识"现代性"与"永恒性"以及"历史"的辩证联系。

第一章从历史(或者"发生学")的角度来看"九叶"群体是如何产生的。仅以"共同的现代主义的艺术追求"这一点并不能说明这一群体的形成,从历史的角度看,它的形成受到了四十年代后期的文坛主流("人民文学")所施加的压力的推动。由于四十年代后期左翼作家阵营的不断扩大,"革命现实主义"和"文艺大众化"主张占据主导地位。"主流"开始把一切处于它之外的倾向都视为"异端",力图对它们实行"打击"或"收编"。处于"主流"之外的"九叶"诗人面临着越来越大的压力,因而聚集在一起以求保存自身。实际上,穆旦、袁可嘉、郑敏、杜运燮四人被视作"沈从文集团"的"小喽罗"正是这个语境下的产物;而这四个西南联大毕业的诗人与上海的《诗创造》周围的五诗人在1948年的"聚合"更是如此。这一聚合发端于《诗创造》编辑部的分裂,形成于《中国新诗》杂志的创办,这一系列事件都与这九个诗人与左翼作家的互动和冲突有关。

正因为"九叶"群体是这样"历史地"形成的,对它的性质也应该"历史地"看待。过去学界常将其视作"反主流"或者"反传统"的现代主义诗歌流派,其实这种"主流—边缘"的二元视角有失准确。我们借用威廉斯关于文化系统的三种成分的理论,力图厘清"九叶"群体的两个分支(西南联大一支与《诗创造》

一支)与诗坛的不同倾向之间的关联。相比而言,《诗创造》一支与新诗传统有更多的延续性和同构性,他们身上有很多"主流"以及"残余"因素,在四十年代后期才开始体现出一些"新变"因素;而西南联大一支则更多地体现出过去新诗传统中没有的"异质性"。"九叶"诗人与左翼作家的分歧其实主要不是"现代主义"与"现实主义"的分歧,而是在文学要不要体现"人民本位"、要不要当作"宣传工具"等问题上的分歧。尽管"九叶"的两分支体现出不同程度的"新变"因素,但是对于"人民文学"而言,它们都是"异端",都应予以"收编"。从这一角度出发,可以理解"九叶"这一群体是如何被视为/自视为一个"流派"的。

第二章"抒情诗体的转型"是从文学史流变的角度来把握"九叶"诗人在开创新的诗体方面的几个突出贡献。四十年代的历史危机和现实压力迫使诗人的个人世界向外部世界敞开,这推动了诗人的历史意识、社会意识和道德意识的觉醒,这是"九叶"诗人变革抒情诗体式的基本背景和动力。他们主要针对的倾向有两种:一是三十年代诗人的感伤风气和局限于个人感情的抒情诗风;二是"国防诗歌"和"人民诗歌"所体现出的口号化和宣传化倾向。辛笛的创作体现出三十年代的"现代"派抒情诗在现实压力下"蜕变"的历程。三十年代后期以来,在现实压力以及自身的道德焦虑的推动下,辛笛诗歌出现了一种带有"元诗"特征的"无法抒情的抒情",此时辛笛的创作不仅有道德意识、历史意识的觉醒,也有意象组织、节奏安排等方面的一系列突破(比如"意识流手法""非格律韵律"等)。然而,到了四十年代后期,辛笛也开始像左翼诗人那样企图融入"群众"并诉诸"行动"改变"现实",这种变形的道德意识让辛笛诗歌的核心意向从"无法抒情"演变为"不应写诗"(对写作的道德指控),瓦解了他那些优秀作品的动力,即"个人—现实"之间的紧张关系。穆旦在创作的开始阶段提出了结合"现实"与"抒情"、"理智"与"情感"的"新的抒情"方案,然而他此后由于受到基督教思想的影响,在创作中颠覆了"新的抒情"背后蕴涵的关于历史与现实、民族进步的一系列假设,他自觉地抵制历史进步假想和乌托邦幻象,因而避免了一般抗战诗歌的那种昂扬基调。而且,他的宗教关怀与"感时忧国"情怀相互角力,这给他的诗歌带来了很明显的悲剧和悖论特征。杜运燮在诗体变革上的突破则是一种有反抒情、反感伤倾向的"轻体诗",他自觉地展开奥登式"轻体诗"实验,往往以轻快的笔调、讽刺的口吻和微妙的隐喻处理严肃的题材,有"化重为轻"的才能。但是,四十年代是一个"沉重"的时代,"轻体诗"写作与历史语境产生了难以调和的矛盾,再加上作者自身的道德意识的约束,杜运燮并未找到化解外部世界之"重"的方法,他的轻体诗在处理重大的、社会性的题材时很难做到轻盈。这限制了"轻体诗"艺术的深入发展,使得这一"新变"因素无法在新诗传统中植根下来。

第三章"'自我'与'世界'的紧张关系"考察了"九叶"诗人中两种典型的体现"自我—世界"之紧张对立的艺术形态,以及消解这一对立的一种途径——乌托邦想象。"自我"与"世界"的紧张关系是"九叶"诗人区别于三十年代诗人的重要特征之一(后者往往倾向于表现人与世界的和谐关系),也在很大程度上决定了"九叶"诗人的抒情方式、感性特征以及修辞特征。在本章讨论的诗人中,穆旦对自我和世界的对立关系的理解带有一定的形而上色彩,他的诗歌关于残缺自我与追求完整性的表现表面上看起来像是"现代主义"的典型特征,实际上却有着深远的文化脉络,即柏拉图哲学关于人的分裂性的理解和基督教思想关于人的被动性与有罪性的认识。穆旦的"我"的现代性需要放到与现代历史的关联中才能得到深入的理解,而不能随意比附西方现代性理论。穆旦对自我追求完整性之失败、对自我与神性之矛盾的表现既与他对基督教的意义蓝图的怀疑有关,也与中国现代历史的残酷现状有关,后者让穆旦感到,"我"不仅无法摆脱分裂、错乱的状况,也无法融入世界,永远停留在孤立、残缺的状况中。穆旦对自我与世界的对立的表现突出地反映出现代中国人的生存焦虑,也是一种相当独特的情感抒发与自我表现方式。如果说穆旦对"自我"与"世界"之关系的理解是从宗教和玄学的角度开始的话,陈敬容的表现则主要是从具体的生活体验(尤其是城市生活)展开的。陈敬容在四十年代后期反思了过去诗作沉溺于个人自我的感伤作风,深感个体自我的分裂和异化、外在世界的残酷和严峻,在她的诗作中出现了一种"陌生的我"与"陌生的世界"之间的对立,她着力表现城市生活的丑恶和异化,体现出敏锐的感性观察和大胆的语言创造意识。不过这种对城市生活的批判经常被归附到对"罪恶政权"的谴责上,没有进一步发展为对社会现代性的本体论的批评。杭约赫的诗歌进一步体现出这种自我与世界之紧张对立的消解和转化过程,也更为明显地展现出左翼诗人那种带有乌托邦色彩的"新/旧世界"观念。他在长诗《复活的土地》中有意地模仿艾略特对现代城市生活的一些写法,尤其是那些表现物的压迫性、主动性和人的被动性、脆弱性的隐喻,成功地展现出城市对人的异化和毁灭。然而,一旦他转向对宏观历史和所谓"新世界"的表现,"革命现实主义"的思想框架和修辞策略又占据了统治地位,"我"与"世界"的紧张对立消解了,乌托邦想象像催眠术一样麻醉了诗人的感性和理性,诗歌的艺术和道德认识水准明显下降,被杭约赫无意中撞开的现代修辞学大门又被关上了。

第四章"'时间'表现与历史意识"探讨了两种截然对立的"时间"观念及其背后的历史意识:带有乌托邦色彩的历史决定论(唐祈),含有基督教因素的反历史理念(穆旦)。唐祈的创作受到了左翼文学的影响,他的长诗《时间与旗》典型地反映了历史决定论。虽然《时间与旗》模仿了艾略特关于"时间"的一些表现手法,但是唐祈在与艾略特的文化"对话"中,不仅显示出自身的民族认同和历史记忆,更表现出一种与艾略特明显有别的时间观和历史意识,即直线进步的时间观,与乌托邦联姻的历史决定论。唐祈期待着政治变局来解救屈辱、黑暗的历史,这种乐观期待使得他忽略了对诗歌的伦理态度的审思和艺术表现的研磨。穆旦则对同时代人中流行的目的论式的价值观和决定论式的历史观持批判态度,他自觉批判了这种历史意识背后所依赖的"时间原型",即一种朝向未来不断进步、不可逆转的时间。关于"时间",他既有对人的此在被时间"围困"的形而上探索,也有关于历史对人的压迫和灭绝的具体呈现。"时间"/历史在他笔下不再是直线进步的,而是被"现在"这股狂流牵引着下沉,不仅个人无法把握时间和历史,历史本身也被看作一场空前的灾难,一种摧毁人性的存在。穆旦对时间与历史的表现深刻地体现出一个诗人的"普遍良知"和"诚实",具有"见证历史"的意义。

第五章分析了"九叶"诗人在语言探索上的突出贡献——创造性隐喻——出现的历史契机,并探讨了它们与诗人的世界观和历史意识之关联性。三十年代诗人的隐喻接近传统诗歌,着重表现人与世界的和谐和类同,强调相似性。而四十年代的"九叶"诗人则往往表现人与世界的紧张关系,更为接近西方诗歌的较有张力和跨度的隐喻。实际上,辛笛诗歌的隐喻在三四十年代的转变就体现出这种语言特征与思想变迁之间的内在关联。四十年代,在历史文化危机的推动下,辛笛放弃了过去那种沿袭自古典诗词的、表现人与世界之和谐的隐喻意象,转而采用表现人与世界之间的紧张关系的创造性隐喻,他发展出类比式隐喻、扩展的隐喻等多种策略,以深入地把握历史危机和危机之下的个人焦虑。外部世界的紧张和历史的压力在穆旦诗歌中更是得到了白热化的表达,穆旦的隐喻所包含的张力远远超过同时代人。他的诗歌体现出的历史压力是严峻的历史环境与其个人的反历史观念相互作用的结果,是一种精神与物的高度紧张的关系之流露,这种精神强度是穆旦在隐喻创造(以及整体的语言创造)上的激进作风的根本动力。富有张力的隐喻是穆旦对严酷的现实做出的主动回应,在这种回应中,现实本身的矛盾和复杂得到淋漓尽致的展现。在以语言艺术表现人在历史中的处境方面,穆旦的隐喻是一个突出的典范。

为了理解"九叶"诗人的隐喻之普遍性与深远意义,有必要反思现有的关于比喻/隐喻的认识。通过重审袁可嘉的比喻理念,我们发现仅从"比拟"/相似性的角度并不足以掌握隐喻多方面的功能和意义,也无法认识到诗歌张力的主要来源(即隐喻),我们还需要认识隐喻作为一种语言创新的动力,一种独特的陈述框架、一种直接呈现的形象化表达方式等多重面相。只有清除这些诗学盲点,我们才能充分认识到隐喻在推动语言发展中的意义。总体来看,创造性隐喻在"九叶"诗歌中大量出现并在诗歌结构中占据核心地位这一事实具有里程碑式的意义。它体现出新诗的语言探索进入一个新的阶段，也是白话诗歌"诗性"追求的新方向。创造性隐喻强有力地更新了语言与世界之间的联系，使诗歌写作和阅读变成了"认知的过程"，语言的性质因此由"媒介性"转变为"发明性"。"九叶"诗人的隐喻巩固了新诗这一文体的合法地位，展现了新诗在推动文学语言（以及语言所包含的感性和意识）发展中的突出贡献。

二

虽然上面的讨论并不足以展现"九叶"诗人的全部艺术特色，而且由于主题和篇幅的限制，我们也忽略了一些问题的讨论[①]，但是我们相信从上文各章节已经可以见出"九叶"诗人艺术探索的特色与不足了，也可以看出他们在发展一些诗学策略时历史意识和历史条件是什么。下面我们进一步地把"九叶"诗人放在中国新诗的发展史中来思考其总体特色和贡献。为了弄清楚这一点，需要先思考四十年代诗人面临的任务和难题是什么——这个问题本身就是有历史性的。艾略特认识到，不同文学时期的诗人面临的任务是不同的：

> 诗人不仅要根据他个人的素质，而且要根据他处于什么时代来改变他自己的任务。在某些时期，诗人的任务是探索既定的韵文惯用法和口语惯用法的关系式在音乐性上的可能性；在另一些时期，他的任务是跟上口语中发生的变化，这些变化从根本上来说是思想和感受性上的变化。这一循环运动对我们批评判断也有很大影响。[②]

艾略特认识到这两类不同的任务在文学史上是循环交替的。虽然他对诗人的

[①] 比如郑敏和唐湜的诗作，袁可嘉和杜运燮诗歌的悖论（矛盾修辞），穆旦诗歌中的"反讽"，我们都没有专门的章节讨论，这些问题只能留待另外的文章讨论了。

[②] T.S.艾略特：《艾略特诗学文集》，王恩衷编译，北京：国际文化出版公司，1989年，第184页。

两类任务的概括还稍嫌粗放,但是这种对诗人的历史任务的区别对待意识可以说是卓尔不凡之见,也是我们在品评诗人之贡献时应该考虑的一点。我们不妨以此为基点思考三四十年代诗人的诗学任务的区别。三十年代(1928—1937)诗人的主要任务更接近艾略特所做分类的第一种类型,这集中体现在他们对音乐性的追求,对形式感的强调,尤其是对结构感和节奏感的强调之上。这一时期的几个代表性诗人(闻一多、徐志摩、戴望舒、卞之琳、何其芳)和几个代表性诗论家(闻一多、梁宗岱、朱光潜、孙大雨等)都普遍体现出这种倾向,他们的成就也很大程度上取决于对这一问题的完成和理解程度。但是,这一时期的诗歌探索遇到了两个基本的问题——确切地说,是一个根本问题的不同方面:一是他们对形式的追求和雕琢往往以牺牲与口语的联系或者隔绝现实为代价;二是他们在营造新诗的节奏感时遇到了很难逾越的障碍,即他们所谓的"新格律"很难与现代汉语融洽地配合。[①] 应该意识到,一种精妙而又自然的诗歌音乐性的建立需要以一门成熟、稳定的语言为基础,后者的标志是诗歌语言与感性和现实的多种丰富联系以及与日常语言的亲近关系。然而这样的条件在整个现代时期(1917—1949)都不成熟(虽然也有一些例外)。当我们看到闻一多、林庚、吴兴华、孙大雨等为了构建严密的结构和音乐性结果牺牲了感受性和与口语的联系(甚至转而采用文言句法和词法),看到卞之琳、废名等人为了表达一些玄思与暗示不断地求助于古典诗词语汇和意象,看到穆旦为了进行形而上的思索只能依赖一些外来的抽象词艰涩地表现时,我们无疑可以了解到这三十年的诗歌语言一直处于不稳定不成熟的状态:现代汉语是一门新兴的语言,新诗更是一门新兴的语言艺术,它的诗歌语言很难在保持丰富的感性、暗示性和与口语的紧密联系的同时又发展出微妙的音乐性和诗歌结构,至少在民国时期是如此。

因此,相对而言,现代时期的新诗更为迫切的任务是完善诗歌语言本身,

[①] 关于后一个问题我在另外的文章中有详细的讨论,见李章斌:《有名无实的音步与并非格律的韵律——新诗韵律理论的重审与再出发》,台湾《清华学报》2012年第2期。

也就是寻找合适的现代口语以赶上现代人思想和感受性上的急剧变化。这个任务到了四十年代显得尤其迫切。抗战爆发后的几年里批评界对诗人"脱离现实"的大规模指责很大程度上是在指责他们的语言无法赶上历史现实的变化。而且，贯穿整个四十年代的战争（抗战和内战）摧毁了诗人原有的对历史、对世界的想象，也摧毁了（至少是限制了）诗人原有的语言和感性模式。所以，对于四十年代诗人而言，迫切的任务不是营造诗歌结构和音乐性的七宝楼台，而是如何让诗歌语言赶上外部世界和历史的剧变（以及相应的思想和感性的变化）。实际上，"九叶"诗人的主要诗学贡献就是对这一任务的不同方面的不同程度的完成。他们（除了杭约赫和唐祈以外）并没有像同时代的很多左翼诗人那样通过挖掘诗歌的"行动"力量和政治潜能等方式来应对外部世界的紧张和历史的危机，而是以艺术的方式容纳它们。反过来说，历史文化危机以及人与世界的紧张关系像一个巨大的加速器一样推动了他们的新的感性和语言的形成——有时甚至是以混乱、幼稚的方式形成。"九叶"诗人所发展出的各种限制自我的抒情体式（"无法抒情的抒情""新的抒情""轻体诗"等），对历史、文化危机和危机之下的个人焦虑的表现，较有张力和跨度的创造性隐喻等诗学策略，都体现了这一迫切任务，也就是跟上外部世界和感受性上的变化，恢复、更新语言与世界的紧密联系。

对于"九叶"诗人的历史地位和意义，还可以从中国现代历史与诗学之综合的角度来进一步地理解。我们已经分析到，"九叶"群体是作为一个正在朝"正统"转变的"主流"（"人民文学"）的对立面——"异端"——而出现的，它与"主流"的分歧和冲突体现在要不要"人民本位""宣传主义""工具主义"等问题上。这种分歧从历史的角度来看是一种政治态度的区别，从诗学的角度看则是一种语言态度和感性态度的区别。对于一种带有集中一切的倾向的意识形态而言，不管诗人的政治观念如何，在语言、感性上的探险已经构成了对它的符号体系和工作机体的威胁。从整个文学史和社会史来看，四十年代的"九叶"诗人处于这样一个微妙的时期,在这个时期,个人世界被打开,对"美"的追求被悬置,与此相随的是诗人的道德意识、历史意识的普遍觉醒。进一步的发展则是道德意识的变形[1],历史意识朝着乌托邦想象一步步靠拢,但是后二者的完成需要以割裂语言和历史、感性和世界的紧密关联为前提和代价,并完成一个模式化的改造过程(在杭约赫、唐祈的部分诗作中可以清楚地看到这一过程)。于是,我们可以理解到"九叶"作为一种"异端"的史诗性质,他们的艺术探索实际上处于一个非常微妙而且危险的历史变动和诗学变迁的边缘上。无独有偶,俄罗斯伟大的诗人曼德尔施塔姆在十月革命之后也深刻地感受到了他所处的历史境地和诗学境地的危急性:

> 让两三个世代变成某种"喑哑"的状态就有可能给俄罗斯带来历史性灭亡。对于我们而言,与语言切断联系等于是与历史切断联系。基于这个理由,俄罗斯历史确实走在边缘上,走在岩架上,走在深渊上,随时都会跌进虚无主义,就是说,被切断与词语的联系。[2]

曼德尔施塔姆是从诗的角度来理解他所处的历史变局的,或许这并非危言耸听。二十世纪俄罗斯已经演示了何谓"跌进虚无主义"。中国现代历史有着与俄罗斯类似(或者更糟糕)的命运,也同样是"走在深渊上",随时有"被切断与词语的联系"的危险——而且事实上已经被切断过多次。语言是我们感受世界、表达与应对世界的基石,与语言切断联系意味着与现实和历史切断联系,进一步的后果往往是各种人祸和诗学灾难。诗歌作为语言最典型、最古老的承载者,对复活、更新语言负有重要的责任,因为更新语言(也即更新语言所代

---

[1] 之所以说是"变形",是因为这种"道德"不再建立在对人性的理解之上,而是建立在政治、历史观念之上。

[2] 曼德尔施塔姆:《词的本质》(1922),《曼德尔施塔姆随笔选》,黄灿然等译,广州:花城出版社,2010年,第51页。

表的感性和意识)就是更新我们对存在的认识。这一责任的根本性与内在性远远超过各种所谓的"现代性"议题。

从这个通道出发,可以更深入地理解"九叶"诗人身上的"历史性"与"文学性"。在语言探索和存在本质的探寻上,我们在"九叶"诗人身上看到多种表现的方式。上文说过,四十年代,由于个人世界朝着外部世界和历史敞开,诗人的想象和感性也更容易受到一些变形的道德意识和集体主义幻象("群众""新世界"等)的魅惑,实际上,在辛笛、杭约赫、唐祈的创作中,都可以清楚地辨认出这一趋势。当他们在运用一些创造性的艺术形式时,他们对存在的认识——包括对自我的认识、对人与世界之关系的认识以及对历史的认识——也相应地增加了复杂性和丰富性(有时甚至是不自觉的)。当他们被一些乌托邦想象和一些以道德的名义出现的社会理念蛊惑时,他们的语言、想象也明显地朝着简单化、模式化的方向发展。在语言的创新和存在的探寻之关系上,我们还遇到一个令人振奋的典型,那就是穆旦。过去穆旦不仅被当作所谓"现代主义"诗人的代表,也被看作现代汉诗"欧化""晦涩"的负面典型,过度模仿西方现代主义诗歌技巧的经典教训。然则在这种对穆旦诗歌技巧的"偏爱"中,却很少有人思索其形式与实质之间的联系。诚如茨维塔耶娃所言,"对于诗人来说,就是通过词释放出实质"[①]。她在思索帕斯捷尔纳克诗歌的"困难的形式"时体察到:"'困难的形式'……不是困难的形式,而是困难的实质。"她带着无限的同情认识到:"可是很少有人能理解他,就连那些爱他的人也不理解他呀!"[②]面对着穆旦大量困难的作品,我们也不得不痛感到它们也是如此缺乏理解。穆旦诗歌的困难又岂止是语言的晦涩那么简单!他对于生存的理解,对于历史和世界的看法迥异于一般的中国作家(这意味着很难和读者的惯性思

---

① 帕斯捷尔纳克、茨维塔耶娃、里尔克:《抒情诗的呼吸:一九二六年书信》,刘文飞译,上海:上海译文出版社,2011年,第XXⅦ页。
② 帕斯捷尔纳克、茨维塔耶娃、里尔克:《抒情诗的呼吸:一九二六年书信》,刘文飞译,上海:上海译文出版社,2011年,第XXⅦ页。

维"接轨"),以至于一直被形式的困难这一问题给遮蔽了。我们在前文各章关于穆旦的诗学策略和历史(社会历史、个人经验/历史)之关联的考察已经清晰地显示出,穆旦那些艰涩的形式和语言不仅与他感受到的生存焦虑、形而上困境、历史压力以及新的感性潜能密切相关,在很多情况下更是它们的必然的表达形式。[①] 在穆旦诗歌中,我们既感受到了现代汉语有如此丰富的表现范围,也感受到了它是如此不敷使用的一门新生的语言。换言之,我们同时见证了现代汉语巨大的潜能和同样巨大的不足。

因此,我们可以把以穆旦为代表的"九叶"诗人看作在语言日趋僵化、诗歌符号体系开始模式化(也即思维和感性开始模式化)的时代主潮中"逆流而动"的一群诗人,他们通过语言艺术的创新巩固和更新了语言与世界的关联,更新了对于存在的认识。

[①] 正是因为穆旦诗歌中包含了那么多的"问题"含量,我们才将如此多的篇幅放在对穆旦诗歌的讨论上。

参考文献

一、九叶诗人的著作

(不含译作,"九叶"诗人在民国时期的报刊上发表的著述请见下一部分参考文献)

辛笛等:《九叶集》,南京:江苏人民出版社,1981年。

蓝棣之编《九叶派诗选》,北京:人民文学出版社,1992年。

蓝棣之编《九叶派诗选》(修订版),北京:人民文学出版社,2009年。

王圣思选编《九叶之树常青——"九叶"诗人作品选》,上海:华东师范大学出版社,1994年。

陈敬容:《星雨集》,上海:文化生活出版社,1946年。

《盈盈集》,上海:文化生活出版社,1946年。

《交响集》,上海:森林出版社,1948年。

《陈敬容选集》,成都:四川人民出版社,1983年。

《远帆集》,广州:花城出版社,1983年。

《陈敬容诗文集》,罗佳明、陈俐编,上海:复旦大学出版社,2008年。

杜运燮:《诗四十首》,上海:文化生活出版社,1946年。

《海城路上的求索——杜运燮诗文选》,北京:中国文学出版社,1998年。

《杜运燮六十年诗选》,北京:人民文学出版社,2000年。

杭约赫:《噩梦录》,上海:星群出版社,1947年。

《复活的土地》,上海:森林出版社,1949年。

《面对严肃的时辰——忆〈诗歌创造〉和〈中国新诗〉》,《读书》1983年第11期。

穆旦:《探险队》,昆明:文聚出版社,1945年。

《穆旦诗集(1939—1945)》,沈阳:1947年5月自费出版。

《旗》,上海:文化生活出版社,1948年。

《穆旦诗选》,杜运燮编,北京:人民文学出版社,1986年。

《穆旦诗全集》,李方编,北京:中国文学出版社,1996年。

《蛇的诱惑》,曹元勇编,珠海:珠海出版社,1997年。

《穆旦诗文集》,李方编,北京:人民文学出版社,2006年。

唐祈:《诗第一册》,上海:星群出版社,1948年。

《唐祈诗选》,北京:人民文学出版社,1990年。

唐湜:《九叶在闪光》,《新文学史料》1989年第4期。

《新意度集》,北京:生活·读书·新知三联书店,1990年。

《一叶诗谈》,南宁:广西教育出版社,2000年。

《来函十六封及说明》,《新文学史料》2000年第3期。

《九叶诗人:"中国新诗"的中兴》,上海:上海教育出版社,2003年。

《唐湜诗卷》,北京:人民文学出版社,2003年。

辛笛:《手掌集》,上海:森林出版社,1948年。

《夜读书记》,上海:森林出版社,1949年。

《辛笛诗稿》,北京:人民文学出版社,1983年。

《嫏嬛偶拾》,上海:上海教育出版社,1998年。

《夜读书记》(新),宋路霞、王圣思编,西安:陕西师范大学出版社,1998年。

《梦余随笔》,南京:凤凰出版社,2003年。

袁可嘉:《现代派论·英美诗论》,北京:中国社会科学出版社,1985年。

《论新诗现代化》,北京:生活·读书·新知三联书店,1988年。

《半个世纪的脚印——袁可嘉诗文选》,北京:人民文学出版社,1994年。

《自传:七十年来的脚印》,《新文学史料》1993年第3期。

《欧美现代派文学概论》,桂林:广西师范大学出版社,2003年。

郑敏:《诗集(1942—1947)》,上海:森林出版社,1949年。

《心象》,北京:人民文学出版社,1991年。

《诗歌与哲学是近邻——结构—解构诗论》,北京:北京大学出版社,1999年。

《郑敏诗集》,北京:人民文学出版社,2000年。

《思维·文化·诗学》,郑州:河南人民出版社,2004年。

二、民国时期报刊（1917—1949 年）

北平《平明日报·读书界》

北平《泥土》

北平《清华周刊》

北平《水星》

北平《绿洲》

北平《北平晨报·诗与批评》

北平《晨报副刊》

重庆《时与潮文艺》

重庆《大公报·战线》

重庆《华声》

重庆《诗文学》

桂林《文学创作》

广州《广州诗坛》

汉口、重庆《文艺阵地》

昆明《战国策》

昆明《中央日报·平明》

南京、上海《蚂蚁小集》

上海《文学杂志》

上海《诗创造》

上海《中国新诗》

上海《新诗潮》

上海《新诗》

上海《华美晚报·新写作》

天津《大公报·星期文艺》

天津《益世报·文学周刊》

香港《大公报》("文艺"副刊、"综合"副刊、"学生界"副刊)

香港《顶点》

三、关于"九叶"及相关中国作家的著作

(中英文分列,中文以作者姓氏拼音为序,英文以作者姓氏为序,作者不明者则以书名拼音为序)

艾青:《北方》,上海:文化生活出版社,1939年。

卞之琳:《慰劳信集》,香港:明日社,1940年。

卞之琳:《雕虫纪历(1930—1958)》,北京:人民文学出版社,1979年。

杜运燮等编《一个民族已经起来》,南京:江苏人民出版社,1987年。

杜运燮等编《丰富和丰富的痛苦》,北京:北京师范大学出版社,1997年。

段从学:《论穆旦诗歌中的宗教意识》,《内江师范学院学报》2005年第3期。

段从学:《从〈出发〉看穆旦诗歌的宗教意识》,《中国比较文学》2006年第3期。

冯姚平编《冯至与他的世界》,石家庄:河北教育出版社,2000年。

葛桂录:《中英文学关系编年史》,北京:生活·读书·新知三联书店,2004年。

郭沫若:《女神》,上海:泰东图书局,1932年。

何其芳:《夜歌和白天的歌》,北京:人民文学出版社,1953年。

何其芳:《何其芳》,王培元编,北京:华夏出版社1996年。

胡续冬:《一九五七年穆旦的短暂"重现"》,《新诗评论》2006年第1辑。

胡适:《胡适学术文集·新文学运动》,北京:中华书局,1993年。

贾植芳等主编《中外文学关系史资料汇编》,桂林:广西师范大学出版社,2004年。

蒋登科:《九叶诗派的合璧艺术》,重庆:西南师范大学出版社,2002年。

蒋登科:《九叶诗人论稿》,重庆:西南师范大学出版社,2006年。

江弱水:《中西同步与位移》,合肥:安徽教育出版社,2003年。

江弱水:《伪奥登诗风:重估穆旦》,《外国文学评论》2002年第3期。

鲲西(王勉):《清华园感旧录》,上海:上海古籍出版社,2002年。

蓝棣之:《论四十年代的"现代诗"派》,《中国现代文学研究丛刊》1983年第1期。

李章斌:《一九四零年代后期的穆旦:内战、政治与诗歌》,台湾《中国文化大学中文学报》第21期,2010年。

李章斌:《有名无实的音步与并非格律的韵律——新诗韵律理论的重审与再出发》,台湾《清华学报》2012年第2期。

李章斌:《从〈隐现〉看穆旦诗歌的宗教意识》,《名作欣赏》2008年第3期。

李章斌:《〈丘特切夫诗选译后记〉与穆旦诗歌的隐喻》,《南京理工大学学报(社会科学版)》2009年第4期。

李章斌:《1940年代穆旦诗歌的隐喻与语言的张力》,《长江学术》2010年第4期。

李章斌:《穆旦40年代诗歌的隐喻与其非指涉性》,《文学评论丛刊》2011年第1期。

梁宗岱:《梁宗岱文集》,北京:中央编译出版社,2003年。

林宏、郝天航:《关于星群出版社与〈诗创造〉的始末》,《新文学史料》1991年第3期。

林元:《一枝四十年代文学之花——回忆昆明〈文聚〉杂志》,《新文学史料》1986年第3期。

刘俊等编著《中国现代文学研究导引》,南京:南京大学出版社,2006年。

罗振亚:《中国现代主义诗歌史论》,北京:社会科学文献出版社,2001年。

罗振亚:《中国新诗的历史与文化透视》,哈尔滨:黑龙江教育出版社,

2002年。

罗振亚：《穆旦诗歌：立足"此岸"与"新的抒情"》，《语文建设》2009年第4期。

马永波：《九叶诗派与西方现代主义》，上海：东方出版中心，2010年。

钱理群：《一九四八：诗人的分化》，《文艺理论研究》1996年第4期。

钱锺书：《七缀集》，北京：生活·读书·新知三联书店，2002年。

钱锺书：《谈艺录》，北京：中华书局，1986年。

沈从文：《沈从文文集》，广州：花城出版社；香港：生活·读书·新知三联书店香港分店，1984年。

舒波：《忆〈诗行列〉怀诗友——烟云录之一》，《新文学史料》1997年第3期。

孙玉石：《中国现代主义诗潮史论》，北京：北京大学出版社，1999年。

田间：《田间》，北京：人民文学出版社，2006年。

王敖：《怎样给奔跑中的诗人们对表：关于诗歌史的问题与主义》，《新诗评论》2008年第2辑。

王光明：《"新的抒情"：让情感渗透智力——论穆旦和他的诗》，《广东社会科学》2009年第1期。

王家新：《穆旦：翻译作为幸存》，《江汉大学学报（人文科学版）》2009年第6期。

王家新：《翻译与中国新诗的语言问题（未定稿）》，中国现代诗歌的语言国际学术研讨会，中国天津，2011年6月25日。

王璞：《抒情的和反讽的：从穆旦说到"浪漫派的反讽"》，《新诗评论》2010年第2辑。

王圣思：《"九叶诗派"对西方诗歌的审美选择》，香港《诗》（双月刊）1989年第2期。

王圣思编《"九叶诗人"评论资料选》，上海：华东师范大学出版社，1996年。

王圣思:《智慧是用水写成的——辛笛传》,上海:华东师范大学出版社,2003年。

王圣思:《静水流深》,上海:上海教育出版社,2002年。

王晓明主编《二十世纪中国文学史论》,上海:东方出版中心,2003年。

王佐良:《中外文学之间》,南京:江苏人民出版社,1984年。

王佐良:《照澜集》,北京:外国文学出版社,1989年。

王佐良:《风格和风格的背后》,北京:人民日报出版社,1989年。

王佐良:《中楼集》,沈阳:辽宁教育出版社,1995年。

王佐良:《王佐良文集》,北京:外语教学与研究出版社,1996年。

吴晓东:《象征主义与中国现代文学》,合肥:安徽教育出版社,2000年。

吴允淑:《穆旦诗歌中的基督教话语》,香港《道风:基督教文化评论》2000年第12期。

吴允淑:《穆旦的诗歌想象与基督教话语》,《中国现代文学研究丛刊》2000年第1期。

奚密:《从边缘出发:现代汉诗的另类传统》,广州:广东人民出版社,2000年。

奚密:《现代汉诗:一九一七年以来的理论与实践》,奚密、宋炳辉译,上海:上海三联书店,2008年。

夏济安:《夏济安选集》,沈阳:辽宁教育出版社,2001年。

夏志清:《中国现代小说史》,香港:香港中文大学出版社,2001年。

解志熙:《一首不同寻常的长诗之短长——〈隐现〉的版本与穆旦的寄托》,《新诗评论》2010年第2辑。

徐丽松整理:《读郑敏的组诗〈诗人之死〉》,《诗探索》1996年第3期。

严迪昌:《他们歌吟在黑暗与光明交替时》,《文学评论》1981年第6期。

杨四平:《论穆旦创制"新的抒情"的历程》,《海南师范学院学报(社会科学版)》2005年第2期。

姚丹:《"第三条抒情的路"——新发现的几篇穆旦诗文》,《中国现代文学研究丛刊》1999年第3期。

叶维廉:《花开的声音》,台北:四季出版社,1977年。

叶维廉:《语言的策略与历史的关联》,台北《中外文学》第10卷第2期,1982年。

叶维廉:《中国诗学》,北京:生活·读书·新知三联书店,1992年。

叶维廉:《叶维廉文集》,合肥:安徽教育出版社,2002年。

易彬:《"九叶派"研究新探》,《湖南社会科学》2003年第6期。

易彬(访谈):《"他非常渴望安定的生活"——同学四人谈穆旦》,《新诗评论》2006年第2辑。

易彬:《论穆旦诗歌艺术精神与中国新诗的历史建构》,上海:华东师范大学博士论文,2007年。

易彬:《穆旦年谱》,北京:中国社会科学出版社,2010年。

游友基:《九叶诗派研究》,福州:福建教育出版社,1997年。

余峥:《九叶诗派综论》,福州:海峡文艺出版社,2000年。

张松建:《现代诗的再出发:中国四十年代现代主义诗潮新探》,北京:北京大学出版社,2009年。

张松建:《梁秉钧〈对抗的美学〉评介》,台湾《当代》2003年5月号。

章明:《令人气闷的"朦胧"》,《诗刊》1980年第8期。

中国人民政治协商会议全国委员会文史资料研究委员会编(内部发行):《文史资料选辑》,第八辑,北京:中华书局,1960年。

周作人:《谈龙集》,上海:开明书店,1927年。

朱自清:《新诗杂话》,上海:作家书屋,1947年。

Chang, Yvonne Sung-sheng. *Modernism and the Nativist Resistance: Contemporary Chinese Fiction from Taiwan*, Durham, N.C.: Duke University Press, 1993.

Cheung, Dominic. *Feng Chih: A Critical Biography*, Boston: Twayne Publishers, 1979.

Clifford, Nicholas Rowland. *Spoilt Children of Empire: Westerners in Shanghai and the Chinese Revolution of the 1920s*, Middlebury, VT: Middlebury College Press, 1991.

Freuhauf, Heinrich O. *Urban Exoticism in Modern Chinese Literature, 1910—1933*, Ph.D. dissertation, University of Chicago, 1990.

Fu, Poshek. *Passivity, Resistance, and Collaboration: Intellectual Choices in Occupied Shanghai, 1937 - 1945*, Stanford, Calif.: Stanford University Press, 1997.

Haft, Lloyd. *Pien Chih-lin: A Study in Modern Chinese Poetry*, Dordrecht, Holland: Foris Publications, 1983.

Hershatter, Gail. *Dangerous Pleasures: Prostitution and Modernity in Twentieth-Century Shanghai*, Berkeley, Calif.: University of California Press, 1997.

Lee, Gregory B. *Dai Wangshu: The Life and Poetry of a Chinese Modernist*, Hong Kong: The Chinese University of Hong Kong Press, 1989.

Lee, Gregory B. *Troubadours, Trumpeters, Troubled Makers: Lyricism, Nationalism, and Hybridity in China and its Others*, London: Hurst & Co., 1996.

Lee, Leo Ou-fan. *Voices from the Iron House: A Study of Lu Xun*, Bloomington, IA: Indiana University Press, 1987.

Lee, Leo Ou-fan. *Shanghai Modern: The Flowering of a New Urban Culture in China, 1930—1945*, Cambridge, Mass.: Harvard University

Press, 1999.

Leung, Ping-kwan. *Aesthetics of Opposition: A Study of the Modernist Generation of Chinese Poets, 1936 - 1949*, unpublished Ph. D dissertation, University of California at San Diego, 1984.

Li, Zhangbin. "Words against Words: Poetic Reflections and Linguistic Manipulation in Duoduo's Poetry", *Neohelicon*, 39(1), 2012.

Lin, Julia C. *Essays on Contemporary Chinese Poetry*, Athens, Ohio: Ohio University Press, 1985.

Shih, Shu-mei. *The Lure of the Modern: Writing Modernism in Semi-colonial China, 1917—1937*, Berkeley and Los Angels: University of California Press, 2001.

Trumbull, Randolph. *Shanghai Modernist*, Ph. D. dissertation, Stanford University, 1989.

Wong, Wang-chi. *Politics and Literature in Shanghai: The Chinese League of Left-Wing Writers, 1930 - 1936*, Manchester, Eng.: Manchester University Press, 1991.

Yeh, Michelle. "Metaphor and *Bi*: Western and Chinese Poetics", *Comparative Literature*, 39(3), Summer 1987.

Yeh, Michelle. *Modern Chinese Poetry: Theory and Practice Since 1917*, New Haven, Conn.: Yale University Press, 1991.

Yu, Pauline. "Metaphor and Chinese Poetry", *Chinese Literature: Essays, Articles, Reviews*, 3, 1981.

Zhang, Xudong. *Chinese Modernism in the Era of Reforms: Cultural Fever, Avant-garde Fiction, and the New Chinese Cinema*, Durham, N. C.: Duke University Press, 1996.

四、 相关的西方理论研究论著与作品

（中英文分列，中文以作者姓氏拼音为序，英文以作者姓氏为序，作者不明者则以书名拼音为序）

艾略特:《四个四重奏》，裘小龙译，桂林:漓江出版社，1985年。

艾略特:《意象派诗选》，裘小龙译，桂林:漓江出版社，1986年。

艾略特:《T.S.艾略特诗选》，紫芹选编，成都:四川文艺出版社，1988年。

艾略特:《艾略特诗学文集》，王恩衷编译，北京:国际文化出版公司，1989年。

艾略特:《艾略特文学论文集》，李赋宁译，南昌:百花洲文艺出版社，1994年。

艾略特:《情歌·荒原·四重奏》，汤永宽译，上海:上海译文出版社，1994年。

艾略特:《世界诗苑英华·艾略特卷》，赵萝蕤等译，济南:山东大学出版社，1997年。

奥古斯丁:《忏悔录》，周士良译，北京:商务印书馆，1963年。

奥古斯丁:《论自由意志》，成官泯译，上海:上海人民出版社，2010年。

保罗·利科:《活的隐喻》，汪堂家译，上海:上海译文出版社，2004年。

本雅明:《发达资本主义时代的抒情诗人:论波德莱尔》，张旭东、魏文生译，北京:生活·读书·新知三联书店，1989年。

布罗茨基:《文明的孩子》，刘文飞译，北京:中央编译出版社，2007年。

波德莱尔:《1846年的沙龙:波德莱尔美学论文选》，郭宏安译，桂林:广西师范大学出版社，2002年。

波德莱尔、里尔克:《图象与花朵》，陈敬容译，长沙:湖南人民出版社，1984年。

柏拉图:《文艺对话集》,朱光潜译,北京:人民文学出版社,1963年。

彼得·阿克罗伊德:《艾略特传》,刘长缨、张筱强译,北京:国际文化出版公司,1989年。

丹尼尔·霍夫曼主编《美国当代文学》,北京:中国文联出版公司,1985年。

董洪川:《"荒原"之风:T.S.艾略特在中国》,北京:北京大学出版社,2004年。

菲利普·拉金:《菲利普·拉金诗选》,桑克译,石家庄:河北教育出版社2003年。

弗里德里希·尼采:《古修辞学描述》,屠友祥译,上海:上海人民出版社,2001年。

霍尔特胡森:《里尔克》,魏育青译,北京:生活·读书·新知三联书店,1988年。

胡曙中:《英汉修辞比较研究》,上海:上海外语教育出版社,1993年。

胡曙中:《美国新修辞学研究》,上海:上海外语教育出版社,1999年。

黄宗英:《艾略特——不灭的诗魂》,长春:长春出版社,1999年。

黄晋凯等主编《象征主义·意象派》,北京:中国人民大学出版社,1989年。

黑格尔:《历史哲学》,王造时译,北京:商务印书馆,1963年。

黑格尔:《美学》,朱光潜译,北京:商务印书馆,1982年。

霍克斯:《隐喻》,穆南译,太原:北岳文艺出版社,1990年。

卡尔·波普尔:《历史决定论的贫困》,杜汝楫、邱仁宗译,上海:上海人民出版社,2009年。

卡尔维诺:《卡尔维诺文集:寒冬夜行人等》,萧天佑译,南京:译林出版社,2001年。

康德:《纯粹理性批判》,邓晓芒译,北京:人民出版社,2004年。

里尔克:《里尔克如是说》,林郁选编,北京:中国友谊出版社,1993年。

里尔克:《给一个青年诗人的十封信》,冯至译,北京:生活·读书·新知三联书店,1994年。

里尔克:《里尔克诗选》,绿原译,北京:人民文学出版社,1996年。

里尔克、勒塞等:《"杜伊诺哀歌"与现代基督教思想》,林克译,上海:上海三联书店,1997年。

里尔克:《艺术家画像》,张黎译,广州:花城出版社,1999年。

里尔克:《里尔克散文选》,绿原等译,天津:百花文艺出版社,2002年。

里尔克:《里尔克的绝唱》,张索时译,天津:百花文艺出版社,2003年。

李国南:《英汉修辞格对比研究》,福州:福建人民出版社,1999年。

柳鸣九主编《从现代主义到后现代主义》,北京:中国社会科学出版社,1994年。

马·布雷德伯里,詹·麦克法兰编《现代主义》,胡家峦等译,上海:上海外语教育出版社,1992年。

马丁·布伯:《我与你》,陈维纲译,北京:生活·读书·新知三联书店,1986年。

马克思、恩格斯:《马克思恩格斯选集》,中共中央马克思恩格斯列宁斯大林著作编译局编译,北京:人民出版社,1995年。

马泰·卡林内斯库:《现代性的五副面孔》,顾爱彬、李瑞华译,北京:商务印书馆2002年。

曼德尔施塔姆:《曼德尔施塔姆随笔选》,黄灿然等译,广州:花城出版社,2010年。

米兰·昆德拉:《不能承受的生命之轻》,许钧译,上海:上海译文出版社,2003年。

《穆旦译文集》,北京:人民文学出版社,2005年。

尼古拉·库萨:《论隐秘的上帝》,李秋零译,北京:生活·读书·新知三联书店,1996年。

帕斯捷尔纳克、茨维塔耶娃、里尔克:《抒情诗的呼吸:一九二六年书信》,

刘文飞译,上海：上海译文出版社,2011年。

切·米沃什：《切·米沃什诗选》,张曙光译,石家庄：河北教育出版社,2000年。

瑞恰慈：《科学与诗》,徐葆耕编,北京：清华大学出版社,2003年。

瑞恰慈：《文学批评原理》,杨自伍译,南昌：百花洲文艺出版社,1997年。

《圣经》(红字版),南京：中国基督教三自爱国运动会,2004年。

舍斯托夫：《在约伯的天平下》,董友等译,上海：上海人民出版社,2004年。

涂纪亮主编《语言哲学名著选辑》(英美部分),北京：生活·读书·新知三联书店,1988年。

瓦·叶·哈利泽夫：《文学学导论》,周启超等译,北京：北京大学出版社,2006年。

瓦莱里：《瓦莱里散文选》,唐祖论、钱春绮译,天津：百花文艺出版社,2004年。

王家新等编《二十世纪外国重要诗人如是说》,郑州：河南人民出版社,1992年。

王薇生编译《俄国形式主义文论选》,郑州：郑州大学出版社,2005年

韦勒克：《文学理论》,刘象愚等译,北京：生活·读书·新知三联书店,1984年。

吴翔林：《英诗格律及自由诗》,北京：商务印书馆,1993年。

西默斯·希尼：《希尼诗文集》,吴德安等译,北京：作家出版社,2001年。

亚里士多德：《诗学》,罗念生译,北京：人民文学出版社,1962年。

亚里士多德：《修辞学》,罗念生译,上海：上海人民出版社,2006年。

叶芝：《驶向拜占庭》,袁可嘉译,北京：中国工人出版社,1995年。

叶芝：《叶芝抒情诗全集》,傅浩译,北京：中国工人出版社,1996年。

叶芝：《幻象——生命的阐释》,西蒙译,北京：国际文化出版公司,1989年。

袁可嘉等编选《现代主义文学研究》,北京：中国社会科学出版社,1989年。

查良铮译《英国现代诗选》，长沙：湖南人民出版社，1985年。

张廷琛编《接受理论》，成都：四川文艺出版社，1989年。

Auden, W. H. ed., *The Oxford Book of Light Verse*, Oxford: Clarendon Press, 1938.

Auden, W. H. *Another Time: Poems*, London: Faber & Faber, 1940.

Auden, W. H. *The Age of Anxiety: A Baroque Eclogue*, London: Faber & Faber, 1948.

Auden, W. H. *Collected Longer Poems*, London: Faber & Faber, 1968.

Auden, W. H. *Collected Shorter Poems, 1930–1944*, London: Faber & Faber, 1950.

Auden, W. H. *The Dyer's Hand and Other Essays*, London: Faber & Faber, 1962.

Auden, W. H. *Look, Stranger!* London: Faber & Faber, 1939.

Auden, W. H. *New Year Letter*, London: Faber & Faber, 1941.

Auden, W. H. *The Orators: An English Study*, 2nd ed. London: Faber & Faber, 1934.

Auden, W. H. *The English Auden: Poems, Essays, and Dramatic Writings, 1927—1939*, Edward Mendelson ed., London: Faber & Faber, 1977.

Beardsley, Monroe C. *Aesthetics*, New York, Harcourt, Brace & World, 1958.

Black, Max. *Models and Metaphors*, Ithaca, N.Y.: Cornell University Press, 1962.

Black, Max. "More about Metaphor", in Andrew Ortony (ed.),

Metaphor and Thought, Cambridge: Cambridge University Press, 1993.

Bloom, Harold. *The Visionary Company: A Reading of English Romantic Poetry*, London: Faber & Faber, 1962.

Bradbury, Malcolm & McFarlane, James. eds., *Modernism: A Guide to European Literature 1890 – 1930*, Harmondsworth: Penguin Books, 1978.

Brooks, Cleanth & Warren, Robert Penn. *Understanding Poetry*, New York: Holt Rinehart and Winston, 1961.

Burks, Don M. *Rhetoric, Philosophy, and Literature*, West Lafayette, Ind.: Purdue University Press, 1978.

Calinescu, Matei. *Five Faces of Modernity*, Bloomington and London: Indiana University Press, 1977.

Eliot, T. S. *The Sacred Wood: Essays on Poetry and Criticism*, London: Methuen, 1932.

Eliot, T. S. *Four Quartets*, New York: Harcourt, Brace & World Company, 1943.

Eliot, T.S. *On Poetry and Poets*, London: Faber & Faber, 1957.

Eliot, T. S. *Collected Poems 1909 – 1962*, London: Faber & Faber, 1974.

Eliot, T.S. *Selected Essays 1917 –1932*, New York: Harcourt, Brace & World, 1964.

Fenton, James. *The Strength of Poetry*, Oxford: Oxford University Press, 2001.

Fletcher, Ian. ed., *Decadence and the 1890s*, London: E. Arnold, 1979.

Frege, Gottlob. *Translations from the Philosophical Writings of*

Gottlob Frege, Oxford: Blackwell, 1952.

Frye, Northrop. *Anatomy of Criticism*, Princeton, N. J.: Princeton University Press, 1957.

Frye, Northrop. *Fables of Identity: Studies in Poetic Mythology*, New York: Harcourt, Brace & World, 1963.

Frye, Northrop. *Romanticism Reconsidered: Selected Papers from the English Institute*, New York: Columbia University Press, 1963.

Genette, Gérard. *Figures of Literary Discourse*, New York: Columbia University Press, 1981.

Grierson, Herbert J.C. *Rhetoric and English Composition*, Edinburgh: Oliver and Boyd Ltd., 1945.

Haworth, Lawrence. *Decadence and Objectivity*, Toronto: University of Toronto Press, 1977.

Howe, Irving. *The Idea of the Modern in Literature and the Arts*, New York: Horizon Press, 1977.

Hynes, Samuel Lynn. *The Auden Generation: Literature and Politics in England in the 1930s*, London: Bodley Head, 1976.

John, Michael St. & Hants, Aldershot. eds., *Romancing Decay: Ideas of Decadence in European Culture*, Brookfield, VT: Ashgate, 1999.

Johnson, Wendell Stacy. *W. H. Auden*, New York: Continuum, 1990.

Kermode, Frank. *Romantic Image*, London: Routledge and Paul, 1957.

Lukács, György. *The Meaning of Contemporary Realism*, trans. John and Necke Mander, London: Merlin Press, 1963.

Man, Paul de. *Blindness and Insight*, Minneapolis: University of Minnesota Press, 1983.

Maxwell, D. E. S. *Poets of the Thirties*, New York: Barnes & Noble, 1969.

Mazur, Krystyna. *Poetry and Repetition: Walt Whitman, Wallace Stevens, John Ashbery*, New York and London: Routledge, 2006.

Nesfield, J.C. & Wood, F.T. *Manual of English Grammar & Composition*, London & Basingstoke: Macmillan Publishers Ltd., 1964.

O'Neill, Michael & Reeves, Gareth. *Auden, MacNeice, Spender: the Thirties Poetry*, Basingstoke, Hants.: Macmillan Education, 1992.

Osborne, Charles. *W. H. Auden: The Life of a Poet*, London: Eyre Methuen, 1980.

Paz, Octavio. *Children of the Mire*, Cambridge, Mass.: Harvard University Press, 1974.

Read, Herbert. *Form in Modern Poetry*, London: Vision Press, 1964.

Richards, I. A. *The Philosophy of Rhetoric*, Oxford: Oxford University Press, 1936.

Sacks, Sheldon. ed., *On Metaphor*, Chicago: University of Chicago Press, 1979.

Spears, Monroe K. *Dionysus and the City: Modernism in Twentieth-Century Poetry*, New York: Oxford University Press, 1970.

Spender, Stephen. *The Struggle of the Modern*, Berkeley and Los Angeles: University of California Press, 1963.

Stallman, Robert W. ed., *Critiques and Essays in Criticism, 1920 - 1948*, New York: Ronald Press Co., 1949.

Taylor, Charles. *Sources of the Self: The Making of the Modern Identity*, Cambridge, Mass. : Harvard University Press, 1992.

Wales, K. *A Dictionary of Stylistics*. London & New York:

Longman, 1989.

Weir, David. *Decadence and the Making of Modernism*, Amherst. Mass.: University of Massachusetts Press, 1996.

Williams, Raymond. *Marxism and Literature*, Oxford & New York: Oxford University Press, 1977.

Wright, George T. *W. H. Auden*, Boston: Twayne Publishers, 1969.

后 记

布罗茨基说,写诗是一种死亡练习。其实,不独写诗,包括读诗和研究诗,都同样是一种"死亡练习"。在阅读和研究中,我们参与了死亡——作者的死亡和我们自身的死亡,这既是比喻意义上的,也是字面意义上的。

不知不觉,在对诗歌的阅读和研究中,我已经度过了生命中最宝贵、最重要的六年,向死亡迈进了六步。每想到走过的道路如此曲折艰辛,而取得的发现却如此之少,心里难免不寒而栗,经常难以抑制地怀疑自己选择这样的道路是否值得。有朋友批评道,我的论文的行文和论断往往相当自信——甚至过于自信,往往让读者有被冒犯之感。诚哉斯言!然而仔细想来,这种自信或许也是我心中的疑虑的变相流露。

有朋友会对我为什么选择研究"九叶"感到疑惑,其实原因很简单:每当我读到诸如穆旦的这些诗句时,心里对自己的工作的疑虑便会减轻一些:

脱净样样日光的安排,
我们一切的追求终于来到黑暗里,
世界正闪烁,急躁,在一个谎上,
而我们忠实沉没,与原始合一,

当春天的花和春天的鸟
还在传递我们的情话绵绵,

> 但你我已解体，化为群星飞扬，
> 向着一个不可及的谜底，逐渐沉淀。

不知何故，当我为论文的结构、行文之类的问题弄得焦头烂额时，或者为感情、生活上的一些挫折弄得心力交瘁时，我便想起了穆旦的这些诗句，它们让我感觉像《追忆似水年华》所说的那样，静静躺在河底，看浮世万象从眼前漂过，心里有一种安宁和沉静。虽然研究穆旦已有多年，很多作品读过数十遍，但对于它们感动我的原因并不十分了然（十分惭愧），我唯一确信的是，这是一种值得去参与、去体验的"死亡"。

因此我应该感谢穆旦，以及我所读到的其他杰出诗人。虽然他们并不能让我确信（更不能证明）我所做的工作的价值，却让我在研究中感到有一种"非如此不可"的冲动和必然性，一种甜蜜。世事变幻，并没有太多东西值得去奋斗，去留恋。然而这种甜蜜，却时时让我对自己略显单调、枯燥的学术生活有所恍然，就像曼德尔施塔姆所体验到的："一切自古就有，一切又将重复，只有相认的瞬间才让我们感到甜蜜。"

感谢那些对我的研究和生活给予指导和帮助的人：我的博士阶段导师丁帆教授，硕士阶段导师潘志强副教授，以及奚密、王彬彬、解志熙、王家新教授，还有，我的父母。

2012 年 4 月 30 日

又记：本书原为笔者的博士论文（指导教师丁帆教授），此文在获得台湾"思源博士论文奖"之后，由台北政大出版社 2015 年出版繁体字版。此次在中国大陆出版简体字版，笔者仅略做修订。由于近几年我的学术兴趣已经转向新诗节奏研究领域，因此书中原本存在的一些问题也未得到深入的改善，只能向读者致歉。

李章斌
2019 年 3 月 31 日

图书在版编目(CIP)数据

"九叶"诗人的诗学策略与历史关联：1937—1949 /
李章斌著. —南京：南京大学出版社，2019.12
（教育部人文社会科学重点研究基地南京大学中国新
文学研究中心学术文库 / 丁帆主编）
ISBN 978-7-305-22916-9

Ⅰ.①九… Ⅱ.①李… Ⅲ.①诗歌-文学流派研究-
中国-1937—1945 Ⅳ.①I207.25

中国版本图书馆CIP数据核字(2020)第126729号

出版发行	南京大学出版社		
社　　址	南京市汉口路22号	邮　编	210093
出版人	金鑫荣		

丛 书 名　教育部人文社会科学重点研究基地南京大学中国新文学研究中心学术文库
书　　名　"九叶"诗人的诗学策略与历史关联(1937—1949)
著　　者　李章斌
责任编辑　郭艳娟

照　　排	南京紫藤制版印务中心
印　　刷	南京爱德印刷有限公司
开　　本	718×1000　1/16　印张 17.75　字数 240千
版　　次	2019年12月第1版　2019年12月第1次印刷
ISBN	978-7-305-22916-9
定　　价	88.00元

网　　址	http://www.njupco.com
官方微博	http://weibo.com/njupco
官方微信	njupress
销售热线	025-83594756

* 版权所有，侵权必究
* 凡购买南大版图书，如有印装质量问题，请与所购
　图书销售部门联系调换